O JOGO das Sombras

São Paulo
2018

Grupo Editorial
UNIVERSO DOS LIVROS

Copyright © 2003 by Christine Feehan.
© 2018 by Universo dos Livros
Todos os direitos reservados e protegidos pela Lei 9.610 de 19/02/1998.

Nenhuma parte deste livro, sem autorização prévia por escrito da editora, poderá ser reproduzida ou transmitida sejam quais forem os meios empregados: eletrônicos, mecânicos, fotográficos, gravação ou quaisquer outros.

Diretor editorial
Luis Matos

Editora-chefe
Marcia Batista

Assistentes editoriais
Aline Graça
Letícia Nakamura

Tradução
Carolina Coelho

Preparação
Sandra Scapin

Revisão
Giacomo Leone Neto
Cely Couto

Arte
Aline Maria
Valdinei Gomes

Capa
Marina de Campos

Dados Internacionais de Catalogação na Publicação (CIP)
(Câmara Brasileira do Livro, SP, Brasil)

F319j
    Feehan, Christine

    O jogo das sombras / Christine Feehan ; tradução de Caroline
Coelho. –– São Paulo : Universo dos Livros, 2017.
    368 p. (Ghostwalkers ; 1)

    ISBN 978-85-503-0277-5
    Título original: *Shadow game*

    1. Ficção norte-americana I. Título II. Coelho, Caroline

17-1873   CDD 813.6

Universo dos Livros Editora Ltda.
Rua do Bosque, 1589 – Bloco 2 – Conj. 603/606
CEP 01136-001 – Barra Funda – São Paulo/SP
Telefone/Fax: (11) 3392-3336
www.universodoslivros.com.br
e-mail: editor@universodoslivros.com.br
Siga-nos no Twitter: @univdoslivros

Ao meu irmão, Matthew King, muito obrigada pela ajuda com toda a pesquisa necessária para este livro.

E a McKenzie King, por seu sorriso estonteante e sua ajuda em guiar a capa da edição original na direção certa.

Um agradecimento especial a Cheryl Wilson. Eu não tenho ideia do que teria feito sem você.

Um

|||||||||||||||||||||||||||||||||||||||||||||||

O capitão Ryland Miller encostou a cabeça na parede e fechou os olhos, totalmente exausto. Conseguia ignorar a dor na cabeça e as facas enterradas em seu crânio. Conseguia ignorar a jaula na qual estava. Conseguia ignorar até o fato de que, mais cedo ou mais tarde, acabaria tendo um deslize e seria morto por seus inimigos.

Mas ele não conseguia ignorar a culpa, a raiva e a frustração que surgiam como um furacão dentro de si ao ver seus homens sofrerem as consequências de suas decisões.

Kaden, não consigo entrar em contato com Russell Cowlings. E você?

Ryland havia convencido seus homens a participar do experimento que os colocara todos dentro de jaulas no laboratório, onde agora ficavam. Homens bons. Leais. Homens que desejavam servir ao país e ao povo.

Todos nós tomamos a decisão. Kaden reagiu a suas emoções, com as palavras ressoando na mente de Ryland. *Ninguém conseguiu chamar Russell.*

Ryland praguejou em voz alta ao passar a mão no rosto para tentar afastar a dor que sentia ao falar por telepatia com seus homens. O elo telepático entre eles havia se tornado mais forte conforme se esforçavam para isso, mas apenas alguns deles conseguiam mantê-lo estável por um período maior. Ryland tinha de ser a ponte, e seu cérebro, com o tempo, falhava por causa de tamanha carga.

Não tomem o remédio para dormir que lhes deram. Suspeitem de qualquer medicamento. Ele olhou para o pequeno comprimido branco na mesa de canto. Queria que fosse feita uma análise laboratorial do conteúdo. Por que Cowlings não o escutara? Teria ele aceitado o remédio para dormir na esperança de ter um breve intervalo? Ele tinha de tirar os homens dali. *Não temos escolha, devemos encarar esta situação como se estivés-*

semos atrás de linhas inimigas. Ryland respirou profundamente e soltou o ar de modo lento. Ele sentia que não tinha mais escolha. Já havia perdido homens demais. Sua decisão faria com que fossem vistos como traidores, desertores, mas era a única maneira de salvar suas vidas. Era preciso encontrar uma maneira de seus homens escaparem do laboratório.

O coronel nos traiu. Não temos opção além de fugir. Reúnam informações e apoiem uns aos outros da melhor maneira. Esperem as minhas ordens.

O capitão notou a perturbação ao seu redor, as ondas sombrias de intensa reprovação beirando a raiva diante do grupo que se aproximava da jaula onde ele estava sendo mantido.

Alguém está se aproximando... Ryland abruptamente cortou a comunicação telepática com aqueles de seus homens que conseguiu alcançar. Manteve-se imóvel no centro da cela, todos os sentidos aguçados para identificar os indivíduos que se aproximavam.

Dessa vez, era um grupo pequeno: doutor Peter Whitney, coronel Higgens e um guarda. Ryland riu do fato de Whitney e Higgens insistirem em ser acompanhados por um guarda armado, apesar de ele estar preso em uma jaula, cercado por uma forte barreira de vidro. Procurou manter-se inexpressivo diante da aproximação deles.

Ryland olhou para a frente, os olhos acinzentados, frios como gelo. Ameaçador. Não tentou disfarçar o perigo que representava. Eles o haviam criado, traído e, agora, Ryland queria que o temessem. Havia uma enorme satisfação em saber que estavam com medo... e que tinham motivo para isso.

O doutor Peter Whitney liderava o pequeno grupo. Ele era mentiroso, enganador, criador de monstros. Havia criado os Ghostwalkers e aquilo em que o capitão Ryland e seus homens haviam se tornado. Ryland levantou-se devagar, como um animal mortal espreguiçando-se de modo preguiçoso, revelando as garras e os músculos enquanto esperava dentro de sua jaula.

Seu olhar frio demorou no rosto deles, deixando-os desconfortáveis. Olhos de cova. Olhos de morte. Ele projetou a imagem de propósito, desejando – até mesmo precisando – que temessem por suas vidas. O coronel Higgens desviou o olhar, analisou as câmeras, a segurança, e observou com clara apreensão quando a grossa barreira de vidro foi aberta. Apesar de Ryland permanecer preso atrás de densas barras de ferro, estava claro que Higgens se sentia apreensivo sem a barreira, pois não sabia ao certo qual era a força que o prisioneiro tinha no momento.

Ryland fortaleceu-se para o ataque escutando e sentindo a onda de informação indesejada que não conseguia controlar. Era um bombardeio de pensamentos e emoções. A depravação e a cobiça, nojentas, que vinham de trás das máscaras daqueles que o encaravam. Ele manteve o rosto impassivo, sem dar pistas, não desejando que eles percebessem como era difícil proteger sua mente escancarada.

— Bom dia, capitão Miller — Peter Whitney disse, com simpatia. — Como estão as coisas hoje? Conseguiu dormir?

Ryland observou o homem sem piscar, tentado a derrubar as barreiras de Whitney para descobrir a real personalidade escondida atrás do muro que tinha em sua mente. Quais segredos estariam escondidos ali? A única pessoa que Ryland precisava compreender, analisar, estava protegida por uma barreira, natural ou construída, que nenhum deles, nem mesmo Kaden, tinha sido capaz de penetrar. Não conseguiam obter dados permanentes, mas as gigantescas ondas de culpa que vinham de Whitney eram sempre claramente percebidas.

— Não, não dormi, mas suspeito que o senhor já saiba disso.

O doutor Whitney assentiu.

— Nenhum de seus homens está tomando a medicação para dormir. Notei que o senhor também não. Algum motivo para isso, capitão Miller?

As caóticas emoções do grupo atingiram Ryland, como sempre. No começo, elas o deixavam sem defesa, tão alto e perturbador era o barulho em sua mente, que ela se rebelava, punindo-o pelas habilidades não naturais. Agora, ele estava muito mais disciplinado. A dor continuava presente, era como se milhares de facas atingissem sua cabeça ao primeiro abrir de seu cérebro, mas ele escondia o sofrimento atrás da aparência fria e ameaçadoramente calma. Afinal, ele era bem treinado. Seu povo nunca revelava fraqueza diante do inimigo.

— A sobrevivência é sempre um bom motivo — ele respondeu, lutando contra as ondas de fraqueza e dor. Manteve o rosto inexpressivo, recusando-se a deixar transparecer pelo que passava.

— O que, diabos, isso significa? — Higgens perguntou. — De que está nos acusando agora, Miller?

A porta do laboratório havia sido deixada aberta – algo incomum para uma empresa sempre tão preocupada com segurança –, e uma mulher entrou correndo.

— Sinto muito por estar atrasada. A reunião foi mais demorada do que pensei que seria.

De repente, a onda dolorosa de pensamentos e emoções foi suavizada, tranquilizada, e Ryland conseguiu respirar normalmente. Ele se concentrou na mulher que acabara de chegar e percebeu que ela, de certa forma, prendia as emoções mais fortes, mantendo-as escondidas, quase como se as atraísse. Não era uma mulher qualquer: era tão linda que o deixava sem fôlego. Ryland podia até jurar que, ao olhar para ela, o chão sob seus pés havia tremido. Ele olhou novamente para Peter Whitney e viu que o homem observava atentamente as reações dele diante da mulher.

A princípio, Ryland ficou envergonhado por ter sido flagrado olhando para ela. Depois, percebeu que Whitney sabia que a mulher tinha uma habilidade psíquica: ela melhorava a capacidade de Ryland e afastava o acúmulo de pensamentos e sentimentos ruins. Mas Whitney sabia exatamente do que ela era capaz? O doutor estava esperando por uma reação de Ryland, que se recusou a lhe dar tal satisfação, e manteve-se inexpressivo.

— Capitão Miller, quero lhe apresentar minha filha, Lily Whitney, doutora Lily Whitney. — Peter não desviou o olhar do rosto de Ryland. — Pedi a ela que se unisse a nós; espero que não se importe.

O choque não poderia ter sido maior. A filha de Peter Whitney? Ryland soltou o ar lentamente e deu de ombros, como se não se importasse. Ela era mais um sinal de ameaça, e ele se importava.

Tudo dentro dele parou. Acalmou-se. Conectou-se. Ele a analisou. Seus olhos eram incríveis, mas cautelosos. Inteligentes. Bem informados. Como se ela também o reconhecesse. Os olhos dela eram de um azul profundo e brilhante, como o centro de uma piscina límpida. Um homem poderia perder a cabeça e a liberdade em olhos como aqueles. Ela tinha estatura mediana – não era alta, mas também não era muito baixa. Seu corpo feminino estava coberto por um terno verde-acinzentado que chamava a atenção para todas as suas voluptuosas curvas. Seu caminhar apresentava um forte mancar, mas, quando ele a observou, à procura de lesões, não viu nada que indicasse problemas. Acima de qualquer coisa, quando Ryland viu o rosto dela, ao entrar na sala, a alma dele pareceu ter buscado a dela, em reconhecimento. Sua respiração estava mais calma, e ele não conseguia desviar os olhos dela.

Lily estava olhando para Ryland. Ele sabia que sua aparência não era muito atraente. Na melhor das hipóteses, estava parecendo um guerreiro... na pior, um lutador selvagem. Não havia como suavizar sua expressão ou reduzir as cicatrizes em seu rosto, nem eliminar a barba por fazer que tomava sua face. Ele era atarracado, tinha corpo de lutador, compacto, com a parte superior do corpo mais desenvolvida, peito, braços e ombros maiores. Seus cabelos eram grossos e pretos, e enrolavam quando o comprimento passava da nuca.

– Capitão Miller. – A voz dela era calma, delicada, agradável. Sensual. Uma mistura de vapor e calor que o fazia sentir um arrepio. – Muito bom conhecê-lo. Meu pai acha que posso ajudar na pesquisa. Não tive tempo de analisar os dados, mas ficarei feliz se puder tentar ajudar.

Ele nunca havia reagido de modo tão intenso a uma voz. O som parecia envolvê-lo em lençóis de cetim, roçando e acariciando sua pele até que começasse a suar. A imagem era tão clara que, por um momento, ele não conseguiu fazer nada além de olhá-la, imaginando seu corpo arqueando-se de prazer sob o dele. Em meio a sua luta pela sobrevivência, Ryland se chocou com a reação física que ela lhe causou.

Um rubor subiu pelo pescoço dela, delicadamente colorindo sua face. Seus cílios compridos remexeram-se quando ela olhou para baixo e desviou o olhar para o pai.

— Esta sala é muito aberta. Quem a planejou? Acredito que seria difícil viver aqui, mesmo que por um curto período.

— Como um rato de laboratório? — Ryland perguntou delicadamente, sem querer que pensassem que o estavam enganando com a presença daquela mulher. — Porque é isso o que sou. O dr. Whitney tem seus próprios ratos humanos para brincar.

Os olhos escuros de Lily se voltaram para o rosto dele. Ela ergueu uma sobrancelha.

— Desculpe, capitão Miller... estou enganada ou o senhor concordou em ajudar nessa tarefa? — Havia um tom de desafio em sua voz.

— O capitão Miller se ofereceu, Lily — Peter Whitney disse. — Ele não estava preparado para os resultados, como eu estava. Tenho procurado uma maneira de reverter o processo, mas, até aqui, tudo o que tentei falhou.

— Não acho que essa seja a maneira adequada de lidar com isso — o coronel Higgens acrescentou, olhando para Peter Whitney, com as grossas sobrancelhas unidas em um franzir de cenho de desaprovação. — O capitão Miller é um soldado. Ele se ofereceu para essa missão e devo insistir para que a leve a cabo. Não precisamos que o processo seja revertido, mas, sim, aperfeiçoado.

Ryland não teve dificuldades para entender as emoções do coronel: ele não queria Lily Whitney perto de Ryland ou de seus homens. Queria que Ryland fosse levado para trás dos laboratórios e assassinado a tiros. Melhor ainda, queria que ele fosse dissecado, para que pudessem ver o que estava acontecendo em seu cérebro. O coronel Higgens tinha medo de Ryland Miller e dos outros homens na unidade paranormal. E o que Higgens temia, ele destruía.

— Coronel Higgens, acho que o senhor não compreende totalmente pelo que esses homens estão passando, o que está ocorrendo na mente deles. — O dr. Whitney estava tentando abordar o que obviamente era uma discussão antiga entre eles. — Já perdemos muitos homens...

— Eles conheciam os riscos — Higgens respondeu, olhando para Miller. — Trata-se de uma experiência importante. Precisamos que esses homens demonstrem desempenho. A perda de alguns homens, por mais trágica que seja, é aceitável, considerando a importância do que eles conseguem fazer.

Ryland não olhou para Higgens. Manteve o olhar fixo em Lily Whitney. Mas pensou. Analisou. Retraiu-se.

Lily olhou para a frente. Protestou baixinho. Olhou para as mãos de Ryland. Viu os dedos dele começarem a, lentamente, se entortar em garras, como se apertasse um pescoço. Ela balançou a cabeça, um protesto discreto.

Higgens tossiu. Um ronco forte. Abriu a boca puxando o ar. Peter Whitney e o jovem guarda partiram na direção do coronel para abrir a gola de sua camisa, tentando ajudá-lo a respirar. O coronel titubeou, mas o cientista o segurou, ajudando-o a se deitar no chão.

Pare com isso. A voz na mente de Ryland foi delicada.

Ryland ergueu a sobrancelha escura e seus olhos brilhantes encontraram os de Lily. A filha do doutor definitivamente era telepática. Ela agiu de modo calmo, mantendo os olhos nos dele, nem um pouco assustada com o perigo que emanava dele. Parecia fria como gelo.

Ele está disposto a sacrificar todos os meus homens. Eles não são descartáveis. Ele estava calmo, sem ceder nem por um instante.

Ele é um idiota. Ninguém está disposto a sacrificar os homens; ninguém os considera descartáveis; e não vale a pena se tornar um assassino por ele.

Ryland soltou o ar de modo tranquilo e controlado, esvaziando os pulmões, esvaziando a mente. De caso pensado, ele deu as costas para o homem caído e caminhou pela cela, esticando os dedos lentamente.

Higgens teve um acesso de tosse, seus olhos estavam marejados.

— Ele tentou me matar, todos vocês viram — ele disse, apontando para Ryland, com o dedo trêmulo.

Peter Whitney suspirou e caminhou pela sala, rumo ao computador, com passos pesados.

— Estou farto de melodrama, coronel. Sempre ocorre um salto nos sensores dos computadores quando há sobrecarga de eletricidade. Não há nada aqui. Miller está dentro de uma jaula; ele não fez absolutamente nada. Ou vocês estão tentando sabotar meu projeto ou querem se vingar do capitão Miller. De qualquer maneira, escreverei ao general e insistirei para que mande outro intermediário.

O coronel Higgens disse mais um palavrão.

— Não falarei mais sobre reverter o processo, Whitney, e você sabe o que penso a respeito de colocar a sua filha nisso. Não precisamos de mais um coração mole neste projeto... precisamos de resultados.

— Minha investigação de segurança, coronel Higgens, é do mais alto nível, assim como meu comprometimento neste projeto. Não preciso usar os dados necessários neste momento, mas garanto que dedicarei o tempo que for preciso para encontrar as respostas necessárias.

Lily olhava para a tela do computador enquanto seu pai falava. Ryland conseguiu ler seus pensamentos. O que estava vendo ali a deixava tão confusa quanto o que seu pai dizia, mas ela estava disposta a dar-lhe cobertura. Estava inventando tudo ao longo do caminho. Calma e tranquila como sempre. O capitão não se lembrava da última vez em que havia sorrido, mas a vontade existia. Ele continuou de costas para o grupo, sem saber se conseguiria manter a neutralidade ao mentir para o coronel. Lily Whitney não sabia o que estava acontecendo; seu pai havia lhe dado pouca informação, e ela simplesmente estava improvisando. Sua antipatia por Higgens, piorada pelo comportamento incomum de seu pai, a colocava, por ora, no time de Ryland.

Ryland não tinha ideia do que Peter Whitney estava tramando, mas o cara estava atolado até o pescoço. A experiência para aumentar a habilidade psíquica e criar uma unidade de lutadores era o seu projeto, o seu objetivo. Peter Whitney havia convencido Ryland de que a experiência tinha importância. De que seus homens ficariam seguros e de que seria melhor que eles servissem o país. Ryland não conseguia compreender o médico mesmo já sendo capaz de entender a maioria dos homens, mas, independentemente do que Whitney estivesse arquitetando, ele sabia que não beneficiaria a ele ou a seus homens. A Donovan Corporation dava essa impressão. Ryland tinha certeza de que a Donovan só pensava em dinheiro e em vantagem pessoal, não na segurança nacional.

– Consegue ler aquele código que seu pai usa nas anotações dele? – Higgens perguntou a Lily, repentinamente perdendo o interesse em Ryland. – Na minha opinião, é uma bobagem. Por que, diabos, você não anota as coisas em inglês como qualquer outro ser humano normal? – ele perguntou com irritação a Peter Whitney.

De repente, Ryland se virou, com os olhos acinzentados, sérios, e olhou para o coronel. Havia algo ali, algo que ele não compreendia. Estava mudando, com ideias se formando e crescendo. A mente de Higgens parecia uma ravina escura, retorcida, com curvas, e repentinamente sábia.

Lily deu de ombros.

– Cresci lendo os códigos dele. Claro que consigo decifrá-los.

Ryland notou que ela ficou mais confusa ao ver a combinação de números, símbolos e letras na tela do computador.

– O que diabos pensa estar fazendo acessando meus arquivos eletrônicos particulares, Frank? – Peter Whitney perguntou, olhando para o coronel. – Quando eu quiser que você leia um relatório, terei os dados organizados, e o material será finalizado e atualizado, bem digitado em nossa língua. Você não tem que fuçar em meu computador, nem aqui nem no meu escritório. As pesquisas de muitos de meus projetos estão no meu computador, e você não tem o direito de invadir a minha privacidade. Se seu pessoal chegar perto de meu trabalho, vou tirar você da Donovan tão depressa que não vai nem perceber.

– Este projeto não é só seu, Peter – Higgens disse a todos eles. – Também é meu. E como eu sou o líder, não podem guardar segredos. Os relatórios que você faz não têm sentido.

Ryland observou Lily Whitney. Ela se manteve muito quieta, escutando, absorvendo informações, reunindo impressões e retendo tudo como uma esponja. Parecia relaxada, mas ele tinha consciência de que ela buscava no pai um sinal, uma dica de como lidar com a situação. O médico não lhe deu nenhum indício, nem sequer olhou para a filha. Lily escondeu a frustração muito bem. Voltou a olhar para a tela do computador, deixando que eles discutissem, o que certamente não terminaria logo.

– Quero que algo seja feito a respeito de Miller – Higgens disse, agindo como se Ryland não conseguisse escutá-lo.

Eu já morri para ele. Ryland sussurrou as palavras na mente de Lily Whitney.

Que bom para o senhor e para seus homens. Ele está pressionando meu pai para levar este projeto adiante, não quer encerrá-lo. Não está satisfeito com as descobertas e não acha que isso é perigoso para todos vocês. Lily não desviou o olhar do computador nem deu qualquer sinal, em seu comportamento, de que estava se comunicando com o capitão.

Ele não sabe nada sobre o senhor. Higgens não faz ideia de que o senhor é telepático. Aquela informação o tomou como a luz de um prisma, brilhante, colorida e cheia de possibilidades. O dr. Whitney estava escondendo do coronel e da Donovan Corporation as habilidades da filha. Ryland sabia que ele tinha munição. Essas eram informações que poderiam ser usadas para barganhar com o dr. Whitney. Algo que poderia ser usado para salvar seus homens. Sua excitação deve ter ficado clara em sua mente, porque Lily se virou e olhou para ele de modo atento e frio.

Peter Whitney olhou feio para o coronel Higgens, claramente irritado.

– Quer alguma coisa? O que isso quer dizer, Frank? O que tem em mente? Uma lobotomia? O capitão Miller realizou todos os testes que pedimos a ele. Você tem motivos pessoais para não gostar do capitão? – A voz do dr. Whitney tinha um tom de desdém. – Capitão Miller, se estava tendo um caso com a esposa do coronel Higgens, já deveria ter me contado.

Lily ergueu as sobrancelhas escuras. Ryland sentiu que ela se divertia com aquela revelação. A risada dela foi discreta e convidativa, mas seus traços não deram indícios do que ela pensava. *E então? O senhor é um Romeu?*

Havia algo tranquilo e sereno em Lily, algo que se espalhava na atmosfera ao redor deles. Seu segundo em comando, Kaden, também era assim, acalmava a estática terrível e acertava as frequências de modo que elas ficassem claras, podendo ser usadas por todos os homens, independentemente do talento. Certamente, o pai não havia feito experiências na própria filha. A ideia o enojava.

– Ria quanto quiser, Peter – o coronel disse –, mas não vai rir quando houver processos contra a Donovan Corporation e o governo norte-americano estiver atrás de você por estragar o trabalho.

Ryland ignorou os homens que discutiam. Nunca havia se sentido tão atraído por uma mulher, por qualquer pessoa que fosse. Queria que Lily permanecesse na sala. *Precisava* que ela permanecesse na sala. E ele não queria que ela fizesse parte de uma conspiração que estava colocando sua vida em risco. Ela parecia alheia a isso, mas seu pai, certamente, era um dos controladores das peças.

Meu pai não está controlando as peças. A voz dela parecia indignada e levemente arrogante, como uma princesa falando com um ser inferior.

Você nem ao menos sabe o que está acontecendo, então como sabe o que ele é ou não é? Ele foi mais ríspido do que queria, mas Lily encarou bem: não respondeu, mas franziu o cenho ao olhar para a tela do computador.

Ela não falou com o pai, mas o médico percebeu a movimentação da filha em sua direção, uma estranha troca entre eles que foi mais sentida do que vista, mas Ryland percebeu que a confusão dela crescia. Seu pai não lhe deu nenhuma pista; apenas levou o coronel Higgens em direção à porta.

– Você vem, Lily? – o dr. Whitney perguntou, parando dentro do hall.

– Quero analisar as coisas aqui, senhor – ela disse, apontando para o computador. – Assim, o capitão Miller vai poder me contar qual é seu papel nisto.

Higgens se virou.

– Não acho uma boa ideia você ficar sozinha com ele. Trata-se de um homem perigoso.

Ela parecia tranquila, como sempre, a sobrancelha escura formando um arco perfeito. Lily olhou para o coronel, com seu ar aristocrático.

– Não checou se a propriedade estava segura, coronel?

Higgens soltou mais um palavrão e saiu da sala. Quando o pai de Lily começou a se retirar, ela pigarreou levemente.

– Acho melhor discutirmos este projeto de modo mais detalhado se quiser minha opinião, senhor.

O dr. Whitney olhou para ela, mantendo o rosto impassivo.

– Encontrarei você no Antonio's para que jantemos e possamos falar sobre tudo. Quero saber o que pensa.

– Com base em...

Ryland não percebeu nem um toque de sarcasmo na fala de Lily, mas este estava na mente dela. Lily estava irritada com o pai, mas Ryland não conseguiu ler o motivo. Aquela parte da mente dela estava fechada para ele, escondida atrás de um muro, algo forte construído por ela para mantê-lo afastado.

– Analise minhas anotações, Lily, e veja o que consegue entender a respeito do processo. Talvez você veja algo que não vi. Quero um ponto de vista novo. Pode ser que o coronel Higgens esteja certo. Pode haver uma maneira de continuar sem reverter o que fizemos. – Peter Whitney se recusou a enfrentar o olhar direto da filha, mas se virou para Ryland e perguntou: – Preciso deixar um guarda armado nesta sala com minha filha, capitão?

Ryland observou o rosto do homem que havia aberto as comportas de seu cérebro para receber estímulos em excesso. Não conseguiu perceber nenhum mal, apenas uma preocupação verdadeira.

– Não sou ameaça aos inocentes, dr. Whitney.

– Fico feliz com isso. – Ainda sem olhar para a filha, o médico deixou a sala, fechando a porta do laboratório com firmeza.

Ryland estava prestando tanta atenção em Lily que sentiu o ar saindo de seus pulmões, em um expirar lento, quando a porta foi fechada e trancada com discrição. Ele esperou por um segundo. Dois.

– Não tem medo de mim? – Ryland perguntou, controlando a voz, que saiu mais rouca do que ele desejava. Nunca tivera muita sorte com mulheres, e Lily Whitney não era para o seu bico.

Ela não olhou para ele, mas continuou observando os símbolos na tela.

– E por que teria? Não sou o coronel Higgens.

– Até mesmo os técnicos de laboratório têm medo de mim.

– Porque o senhor quer que eles tenham e está projetando isso, aumentando o receio deles. – A voz dela indicava um leve interesse na conversa, mas sua mente continuava analisando os dados na tela. – Há quanto tempo está aqui?

Ele se virou, caminhou pela jaula e segurou as barras.

– Eles estão colocando você aqui sem ao menos saber há quanto tempo meus homens e eu estamos neste inferno?

Ela virou a cabeça repentinamente. Mechas de cabelos, soltas do coque apertado em sua nuca, balançaram-se sobre seu rosto. Mesmo sob a luz azulada da sala, os cabelos dela continuavam brilhantes e reluzentes.

– Não sei nada sobre esse experimento, capitão. Absolutamente nada. Este é o complexo mais seguro que esta corporação tem e, embora eu tenha autorização, esta não é minha área de especialização. O dr. Whitney, meu pai, pediu que eu o ajudasse, e fui aprovada para isso. Algum problema?

Ele analisou a beleza clássica do rosto dela. Maçãs do rosto altas, cílios compridos, boca carnuda... ninguém tinha aquela aparência se não tivesse nascido rico e privilegiado.

– Provavelmente você tem uma empregada doméstica que recebe um salário ruim, cujo nome você não se lembra, que recolhe as roupas que você espalha pelo chão do quarto.

Aquilo fez a atenção dela voltar-se toda para ele. Lily cruzou a distância do computador até a jaula em um caminhar lento e tranquilo, que fez com que ele notasse seu mancar. Mesmo mancando, ela caminhava de modo gracioso. Deixava todas as células do corpo dele conscientes de que ele era macho e ela, fêmea.

Lily ergueu a cabeça diante dele.

— Acredito que o senhor foi criado sem bons modos, capitão Miller. Não deixo minhas roupas espalhadas pelo chão do quarto. Eu as penduro dentro do guarda-roupa — ela disse, ao desviar o olhar para as roupas jogadas no chão.

Pela primeira vez, até onde se lembrava, Ryland se envergonhou diante de uma mulher. Estava agindo de modo tolo. Até mesmo os malditos saltos dela eram elegantes. Sensuais, mas elegantes.

Ela esboçou um leve sorriso.

— O senhor está agindo de modo *totalmente* tolo, mas, por sorte, eu o perdoo. Nós, elitistas, aprendemos isso desde pequenos, em nossos berços de ouro.

Ryland sentiu-se envergonhado. Era de classe econômica inferior, mas sua mãe teria arrancado suas duas orelhas por ter sido tão grosseiro.

— Sinto muito, não há desculpa.

— Não, não há. Não existe justificativa para a grosseria. — Lily caminhou ao longo da jaula dele, analisando, sem pressa, o local. — Quem projetou seus aposentos?

— Eles construíram diversas jaulas quando concluíram que éramos fortes demais e oferecíamos perigo demais como um grupo. — Os homens dele tinham sido separados e espalhados pela propriedade. Ele sabia que o isolamento era ruim para eles. As perturbações e pressões constantes o desgastavam, e ele tinha receio de não conseguir mantê-los unidos. Já tinha perdido muitos homens; não queria perder mais nenhum.

A cela havia sido projetada especialmente contra retaliações. Ele sabia que seu tempo era limitado — o medo aumentava a cada semana. Eles haviam erguido a barreira forte e antibalas de vidro ao redor da cela, acreditando que isso o impediria de se comunicar com seus homens.

O capitão Miller havia se oferecido para a tarefa e convencido os outros a fazer o mesmo. Agora, estavam presos, eram analisados, pressionados e usados para muitas coisas, exceto para o motivo original. Muitos dos homens estavam mortos e tinham sido dissecados como insetos para "serem estudados e compreendidos". Ryland precisava tirar os outros de lá antes que alguma coisa acontecesse a eles. Higgens desejava matar os mais fortes, e ele sabia. Ryland tinha certeza de que os fatos seriam tratados como "acidentes", mas sabia que ocorreriam se ele não encontrasse um modo de libertar seus homens. O coronel tinha planos, pretendia usar os homens para tirar vantagem pessoal, e isso nada tinha a ver com o exército e o país que ele precisava servir. Mas Higgens temia o que ele não podia controlar. Ryland não queria perder seus homens para um traidor. Eles eram sua responsabilidade.

O capitão, então, foi mais cuidadoso, passou a falar de modo mais sério, tentando impedir que as acusações e a culpa que colocava nos ombros do pai de Lily controlassem seus pensamentos, para o caso de ela os estar lendo. Os cílios dela eram absurdamente longos, e ela tinha uma franja pesada que ele achava fascinante. Ele olhava para ela de modo fixo, sem conseguir deixar de ser um idiota completo. Havia o risco de ficar preso como um rato em uma ratoeira, seus homens estavam em perigo, e ele estava fazendo papel de tolo diante de uma mulher. Uma mulher que podia muito bem ser sua inimiga.

— Seus homens estão em jaulas parecidas? Não recebi essa informação. — A voz dela era neutra, mas Lily não gostara daquilo, e ele conseguiu perceber a indignação que ela tentava esconder.

— Não os vejo há semanas. Eles não permitem que nos comuniquemos. — Ele indicou a tela do computador. — Isso é uma fonte constante de irritação para Higgens. Aposto que os homens dele tentaram descobrir o código de seu pai, até usaram o computador, mas podem não ter conseguido. Você realmente consegue ler o código?

Ela hesitou brevemente. Foi quase imperceptível, mas ele notou à repentina imobilidade e não desviou o olhar fixo do rosto dela.

– Meu pai sempre escreveu em códigos. Enxergo em padrões matemáticos, e desvendar os códigos era um tipo de brincadeira quando eu era menina. Ele sempre mudava o código para me dar algo com que eu pudesse me entreter. Minha mente... – Ela hesitou, como se analisasse as opções com cuidado. Estava decidindo até que ponto seria honesta com ele.

Ryland queria a verdade e silenciosamente pediu que ela a revelasse. Lily permaneceu calada por mais um momento, seus olhos grandes fixos nos dele, os lábios macios, tensos. Ela ergueu a cabeça um milímetro, mas ele observava todas as expressões, todas as nuances, e percebeu quanto custava para ela dizer.

– Minha mente exige estímulo constante. Não sei como explicar isso de outra maneira. Se não tiver algo complexo com que lidar, me meto em problemas.

Ele notou a dor passando pelos olhos dela, breve, mas ainda assim, perceptível. O dr. Whitney era um dos homens mais ricos do mundo. Todo o dinheiro que possuía podia dar à filha dele confiança, mas não mudava o fato de ela ser uma aberração... uma aberração como ele. Como seus homens. No que seu pai os havia transformado. Fantasmas ambulantes, esperando que a morte os levasse, quando deveriam ser uma equipe de elite a defender o país.

– Conte-me, Lily Whitney: se o código é real, por que o computador não consegue desvendá-lo? – Ryland falou mais baixo de modo que ninguém por perto conseguisse escutar a pergunta, mas manteve os olhos brilhantes fixos nos dela, não permitindo que ela os desviasse.

A expressão de Lily não mudou. Ela continuou tranquila como sempre. Estava incrivelmente elegante mesmo ali, no laboratório. Parecia tão longe do alcance dele, que aquilo o magoava.

– Eu disse que ele sempre escreveu em códigos. Não disse que esse fazia sentido para mim. Ainda não tive a chance de analisá-lo.

A mente dela estava tão fechada para Ryland. Ele sabia que ela mentia. Arqueou uma das sobrancelhas para ela.

– É mesmo? Bem, você vai ter de se esforçar mais, porque ninguém parece conseguir desvendar como seu pai conseguiu aumentar nossas habilidades psíquicas. E certamente ninguém consegue desfazer isso.

Ela esticou o braço de modo gracioso, despretensioso, e com naturalidade, para apoiar-se na beirada de uma mesa. Seus dedos ficaram brancos pela pressão exercida.

– Ele aumentou suas habilidades naturais? – Aquela informação começou a ser analisada sem parar na mente de Lily, como se fosse uma peça de quebra-cabeça que ela estava tentando encaixar no lugar certo. – Ele permitiu que você viesse para cá sem saber de nada, não é? – Ryland perguntou. – Pediram a nós que realizássemos testes especiais...

Ela ergueu a mão.

– Quem perguntou o que para quem?

– A maioria dos meus homens é das Forças Especiais. Homens de diversas áreas receberam o pedido para fazerem o teste da habilidade psíquica. Havia certos critérios a alcançar com as habilidades. Idade, quantidade e tipo de treinamento de combate, capacidade de trabalhar sob pressão, capacidade de atuar por longos períodos longe da cadeia de comando, fatores de lealdade. A lista era interminável, mas, surpreendentemente, muitos a acataram. O exército emitiu uma convocação especial para voluntários. Pelo que entendi, setores da polícia fizeram a mesma coisa. Estavam procurando um grupo de elite.

– E há quanto tempo foi isso?

– A primeira vez que soube dessa ideia foi há quase quatro anos. Estou no laboratório da Donovan há um ano, mas todos os recrutas que entraram na unidade, incluindo eu mesmo, treinaram juntos em outro local. Até onde eu sei, sempre fomos mantidos juntos. Eles queriam que formássemos uma unidade coesa. Treinamos as técnicas usando habilidades psíquicas em combate. A ideia era a criação de uma força que conseguisse entrar e sair sem ser vista. Poderíamos ser usados contra cartéis de drogas, terroristas, até mesmo contra o exército inimigo. Temos feito isso há mais de três anos.

– Que ideia maluca. E quem a teve?

– Seu pai. Ele elaborou o plano, convenceu os poderes de que seria viável, e convenceu a mim e aos demais que isso tornaria o mundo um lugar melhor. – Havia uma onda de amargura na voz de Ryland Miller.

– Obviamente algo deu errado.

– A ganância deu errado. A Donovan tem o contrato do governo. Peter Whitney praticamente é o dono da empresa. Acredito que ele simplesmente não tem dinheiro suficiente com os dois milhões da conta-corrente dele.

Ela esperou um tempo antes de responder.

– Duvido que meu pai precise de mais dinheiro, capitão Miller. A quantia que ele doa a instituições de caridade por ano seria o suficiente para manter um país. O senhor não sabe nada sobre ele, por isso sugiro que guarde suas opiniões até termos todos os fatos. E, só para registrar, são dois bilhões ou mais. Esta organização poderia desaparecer amanhã, e isso não mudaria o estilo de vida dele em nada. – Ela não ergueu a voz nem um pouco, mas demonstrou intensidade.

Ryland suspirou. Os olhos vívidos dela não haviam hesitado em nada.

– Não temos contato com a nossa gente. Todas as comunicações externas devem passar por seu pai ou pelo coronel. Não podemos decidir o que vai acontecer conosco. Um de meus homens morreu alguns meses atrás, e eles mentiram a respeito de como a morte ocorreu. Ele faleceu por um resultado direto de seu experimento e pelo aumento de suas habilidades: o cérebro dele não conseguiu lidar com a sobrecarga, com a pressão constante. Eles afirmaram ter sido um acidente em campo. E então fomos afastados do comando e separados. Estamos isolados desde então. – Ryland olhou para ela com seus olhos sombrios e irados, desafiando-a a chamá-lo de mentiroso. – E não foi a primeira morte, mas juro por Deus que foi a última.

Lily passou a mão pelos cabelos perfeitamente lisos, o primeiro sinal real de agitação. A atitude espalhou grampos e fez as longas mechas se soltarem ao redor de seu rosto. Ela ficou em silêncio, permitindo que seu cérebro processasse a informação, apesar de rejeitar as acusações e implicações que envolviam seu pai.

— O senhor sabe exatamente o que matou o homem de sua unidade? Os outros estão expostos ao mesmo perigo? — ela perguntou em voz baixa, quase mentalmente.

Ryland respondeu no mesmo tom, sem correr o risco de que guardas não vistos escutassem a conversa.

— O cérebro dele foi escancarado, tomado por tudo e por todos com quem ele estabeleceu contato. Ele não mais conseguia fechá-lo. Conseguimos atuar como um grupo porque dois dos homens são como você. Eles tiram os ruídos e a emoção do restante de nós. Assim, ficamos fortes e trabalhamos. Mas sem esse ímã... — ele se calou e deu de ombros. — É como se pedaços de vidro ou lâminas fossem enfiados em nosso cérebro. Ele sofreu acessos, sangramentos cerebrais, o que puder imaginar. Não foi uma coisa muito bonita, e eu não gostei de imaginar nosso futuro. Assim como os outros homens da unidade também não gostaram.

Lily pressionou as têmporas com os dedos e, por um momento, Ryland percebeu a dor latejante. Seu rosto ficou sério, os olhos estreitados.

— Venha aqui. — Ele teve uma reação física ao fato de ela estar sentindo dor. Os músculos em sua barriga ficaram tensos, rígidos e doloridos. Todos os seus instintos masculinos de proteção se aguçaram e renderam-lhe a necessidade de diminuir o desconforto dela.

Seus grandes olhos azuis instantaneamente se tornaram cautelosos.

— Eu não toco as pessoas.

— Porque não quer saber como elas são por dentro, certo? Você também sente isso. — Ele ficou horrorizado ao pensar que o pai podia ter feito o experimento nela também. *Há quanto tempo você é telepática?* Mais do que isso, ele não queria pensar que nunca poderia tocá-la. Que nunca sentiria a pele dela sob seus dedos, seus lábios entre os dele. A imagem foi tão real que ele quase conseguiu sentir o gosto. Até mesmo os cabelos dela imploravam por um toque, uma massa densa de fios sedosos pedindo que os dedos dele afastassem os outros grampos.

Lily deu de ombros rapidamente, mas um leve rubor espalhou-se por seu rosto. *A minha vida toda. E sim, é desconfortável saber os segredos mais obscuros das outras pessoas. Aprendi a viver dentro de certos limites. Talvez meu pai tenha se interessado pelos fenômenos paranormais por querer me ajudar. Mas, independentemente do motivo, posso garantir que não teve nada que ver com vantagem financeira pessoal.* Ela suspirou lentamente.

— É muito ruim que o senhor tenha perdido *alguns* de seus homens. Vocês devem ser muito próximos. Espero conseguir encontrar um meio de ajudá-los.

Ryland notou a sinceridade. Mas tinha suspeitas a respeito do pai dela, apesar das objeções. *O dr. Whitney é paranormal?* Ele sabia que estava anunciando suas fantasias sexuais de modo um pouco forte demais, mas ela continuou impassível, lidando com a intensa química entre os dois com tranquilidade. E ele sabia que a química era mútua. Sentiu uma vontade repentina de sacudi-la, vencer seu comportamento tranquilo apenas uma vez e ver se o fogo ardia sob o gelo. Foi algo forte no meio da bagunça na qual se encontrava.

Lily balançou a cabeça ao responder. *Temos realizado muitas experiências e nos conectado telepaticamente algumas vezes em condições extremas, mas isso foi totalmente sustentado por mim. Devo ter herdado esse talento de minha mãe.*

— Quando você o toca, consegue ler a mente dele? — Ryland perguntou com curiosidade, em voz baixa.

Ele concluiu que os homens não estavam tão longe assim das cavernas. A atração que sentia por ela era intensa, quente e além de qualquer experiência já vivida. Não conseguia controlar a reação de seu corpo à presença dela. E Lily sabia. Diferentemente de Ryland, ela se mostrava tranquila e inalterada, enquanto ele ficava totalmente perturbado. Ela continuou conversando como se ele não fosse um vulcão em erupção descontrolada. Como se o sangue dele não estivesse fervendo e seu corpo não estivesse rígido como pedra, desesperado de desejo. Como se ela não notasse.

— Raramente. Ele é uma daquelas pessoas que têm barreiras naturais. Acho que é porque ele acredita com intensidade no talento paranormal, enquanto a maioria das pessoas não. Por ter consciência disso o tempo todo, ele construiu uma barreira natural. Já descobri que muitas pessoas têm barreiras em diversos níveis. Algumas parecem impossíveis de transpor, e outras são frágeis. E o senhor? Pensa a mesma coisa? O senhor tem forte telepatia.

— Venha aqui.

Seus olhos frios e azuis o analisaram. E o rejeitaram.

— Acho que não, capitão Miller. Tenho muito trabalho a fazer.

— Está sendo covarde — ele disse de modo suave, com os olhos famintos voltados para o rosto dela.

Ela ergueu o queixo e olhou para ele com seu ar de princesa soberba.

— Não tenho tempo para seus joguinhos, capitão Miller. O que o senhor acredita estar acontecendo aqui, não está.

Ele olhou para os lábios dela. Lily tinha uma boca perfeita.

— Está, sim.

— Foi interessante conhecê-lo — Lily disse ao se virar de costas, afastando-se. Tranquila como sempre.

Ryland não protestou, apenas a observou partir sem olhar para trás. Pediu-lhe que olhasse para trás, mas ela não olhou. E também não recolocou a barreira de vidro ao redor da jaula, deixando essa tarefa para os guardas.

DOIS

||||||||||||||||||||||||||||||||||||||||||||

O mar estava agitado. As ondas subiam, com as cristas altas, um caldeirão fervilhando de ódio intenso. A espuma branca ficava para trás nos penhascos quando a água retrocedia apenas para voltar, chegando cada vez mais alto. Subia com ânsia e fúria, com intenção mortal. As águas escuras se espalhavam como um olho escuro à procura. À espreita. Virando-se para ela.

Lily se debateu até acordar, esforçando-se para puxar o ar. Seus pulmões ardiam. Ela apertou o botão para descer o vidro. Levemente desorientada, disse a si mesma que aquilo era um sonho, nada além de um sonho. O vento frio entrou, e ela respirou profundamente. Percebeu, com alívio, que eles estavam quase perto da casa, já na propriedade.

— John, você se importaria de parar o carro? Quero caminhar. — Ela conseguiu manter a voz firme, apesar de seu coração bater assustado. Detestava os pesadelos que frequentemente atormentavam seu sono.

Ela gostaria de sonhar com o capitão Ryland Miller, mas havia sonhado com morte e violência. Com vozes chamando-a, a morte se aproximando com seus dedos ossudos.

O motorista olhou para ela pelo espelho retrovisor.

— Está usando sapatos de salto, srta. Lilly — ele comentou. — Está se sentindo mal?

Ela conseguiu ver sua imagem refletida. Pálida, olhos grandes demais em seu rosto, olheiras. Estava péssima. Ergueu o queixo.

— Não me importo com os sapatos, John. Preciso me exercitar. — Ela precisava tirar de sua mente os restos do pesadelo. A sensação opressora de perigo, de ser perseguida, ainda acelerava seu coração. Lily procurou aparentar normalidade, evitando o olhar de John pelo espelho. Ele a conhecia desde sempre, e já estava preocupado com a expressão de seu rosto.

Por que estava tão pálida, com a aparência tão ruim, se finalmente havia conhecido um homem com quem se identificara? Ele era tão lindo, tão inteligente. Tão... tudo. Lily havia chegado à reunião sem qualquer informação e, mesmo sendo uma mulher de inteligência extraorinária, saíra de lá com cara de tola. Miller provavelmente saía com loiras magras, tipo modelo, de seios fartos, mulheres que babavam por cada uma de suas palavras. Lily passou a mão pelo rosto, desejando esquecer os pesadelos que não a deixavam descansar. Desejando apagar de sua mente a imagem forte de Ryland Miller. Ele havia conseguido marcar sua carne e sua alma.

Venha aqui.

A voz dele havia penetrado seu corpo, aquecido seu sangue e derretido tudo por dentro. Lily não queria olhar para ele. Ela sabia muito bem que ali havia câmeras. Todas cientes de que ela não sabia nada sobre os homens. Ela estava surpresa com o comportamento de seu pai, surpresa com o peso de sua atração por Ryland Miller. E ela havia fugido como um coelho, desejando encontrar seu pai para saber o que estava acontecendo.

A limusine parou no longo caminho bem pavimentado da propriedade, que levava até a casa principal. Lily saiu com dificuldade, desejando cortar qualquer conversa. John se inclinou para fora da janela e a observou por muito tempo.

— Você não está dormindo de novo, srta. Lily.

Lily sorriu para ele e passou a mão por seus cabelos pretos. O motorista dizia que ainda tinha sessenta e poucos anos, mas ela suspeitava de que ele já passara dos setenta. Ele se comportava mais como um parente do que como um motorista, e ela não conseguia pensar nele como alguém de fora de sua amada família.

— Tem razão — ela disse. — Ando tendo uns sonhos estranhos de vez em quando. Estou tentando compensar cochilando durante o dia. Não se preocupe comigo, já aconteceu antes. — Lily deu de ombros como diminuindo a importância da revelação.

— Já contou a seu pai?

— Na verdade, planejei contar a ele durante o jantar, mas ele não apareceu de novo. Pensei que pudesse estar no laboratório, mas ele não atendeu o telefone. Você sabe se ele já está em casa? — Se estivesse em casa, ela diria poucas e boas para ele. Era imperdoável que ele a colocasse naquela situação sem contar o mínimo sobre o que estava acontecendo.

Dessa vez, Lily ficou furiosa com o pai. Miller não podia ficar trancado em uma jaula como um animal. Ele era um homem, forte e inteligente, além de leal a seu país, e o que quer que estivesse acontecendo nos laboratórios da Donovan tinha de ser interrompido imediatamente. E o que estava acontecendo de errado com os computadores e com os códigos de seu pai? Ele havia escrito montes de bobagens e agia como se fossem anotações legítimas de seu trabalho. Ela não tinha nada com que pudesse trabalhar. O dr. Peter Whitney, pai ou não, tinha muito o que explicar e faltara ao compromisso, como um covarde.

O motorista demonstrou impaciência.

— Aquele homem... Ele precisa de um assistente para caminhar atrás dando-lhe chutes no traseiro de vez em quando, para que caia na real. — O renomado médico sempre ignorava ou se esquecia dos momentos importantes da filha, o que irritava John. Não importava o motivo do evento: aniversário, reunião, cerimônia de formatura, o dr. Whitney simplesmente nunca se lembrava. O motorista participava de todos os acontecimentos, vendo Lily vencer prêmios e mais prêmios, sem um membro da família por perto. John Brimslow se ressentia do patrão por este tratar a filha com tanto descaso.

Lily começou a rir.

— É isso que você diz sobre mim quando estou fazendo pesquisas e me esqueço de ir para casa? — Ela ficou olhando para o botão do meio do casaco de John, esperando ter se tornado especialista em esconder seus sentimentos. Estava acostumada com a indiferença do pai a tudo que a envolvia. O jantar deles nunca teria sido importante o suficiente para que ele tentasse se lembrar, e ela normalmente se mostrava compreensiva. Geralmente, envolvia-se em um projeto de pesquisa e se esquecia de comer, dormir ou conversar com as pessoas. Não podia condenar o pai por ser assim. Mas, dessa vez, ela daria um sermão, e o colocaria sentado para que lhe dissesse tudo o que ela precisava saber a respeito do capitão Miller e de seus homens, sem desculpa.

– Claro – disse o motorista, sorrindo.

– Subirei para casa daqui a pouco. Por favor, avise a Rosa, senão ela pode ficar preocupada. – Lily se afastou do carro acenando, virando-se logo para John não olhar mais para seu rosto. Ela sabia que seu rosto estava mais magro, o que deixava seus ossos mais evidenciados, e não de maneira bonita, como no caso de uma modelo. Os pesadelos deixavam olheiras sob seus olhos e um peso nas costas. Ela nunca tinha sido exatamente bonita, tinha olhos grandes demais e mancava, também nunca fora magra. Seu corpo sempre fora cheio de curvas, desde cedo, e insistia, por mais exercícios que ela fizesse, em ser verdadeiramente feminino. Ela nunca havia se preocupado muito com sua aparência, mas agora...

Lily fechou os olhos. Ryland Miller. Por que ela não podia ser extremamente atraente, pelo menos uma vez? Ele era incrivelmente sensual. Ela nunca havia se sentido atraída pela beleza clássica. Na verdade, Miller não era belo, mas era real, forte. Ela se excitava totalmente só de pensar nele. E na maneira como ele olhava para ela... Ninguém nunca havia olhado para ela daquele modo antes. Ele parecia comê-la com os olhos.

Ela olhou para a casa. Adorava São Francisco, e viver nas colinas que davam vista para a bela cidade era um tesouro do qual nunca se cansava. A residência deles era uma construção do Velho Mundo, com muitos andares, varandas e terraços, dando ao local um ar elegante e romântico. A casa tinha mais cômodos do que ela e o pai conseguiam ocupar, mas Lily adorava cada centímetro dali. As paredes eram grossas e os espaços, amplos. Seu refúgio. Seu santuário. Ela precisava muito de um local como aquele.

O vento soprou suavemente, alvoroçando seus cabelos e tocando seu rosto com delicadeza. A brisa lhe dava uma sensação de conforto. Depois de um pesadelo, a sensação de perigo costumava desaparecer após alguns minutos, mas, dessa vez, estava durando mais, um susto que se tornava aterrorizante. Começava a escurecer. Ela olhou para o céu, observando as nuvens ralas que formavam nuvens escuras flutuando diante da lua. O anoitecer era um cobertor macio que a envolvia. A névoa começou a passar pelos gramados, como fitas de renda branca envolvendo as árvores e os arbustos.

Lily virou, analisando os gramados muito bem cuidados, as plantas e as árvores, as fontes e jardins graciosamente feitos para agradar aos olhos. A parte da frente da casa era sempre impecável, sem nenhuma folha ou fio de grama fora do lugar, mas, atrás da casa, a mata não recebia cuidados. Ali, para ela, era um local de equilíbrio com a natureza, que trazia uma sensação de calma e tranquilidade. Sua casa dava-lhe uma liberdade que não encontrava em nenhum outro local.

Lily sempre fora diferente. Ela tinha um dom. Um talento, seu pai dizia; mas para ela se tratava de uma maldição. Ao tocar as pessoas, Lily descobria seus pensamentos secretos. Coisas que não deveriam ser reveladas. Segredos obscuros e desejos proibidos. Ela também tinha outros dons. Sua casa era seu refúgio, um santuário de muralhas fortes o bastante para protegê-la do ataque de emoções intensas que a bombardeavam noite e dia.

Felizmente, Peter Whitney parecia ter barreiras naturais, de modo que ela não podia saber o que ele pensava quando a levava para a cama à noite, na infância. Ainda assim, ela tomava cuidado com o contato físico, mesmo sabendo que as barreiras em sua mente ficavam firmes quando ela estava por perto. E ele tomara ainda muito cuidado para encontrar outras pessoas com barreiras naturais, de modo que a casa dela sempre fosse um santuário. As pessoas que cuidavam dela se tornaram membros da família, eram indivíduos nos quais ela podia tocar com segurança. Até aquele momento, ela nunca havia pensado em perguntar a Peter Whitney como ele sabia que estava contratando pessoas cujos pensamentos sua filha, com aquela habilidade incomum, não conseguiria ler.

Ryland Miller tinha sido totalmente inesperado. Ela podia jurar que a Terra saíra do eixo assim que ela o viu pela primeira vez; ele tinha dons e talentos próprios. Lily sabia que o pai o considerava perigoso. Ela mesma sentia que Ryland era perigoso, mas não sabia ao certo o motivo. Lily esboçou um sorriso. Provavelmente, ele era um perigo a todas as mulheres, e causava reações no corpo dela. Ela precisava conversar com o pai para que ele a escutasse pelo menos uma vez. Precisava de algumas respostas que apenas ele poderia dar.

Lily sentiu um frio na barriga de ansiedade e levou a mão ao ponto da sensação, tentando imaginar por que ainda sentia aquele medo. Sabia que não deveria ignorar uma sensação tão forte. Suspirando, ela entrou com determinação na casa. O caminho pelo qual passava era estreito, formado por pedras cinza-azuladas que levavam, ao redor do labirinto, pelo jardim de ervas, em direção à entrada lateral.

Quando Lily pisou no degrau, a terra tremeu. Ela se segurou no balaustre, e seus sapatos caíram quando ela se segurou com as duas mãos. Foi preciso um momento para perceber que não estava acontecendo um terremoto, mas o movimento foi como se estivesse dentro de um barco em um mar revolto. Escutou a água bater contra a madeira, um som que ecoou por sua mente. A visão era tão forte, que Lily conseguiu sentir o cheiro do mar, sentiu a água salgada em sua pele.

Ela sentiu um aperto no estômago. Os dedos dela se apertaram. Mais uma vez, sentiu o balançar das ondas. Levantou a cabeça para o céu escuro e viu as nuvens sombrias movendo-se com mais rapidez, girando sem parar, até que apenas o centro ficou transparente e escuro, movendo-se sem parar, procurando, procurando. Lily soltou-se do balaustre e abriu a porta da cozinha. Entrou com dificuldade, bateu a porta e se recostou na parede, respirando penosamente. Fechou os olhos e respirou o ar de sua casa, de seu santuário. Estava segura ali dentro. Segura enquanto não adormecesse.

Na cozinha, sentiu o cheiro de pão recém-assado. Para todos os lados que olhava, havia pisos brilhantes e espaços abertos. Casa. Lily encostou a mão na porta.

— Rosa, o cheiro aqui dentro está maravilhoso. O que fez para o jantar?

A mulher baixinha e robusta se virou, com uma faca grande em uma mão e uma cenoura na outra. Arregalou os olhos escuros, surpresa.

— Srta. Lily! Me assustou! Quase tive um ataque do coração. Por que não entrou pela porta da frente, como deveria fazer?

Lily riu porque era normal Rosa repreendê-la e era bom ter um pouco de normalidade.

— Por que devo entrar pela porta da frente?

— Para que serve uma porta da frente se ninguém a utilizar? — Rosa reclamou. Ela olhou para o rosto pálido de Lily, seus olhos assustados, e observou os pés descalços e as roupas desgrenhadas. — O que, diabos, fez agora? E onde estão seus sapatos?

Lily fez um gesto vago na direção da porta.

— Meu pai já telefonou? Ele deveria me encontrar para jantar no Antonio's, mas não apareceu. Esperei por uma hora e meia. Ele deve ter se esquecido.

Rosa franziu o cenho. Como sempre, havia apenas aceitação na voz de Lily, um certo divertimento por seu pai ter esquecido mais uma vez de um compromisso com ela. Rosa sentiu vontade de arrancar as orelhas do dr. Whitney.

— Aquele homem. Não, ele não telefonou. Você comeu? Está ficando magrinha, Lily, como uma criança.

— Estou magra em alguns pontos, Rosa — Lily a contradisse. Rosa olhou para ela, que deu de ombros. — Comi o pão do restaurante... estava fresquinho, mas não tão bom quanto o seu.

— Vou preparar um prato de legumes frescos e insisto para que você coma!

— Tudo bem. — Lily respondeu, sorrindo. Ela se sentou em cima do balcão da cozinha, ignorando o cenho franzido de Rosa. — Rosa? — Ela tamborilou os dedos com nervosismo. — Descobri a coisa mais assustadora a meu respeito hoje.

— Assustadora? — Rosa virou-se rapidamente para ela.

– Durante toda a vida fiquei perto de homens de terno e gravata, bonitos, inteligentes e com vidas que meu pai admiraria, mas eles nunca me atraíram. Acho que nunca nem os notei.

Rosa sorriu.

– Ah... você conheceu alguém. Sempre esperei que você tirasse o nariz dos livros tempo suficiente para conhecer um rapaz.

– Eu não o conheci, exatamente – Lily disse. A última coisa de que precisava era que a empregada repetisse o que ela dissesse ao pai dela. Ele cancelaria o projeto imediatamente se desconfiasse que ela estava interessada naquele sujeito. – Eu só o vi. Ele tem ombros largos e era... – Ela não podia dizer "gostoso" para Rosa. Então, abanou-se em vez de usar palavras.

– Ooooh, ele é sexy. Um homem de verdade, então.

Lily riu. Rosa sempre a ajudava a esquecer seus problemas.

– Meu pai não ficaria muito feliz escutando você dizer isso.

– Seu pai não olharia para uma mulher nem mesmo se ela tivesse um corpo perfeito e ficasse nua na sua frente. Só daria atenção se ela conseguisse falar sete idiomas diferentes ao mesmo tempo. – Rosa colocou um prato com legumes e molho nas mãos de Lily.

– É difícil imaginar isso. Preciso estudar um pouco esta noite. – Lily disse, enquanto descia do balcão e seguia na direção da porta, depois de mandar um beijo para Rosa. – Esse novo projeto no qual estou trabalhando tem me dado um pouco de problema. Meu pai praticamente o jogou no meu colo com poucos dados e não está fazendo sentido. – Ela suspirou. – Preciso muito conversar com ele hoje.

– Conte para mim, Lily, talvez eu possa lhe ajudar.

Lily pegou uma maçã ao passar pela fruteira e a colocou em seu prato.

– Rosa, você sabe que não posso fazer isso, e você simplesmente daria de ombros e diria que é tudo muito tolo. É um projeto para a Donovan Corporation.

Rosa virou os olhos.

– Tanto segredo. Seu pai parece um menino brincando de agente secreto e, agora, você também.

Lily sorriu.

— Quem dera fosse brincadeira de agente seceto. É papelada e trabalho de pesquisa, nada de emocionante. — Com um breve aceno, ela desceu o corredor, sem olhar para os enormes cômodos abertos.

A biblioteca era o local favorito de Lily e foi diretamente para lá que ela foi. Preferia trabalhar ali e não em seu escritório. John Brimslow já devia ter deixado sua pasta sobre a mesa, sabendo exatamente para onde ela iria.

— Sou previsível demais — ela disse em voz alta. — Pelo menos uma vez, eu gostaria de surpreender a todos.

A lareira já estava acesa, graças a John, e o cômodo estava quente e acolhedor. Lily sentou-se na poltrona macia, ignorando a pasta na qual estava o seu laptop e o trabalho que havia trazido para casa. Se tivesse energia, teria ligado o rádio, mas estava esgotada. Não conseguia se lembrar da última vez em que havia dormido, por vontade própria, sem apreensão. Em seu sono, todas as suas proteções naturais desapareciam, deixando-a vulnerável e aberta a ataques. Normalmente, como a casa tinha muros muito grossos, ela se sentia segura ali. Mas ultimamente...

Lily suspirou e fechou os olhos. Estava muito cansada. Cochilos rápidos durante o dia e durante o expediente não estavam resolvendo. Tinha a sensação de que poderia dormir por semanas.

Lily! Quase de uma vez ela escutou a água, o som alto e persistente. Lily se endireitou e olhou ao redor, piscando para que o cômodo se ajeitasse em sua visão.

Ela não tinha âncoras, nada que a prendesse ao mundo, além da segurança de sua casa. Estava em território familiar e esperava que isso ajudasse. Independentemente do que fosse que estivesse escondido, lutando para alcançá-la, aquilo estava levando-a a se aproximar. Lily respirou profundamente e abriu sua mente, permitindo que todas as muralhas de proteção ruíssem para que pudesse receber o fluxo de informação.

Ondas rolando e quebrando. Com barulho. Um barulho tão alto que ela levou as mãos aos ouvidos para fazer o som ficar mais baixo.

Sentiu o cheiro da água salgada. Havia armazéns, mas ela não conseguia ter foco, era como se sua visão continuasse borrada. O fedor de peixe era forte. Ela não fazia ideia de onde estava. Mas os armazéns estavam ficando menores, como se se afastasse deles. Sentiu um enjoo. Lily se segurou na beira da poltrona, as pernas bambas. Havia movimento. Estavam se afastando da costa. Ela sentiu cheiro de sangue. E de mais alguma coisa. Algo familiar. Seu coração quase parou de bater e, então, começou a pulsar, assustado. *Papai*? Não podia ser. O que ele estaria fazendo em um barco no mar? Ele não entrava em barcos.

Peter Whitney não tinha poderes telepáticos, mas convivera com Lily por muitos anos, e os dois tinham conseguido formar uma conexão. Lily segurou o travesseiro do pai entre as mãos para se concentrar melhor nele. *Papai, onde você está?* Ele estava em perigo. Ela sentiu as vibrações do perigo ao redor dele, sentiu a violência no ar. Ele estava ferido.

A cabeça dela, a cabeça dele, latejava por causa do ferimento. Ela sentia a dor passando por seu corpo, pelo corpo dele. Lily respirou profundamente, tentando ir além da dor e do choque, tentando alcançá-lo. *Onde você está? Preciso encontrá-lo para poder ajudar. Consegue me escutar?*

Lily? A voz de seu pai era fraca, quase inaudível, como se ele estivesse desmaiando. *É tarde demais para isso. Eles me mataram. Já perdi sangue demais. Escute bem, Lily, depende de você agora. Precisa fazer a coisa certa. Conto com você para fazer a coisa certa.*

Ela conseguiu sentir o medo dele, sua grande determinação apesar da fraqueza. O que estava tentando dizer a ela parecia extremamente importante para ele. Ela lutou contra o pânico e a vontade de gritar por ajuda. Controlou a reação de uma filha e lutou com toda a força de sua mente para se manter conectada a ele. *Diga-me o que quer, e eu farei.*

Há uma sala, um laboratório a respeito do qual ninguém sabe. A informação está lá, tudo de que você precisa. Faça a coisa certa, Lily.

Papai, aonde? Na Donovan ou aqui? Onde devo procurar?

Você precisa encontrar. Precisa se livrar de tudo, dos discos, do disco rígido, de toda a minha pesquisa, não pode deixar ninguém encontrar esse material. O experimento nunca deve ser repetido. Está tudo lá, Lily. É minha culpa, mas você precisa consertar as coisas por mim. Não confie em ninguém, nem mesmo na nossa gente. Alguém na casa descobriu o que eu estava fazendo. E me traiu.

Na nossa casa? Lily ficou horrorizada. Os empregados dali estavam com eles desde o nascimento dela, desde a sua infância. *Há um traidor na casa?* Ela respirou profundamente mais uma vez. *Papai, diga-me onde você está, não consigo ver nada. Deixe-me chamar ajuda.*

Os homens são prisioneiros. Você precisa libertá-los. Liberte o capitão Miller e os outros, Lily. Sinto muito, querida. Sinto muito. Devia ter contado a você o que fiz desde o começo, mas fiquei com muita vergonha. Pensei que os resultados finais sempre justificariam o experimento, mas eu não tinha você, Lily. Lembre--se disso e não me deteste. Lembre-se de que eu não tinha uma família antes de você chegar. Amo você, Lily. Encontre os outros e conserte as coisas. Ajude-os.

O corpo de Lily remexeu-se quando ela sentiu o pai sendo arrastado pelo deque. Percebeu que quem o estava arrastando acreditava que ele estivesse inconsciente. Ela viu um sapato, pulsos e um relógio, e depois, mais nada. *Papai! Quem é? Quem está machucando você?* Ela remexia as mãos como se pudesse segurá-lo, abraçá-lo. Impedir o inevitável.

Fez-se silêncio. Ela estava conectada: remexeu-se quando o barco se remexeu, sentiu o cheiro de maresia e a dor no corpo do pai. Mas o sangue dele havia escorrido no deque e, com ele, a maior parte de sua força. Restava apenas um fio de vida. Ele teve de alcançar esse fio de vida, as imagens em sua mente, para se comunicar com ela. *Donovan. Lily, deixe-me agora. Não pode ficar comigo.*

Ele estava se desligando depressa. Lily não conseguia lidar com a ideia de deixá-lo partir. Não podia deixá-lo morrer sozinho. Não podia. Sentiu o ardor das cordas nos pulsos dele, nos dela. Ele havia fechado os olhos. Ela não viu o rosto do assassino, mas sentiu o baque na madeira, a queda livre, o mergulho em águas gélidas.

Vá agora! A ordem foi um rugido. Uma ordem direta feita por um homem poderoso. A voz masculina era tão forte, tão autoritária, que a afastou da cena do assassinato do pai e a deixou sozinha na biblioteca de sua casa, balançando para a frente e para trás, um gemido de dor baixo e agudo saindo de sua garganta.

Lily forçou a mente para retomar o controle, afastando todo o pânico enquanto buscava o pai. Havia... um vazio total. Um buraco negro. Ela foi até a lareira, ajoelhou-se e vomitou no balde de latão. Seu pai estava morto. Despejado, como lixo, dentro do mar, ainda vivo, para se afogar nas águas congelantes. O que ele dissera a respeito de Donovan ser responsável? Donovan não era uma pessoa, era uma empresa.

Ela se balançou para a frente e para trás, passando as mãos ao redor do corpo, procurando um tipo de conforto. Não podia salvar seu pai; sabia, no fundo do coração, que ele já havia partido. Escutou seu choro com uma dor tão profunda que mal conseguia tolerar. Sua vontade era procurar John Brimslow e Rosa para se confortar. Mas não se mexeu. Continuou ajoelhada ao lado da lareira, balançando-se para a frente e para trás, chorando.

Lily nunca havia se sentido tão sozinha em toda a sua vida. Tinha um dom, mas ainda assim não fora capaz de salvar o próprio pai. Se ao menos tivesse permitido o contato antes. Estava ocupada demais protegendo a si mesma. Ele havia sofrido muita dor, mas ainda assim mantivera-se firme para realizar a conexão. Ele não tinha um talento especial, mas conseguira o quase impossível, querendo que ela prometesse consertar as coisas. Sentiu frio, vazio e medo. E solidão.

O calor passou por sua mente. Uma onda constante, abrindo caminho entre a culpa e a angústia. Passou por seu corpo, envolveu seu coração.

Ela precisou de alguns minutos para perceber que não estava sozinha. Algo, alguém, havia passado pelas muralhas altas e protetoras da casa e, com ela em seu vulnerável estado de pesar, adentrara a sua mente. O toque foi forte, mais poderoso do que qualquer coisa já experimentada, puramente masculina. E ela sabia quem era. Capitão Ryland Miller. Ela reconheceria o toque dele em qualquer lugar.

Ela queria ser confortada por ele, aceitar o que ele estava oferecendo, mas Ryland Miller odiava o pai dela. Ele o culpava pela prisão e morte de seus homens. Era um homem perigoso. Teria ele algo a ver com o assassinato de seu pai?

Lily prestou atenção e, enquanto secava as lágrimas de seu rosto, fechou sua mente, erguendo as muralhas de resistência rapidamente. Não tinha sido ordem de seu pai para que se afastasse dele, naquela maneira exigente. Mais alguém havia partilhado daquele elo. Mais alguém havia escutado as palavras sussurradas que seu pai murmurara em sua mente. Essa pessoa tinha sido forte o bastante para desfazer a conexão que ela estava mantendo, provavelmente, salvando-a, pois ela não tinha uma âncora na qual se prender enquanto seu pai estava morrendo no mar frio. Ryland Miller, o mesmo homem que a enchera de calor e conforto. O prisioneiro trancado em uma jaula embaixo da terra nos laboratórios da Donovan. Ela deveria ter reconhecido a voz dele de uma vez. Sua voz arrogante e exigente. E devia ter percebido quando ele tocou sua conexão com o pai.

Se não entendesse o que estava acontecendo, não poderia permitir um contato telepático com ninguém. Nem mesmo com alguém que salvara a sua vida. Principalmente Ryland Miller, que tinha seus planos e culpava o pai dela pelas circunstâncias atuais. Lily estremeceu e levou a mão ao coração dolorido. Precisava usar a cabeça para descobrir o que estava acontecendo e quem havia assassinado seu pai. Ela sentia uma dor tão forte que mal conseguia pensar, mas não podia se deixar abater. A ferida exposta precisava ser deixada de lado para que ela retomasse a razão.

Ela não queria se lembrar da última discussão acalorada entre seu pai e Ryland Miller, mas era impossível ignorá-la, pois não tinha sido nada agradável. O capitão Miller não havia ameaçado Peter Whitney, exatamente, mas nem precisava dizer de modo claro, com palavras. Ele transpirava poder e suas atitudes já eram ameaçadoras. Era óbvio que seu pai queria libertar Miller, mas ela simplesmente não tinha informações suficientes para conseguir discernir quem era seu inimigo. O coronel certamente havia discordado de seu pai no experimento que estava sendo secretamente realizado no laboratório da Donovan.

De modo resoluto, Lily sentou-se e ficou olhando para as chamas. Não podia confiar em ninguém da casa e do trabalho, ou seja, não podia admitir que sabia da morte do pai. Não era boa em mentir, mas viu-se forçada a interpretar um papel para manter a promessa ao pai. Não tinha evidências de que alguém da Donovan fosse culpado. A polícia não acreditaria que ela tivera uma experiência psíquica com o pai enquanto este morria. Quais eram as opções?

Ficar em pé foi difícil. Ela teve a sensação de que um grande peso a pressionava, e suas pernas tremiam. Precisava limpar o balde de latão. Não podia deixar nenhum vestígio de que algo incomum acontecera. Foi até o banheiro mais próximo, agradecendo o fato de haver poucas pessoas naquela casa enorme. Quem poderia ser o traidor sobre quem seu pai a alertara?

Rosa? A querida Rosa? Não conseguia se lembrar de um período de sua vida no qual Rosa Cabreros não estivesse presente. Sempre por perto para confortá-la, aconselhá-la, conversar sobre coisas de menina. Lily nunca sentira falta de uma mãe, porque Rosa sempre esteve com ela. Rosa vivia e trabalhava na casa, era totalmente dedicada a Peter e a Lily Whitney. Não podia ser ela. Lily descartou a possibilidade de uma vez.

John Brimslow? Ele trabalhava com Peter Whitney há ainda mais tempo do que Rosa. Seu trabalho oficial era como motorista, mas só porque ele quisera o quepe e queria poder cuidar dos carros como cuidava da propriedade. Vivia e trabalhava havia muito tempo na casa dos Whitney e era como se fosse da família, era um amigo para Peter, e também para Lily.

O único outro residente da casa era Arly Baker. Arly tinha cerca de cinquenta anos, era alto e magro, tinha a cabeça arredondada e usava óculos grossos. Um verdadeiro *geek*, ou *nerd*, como ele se referia a si mesmo, com orgulho. Mantinha a casa atualizada em relação a todos tipos de equipamento e ferramenta conhecidos. Era responsável pela segurança e pelos eletrônicos. Sempre foi o melhor amigo e confidente de Lily, com quem ela gostava de discutir todas as ideias importantes que tinha. Ele a ensinara a abrir equipamentos e montá-los de novo e a ajudara a construir seu primeiro computador. Arly era como um tio, ou um irmão. Alguém da família. Não podia ser Arly.

Lily passou as mãos pelos grossos cabelos escuros, fazendo os últimos grampos presos se soltarem. Eles caíram no chão de piso brilhante. Ela conteve mais um soluço. Havia ali, também, Heath, setenta anos, que ainda tomava conta da casa, e vivia em sua casinha na floresta, atrás da casa principal. Ele vivera a vida toda na propriedade, onde tinha nascido e sido criado, permanecendo ali para cuidar das tarefas de seu pai. Era completamente dedicado à família e à propriedade.

– Odeio tudo isso, papai – ela sussurrou. – Odeio tudo a respeito disso. Agora eu tenho de suspeitar de pessoas que amo. Não faz sentido. – Pela primeira vez, ela desejou conseguir ler a mente das pessoas na casa. Tentaria, mas em todos aqueles anos juntos nunca tinha conseguido. Seu pai tinha sido muito cuidadoso nas escolhas para a sua segurança, para o seu benefício. Para que ela pudesse ter uma vida normal.

Devolveu o balde de latão à lareira, ajeitando a posição diversas vezes para deixá-lo como estava. Sabia que estava sendo paranoica. Quem se importaria se ela movesse o balde mais para cá ou mais para lá? Ela estava fazendo coisas comuns para manter a mente concentrada e ocupada, para não gritar ou chorar de pesar.

O que seu pai havia dito? Queria que ela prometesse que faria as coisas da maneira certa. O que aquilo significava? Parecia muito importante para ele, mas ela não sabia do que se tratava. O que deveria fazer para acertar as coisas? E o que ele vinha fazendo em seu laboratório secreto? E o último desejo de seu pai tinha sido que ela libertasse Ryland Miller e seus homens. O que ele queria dizer quando falou sobre encontrar os outros? Que outros?

– Lily? – John Brimslow empurrou a porta e espiou. – Já enviei mensagens ao celular de seu pai diversas vezes, mas não obtive resposta. Rosa o procurou na Donovan, mas ele saiu de lá durante a tarde. – Ele parecia preocupado. – Seu pai tinha algum evento hoje, como uma palestra?

Lily forçou-se a parecer que estava pensando, apesar de querer começar a chorar de novo e se jogar aos braços do empregado em busca de consolo. Não ousou olhar nos olhos dele, que a conhecia tão bem. Mesmo com a iluminação fraca, ele perceberia seu rosto marcado pelas lágrimas. Ela balançou a cabeça.

– Ele ia me encontrar no Antonio's para jantarmos. Esperei por mais de uma hora, mas ele não apareceu. Deixei um recado com Antonio para o caso de ele aparecer, dizendo que eu havia desistido e ido para casa, mas não soube de mais nada. Disseram se ele saiu com alguém? Talvez possa ter ido jantar com outra pessoa do laboratório.

– Acho que Rosa não perguntou isso.

– Você olhou na agenda da mesa dele? – A garganta dela doía.

John riu.

– Por favor, Lily, você sabe que ninguém consegue encontrar nada na mesa de seu pai, e, mesmo se encontrássemos, as anotações não fariam muito sentido. Ele tem aquela caligrafia esquisita com a mania de abreviar as coisas. Você é a única que vai conseguir entender alguma coisa na agenda dele.

– Vou olhar, John. Provavelmente ele voltou para os laboratórios e não quer atender. Ligue para lá e veja se voltou. – Ela orgulhou-se por parecer tão prática, tão no controle. Não muito preocupada ainda, mas aparentemente divertindo-se com os constantes esquecimentos do pai. – E se ele não estiver lá, pergunte se ele saiu com alguém. E pode pedir que procurem aquele carro ridículo que ele insiste em dirigir.

No fundo, ela escutou um choro, que sabia ser o seu. O som era assustador em sua intensidade, e ela não fazia ideia de como podia estar fazendo aquilo enquanto conversava com John tão naturalmente.

Por um momento, Lily sentiu o calor invadindo-a de novo. Envolvendo-a, acariciando-a. Não havia palavras, mas a sensação era forte. Unidade. Conforto. Suas emoções eram fortes demais e estavam transbordando apesar de suas proteções.

Ao aproximar-se da porta e do motorista, Lily enroscou o pé no caro tapete oriental, de propósito, e tropeçou. Segurou-se na jaqueta de John Brimslow, tentando não cair, mas caiu com força em cima dele. John a ajudou a se levantar de novo. Lily desejava receber informações para ter certeza absoluta de que John era inocente e, assim, ter um aliado, mas não viu nada. A mente de John estava, como sempre, protegida de intrusões, apesar da tentativa.

— Você está bem, Lily?

— Só estou cansada. Você sabe que fico atrapalhada quando estou cansada. Acho que vou ter de tirar o tapete oriental do papai daqui. — Por mais que tentasse, não conseguiu sorrir. Não queria pensar que John pudesse ter traído o seu pai. Não queria pensar no pai no fundo do mar. A única coisa que conseguiu fazê-la caminhar para o escritório do pai foi aquele calor que se espalhava dentro dela. A ajuda do desconhecido que podia querer seu pai morto. Ela se sentou à mesa do pai e olhou para o monte de papéis e pilhas de livros sem vê-los, de fato. Manteve-se ligada àquele calor e à coragem que entrava em seu ser daquela fonte insperada e indesejada. Ryland Miller. Seria ele seu inimigo?

Se ela não tivesse tomado o cuidado de se proteger tanto, talvez tivesse sabido, antes, que o pai corria perigo. Quem planejara matá-lo podia estar naquele cômodo. Quem o traíra vivia em sua casa. Ryland Miller. Seria ele o inimigo?

Ryland Miller sentou-se na única cadeira decente que lhe ofereceram. O pesar de Lily Whitney o transtornava, pesava sobre ele como uma pedra, de modo que ele conseguia respirar, sentindo a dor dela como uma faca fincada em seu peito. Ele sentiu o suor sobre a pele. Assim como ele, Lily era uma realçadora, capaz de amplificar as emoções com força o suficiente para navegar nas ondas de energia entre eles. Para os dois, as emoções eram quase incontroláveis.

Peter Whitney tinha sido a sua única esperança. Ele não confiava naquele homem, mas Ryland atuara sobre o cientista, fazendo com que ele mudasse para ajudá-lo a planejar sua fuga. Tinha sido necessária grande concentração e uma boa dose de sobrecarga para conectar todos os homens por telepatia, para que pudessem conversar na calada da noite. Esperavam, agora, que Ryland fosse capaz de acabar com a dor de Lily. Ele a admirava pela maneira como estava tentando lidar com a morte do pai. E como não admiraria? Ela não sabia a quem recorrer, em quem confiar, mas ele percebeu sua determinação profunda.

Lily. Ryland balançou a cabeça. Ele precisava chegar a ela mais do que de qualquer outra coisa. Queria confortá-la, encontrar uma maneira de aliviar a dor que ela sentia, mas ele estava preso em uma jaula com uma equipe à espera de seu plano. Suspirando, ele fechou os olhos, concentrou-se e enviou a primeira mensagem.

Kaden, você vai sair com o primeiro grupo. Teremos de sair na primeira vez ou eles podem redobrar a segurança. Todos vocês terão de estar prontos. Já cuidei dos computadores e das travas elétricas. Posso fazer isso...

TRÊS

||||||||||||||||||||||||||||||||||||||||||||||||||

Lily costumava sorrir distraidamente para os guardas ao passar pelos detectores de metal. Ela já tinha feito aquilo tantas vezes que havia se tornado automático. Agora, tudo havia mudado. O local, enorme, era totalmente fechado com cercas elétricas altas e voltas e mais voltas de arame farpado, havia muitos guardas e cães, e fileiras de construções feitas de concreto com seu labirinto subterrâneo de salas – aquela tinha sido a sua segunda casa a maior parte da vida. Ela nunca se preocupou muito com as questões de segurança – eram apenas rotina. Agora, lembrava-se, a todo momento, que alguém havia matado o seu pai. Alguém com quem ela conversava todos os dias, provavelmente.

Lily desceu o corredor estreito, ergueu uma das mãos em cumprimento e retraiu-se quando os guardas se aproximaram dela. De certo modo, esperava que eles fossem prendê-la e levá-la para as jaulas subterrâneas. Respirou aliviada quando passaram por ela, quase ignorando sua presença. Diante do segundo elevador, Lily digitou um código de dez dígitos. As portas se abriram, e ela entrou.

O elevador desceu silenciosamente para os andares inferiores, que ficavam escondidos dentro da terra. Aquele era o seu mundo, os laboratórios e os computadores, os aventais brancos e as equações sem fim. A segurança reforçada, as câmeras, os códigos e as senhas. A sua vida. O seu mundo, o único que ela conhecia. O lugar que sempre, antes da rotina rígida, a confortava, mas onde, agora, ela sabia que era observada. Os laboratórios Donovan tinham sido construídos ao sul de São Francisco. O grande complexo parecia inocente por fora, apenas muitas construções dentro dos muros altos. A maioria dos laboratórios ficava localizada no subterrâneo e era muito protegida. Mesmo no trajeto de um departamento para outro, sempre havia segurança.

Apesar de seu desejo de manter a calma, Lily sentiu o coração bater assustado. Estava entrando em um jogo de gato e rato com o assassino de seu pai. E, de novo, veria Ryland Miller. Aquele fato era quase tão assustador quanto voltar aos laboratórios. Não havia como ignorar a atração entre eles... que crescia a cada pensamento, a cada movimento.

Ela se inclinou sobre a pesada porta que levava ao escritório do pai, encaixando os olhos às lentes do leitor biométrico. Ao entrar no laboratório, pegou um avental branco que estava pendurado na parede e o abotoou sobre suas roupas, com rapidez. Alguém chamou seu nome, e ela acenou, ainda se movimentando.

– Dra. Whitney? – um dos técnicos a interrompeu. Lily olhou para ele, controlando-se para se manter inexpressiva. As palavras de conforto quase a fizeram chorar. – Sinto muito, estamos todos preocupados com seu pai. Esperamos que ele seja encontrado em breve. Há alguma notícia a respeito do desaparecimento?

Lily balançou a cabeça.

– Nada. Se o sequestraram por dinheiro, ainda não entraram em contato para pedir o resgate. O FBI acha que se fosse o caso, já teriam exigido dinheiro. Não houve contato nenhum, só o silêncio. – Ela analisava as emoções demonstradas pelo técnico. O homem não podia estar envolvido na morte de seu pai. Mostrava-se realmente triste com o sumiço do chefe. Gostava e respeitava Peter Whitney. Lily sorriu para ele. – Muito obrigada por sua preocupação. Sei que todo mundo está triste.

Naquele momento, Lily não podia pensar no pai e em quanto sentiria a falta dele. Não podia pensar em sua solidão ou no medo. Não podia falar com ninguém, não se atreveu a isso. Suas emoções estavam à flor da pele. Esperara a semana toda, arrasada entre a impaciência e o medo enorme, para que o presidente da empresa lhe pedisse oficialmente que tomasse o lugar do pai. Ela cuidara de não parecer ansiosa demais e permaneceu dentro de casa, chorando a perda sozinha, sofrendo longe até mesmo daqueles que considerava seus familiares, enquanto planejava cuidadosamente o próximo passo para encontrar o assassino de seu pai.

Ela havia procurado pelo laboratório secreto em sua enorme casa, mas havia tantos cômodos, escondidos ou não, que o encontrar parecia uma tarefa impossível. Havia passagens secretas, subterrâneas e também até o sótão. Ela havia estudado, meticulosamente, as plantas de todos os andares, mas não foi o bastante. Até aquele momento, ela não havia encontrado o mundo secreto de seu pai e esperava que ele tivesse deixado uma dica de sua localização no escritório da Donovan.

Lily passou rapidamente pelas fileiras de garrafas e frascos, por dois cômodos repletos de computadores e chegou à outra porta. Pressionou a palma da mão e os dedos com firmeza no leitor biométrico e aproximou-se para falar a frase, sua senha, esperando enquanto um computador central analisava a combinação de seu padrão de voz e escaneamento da mão para checar sua identidade. A porta pesada deslizou, e ela entrou em um complexo muito maior.

O laboratório tinha uma fraca iluminação, que transformava o mundo em um ambiente tranquilo, azulado. Estava repleto de plantas e suaves quedas-d'água. O som da água aumentava a atmosfera calma que era mantida constantemente no laboratório. Para aumentar ainda mais a sensação de tranquilidade, era possível escutar ao fundo o som contínuo do mar, ondas se quebrando na costa e retraindo-se, vindo das caixas de som.

– Como ele estava ontem à noite? – Lily perguntou depois de cumprimentar o técnico de laboratório de cabelos pretos, que se ajeitara na cadeira quando ela entrou. Ela conhecia Roger Talbot, assistente de seu pai havia cinco anos. Sempre gostara dele e o respeitara.

– Nada bem, dra. Whitney; novamente ele não dormiu. Anda de um lado a outro como um animal selvagem. O nível de agressão e agitação aumentou muito desde a semana passada. Ele sempre pergunta sobre a senhora e parou de cooperar com os testes. A impaciência dele está me enlouquecendo.

– Pelo que li nos relatórios, a audição dele é muito boa, Roger – Lily disse, olhando fixamente para o assistente –, duvido que ele se importe com a sua avaliação. Afinal, não é você que está preso, certo? – ela perguntou em um tom baixo, mas de reprimenda.

– Sinto muito – Roger desculpou-se no mesmo instante. – A senhora está certa. Não tenho motivos para ser tão pouco profissional. Estou deixando o coronel me influenciar. O coronel Higgens tem sido muito difícil. Sem seu pai por perto para ajudar a aliviar as coisas, estamos todos...

– Verei o que posso fazer para mantê-lo longe daqui por um tempo.

– Em relação a seu pai... – Roger disse enquanto Lily continuava olhando para ele. – Deve ser muito difícil para a senhora... – ele tentou de novo.

Lily estava avaliando as emoções dele, como havia feito com o outro técnico. Roger não fazia ideia de como o patrão podia ter desaparecido e estava desesperado pelo seu retorno. Ela ergueu a cabeça.

– Sim, é difícil não saber o que aconteceu com ele. Faça um intervalo, Roger, você merece. Ficarei aqui por um tempo. Enviarei uma mensagem quando sair.

Roger olhou ao redor da sala como se não estivessem sozinhos. E falou baixo.

– Ele está ficando mais forte, dra. Whitney.

Ela seguiu o olhar dele na direção do outro lado do laboratório, esperou um pouco, enquanto assimilava a informação.

– O que dá a você a impressão de que ele está ficando mais forte?

Roger esfregou as têmporas.

– Eu simplesmente sei. Ele fica muito quieto quando não está andando de um lado a outro; ele se senta ali, totalmente parado, concentrado. Os computadorses ficam malucos, alarmes começam a tocar, todo mundo se agita, mas não é nada de mais. Sei que é ele. E eu acho que ele consegue conversar com os outros. – Roger aproximou-se ainda mais de Lily. – Ele parou de colaborar com os testes, e os outros também. Eles não teriam como se comunicar com esse vidro grosso, mas é como se tivessem um cérebro coletivo ou algo assim. Ninguém está colaborando.

— Eles estão todos isolados uns dos outros. — Ela levou a mão ao pescoço, seu único sinal de agitação. — Você está aqui com eles há muito tempo. Meu pai escolheu você por ser sempre muito calmo, mas você está deixando a situação fugir do controle.

— Talvez, mas ele está mudando e não gosto do rumo que as coisas estão tomando. O seu pai desapareceu há mais de uma semana, dra. Whitney, e o capitão Miller está diferente. A senhora vai entender o que quero dizer quando for vê-lo. Quando estou com ele, percebo que se sente invencível para mim. Tenho medo de deixá-la sozinha com ele. Talvez os guardas devessem ficar aqui dentro do laboratório.

— Isso o deixaria mais agitado, e você sabe que ele precisa ficar tranquilo. Quanto mais pessoas houver por perto, pior será para ele. Ryland Miller tem treinamento nas Forças Especiais, Roger. Diria que ele sempre teve confiança em si mesmo. — Lily passou o polegar sobre o lábio inferior. — Estarei em perfeita segurança com ele. — Mesmo dizendo isso, ela sentiu um arrepio nas costas. Não sabia ao certo se era verdade, mas procurou parecer serena, despreocupada.

Roger assentiu, reconhecendo a derrota. Pegou o casaco, caminhou até a porta e disse:

— Peça ajuda se precisar, dra. Whitney.

— Pode deixar, Roger, obrigada. — Lily olhou para a porta fechada por um momento. Respirou, permitindo que o ar passasse lentamente por seus pulmões, e a preenchesse com a tranquilidade do ambiente. O laboratório todo era à prova de som. Ela passou a mão sobre o rosto e respirou profundamente de novo antes de se virar, resoluta, em direção à sala que ficava do outro lado do laboratório.

O capitão Ryland Miller estava esperando por ela, andando de um lado a outro, como um tigre enjaulado. Ela sabia que ele estaria assim. Ele sabia que ela estava ali. Os olhos acinzentados dele estavam revoltados, irritados, como nuvens carregadas, traindo a emoção violenta que ele tentava esconder, atrás da máscara inexpressiva em seu rosto. A intensidade daquele olhar penetrou o corpo dela e atingiu seu coração. Eles se entreolharam pelo vidro grosso da jaula. Os cabelos pretos de Ryland estavam desgrenhados porque ele não parava de passar as mãos nele, mas, mesmo assim, ele a deixou sem ar. O homem sabia como mexer com ela, e usava aquele conhecimento sem o menor pudor.

Abra. As palavras soaram na mente dela; era a capacidade, cada vez mais forte, que ele tinha de usar a telepatia.

O coração dela começou a bater forte. Obedecendo, ela pressionou a sequência de botões para ativar o mecanismo e fazer a grossa porta de vidro deslizar para o lado. Ele ficou em pé, olhando para ela pelas barras grossas.

Ryland moveu-se rapidamente. A velocidade dele a surpreendeu. Lily pensou que estava segura, fora do alcance dele, mas ele segurou seu pulso e a puxou contra as barras.

— Você me deixou sozinho aqui dentro, como um rato em uma jaula — ele disse, com a boca pressionada perto do ouvido dela.

Lily não tentou se libertar.

— Nada parecido com um rato. Eu diria um tigre-de-bengala. — O coração dela ficou derretido com a palavra "sozinho". Pensar nele sozinho naquela jaula de vidro era de entristecer. Ryland continuou olhando para ela, que suspirou suavemente. — Você sabe que eu não poderia voltar aqui sem um convite oficial. Eu o recebi esta manhã. Se eu tivesse tentado antes, teriam desconfiado. Eles tinham de me chamar. Fiz questão de não demonstrar nenhum interesse, e não finja não saber o porquê. — Ela aumentou a voz apenas o suficiente para alcançar os gravadores. — Com certeza você soube que meu pai desapareceu. O FBI suspeita de algum ato criminoso. Tenho todos os projetos dele e os meus para cuidar e, com todo o trabalho daqui e de casa, meu tempo está muito escasso. — Ela olhou para a câmera de propósito para que ele se lembrasse de que não estavam sozinhos.

— Você acha que eu não sei que tem uma câmera ali? — ele sussurrou as palavras, deixando transparecer a raiva em seu tom de voz.

– Acha que eu não sei que eles me observam comendo, dormindo e urinando? Você deveria ter vindo para cá imediatamente.

Lily ergueu as sobrancelhas. Era um grande esforço manter o rosto inexpressivo.

– Você tem sorte por eu ter vindo, capitão Miller. – Ela fez um grande esforço para manter a voz delicada, ainda que quisesse atacá-lo. – Você sabe que meu pai desapareceu. – Ela passou a falar ainda mais baixo. – Você estava ali conosco, não é? Como ousa estar bravo comigo! – Por um momento terrível, as lágrimas ameaçaram escapar, e ela as controlou.

A voz dele mudou totalmente, diminuindo até se tornar apenas um sussurro na mente dela, como se suas mentes estivessem ligadas de alguma maneira. *Você não pode estar achando que eu tive algo a ver com a morte dele.*

A intimidade no tom de voz dele roubou o ar de Lily. Pior, ele estava inundando-a de calor e conforto. O polegar dele acariciava a parte interna do punho dela. Ela tentou outra vez afastar-se dele, com um movimento reflexo, um gesto de autoproteção, mas os dedos de Ryland prendiam o punho dela como uma corrente. Os dedos dele eram quentes, muito fortes, mas, ainda assim, ele conseguia ser delicado.

– Não lute contra, Lily, todos os guardas do complexo virão salvá-la. – Havia um tom na voz dele, como se não conseguisse decidir entre rir da situação ou ficar irritado com a acusação na mente dela.

Consegue comandar, a distância, um ser humano para que mate outro? Ela se recusava a desviar o olhar dele, olhando fixamente dentro daqueles olhos, e respondendo para ele da mesma maneira, de mente para mente. *Consegue?*

Ryland não conseguia desviar o olhar azul profundo dos olhos dela, um espelho que refletia a sua alma. Ele não sabia se queria ver o que ela viu. E não tinha certeza de que podia deixar que ela o visse, que visse em que ele havia se transformado. Havia muita raiva fervendo dentro dele.

A voz do guarda ressoou no alto-falante.

– Dra. Whitney, a senhora precisa de ajuda?

– Não, obrigada, está tudo perfeitamente bem. – Lily continuou olhando diretamente dentro dos olhos de Ryland Miller. Ela o desafiava. Acusava. Analisava.

Os dedos dele ainda envolviam o punho dela como uma algema, mas o polegar pousava sobre o seu pulso, que batia rapidamente, para acalmá-la. Ele não disse nada, apenas ficou olhando para ela.

Diga. Consegue fazer isso?

O que você acha?

Ela o observou por muito tempo, seu olhar indo além daquela máscara, vendo o predador esgueirando-se sob a superfície. *Acho que consegue.*

Talvez. Talvez seja possível se a pessoa já estivesse tomada pela malícia e fosse capaz de matar, se eu quisesse, é possível que conseguisse manipulá-la para isso.

Senti que você não gostava dele. Você acreditava que ele o colocara aqui, que ele era o responsável pela morte dos homens de sua unidade.

Não vou negar isso, porque seria mentira. Mas você está me tocando. Leia-me, Lily. Eu tive algo a ver com a morte de seu pai?

Seus olhos azuis analisaram o rosto dele, voltaram a pousar sobre os olhos acinzentados dele. *Quer que eu acredite que você não consegue esconder sua natureza de mim? Eu só vejo o que você quer que eu veja.*

Não estou chorando por causa da morte dele, posso afirmar, mas eu não mandei ninguém matá-lo.

– Peter Whitney era o meu pai, e eu o amava. Estou chorando por ele. – E estava mesmo, por dentro, onde ninguém podia ver. Ela se sentia sozinha. Perdida. Vulnerável.

Ele mexeu o polegar de novo, mandando uma onda de calor, um tremor, que percorreu o corpo de Lily. *Eu seria tolo de matar o único homem que podia salvar as nossas vidas.* Em voz alta, ele disse, com delicadeza:

– Sinto muito por ele ter desaparecido. Lily, sinto muito pela sua perda. – A outra mão dele acariciou os cabelos dela, permanecendo ali tempo suficiente para deixá-la sem fôlego. *Você me deixou sozinho. Não podia confortá-la. Eu sentia você, Lily, o seu pesar, mas não podia consolá-la. Você sabe que eu estava lá quando aconteceu, eu sabia a verdade. Nunca houve a necessidade de cortar contato comigo. Você precisava de mim, e, caramba, eu precisava de você. Você deveria ter conversado comigo. Compreendo a necessidade de ficar longe, mas devia ter falado comigo.*

Ela não queria reconhecer aquilo, a implicação das palavras dele. Não precisava de mais complicações em sua vida. Não precisava de Ryland Miller em sua vida, e nem queria. Concentrou-se em reunir informações. *Como você conseguiu estar ali conosco? Meu pai não tinha habilidade telepática, como você conseguiu se conectar a ele? Como conseguiu quebrar a minha ligação com ele?*

Eu me conectei por meio de você, claro. Seu desespero foi tão grande que você me tocou, mesmo aqui, nesta prisão, que deveria me impedir de tocar outras mentes.

O coração dela acelerou. A resposta dele sugeriu uma ligação entre eles. Uma ligação forte. Ela teve dificuldade para entender. Lily ficou olhando para ele por muito tempo, sentindo a situação, tentando ver além da máscara daquele homem. Ela o analisou de modo crítico. Ele não era muito alto, mas tinha ombros largos e um corpo forte. Seus cabelos eram grossos e tão pretos que se aproximavam do azul. Seus olhos eram frios, da cor do aço. Sem compaixão. Cortantes. Olhos tão frios que queimavam. O rosto dele era tão forte; sua boca esculpida, tão tentadora. Ele se movimentava com graça, força e coordenação, um toque de perigo. Para ela, ele era mágico, desde o momento em que o vira pela primeira vez. E ela não confiava em algo tão instantâneo e tão forte.

Quando o coronel Higgens estava aqui, antes de meu pai, você conseguia ler a mente dele? Ele está envolvido na morte de meu pai?

O corpo todo de Ryland ficou tenso com aquele olhar, direto, observador e especulativo. Era algo muito característico de Lily. Estar na mente dela dava-lhe a vantagem de conhecê-la muito mais intimamente. O cérebro dela processava informações muito rapidamente, mas, quando o assunto era algo pessoal, ela tomava muito mais cuidado, pensando antes de decidir o que fazer. Ele sentiu vontade de tocar os cabelos dela, enterrar o rosto naquelas madeixas perfumadas, sentir seu cheiro. Ela tinha um cheiro fresco, como um canteiro de rosas. Seus cabelos brilhavam, reluziam, mesmo com as luzes azuis, e ele estava fascinado.

Higgens não fazia questão de esconder que não gostava de seu pai. Eles não concordavam em nada. Consigo captar as emoções dele quando está transmitindo raiva, mas ele não se aproxima o suficiente para eu poder tocá-lo. E toma o cuidado de manter seus pertences fora do meu alcance. Não detectei nenhum plano contra o seu pai.

Os olhos dela eram grandes, incrivelmente azuis, com cílios compridos, um forte contraste com os cabelos pretos. E seus lábios... ele havia passado muito tempo fantasiando com aqueles lábios.

Lily respirou profundamente e deixou o ar sair devagar. O olhar dele estava especialmente intenso. Faminto. E a devorava. Os pensamentos dele, de repente, transformaram-se em fantasias eróticas. Ela tentou ignorar, tentou não se abalar. Por um momento, olhou para as câmeras de segurança.

– Estou assumindo as pesquisas dele. Você precisa ser paciente. Não sou meu pai e preciso de um tempo para entender tudo. – Ela disse aquilo para as câmeras, para os olhos sempre observadores. – Estou caindo nessa situação de paraquedas. – O punho dela havia ficado quente com o toque dele. – Pare de olhar para mim desse jeito, não está ajudando muito. – Ela se afastou da jaula e então se virou a fim de olhar para ele, quase relutantemente.

Ryland observou com interesse quando ela olhou para ele com frieza. Ela havia se deixado amolecer por um minuto, mas, com a mesma rapidez, Lily se recuperou e se transformou em uma princesa fria e séria. Ele queria muito conseguir abalar suas estruturas de novo.

– Não consigo controlar a maneira como me sinto perto de você. – Ele disse baixinho, um convite ao sexo selvagem e a loucuras.

Lily hesitou. Corou, mas olhou para ele com seriedade. Ele precisava admitir. Ela era corajosa. Aproximou-se das barras, segurou-as.

– Você já parou para tentar entender por que somos tão ligados? Isso não é natural.

Ryland analisou o rosto de Lily por muito tempo e, então, colocou sua mão sobre a dela.

– A mim, parece natural.

A voz dele acariciava a pele dela. Lily sentiu um frio na barriga, e seu coração amoleceu de um jeito que ela não controlou.

– Bem, ninguém sente esse tipo de atração física sem algum tipo de acessório.

– Como sabe?

Ela ergueu o queixo para ele, os olhos começando a lançar um aviso.

– Bem, você já passou por isso? Sente esse tipo de conexão com todas as mulheres que entram em um recinto com você?

O olhar dela fez com que ele sentisse vontade de puxá-la pelas barras. A vontade de beijá-la era tão forte que ele se inclinou na direção dela.

Lily afastou-se, repentinamente assustada.

– Não faça isso! – ela reagiu, olhando novamente para a câmera. – Você sabe que isto não é real. Pense com a cabeça de cima. Precisamos saber o que está acontecendo como um todo, não adianta sabermos apenas de partes.

Ela tinha razão. A atração ia além de qualquer coisa que ele já tinha sentido. Beirava a obsessão. O corpo dele estava rígido, dolorido, e ele sabia muito bem o que estava acontecendo. Desde que ela entrara ali, ele ficou envolvido.

– O que acha que é?

– Não sei, mas vou descobrir. Meu pai estava agindo de modo esquisito naquele dia, lembra? Ele me pediu que viesse aqui. Eu estava ocupada e disse que teria de vir outro dia, mas ele insistiu, praticamente ordenou que eu viesse. – Ela levantou os dedos, um sinal para que ele a soltasse.

Falavam baixo demais, não dava para ouvir a voz deles, e os dois tomaram o cuidado de manter o rosto virado para o lado que as câmeras não alcançavam a fim de que ninguém conseguisse ler seus lábios, mas a linguagem corporal, sozinha, era capaz de entregar o que estava acontecendo. Ryland aceitou o pedido dela, mas obedeceu lentamente.

Lily deu um passo para trás na tentativa de permitir que ambos respirassem. O contato pele a pele servia para aumentar a atração física; a química entre eles, intensa, tão viva... Ela prosseguiu:

– Ele não me disse nada sobre você ou o que estavam fazendo. Entrei na sala, vi você e...

Fez-se um breve silêncio enquanto os dois se entreolhavam.

Em uma rara demonstração de agitação, ela passou a mão pelos cabelos. Sua mão tremia, e ele quis, naquele mesmo instante, puxá-la para seus braços e confortá-la.

– A terra tremeu – ele terminou baixinho. – Filho da mãe, Lily, ele estava nos observando juntos. Aquele maldito cientista de sangue-frio nos observava como se fôssemos dois insetos sob um microscópio.

Ela balançou a cabeça, tentando negar, mas ele podia ver que ela estava pensando. Não podia haver duas situações. Ou o pai dela esperara que algo acontecesse entre eles quando ela entrou na sala ou não. Ryland fechou os olhos por um momento, ao perceber a dor que ela sentia. Era uma dor profunda e intensa demais. Por que fizera tamanha acusação? Ela havia perdido o pai, não precisava saber o idiota que ele era. Ele a havia arrasado com seu comentário descuidado.

– Lily – Ryland disse seu nome com delicadeza, um sussurro. Um pedido de desculpa. Ele respirou, para mostrar sua intimidade. Para que eles se conectassem.

– Pare! – ela disse com a voz baixa. – Se isto não é real, se estamos sendo manipulados em um tipo de experiência, precisamos saber.

– Talvez não seja isso – Ryland disse, desejando que fosse real.

– Eu sirvo de âncora, só isso. Provavelmente é isso. Somos diferentes, e eu tenho um tipo de ímã emocional em mim e isso aumenta... – ela parou de falar, a mente obviamente tentando encontrar mais peças para completar o quebra-cabeça, em busca de uma explicação lógica. – Só pode ser isso, capitão Miller...

– Ryland – ele a interrompeu. – Diga o meu nome.

Lily precisou respirar profundamente. Ele conseguia transformar o próprio nome em algo íntimo.

— Ryland — ela concordou. Não tinha como não concordar. Era como se ela o conhecesse havia muito tempo. Como se pertencessem um ao outro. — Nós nos sentimos atraídos um pelo outro e nossos dons aumentam o que sentimos. Só pode ser isso. É o cheiro.

Ele começou a rir. Ele ria tão pouco que se assustou tanto quanto ela.

— Você está tentando explicar nossa química explosiva chamando-a de feromônios mais fortes? Impagável, Lily. — Ela conseguia fazê-lo rir no meio de tudo aquilo. Lily Whitney era uma mulher extraordinária e imprevisível.

— Bem — ela disse —, os feromônios podem ser pequenas armadilhas para os desavisados.

Ele balançou a cabeça.

— Acho que simplesmente sentimos atração um pelo outro, mas deixaremos as coisas assim, se você se sentir melhor.

— Independentemente do motivo, capitão... — um breve sorriso iluminou seus olhos quando ela se corrigiu — Ryland, acho que já temos coisas demais com as quais lidar no momento — ela disse, voltando a falar normalmente. — Já li todos os relatórios que meu pai entregou ao coronel, recebi cópias, mas não há dados mostrando como meu pai conseguiu o que conseguiu. — Ela olhou para ele de modo sério. *Você escutou o que ele me disse. Ele acredita que você é um prisioneiro aqui. Não consigo encontrar o laboratório sobre o qual ele falou antes de ser assassinado...* Ela hesitou por um momento, e ele sentiu um tremor. *Se vou ajudá-lo, preciso da informação que está naquela sala.* — Você, na verdade, não acha que pode encontrar uma maneira de reverter o processo se seu pai não conseguiu? *Precisa encontrar, Lily. Independentemente de quem esteja lá, é importante para nós. Não sei se meus homens conseguirão sobreviver do lado de fora. E se Higgens fizer as coisas como quer, alguns de nós seremos mortos. Tenho a sensação de que sou o primeiro da lista.*

Lily virou-se, temendo que o susto ficasse claro em seu rosto.

– Não sei se consigo reverter, e nem sei se é preciso, mas pense bem: você e os outros têm sofrido terríveis efeitos colaterais. É possível que um desses efeitos seja a paranoia? – Lily fez um sinal a fim de que ele representasse para a câmera. Se ela não convencesse Higgens de que era imparcial e de que estava disposta a obedecer ao que o coronel queria, a possibilidade de ser excluída era muito grande. *Encontrarei a sala, Ryland, mas precisamos ganhar tempo. Você precisa se mostrar um tanto cooperativo ou Higgens pode mudar antes de estarmos prontos. Certamente você tem um contato no corpo militar a quem eu possa recorrer.* Ela tinha a impressão de que ele poderia estar certo, de que Higgens queria seguir com o experimento, e Ryland o atrapalhava. *Não sei em quem posso confiar. Eu confiava em Higgens.* Ryland caminhou por sua jaula, como se pensasse na pergunta. Passou as duas mãos nos cabelos, interpretando para a câmera.

– Não tinha pensado nisso. O coronel Higgens sempre esteve atrás de nós, mas, quando nos trancafiou e nos separou, eu me senti... – propositalmente, ele parou de falar.

– Abandonado. Deixado de lado. Separado de seu comando.

Ryland assentiu.

– Tudo isso. – Ele se sentou em uma cadeira e olhou para ela com olhos brilhantes, provocando-a. *Vocês, pessoas ricas, podem contratar os melhores, não é?* Ele admirava a maneira tranquila como ela desempenhava seu papel, a maneira como ela deu-lhe dicas e diretivas. Com seu cérebro e pensamento rápido, ela se encaixava direitinho na equipe deles.

Você tem preconceito com dinheiro? Ela o provocou.

Só porque você tem dinheiro demais. Assim, você não se encaixa no meu mundo.

Lily ignorou a resposta, a única coisa sensata a se fazer.

– Acredito que a possibilidade induzida pelo experimento é uma possibilidade que precisamos levar em consideração.

Ryland assentiu.

– Quero ver meus homens. Quero ter certeza de que estão bem.

– É um pedido razoável. Verei o que posso fazer. *Agora você está querendo me pegar.*

Estou tentando fazer você se animar. Seu pesar está doendo em mim. Ryland pressionou as têmporas com as mãos.

Lily se retraiu no mesmo instante. Ela já havia sentido as dificuldades, em mais de uma situação, das fortes emoções que não conseguia bloquear. A comunicação telepática era difícil, e seu uso prolongado causava dor. Ela foi para a jaula e mais uma vez segurou as barras.

– Sinto muito, Ryland, não tenho como não sofrer pelo desaparecimento de meu pai. Estou machucando você, não estou? Seria mais fácil se eu levantasse a barreira de vidro para protegê-lo?

– Não. – Ele esfregou as têmporas, que latejavam, mais uma vez, e levantou-se da cadeira, aproveitando para alongar-se. Ela observou seus músculos em movimento. – Estou bem, vai passar. – Ryland caminhou até Lily sem pressa, segurou a mão dela.

O toque tomou os dois como um raio. Lily pensou ter visto faíscas.

– Não vai passar, certo? Nós dois... – ela deixou de falar, incapaz de pensar com clareza com ele tão concentrado nela.

Por um breve momento, os dentes brancos dele apareceram.

– Encaixamos – ele disse. – Nós dois nos encaixamos.

Ela puxou a mão. Ryland a deteve, com um brilho de diversão nos olhos. Propositalmente, ele levou os dedos dela ao calor de sua boca, passou a língua sobre e entre eles.

Lily estremeceu com o contato sensual. Ela sentiu o fogo percorrer sua pele, como se todos os pontos tivessem sido tocados pela língua dele. Ryland levantou a cabeça e olhou para ela. Lily estava rígida; até mesmo seu coração parecia ter parado de bater. O brilho de diversão nos olhos dele sumiu, substituído pelo brilho de posse que brilhava ali, claramente, para que ela visse. Um desafio. Uma promessa. Ela prendeu a respiração.

A câmera. Ela fez com que ele se lembrasse, esforçando-se para afastar a mão. Ele a deteve.

– Qual é o seu relacionamento com Roger?

A pergunta a pegou de surpresa, totalmente inesperada. Havia um tom ameaçador na voz dele, evidenciado pelo brilho de seus olhos frios. Ela hesitou.

– Roger? Que Roger?

– Roger, o técnico que eu deixei tão nervoso a ponto de querer os guardas aqui, armados. – Havia despeito em sua voz. – Como se isso fosse ajudar.

– O que Roger tem a ver com isso?

– É o que pretendo saber.

Está enlouquecendo totalmente? Estou tentando ajudar. Existe uma enorme conspiração acontecendo e um assassino à solta. Roger não vem ao caso.

– Dra. Whitney? – a voz soou pelo intercomumicador. – A senhora precisa de ajuda?

– Se ela precisasse de ajuda, amigo, estaria claro. – Ryland disse, olhando para a câmera, como se chamasse o observador invisível. *Roger vem ao caso, sim. Ele estava babando em cima de você.*

– Não preciso de ajuda, obrigada. – Lily sorriu para a câmera ao arrancar a mão das garras de Ryland. *Acredito que ter passado tanto tempo nesta jaula o deixou perturbado. Pode se concentrar no que é importante aqui?*

Isso é importante para mim.

Será que ele não percebia que a química entre eles devia ser artificial? Aumentada de certa forma, do mesmo modo como as habilidades psíquicas dele tinham sido aumentadas? Ele podia se mostrar com muito mais clareza perto dela. Ela era, obviamente, um amplificador.

Sinto muito. Sei que estou abalando você, mas está piorando. Eu me sinto um homem das cavernas, querendo arrastá-la pelos cabelos. Juro por Deus, Lily, estou sofrendo muito. Responda à maldita pergunta e me dê um pouco de consolo.

Lily observou o rosto dele. Ele havia sofrido. Estava sofrendo.

– Por que nada disso faz sentido para mim? – ela perguntou com delicadeza, temendo a resposta. O mundo dela sempre tinha sido equilibrado. Seu pai a mantivera protegida do mundo externo, mas, ao mesmo tempo, isso lhe havia dado todas as oportunidades possíveis para expandir a mente e reunir conhecimento. Ele havia aberto muitas portas para ela. E sempre fora gentil e amoroso.

Ela sabia que Ryland Miller acreditava que seu pai o havia traído. Seu pai havia realizado um experimento com seres humanos, e algo havia dado muito errado. Lily precisava descobrir exatamente o que era e como tinha ocorrido. A atração entre Ryland e ela ameaçava o bom senso de ambos. A cientista era uma pessoa prática, lógica e séria, deixando de lado as emoções, com facilidade, quando era preciso.

— Também não faz sentido para mim. *Droga, Lily, estou sendo consumido pelo ciúme. É feio, desconfortável e não gosto disso.*

Roger é um bom homem, um amigo, mas nunca o vi fora daqui. Tampouco pretendo fazê-lo.

Ryland pressionou a testa contra as barras da jaula, respirando profundamente para se acalmar. Era possível ver gotículas de suor em sua pele.

— O que está acontecendo comigo? Você sabe?

Lily balançou a cabeça, negando, contendo sua vontade de passar a mão pelos cabelos dele.

— Vou descobrir, Ryland. Isso nunca aconteceu com você nem com os homens?

Ele ergueu a cabeça e olhou para ela e, em seu olhar, havia uma mistura de turbulência, raiva e desespero.

— Kaden consegue tirar as emoções mais pesadas e violentas de nós para que consigamos lidar melhor com as situações. Acredito que ele é como você, de certa forma. Quando estamos em ação juntos e ele está por perto, as coisas ocorrem bem e todos os sinais ficam mais claros. Temos mais força para projetar. Pelo menos, outros três são como ele, em níveis diferentes. Procuramos manter um deles com os outros o tempo todo quando estamos trabalhando.

— E o homem que morreu recentemente em treinamento?

Ryland balançou a cabeça.

— Ele estava sozinho e encontrou as pessoas erradas. Quando o alcançamos, já era tarde demais, a mente dele já havia partido. Ele não foi capaz de aguentar a sobrecarga de barulho. Não podemos desligar isso, Lily. *Você consegue?*

Ela sabia que ele não estava perguntando por si. Sabia que Ryland se preocupava com seus homens e o admirava por isso. Conseguiu sentir o peso da grande responsabilidade dele. *Ao longo dos anos, aprendi a construir barreiras. Vivo em um ambiente que é muito controlado. Ele permite que eu descanse o meu cérebro e me prepare para o bombardeio do dia seguinte. Creio que você e os outros podem aprender a construir barreiras.*

Quem ensinou você?

Lily deu de ombros. Não conseguia se lembrar de um momento em que não precisara se proteger. Havia aprendido desde cedo. *Acho que como nasci com isso, minha mente começou a encontrar maneiras de lidar com a situação. Você não tem essa habilidade há muito tempo. Seu cérebro é exposto a coisas demais e muito rapidamente. Ele não consegue dar conta de tudo e construir as barreiras de que você precisa.*

— A menos que as barreiras sejam construídas para sempre. — Ele disse com seriedade, sem se importar com as câmeras. Sentiu o desejo repentino de arrancar as grades, rasgar alguma coisa. Precisava encontrar uma maneira de salvar seus homens. Eles eram bons homens, todos eles, dedicados e leais, homens que haviam se sacrificado pelo país. Homens que tinham confiado nele e o seguido. — Droga, Lily.

A dor apareceu em seus olhos e quase perfuraram o coração dela. — Vou analisar as fitas de treinamento hoje à noite. Vou descobrir tudo, Ryland — ela lhe garantiu. — Encontrarei a informação de que precisamos para ajudar os outros. Você só precisa me dar um pouco de tempo.

— Sinceramente, não sei de quanto tempo dispomos, Lily. Qualquer um dos meus homens pode ter um colapso. Se eu perder um deles... você não percebe? Eles acreditaram em mim e me seguiram. Colocaram sua fé e confiança em mim, e eu os coloquei dentro de uma armadilha.

Agora, ela sentia os estilhaços de vidro, de dor, dentro de sua mente. Ele era um homem de ação, e eles o prenderam em uma jaula. Sua frustração e dor o estavam desgastando.

– Ryland, olhe para mim. – Ela o tocou, passando a mão pelas barras para segurar a mão dele. – Vou encontrar as respostas. Acredite em mim. Não importa o que aconteça, encontrarei uma maneira de ajudar você e seus homens.

Por um breve momento, ele olhou dentro dos olhos dela, procurando, lendo a sua mente, sabendo que tinha sido muito difícil para ela se abrir ainda mais para ele. E assentiu, acreditando nela.

– Obrigado, Lily.

QUATRO

||||||||||||||||||||||||||||||||||||||||||||||||

O murmúrio de vozes não parava mais. Uma invasão soando na cabeça dela, deixando-a maluca. Sempre que dormia, as vozes chegavam, tomavam sua mente, mas Lily não conseguia entender as palavras. Sabia que havia mais de uma voz, mais de uma pessoa, e ainda assim não tinha ideia do que estava sendo dito, apenas sabia que era um sussurro conspiratório. Que havia grande perigo e um toque de violência naquelas vozes.

Lily estava deitada em sua cama enorme, olhando para o teto, escutando o som do próprio coração. Para sua frustração, a música suave que ela normalmente escutava para ajudar a esconder os sons que não podia bloquear havia sido desligada muito tempo antes. Não conseguiria dormir de novo. Não queria dormir. Não era seguro. As vozes a chamavam, suaves e persuasivas, vozes que sussurravam perigos e táticas.

Ela se sentou entre os travesseiros grossos espalhados pela cabeceira de trabalhosos entalhes. De onde aquilo havia surgido? As táticas implicavam treinamento, talvez até treinamento militar. Estaria ela escutando Ryland e seus homens enquanto utilizavam suas habilidades telepáticas para arquitetar uma fuga? Seria possível? Eles estavam a quilômetros de sua casa, dentro da terra, com barreiras de vidro protegendo as jaulas. As paredes da casa dela eram grossas. Estariam eles tão conectados a ponto de ela conseguir captar tal frequência como uma onda de rádio, uma frequência de som específica?

– O que você fez, papai? – ela perguntou em voz alta.

Lily só podia ficar sentada ali, no conforto de seu quarto, enquanto a mente repassava os fatos das fitas de treinamento, às quais havia assistido e os relatórios confidenciais que havia lido. Não conseguia entender como seu pai havia escrito relatórios com informações tão incompletas do que havia feito. Por que, diabos, ele se dera o trabalho de preencher o banco de dados nos computadores da Donovan Corporation com tanta bobagem? O arquivo era confidencial e apenas a senha e os códigos de segurança dele supostamente poderiam acessar aquilo, mas Higgens obviamente havia conseguido acesso.

A cabeça dela latejava. Lily via pontinhos brancos flutuando ao redor de um vão negro, era a dor resultante do uso da telepatia. Pensou em Ryland. Será que ele ainda estava sofrendo as dolorosas repercussões do uso prolongado dessa habilidade? Ele, certamente, sofrera anos antes. Ela havia lido os relatórios confidenciais a respeito do treinamento pelo qual os homens tinham se sujeitado. Todos eles tinham sentido terríveis enxaquecas como resultado do uso de talentos paranormais.

Lily afastou o edredom, resignada, e vestiu o roupão, amarrando o cordão ao redor da cintura rapidamente. Ela abriu as portas da varanda e saiu no vento frio da noite. O vento imediatamente soprou em seus cabelos, fazendo-os cobrir seu rosto e descer-lhe pelas costas.

– Sinto saudades, papai – ela sussurrou. – Queria os seus conselhos.

Seu cabelo a estava irritando, atrapalhando sua visão, então ela pegou os fios e fez uma trança solta. Lily olhou para a névoa branca que envolvia as árvores espalhadas pelo gramado. Então, viu um movimento nos canteiros de flores, uma sombra indo para um local ainda mais escuro.

Assustada, Lily se afastou da grade da varanda, recolhendo-se na segurança e na escuridão do interior de seu quarto. A propriedade era protegida, mas aquela sombra não era de um animal – era uma pessoa, pois caminhava. Ela ficou totalmente parada, esforçando-se para ver por meio da escuridão e da névoa diante dela. Seus sentidos a colocaram em alerta, mas ela estava emocionalmente sobrecarregada, temia que seus medos tivessem mais a ver com o sussurro contínuo de vozes do que com uma ameaça real a sua casa. Era possível que Arly tivesse contratado mais seguranças sem contar a ela. Talvez tivesse feito isso depois do desaparecimento de seu pai. Ele queria que ela tivesse um guarda-costas em tempo integral, mas Lily se recusava.

Lily pegou o telefone e ligou para Arly. Ele atendeu no primeiro toque, mas parecia ter acabado de acordar.

— Você contratou mais guardas para ficar em minha propriedade, Arly? — ela perguntou sem preâmbulos.

— Que horas você dorme, Lily? — Arly bocejou ao telefone. — O que houve?

— Eu vi alguém no gramado. Na propriedade. Você contratou mais seguranças, Arly? — havia um tom acusatório em sua voz.

— Claro que sim. Seu pai desapareceu, Lily, e sua segurança é a minha maior preocupação, não as suas ideias erradas a respeito de privacidade. Você tem uma casa de oitenta cômodos, pelo amor de Deus, uma propriedade enorme. Acho que podemos contratar mais alguns seguranças sem corrermos o risco de encontrá-los aqui dentro. Agora me deixe dormir um pouco.

— Não, sem autorização você não pode contratar mais seguranças.

— Sim, eu posso, sua chata. Recebi total autoridade para proteger você da maneira que eu achar melhor e vou fazer isso. Pare de reclamar comigo.

— Bem, eu determino as coisas, sou a "senhorita Lily" ou "dra. Whitney", como preferir — ela disse. — Quem foi o tolo que lhe deu um cargo de poder?

— Ué, foi você, senhorita Lily — Arly disse. — Você atribuiu isso ao meu cargo; assinou e tudo.

Lily suspirou.

— Seu nerd sem-vergonha. Você enfiou esse papel no meio de todos os outros que eu tive que assinar, não foi?

— Claro. Assim, você aprende a não sair assinando coisas sem ler. Agora, volte para a cama e me deixe dormir.

– Não me chame de "senhorita Lily" de novo, Arly, ou terei de colocar em prática os meus golpes de caratê.

– Eu estava sendo respeitoso.

– Você estava sendo sarcástico. E quando estiver deitado na cama, antes de dormir, se sentindo todo orgulhoso por ter feito isso comigo, feliz por se sentir tão esperto, lembre-se apenas de quem tem o QI mais alto. – Com esse comentário patético, Lily desligou o telefone. Sentou-se na beirada da cama e começou a rir, parte pela conversa, parte por estar aliviada. Estava muito mais assustada do que conseguia admitir.

Ela adorava Arly. Adorava tudo nele. Gostava até do comportamento desbocado e da maneira com que a enfrentava como um urso. Um urso *magrinho*, ela emendou, com um pequeno sorriso. Ele detestava ser chamado de magrinho tanto quanto detestava ser lembrado de que ela tinha um Q.I. mais alto. Lily fazia aquilo apenas nas poucas situações em que ele a irritava com algum comentário.

Lily atravessou o corredor descalça, desceu os degraus da escada em caracol, sem acender as luzes. Ela conhecia o caminho até o escritório do pai e esperava que o cheiro familiar continuasse ali e lhe desse um pouco de conforto. Ela dera ordem para que todos ficassem fora do escritório, incluindo a equipe de limpeza, porque precisava encontrar os documentos, mas, na verdade, ela não queria que o cheiro do cachimbo que permeava a mobília e a jaqueta dele desaparecesse.

Fechou a pesada porta de carvalho, isolando-se do mundo, e sentou-se na poltrona favorita de seu pai. Seus olhos ficaram marejados, sua garganta queimava, mas ela logo afastou as lágrimas. Recostou-se nas almofadas onde seu pai já havia recostado tantas vezes enquanto conversava com ela. Olhou ao redor. Sua visão noturna estava afiada e ela conhecia cada pedacinho do escritório, por isso era fácil reconhecer os detalhes.

As estantes enormes eram simétricas, os livros ficavam perfeitamente alinhados e organizados. A mesa ficava a um ângulo preciso em relação à janela, a cadeira encaixada, com cinco centímetros de distância da mesa. Estava tudo em ordem, como seu pai gostava. Lily ficou em pé e caminhou pela sala, tocando as coisas. Sua amada coleção de mapas, cuidadosamente organizados para serem consultados com facilidade. Seu atlas. Até onde ela sabia, ele nunca o havia tocado, mas o livro tinha posição de destaque.

Um relógio de sol antigo ficava à esquerda da janela. O vidro alto do barômetro de Galileu ficava em uma estante perto do enorme relógio de pêndulo de seu avô. Ao lado do barômetro, havia uma ampulheta envolta em espirais de aço. Lily a pegou, e a virou para ver os grãos de areia caindo para a parte de baixo. O pertence mais valioso da sala era o grande globo terrestre na mesa de mogno. Feito de cristais e abalones, aquela perfeita esfera costumava ser analisada enquanto ele conversava com ela, à noite.

Lily tocou a superfície do globo, escorregou os dedos pela superfície polida. Sentiu uma grande dor. Afundou-se na poltrona mais perto do globo e se curvou, pressionando os dedos contra as têmporas.

O tique-taque do relógio de seu avô ficava alto no silêncio do escritório. O som reverberava em sua mente, perturbando seu isolamento. Ela suspirou, ficou em pé e se aproximou do relógio, tocando a madeira entalhada com carinho e complexidade. Era um lindo relógio, com mais de dois metros de altura e quase sessenta centímetros de profundidade. Atrás do vidro chanfrado, o mecanismo trabalhava com precisão, e o pêndulo dourado, gigante, balançava. A cada hora, ao lado de um numeral romano, um planeta diferente aparecia atrás de portas duplas de estrelas cadentes, com pedras brilhantes e lindas girando em um céu escuro, com nuvens ao redor. Apenas ao meio-dia e à meia-noite, todos os planetas emergiam juntos em uma demonstração espetacular do sistema solar. Às três horas, aparecia um sol brilhante que girava. E a posição às nove horas mostrava a lua, preenchendo todo o relógio com uma beleza encantadora.

Ela sempre gostou daquele relógio, mas ele ficava em outro cômodo, onde o alto tique-taque não conseguia enlouquecer alguém que tentava pensar. Lily afastou-se da peça única e jogou-se em uma cadeira, esticando as pernas e olhando para os pés sem, realmente, vê-los. Havia nove planetas, o sol, a lua e o sistema solar, mas, durante a noite, o espaço da lua ficava vazio. Ela saía fielmente às nove da manhã, mas se recusava a aparecer às nove da noite. Lily sempre se sentira vagamente irritada pela inconsistência da aparência da lua. Uma falha em algo tão preciso. Aquilo a irritava tanto, que ela implorara ao pai para que consertasse. Era a única coisa que ele não mantinha em perfeito funcionamento.

Lily levantou a cabeça lentamente, olhando para o número romano dourado que indicava o nove. Surgiram imagens em seu cérebro; o desenho alinhou-se, e ela conseguiu vê-lo perfeitamente, como sempre funcionara. Ela se endireitou, olhando para o relógio do avô. Uma onda de adrenalina percorreu seu corpo, trazendo júbilo. E um medo repentino.

Ela sabia que tinha encontrado o caminho para o laboratório secreto do pai. Cuidadosamente, trancou a porta do escritório, voltou para o relógio e deu a volta nele, observando-o de todos os ângulos. Suavemente, Lily abriu a porta de vidro. Com delicadeza, ela levou o ponteiro da hora a uma volta completa, nove vezes, terminando no numeral romano nove. Um clique baixinho sinalizou que ela havia encontrado algo.

Toda a parte da frente do relógio se moveu para o lado e, na parede, revelou-se uma entrada. Ofegante, Lily encontrou e abriu a porta sem muito esforço. Era um espaço estreito, e ela ficou olhando para as paredes. Não levava a nenhum lugar. Lily franziu o cenho, passou as mãos nas paredes, procurando por algo escondido. Nada. *Claro que não. O relógio. Está no relógio.* Ela se virou para olhar para a porta do relógio. O sistema solar apareceu no fundo espelhado. O sol dourado, tão radiante e tão à vista. Ela apertou o sol com o polegar.

O chão entre as paredes deslizou e ali apareceu uma escada estreita e íngreme abaixo do piso. Lily olhou dentro da escuridão completa, sentindo a garganta seca e o coração batendo assustado.

— Não seja covarde, Lily — ela disse em voz alta.

Peter Whitney era seu amado pai e, de repente, ela sentiu medo de saber quais segredos ficavam escondidos dentro de seu laboratório secreto. Respirou profundamente, e começou a descer a escada. Para seu horror, ao pisar no quarto degrau, o piso acima de sua cabeça voltou ao lugar com um silêncio aterrorizante. Uma luz fraca brilhou ao longo da beirada dos degraus, iluminando a descida. No mesmo instante, veio a claustrofobia, uma sensação de ter sido enterrada viva. A escada era extremamente íngreme e estreita, obviamente para dificultar as coisas, para que a pessoa se sentisse presa entre as paredes do porão.

Lily? Uma voz soou em sua mente. *Lily, fale comigo. Você está com medo. Estou sentindo isso e estou preso nesta maldita jaula. Está correndo perigo?*

Ela ficou no topo da escada, assustada pela clareza da voz de Ryland Miller em sua mente. Ele era forte. Lily compreendeu por que ele conseguia aterrorizar o coronel Higgens. Talvez Ryland Miller fosse capaz de influenciar alguém a matar. Talvez fosse capaz de influenciar alguém a cometer suicídio.

Ryland disse um palavrão, e começou a dizer várias coisas para extravasar a frustração. *Inferno, Lily, juro que se você não me responder, vou arrebentar esta jaula. Você está me matando, sabia? Está enfiando uma faca em meu coração. Preciso chegar até você, proteger você. Não tenho nenhum controle sobre esse sentimento.*

O desespero dele misturou-se ao medo que ela sentia. Ela percebeu a força e a selvageria de suas emoções. Capitão Ryland Miller, totalmente no controle com as outras pessoas, tranquilo quando sob pressão, mostrava-se descontrolado com ela, ardendo como um incêndio indomável. Lily respirou lentamente, fazendo todo o esforço possível para superar seu medo de locais fechados.

Parou, em pé, na escada, tomando consciência da situação. O murmúrio foi interrompido de repente, desaparecendo com a força da voz de Ryland. Segurou o corrimão, tentando entender se sentia mais medo de descobrir em que seu pai havia se envolvido ou do fato de que o elo entre Ryland e ela estava crescendo e se tornando mais forte a cada momento. Ela não conseguia resistir ao apelo na voz dele. Ele estava totalmente tenso, assustado, precisando saber que ela não estava ferida.

A maioria das pessoas dorme à noite. Você e seus amigos estão brincando de evocar espíritos? Você está muito claro para mim. Gostaria de saber quem mais está escutando você.

Ela sentiu que ele soltava a respiração. Sentiu a tensão sair do corpo dele, de seus músculos tensos. *O que a assustou?*

Vozes. As suas vozes. Elas... Ela procurou uma maneira de explicar. *Elas são como milhares de abelhas...*

Picando o seu cérebro, ele concluiu a frase.

A voz dele a fez sentir-se confiante. Lily olhou para o alçapão e viu os mesmos caracteres entalhados na porta. Ela não estava presa. Diferentemente de Ryland e seus homens, ela tinha uma saída. Então, começou a descer a escada. *Sei que vocês estão planejando uma fuga, Ryland. É o que estão fazendo hoje à noite. Você encontrou uma maneira de se comunicar com os outros e eu, de alguma forma, estou no meio.*

Sinto muito, Lily, sabia que estávamos atingindo você. Vou fazer o que puder para protegê-la e pedir aos outros que façam o mesmo.

Ela hesitou por um momento. *Acho que encontrei o laboratório secreto de meu pai. Não faça nenhuma loucura até eu descobrir o que há nele.*

Não podemos correr o risco de ficar aqui, Lily. Higgens tem um plano para se livrar de nós. Preciso encontrar o general Ranier. Não acho que ele vá acreditar em você, porque Higgens só pode estar mentindo para os nossos homens a respeito do que está acontecendo aqui. O coronel é um oficial condecorado e respeitado. Não vai ser fácil convencer as pessoas de que ele é um traidor.

Ela acreditava naquilo. Higgens ficara longe dela, preferindo pedir a Phillip Thornton, presidente da Donovan Corporation, que ela assumisse o trabalho do pai. Mas o coronel Higgens vinha insistindo em obter a senha e os códigos do computador do dr. Whitney e poder entrar no sistema, de modo que seu trabalho não se autodestruísse no caso de eles o acessarem sem cuidados. Ela sabia que tudo que o pai mantinha no computador do escritório da Donovan era pura bobagem, bobagem cuidadosamente inserida. Códigos e fórmulas que nada tinham a ver com o experimento paranormal.

Acredito que meu pai suspeitou que Higgens estivesse aprontando alguma coisa e que alguém na Donovan o estivera ajudando. Não há nada nos computadores da Donovan e Thornton mandou homens para entrar no computador do escritório particular de meu pai. Eu já havia checado, e não havia nada de útil ali.

Você viu as fitas de treinamento? Ryland fez a pergunta com certo sofrimento.

Ela sentiu pena dele. Assistira às fitas e vira dois membros da equipe, no segundo ano de treinamento, tornarem-se cada vez mais instáveis e violentos. Ryland Miller pagara um preço alto com seus dois amigos. Já tinha sido horrível de ver; passar por aquilo devia ter sido péssimo.

O experimento precisava acabar.

A escada continuava levando para baixo, para as profundezas da terra, muito estreita em alguns pontos. Lily precisou se controlar. Mas o ar circulava e a luz continuava brilhando, levando-a para baixo.

Eu disse ao dr. Whitney que todos nós estávamos correndo riscos, mas Higgens o convenceu a continuar. Ele citou todas as coisas que podíamos fazer. Não existe outra equipe como nós no mundo, podemos entrar no campo inimigo sem sermos detectados. Atuamos em silêncio total. Somos Fantasmas, Lily, e Higgens quer ter sucesso a qualquer custo. Mesmo que enlouqueçamos e tenhamos de ser mortos. Eu tive de matar um de meus amigos e ver outro morrer. Perdi mais um, Morrison, alguns meses atrás, por hemorragia cerebral, um homem bom que merecia mais do que teve. Vou salvar os outros de alguma forma, Lily. Preciso colocá-los em segurança.

Ela estava no fim da escada, olhando para a porta fechada do laboratório de seu pai. Lily sabia todos os códigos de segurança e senhas. Mas a porta tinha um scanner para impressões digitais.

Sinto muito, Ryland. Espero descobrir muito mais. Não se pode simplesmente tirar os homens de um ambiente protegido sem um plano. O potencial de grande violência deles já foi provado e existe o perigo de perder os outros da mesma maneira que você perdeu seu amigo Morrison. Você não quer isso. Volto amanhã para dizer o que descobri. Ela tentou não se sentir culpada. Seu pai deveria ter insistido em interromper o projeto, mas, apesar disso, concordara em prender os homens em vez de encontrar uma maneira de devolvê-los ao mundo. Ela sentia vergonha de Peter Whitney, o que não era muito bom.

Droga, Lily, não fico bem sabendo que você está sofrendo. Você não fez isso. Não sabia de nada, não é sua responsabilidade. Eu fico arrasado ao sentir sua dor.

Lily tinha noção de que a conexão entre eles estava ficando mais forte, a atração física, emocional e mental aumentava, vinha de dentro, que eles não conseguiam controlar. Ela balançou a cabeça, esperando encontrar a lógica com a qual sempre conseguia resolver qualquer problema. Seu elo com Ryland Miller era desconfortável e inesperado, tudo o que ela não precisava em uma situação cada vez mais perigosa e complexa.

Eu conto o que descobrir, ela reiterou, querendo que ele soubesse que ela não o abandonaria.

Tem certeza de que está em segurança? Whitney sugeriu que alguém em sua casa o havia traído.

Ela teve a impressão de que ele estava rangendo os dentes, irritado por não poder estar com ela nesse momento em que ela tanto precisava de conforto e, talvez, até de proteção. O coração dela reagiu à necessidade dele, à maneira como ele queria estar presente. Ryland estava entrando em sua alma. Independentemente de quantas vezes ela levantasse sua parede de proteção, ele dizia ou fazia algo que a tocava.

Ninguém sabe onde estou, Ryland. Ficarei bem. Ela rompeu o elo entre eles, colocando a mão no scanner com cuidado, acreditando que seu pai tivesse codificado suas impressões digitais na porta.

A porta deslizou, silenciosamente, para o lado. Lily entrou no laboratório sem hesitar. As luzes, brilhantes, piscaram quando ela apertou o interruptor. Havia diversos computadores ao longo da parede esquerda. E uma pequena mesa no meio de uma área cercada por estantes de livros. O laboratório estava totalmente equipado, como os laboratórios da Donovan Corporation. Seu pai não havia economizado para montar aquele santuário privado. Lily olhou ao redor, sentindo uma mistura de incredulidade e traição. Era claro que aquele lugar existia havia anos.

Lily caminhou pelo laboratório, descobriu as fileiras de vídeos e discos, o pequeno banheiro à direita e uma porta que levava a outra sala. Esta tinha uma parede de observação, toda de vidro. Ela olhou dentro da sala e viu o que parecia ser um dormitório de criança.

Sentiu seu estômago revirar. Pressionou a mão na barriga, olhando pelo vidro enquanto lembranças distantes tomaram a sua mente. Ela já tinha visto aquela sala, tinha certeza disso. Sabia que se entrasse ali, haveria mais um banheiro e uma sala maior, de brinquedos, depois das duas portas que conseguia ver. Lily não entrou, mas permaneceu em silêncio do lado de fora, olhando para as doze camas pequenas, camas de criança, e chorando. Seu pai dissera que já havia realizado grandes reformas na casa enorme a ser construída, porque ele adorava castelos ingleses e estátuas, mas Lily sabia que estava diante do motivo real. Sabia que as escadas que levavam ao laboratório ficavam entre os cômodos do porão. O laboratório em si ficava abaixo de onde estava, completamente escondido, e ela já sabia que não haveria evidência nenhuma, em nenhum lugar, que mostrasse sua localização. A casa estava protegendo aquelas salas, não ela. Ela pressionou a mão contra os lábios trêmulos. Ela ficara naquele quarto. Sabia até qual tinha sido a sua cama. Lily virou-se e analisou com cuidado o laboratório.

– O que você fez aqui? – perguntou em voz alta, com medo da resposta, com medo da informação que já surgia em seu cérebro.

Aquela sala com as caminhas a deixou enojada. A cabeça latejava com força, como se houvesse um enxame de abelhas iradas a picá-la, a feri-la, de modo tão doloroso que Lily levou as duas mãos às têmporas em uma tentativa de aliviar o latejar.

– São apenas lembranças – ela sussurrou para reunir coragem. Não tinha escolha além de enfrentar o passado.

Lily caminhou, relutantemente, até a mesa do pai e ligou o laptop que ali estava. Enquanto o computador era iniciado, ela viu seu nome na agenda do pai. Abaixo dele, havia uma longa carta manuscrita. Estava escrita em um dos códigos estranhos dele, que ela conhecia desde a infância.

Ela pegou a carta, com os dedos sobre a tinta das letras. Leu as palavras em voz alta, como se quisesse fazê-lo retornar à vida.

> "Minha querida filha, sei que os erros do passado estão me entregando agora. Eu deveria ter feito alguma coisa há muito tempo, mas sentia medo de ver o amor brilhando em seus olhos desaparecer para sempre."

Havia diversos borrões, lugares que ele tinha rabiscado por não gostar das palavras que tinha escolhido.

> "A sua infância foi totalmente documentada. Por favor, lembre-se de que você é uma mulher extraordinária, assim como foi uma criança extraordinária. Perdoe-me por não ter tido a coragem de contar pessoalmente. Não tive coragem."

Havia mais rabiscos; um deles, tão forte que a caneta rasgara o papel.

> "Você é a minha filha em todos os sentidos da palavra. Mas não biologicamente."

Lily leu a frase diversas vezes. *Mas não biologicamente.* Sentou-se lentamente na cadeira, olhando para as palavras. Seu pai havia lhe contado, muitas vezes, que sua mãe havia morrido horas depois do parto.

> "Nunca me casei, não conheci sua mãe. Encontrei você em um orfanato no exterior. Não havia qualquer registro de seus pais biológicos, apenas de suas habilidades extraordinárias, Lily. Amo você do fundo do meu coração. Você sempre será a minha filha. A adoção foi totalmente legal, e você herdará tudo. Cyrus Bishop tem todos os documentos."

Cyrus Bishop era um dos advogados de Peter Whitney, o mais confiável e a quem ele recorria para cuidar de todos os assuntos pessoais. Lily recostou-se.

– Isso não é o pior, certo, papai? Você poderia simplesmente ter me dito que eu era adotada em vez de inventar uma história tão complexa. – Ela soltou a respiração lentamente e olhou para a sala comprida à esquerda. O dormitório. Àquele com todas as caminhas. Ela se lembrou das vozes. Vozes infantis. Cantando. Rindo. Chorando. Ela se lembrou daquelas vozes chorando. E voltou à leitura.

"Eu lhe disse que você não tinha avós. Não menti. Minha família morreu. Eles eram pessoas frias, Lily, sem emoções. Tinham dinheiro e inteligência, mas não sabiam amar. Eu mal os via quando era pequeno, apenas quando eles queriam me repreender por eu não ter feito algo tão bem quanto eles esperavam. É a minha única desculpa. Ninguém me ensinou a amar, até você chegar. Não sei quando nem como começou, mas só sei que ansiava para acordar e vê-la de manhã. Meus pais e avós me deixaram muito dinheiro, e herdei também a inteligência deles, mas não me deram um legado de amor. Você fez isso por mim."

Lily virou a página e viu que a carta continuava.

"Tive uma ideia. Uma boa ideia, Lily. Eu tinha certeza de que podia pegar as pessoas que já tinham o início de talentos paranormais e melhorar essas habilidades, torná-las livres. Você encontrará todas as minhas observações no laptop. Os resultados estão nos vídeos e discos que gravei, juntamente com as observações detalhadas."

Lily fechou os olhos, sentindo as lágrimas queimarem. Sabia o que o resto da carta revelaria e não queria enfrentar aquilo.

Lily? A voz foi fraca dessa vez, distante, como se Ryland estivesse muito cansado. *O que houve?*

Ela não queria que ele soubesse. Não queria que ninguém soubesse. Lily forçou-se a respirar. Não sabia se estava protegendo a si mesma ou a seu pai, sabia apenas que, naquele momento, não podia revelar a verdade. *Não se preocupe. Só estou vendo algumas anotações.*

Ele hesitou brevemente, quase como se não acreditasse nela, mas sumiu.

Lily voltou a prestar atenção à carta.

> "Eu trouxe doze meninas do exterior. Escolhi países subdesenvolvidos, lugares que queriam se livrar de suas crianças. Encontrei as meninas em orfanatos, onde ninguém as queria, onde a maioria teria morrido, ou algo pior poderia acontecer. Todas tinham menos de três anos de idade. Escolhi meninas porque havia muitas meninas entre as quais escolher. Os pais raramente abandonavam os meninos nesses países. Eu estava procurando por critérios muito específicos e você, assim como as outras meninas, os satisfazia. Trouxe todas vocês aqui e cuidei de melhorar suas habilidades. Cuidei muito bem de todas, mantive enfermeiras treinadas para cada uma de vocês e admito que me convenci de que havia dado a vocês uma vida muito melhor do que a que vocês teriam nos orfanatos."

Lily largou a carta e caminhou, a adrenalina pulsava em suas veias.

— Espero estar entendendo tudo isso direito, papai. Sou uma órfã abandonada de um país de terceiro mundo que você trouxe para casa com onze menininhas de sorte, com as quais realizou experimentos. Tínhamos babás e provavelmente brinquedos, então ficou tudo bem. — Ela estava furiosa. Furiosa! E queria chorar. Mas voltou e se sentou à mesa do pai.

Como ele podia ter encontrado traços paranormais em crianças com menos de três anos? Pelo quê havia procurado? Lily sentiu vergonha pela vontade de sua mente em querer a resposta para essa pergunta ser tão grande quanto a ira de pensar no que o pai havia feito.

"A princípio, tudo parecia estar indo bem, mas então comecei a perceber que nenhuma de vocês tolerava barulho, e que não gostavam das babás por perto. Percebi que a maioria estava recebendo informação demais e que não havia maneira de interromper isso. Fiz o que pude para oferecer uma atmosfera calma e relaxante e me esforcei para conseguir empregados que vocês não fossem capazes de 'ler'. Precisava reforçar as barreiras às vezes, mas dava certo".

Havia mais rabiscos dando sinais de agitação.

"As luzes azuis ajudavam, assim como o som da água. Está tudo nos relatórios que mostrei a você. Mas os problemas não pararam por aí. Algumas meninas não podiam ficar sozinhas, sem você ou sem duas ou três das outras. Parecia que você as ajudava a funcionar, tirava a sobrecarga de barulho e de emoções delas. Sem você, elas ficavam quase catatônicas, e era comum que tivessem ataques, além de diversos outros problemas. Percebi que não podia lidar com tantas crianças com problemas tão grandes. Encontrei casas para as outras meninas; não foi muito difícil, com a quantidade de dinheiro que ofereci aos candidatos a pais. E fiquei com você."

Lily pressionou a palma da mão na testa latejante.

– Não porque me amava, papai, mas porque eu era a menos problemática. – Ela enxergava a situação claramente, seu pai jovem, logicamente escolhendo a criança que lhe daria menos problemas. Ele sabia que devia desistir do experimento, mas não conseguiu fazer isso depois de todo daquele tempo, esforço e dinheiro investidos. Assim, ele a manteve. – E as outras meninas, tentando se virar sem ajuda, sem saber o que havia de errado com elas? Você as abandonou. Elas podem estar mortas agora, ou em manicômios. – As lágrimas queimavam e Lily lutava contra elas. Como ele podia ter feito algo tão abominável? Era muito errado, muito contra a natureza.

> "Conheço você muito bem, Lily. Sei que a estou ferindo, mas preciso dizer a verdade, caso contrário você não vai acreditar em nada. Aprendi a amar você ao longo dos anos, e me dei conta de que eu realmente devia àquelas outras crianças. Não é desculpa para o meu descaso com elas. Sou responsável pelos problemas que sei que elas devem estar enfrentando agora. Contratei um detetive particular para encontrá-las. Já encontrei algumas, cujos arquivos incluí para você ler. Você não vai gostar dos resultados, assim como eu não gostei. Sei que vai sentir raiva e vergonha de mim."

– Já estou com raiva e vergonha – Lily disse, ao levantar a cabeça. – Como pôde fazer isso? Fazer experimentos em pessoas, em crianças. Papai, como pôde fazer isso?

Ela tentou se lembrar das outras crianças, mas só conseguiu escutar o som de vozes misturadas com risos e choros. Sentiu empatia pelas outras meninas. Já eram mulheres, espalhadas pelo mundo sem ter a menor ideia a respeito do que havia acontecido com elas. Onde estariam? Lily sentiu vontade de largar a carta do pai e encontrar os relatórios do investigador, mas forçou-se a continuar.

> "Só posso dizer que, naquela época, eu não tinha muita sensibilidade nem consciência. Você foi a pessoa que colocou esses dois elementos importantes em minha vida. Aprendi com você. Observando você crescer e vendo o amor em seus olhos quando olhava para mim. Aqueles anos que você passou me seguindo, fazendo tantas perguntas e discutindo comigo, eu valorizo todos os dias. Infelizmente, Lily, você sabe como minha mente é. Cuidei de você por anos, protegi você da melhor maneira que consegui, mas

vi seu potencial e, ao vê-lo, percebi como uma boa equipe poderia beneficiar o nosso país."

Lily balançou a cabeça. Ela sussurrou o nome de Ryland, como se quisesse protegê-lo.

"Pensei que tivesse errado ao escolher aquelas meninas. No começo fazia sentido, porque os cérebros delas não eram desenvolvidos; eu poderia lhes ensinar como usar as partes que estavam apenas adormecidas, esperando que alguém as acordasse. Mas as meninas eram novinhas demais. Acreditei que se escolhesse homens com treinamento superior e disciplina, não teria os mesmos problemas. Podia contar com eles para fazer todas as práticas, construir escudos, erguer as barreiras necessárias quando precisassem de um tempo. Você conseguia fazer isso, por isso, um homem adulto seria mais forte, um homem do exército seria mais capaz de obedecer e realizar todo o treinamento."

Lily suspirou levemente e virou a página.

"Tudo deu errado de novo. Você verá os problemas nos arquivos e nos relatórios. Não há como reverter esse processo, Lily. Tentei encontrar uma maneira, mas, aquilo que é feito, não pode ser desfeito. E esses homens, mulheres, todos vocês, têm de viver com o que fiz. Não tenho respostas para Ryland Miller. Mal consigo olhar nos olhos dele agora. Acredito que o coronel Higgens e mais alguém da Donovan estão conspirando para pegar os relatórios e vender as informações a outros países. Já fui seguido, e meus escritórios, em casa e no trabalho, foram invadidos. Acredito que Miller e sua equipe correm perigo. Você deve levar uma mensagem ao general Ranier (ele é o superior direto do coronel Higgens) e avisar o que está acontecendo. Não consigo falar com ele.

Você o conhece bem e não consigo imaginar que ele possa não atendê-la. Já deixei diversas mensagens para que ele me telefonasse ou viesse à Donovan, mas não obtive resposta."

Lily olhou para os símbolos conhecidos, queria escutar a voz do pai. Podia estar irritada e magoada, mas não podia mudar nada do que ele havia feito.

"Abri uma conta bancária para a equipe de Miller, por precaução. Se eu falhar, você terá de ajudá-los por mim. Terá de contar a verdade a eles. Sem uma pessoa como você, com o seu talento para afastar o som e as emoções deles, eles precisarão atuar continuamente para encontrar os locais reservados ou ficarão sobrecarregados. Assista às fitas, leia os relatórios, e, então, encontrará uma maneira de reduzir os problemas e ensinar esses homens e os outros a viver como você viveu: em um ambiente protegido, útil para a sociedade, mas viva. Por favor, pense em mim com todo o amor e compaixão que sei que você tem em seu coração. Tenho medo, Lily, tenho medo por nós e por todos aqueles homens."

Lily ficou sentada por muito tempo com a cabeça abaixada e os ombros tremendo. As lágrimas ardiam, mas não caíam. Ela não estava preparada para aquilo, mas não se sentia tão chocada como pensou que se sentiria. Conhecia seu pai, conhecia a crença dele de que as leis eram lenientes demais e só atrapalhavam a pesquisa médica e de defesa. Seu nome sempre foi reverenciado em muitos círculos, mas, apesar disso, ele havia feito experimentos com crianças. Isso era imperdoável.

Lily se ergueu e caminhou até as prateleiras de vídeos. Analisou todas as estantes de fitas. Sua vida. Não seriam imagens de seus primeiros passos, como muitos pais registravam, nem da formatura com honras na faculdade; seria um documentário a sangue-frio de uma paranormal cujas habilidades eram melhoradas de certa maneira por um homem que afirmava amá-la.

Ela não achava que seria capaz de assistir àquilo. Não podia procurar o pai para se acalmar. Ele estava no fundo do mar. Morto. Ela sentiu um arrepio pelo corpo. Peter Whitney provavelmente havia sido morto em uma tentativa de se obter as informações que ela possuía. Alguém queria saber como ele fazia para aumentar as habilidades de um vidente. Seu pai não havia compartilhado aquele processo com ninguém, nem na Donovan Corporation, nem com o coronel Higgens, nem com o general acima dele.

Lily pegou o primeiro vídeo da estante, com os dedos trêmulos. Ryland Miller e sua equipe toda estavam vivos porque seu pai não havia fornecido a informação. Por que matariam o único homem que poderia lhes dar tal informação? Se não a conseguissem de uma maneira, certamente a conseguiriam de outra.

Um acidente resultaria em um indivíduo morto, e seria possível dissecá-lo e estudá-lo, na esperança de descobrirem o segredo. Eles teriam tal poder se utilizassem os talentos que o trabalho de seu pai havia desencadeado. Teria a morte de Morrison sido um acidente? Será que ele havia sofrido problemas pelo que Whitney havia feito a ele ou será que outra pessoa havia dado a ele uma droga para causar ataques, para poderem estudá-lo? Sabendo que tinha muitas informações para analisar em pouco tempo, Lily inseriu a fita no aparelho e começou a assistir.

Lily sentiu-se amortecida enquanto via a menininha de olhos grandes "jogar" por horas. A voz de seu pai não tinha inflexão quando disse a data e descreveu as habilidades dela, que só aumentavam. Ela tentou, desesperadamente, afastar-se da emoção, como seu pai conseguia falar tão bem enquanto observava e filmava a menininha vomitar sem parar por causa das enxaquecas. A luz atrapalhava seus olhos, o som atrapalhava seus ouvidos, ela chorava, remexia-se e implorava por ajuda, mas, enquanto isso Peter Whitney filmava, documentava e falava em um tom impessoal.

Lily olhou para o vídeo, enojada por ver que o homem a quem ela chamava de pai, o homem a quem ela amava como pai, podia fazer coisas assim a uma criança. Ele ficou ali, filmando tudo enquanto a enfermeira procurava confortá-la e ajudá-la. Ele chegava a pedir à enfermeira que se afastasse enquanto aproximava a imagem para mostrar o detalhe de Lily, com as mãos pressionando as orelhas. Diversas vezes, quando ela se desconectava, entrando em um mundo só seu por meio de um suave balanço para a frente e para trás, Peter Whitney se irritava e mandava a enfermeira afastá-la das outras meninas para que Lily não "as infectasse com métodos de reclusão".

Lily desligou o vídeo, com lágrimas rolando pelo rosto. Ela não havia percebido que estava chorando. Sua mão tremeu quando abriu a porta da sala onde ela havia passado tantos meses, em treinamento, sendo observada e documentada. Ela prendeu a respiração. Como Ryland e seus homens. Independentemente do que acontecesse, eles não podiam ficar nos laboratórios da Donovan. Ela precisava encontrar um local seguro e protegido, para que pudesse entender tudo aquilo e encontrar uma maneira de ajudá-los.

Lily se deitou na terceira cama da esquerda. A cama dela. Encolheu-se na posição fetal e apertou as mãos contra as orelhas para abafar o som dos próprios soluços.

CINCO

||||||||||||||||||||||||||||||||||||||||||||||||||

Russell Cowlings ainda estava desaparecido. Ryland contou sua centésima flexão de braço e continuou pensando no passo a passo da fuga planejada. Conseguira unir os homens telepaticamente, à exceção de um. Russell não respondia nem era sentido por ninguém da equipe havia diversos dias.

Ryland se sentia impotente, dizia palavrões enquanto se esforçava no exercício que fazia para mexer os músculos e continuar em forma. Ele precisava convencer Lily de que todos os seus homens corriam perigo. Não havia provas concretas, mas ele sentia isso. Em seu coração e em sua alma, ele sabia disso. Se permanecessem por mais tempo nas jaulas dos laboratórios da Donovan, desapareceriam, um a um. Assim como Russell.

Totalmente frustrado, Ryland ficou em pé e começou a caminhar de um lado para o outro da cela. Sua cabeça doía por manter, por tanto tempo, o elo telepático por entre todos os membros da equipe enquanto discutiam sobre como sobreviver do lado de fora se a fuga fosse bem-sucedida. A conversa tinha sido mais comprida do que o normal, e eles continuavam os testes para desativar alarmes e sistema de segurança, usando ainda mais energia. Ryland esfregou as têmporas, sentindo-se levemente enjoado.

Ele sentiu uma dor forte e caiu de joelhos. *Lily*. Uma facada no estômago, fazendo curvar-se. Uma pedra em seu peito, oprimindo-o. Um pesar que ele não compreendia e que nunca quisera sentir. Naquele momento, nada mais importava, ele precisava chegar até ela. Encontrá-la e consolá-la. Protegê-la. A necessidade era grande e tomava seu corpo e sua mente. Então, começou a construir a ponte entre eles. Uma ponte forte e firme, de modo que ele pudesse atravessar as barreiras do tempo e do espaço.

Lily sonhou com um rio de lágrimas, que transbordavam e se espalhavam pela terra. Sonhou com sangue, dor e homens monstruosos à espreita, nas sombras. Sonhou com um homem se ajoelhando ao seu lado, segurando-a em seus braços, fortemente contra o peito, balançando-a em uma tentativa de confortá-la. Ele não conseguiu conter as lágrimas e passou a beijar o rosto dela, seguindo o caminho úmido que ia dos olhos aos lábios. Ele a beijava sem parar. Beijos longos que tiravam dela a capacidade de pensar, de respirar e até de sofrer.

Ryland. Ela o conhecia. Amante dos sonhos. Ele a tirara de seu pesadelo para levá-la embora.

— Eu me sinto tão vazia e tão perdida. — Mesmo em seus sonhos, ela estava deprimida.

— Você não está perdida, Lily — ele respondeu com delicadeza.

— Eu não sou nada. Não pertenço a lugar algum. Com ninguém. Nada disto é real, você não percebe? Ele nos tirou a vida, ele nos tirou o nosso livre-arbítrio.

— Você faz parte do meu mundo, onde não existem fronteiras. Você é um Fantasma. Não importa como passou a ser, Lily, mas é simplesmente isso. Nós temos que ficar juntos. Fique comigo. — Ryland ficou em pé, estendeu a mão a ela.

— O que vamos fazer? — ela perguntou, esticando a mão para segurar a dele, chocada por eles estarem fora de uma jaula, fora das muralhas de sua casa; distantes dos segredos mantidos sob a terra. — Aonde você vai? — Ele entrelaçou os dedos nos dela, com força, a consolá-la. Seu coração acelerou, reconhecendo-o.

— Aonde gostaria de ir?

— A qualquer lugar, qualquer lugar longe daqui. — Ela queria estar longe daquele laboratório e da verdade enterrada sob os andares de sua casa. O peso daquela certeza a oprimia, quase a impedia de respirar.

Ele queria que ela confiasse nele o suficiente para dizer o que a havia perturbado, mas ele simplesmente segurou a mãos dela e, juntos, saíram pela noite.

– Como pode estar aqui, Ryland? Como pode estar aqui comigo?

– Posso entrar nos sonhos. Raoul, a quem chamamos de Gator, consegue controlar animais. Sam consegue mover objetos. Há muitos talentos entre nós, mas apenas alguns são invasores de sonhos.

– Obrigada por ter vindo até mim – Lily disse, apenas. Estava sendo sincera. Não tinha ideia de como conseguia se sentir inteira estando tão despedaçada, mas caminhar ao lado dele, encaixada sob seu braço, dava-lhe uma sensação forte de paz. Eles caminharam pelas ruas escuras juntos, sem prestar atenção aos locais por onde passavam, estavam apenas juntos.

– Conte para mim, Lily – Ryland caminhava muito perto dela, com seu corpo forte esfregando-se contra o dela, de maneira protetora.

– Não consigo pensar nisso, nem mesmo aqui.

– Você está em segurança comigo. Vou mantê-la a salvo. Conte-me o que ele fez com você.

– Ele não me amou. Foi o que ele fez, Ryland. Ele não me amou. – Ela não conseguia olhar para Ryland e desviou o olhar para a noite, virando o rosto, com a expressão tão triste que ele sentia seu coração arrasado.

Ryland segurou-a em seus braços de maneira protetora, perto de seu corpo, transportando-os pelo tempo e pelo espaço. Bem longe de laboratórios e jaulas. Longe da realidade, de modo que o vento soprasse em seus rostos, e eles pudessem simplesmente estar juntos. Um alívio para a mente. Seus corpos estavam livres, e eles podiam ir aonde a mente quisesse, mas a dor dela caminhava com eles mesmo no mundo dos sonhos. Assim como as preocupações dele.

– Um dos meus homens desapareceu, Lily. Não consigo alcançá-lo.

Ela sabia o que ele queria.

– Vou encontrá-lo. Pedirei para falar com todos os homens amanhã. Supostamente, tenho acesso a todos eles. Quem desapareceu? – ela inclinou a cabeça, sentindo-se culpada.

— Russell Cowlings. E não culpo você, Lily. Sei que você está pensando em seu pai...

— Não quero falar sobre ele. — O mundo dos sonhos começava a se desfazer conforme a realidade adentrava.

Ryland segurou o rosto dela com as duas mãos.

— Eu via os olhos dele quando ele olhava para você. Ele a amava muito. Independentemente dos pecados cometidos, Lily, ele amava você.

Ela olhou para ele, com os longos cílios umedecidos pelas lágrimas.

— Será? Eu achava que ele me amava, mas há uma sala inteira repleta de fitas com a etiqueta na qual se lê "Lily" para provar o contrário.

Ryland abaixou a cabeça, beijando-a, querendo afastá-la daquela dor. O toque de seus lábios nos dela foi extremamente delicado, suave. Um beijo com a intenção de ser honesto. Curador. A intenção dele era confortá-la. Mas o fogo percorreu seu corpo. Ele o sentiu pelas veias. Na barriga. Na rigidez de seu membro. Queimava a sua pele e o tomava de surpresa.

Lily se entregou a ele, totalmente. Seus lábios se entreabriram para os dele e ela passou os braços pelo pescoço dele. Ryland sentiu seus seios generosos pressionados com força contra a parede de músculos de seu peito. A energia fluía entre eles, com intensidade. A pele dele na dela e vice-versa. Faíscas pareciam sair de sua corrente sanguínea. Os braços dele se enrijeceram, de modo possessivo.

Lily levantou a cabeça a fim de olhar para ele, procurando respostas em seu rosto. Não estava preparada para tamanha atração física. Não confiava em nada que fosse tão forte. Balançou a cabeça em silêncio, sem acreditar.

Ryland percebeu a dúvida no rosto dela. E murmurou:

— Lily, você não percebe que há algo mais do que atração física entre nós? Eu morro de desejo por você, não nego, mas fico triste quando você está triste. Quero, mais do que qualquer coisa, fazer você feliz, saber que você está protegida. Penso em você todos os minutos do meu dia. Você se recusa a ver o que existe entre nós.

Olho para você e vejo névoa em seus olhos quando retribui meu olhar. Você se importa tanto com os motivos?

– Isto não é real, Ryland. Você está aqui comigo, conversando comigo porque sentiu a minha necessidade, mas mesmo assim não é real. É um sonho que estamos compartilhando.

– Senti a sua necessidade através do tempo e do espaço, senti a sua necessidade de estar comigo. Isso não quer dizer nada, Lily?

– Ainda é um sonho, Ryland.

– É real o suficiente para podermos entrar nele. Invadir sonhos não é fácil, Lily. – Ele soltou os braços na lateral do corpo, afastando seu corpo do dela, incapaz de suportar o corpo dela tocando o seu quando ela não o queria.

Lily segurou a mão dele e entrelaçou os próprios dedos com os dele, porque não conseguia ficar sem contato.

– O que quer dizer com isso? Que entramos no sonho em si?

Ele deu de ombros.

– Ninguém sabe ao certo como funciona. Foi seu pai quem me alertou para tomar cuidado. Ele disse que era muito difícil manter a ponte nesse estágio, e qualquer pessoa que estivesse na mesma onda poderia entrar e conseguiria me machucar se eu não estivesse preparado. E se eu fosse pego neste sonho, vivendo neste mundo, talvez não conseguisse voltar ao outro. Eu ficaria em um estado de sonho, aparentemente em coma para o mundo exterior. – Ryland olhou para ela e sorriu. Lily agiu como ele esperava, assimilando a informação com grande interesse.

– Eu não sabia que isso era possível. Os outros conseguem invadir sonhos?

– Um ou dois. Descobrimos que isso é muito raro e é preciso fazer um grande esforço, com concentração e foco. É um esforço ainda maior do que manter o elo telepático por um longo período. – Ryland levou a mão dela ao peito, prendendo-a sobre seu coração. Ele passou o polegar nas costas da mão dela, pequenas carícias que ela sentia percorrerem todo o seu corpo.

– Gostaria de ler os dados registrados e as anotações de meu pai para ver o que ele achou. Não faz sentido parecer tão real. Consigo sentir você. – Ela passou a mão livre pelo peito dele. – Consigo sentir o seu gosto. – Ele ainda estava em seus lábios, em sua língua, dentro dela, de onde ela nunca o tiraria. – E ainda assim podemos estar em qualquer lugar. Em qualquer lugar. – Ryland a tocou, e ela percebeu que eles estavam em um parque, cercados por árvores. As folhas brilhavam em um tom prata à luz da lua, que brilhava acima dela.

– Não consigo ver árvores dentro daquela jaula, por isso às vezes venho aqui.

Lily sorriu, animada, e olhou para Ryland. De uma vez, seu sorriso desapareceu, e o coração acelerou. Era a maneira como ele olhava para ela. A intensidade do desejo que ele sentia por ela. O desejo que ele nunca tentou esconder. O olhar quente dele percorreu o corpo dela como se a consumisse, como se marcasse território. O corpo dela inteiro ficou excitado. Ali dentro, um vulcão estava sendo contido, ela estava ficando inquieta, e passava os dedos sobre o peito dele. Por um momento, ela pensou em tirar a camisa dele para sentir o calor de sua pele. Queria se fundir a ele, pele contra pele. Corpos unidos. O suor surgia.

– Pare – Ryland disse baixinho. Ele ergueu a cabeça dela pelo queixo para beijá-la. Não havia nada de inocente nem confortante naquele beijo. Passou a mão sobre a seda de sua camisa para segurar seu seio. – O que você sente, eu sinto. Você anuncia, e eu não consigo mais pensar direito. – Ele passou o polegar sobre o mamilo dela por cima da blusa, enquanto abaixava a cabeça para beijá-la de novo. – Está vestindo alguma coisa por baixo desta blusa?

O beijo dele fez com que ela balançasse. Sentiu o sangue queimar em explosões de prazer. Ele tirava o seu fôlego, mas era o seu oxigênio. Com o peso dos seios dela no calor de suas mãos, todos os músculos do corpo dela se contraíram e pediram satisfação. Por um momento, Lily permitiu que seu corpo dominasse seu cérebro. Ela retribuiu o beijo da mesma maneira possessiva, com o mesmo calor. Sem pensar nem se inibir.

Ela o desejava. Costumava sonhar em encontrar o homem certo, como deveria ser, como seria. Em todos os sonhos, ela deixava de lado as inibições. Ali estava ele, o homem perfeito. Seu homem. Em pé, diante dela, e qualquer coisa que ela tenha feito não contava mais.

As mãos de Lily se moviam instintivamente sobre o corpo de Ryland, buscando-o com a mesma intimidade que ele a buscava. Ela foi ousada e, com certeza, incapaz de controlar o fogo que a queimava descontroladamente. Havia um ruído em sua mente, um caleidoscópio de pura sensação, fogo e cor. Habilidades e delicadezas. Luz de vela. Tudo com o que ela sempre sonhara e mais. Lily simplesmente se entregou a ele, disposta a estar dentro de um sonho. Disposta a não sentir nada além de obsessão e pertencimento. Lily ficou rígida. Moveu-se para olhar no rosto de Ryland. Olhar a paixão estampada ali, a posse. O amor cru. Ela pressionou o peito dele, balançando a cabeça.

— Não, isto está indo longe demais. Mude. Mude o sonho.

Ele segurou o rosto dela com as duas mãos.

— Este é o nosso sonho juntos. Não sou só eu, Lily.

— Era o que eu temia — ela murmurou. Lily encostou a testa contra o peito dele, tentando puxar o ar para dentro dos pulmões e limpar a mente. — Nunca, em minha vida, eu me senti assim perto de alguém.

Ryland passou a mão pela nuca de Lily. Seus lábios roçaram o topo da cabeça dela.

— Devo me sentir mal? Fico feliz por você não ter desejado todos os homens que viu, Lily. — Ele parecia querer rir.

Ela levantou a cabeça e olhou para ele.

— Você sabe muito bem o que quero dizer. Não consigo tirar as mãos de você. — Mesmo no sonho, ela corou com aquela confissão.

— Feche os olhos — ele disse suavemente.

Lily sentiu o beijo dele, leve, sobre suas pálpebras. Quando levantou a cabeça, abriu os olhos, curiosa. Estava em seu museu favorito. Sua zona de conforto. Ela sempre caminhava pelo museu, e sentava-se nos bancos para apreciar a beleza dos quadros. A arte sempre a deixava em paz. Por algum motivo, enquanto ela estava no prédio, cercada por tesouros sem preço, conseguia se desligar das emoções ao seu redor e simplesmente entregar-se à atmosfera.

— Como você sabia?

— Que você ama este lugar? — Ele segurou a mão dela, puxou-a para ficar em pé diante de uma imagem de dragões e guerreiros. — Você pensou nisso diversas vezes. Era tão importante para você, que ficou importante para mim.

Lily sorriu, seus olhos brilhavam. Não conseguiu evitar e se emocionou por ele trocar seu sonho de estar ao ar livre pelo museu que ela adorava.

— Não sei muito bem o que estou vestindo por baixo desta roupa, Ryland. — Ela riu suavemente, de modo convidativo, sabendo que ele seria incapaz de se controlar.

Ryland voltou a beijá-la. Realmente, ele não conseguia se controlar. Ela olhava para ele, seus olhos grandes e os lábios tentadores o abalavam por completo. Ele levantou a cabeça para olhar para as roupas dela. A seda fina de sua blusa. A saia comprida que cobria suas pernas até os tornozelos.

— Muito bom — ele disse, erguendo a sobrancelha.

— Foi o que pensei. Mas você precisa adivinhar o que estou vestindo por baixo.

Todos os músculos do corpo dele se contraíram. Todas as células entraram em alerta. Ele olhou para ela de cima a baixo, procurando dicas para solucionar o mistério. Lily riu baixinho e o levou pela sala, mostrando seus quadros preferidos. Diante de uma grande escultura cristalina de um dragão alado, Ryland esticou o braço e deslizou os dedos para dentro da gola da blusa dela. Os dedos dele pousaram sobre a pele nua.

— Você está usando roupas íntimas, Lily? Preciso saber. — E precisava saber, sim. Parecia a coisa mais importante do mundo.

Lily passou a mão pelo peito dele, sabendo que estava sendo provocante, mas não se importava mais. Estava em um sonho e pretendia tirar vantagem de tudo. Em um sonho, ela podia fazer qualquer coisa, ter qualquer coisa, e queria Ryland Miller.

– E você acha que eu falaria sobre coisas tão íntimas aqui, neste local público?

Ryland riu baixinho.

– Não tão público esta noite. Mandei fechar o local para nós. Um espetáculo privado. E não consigo parar de pensar se você está usando roupa íntima ou se, por baixo da roupa, está totalmente nua, Lily. – Ele desceu a mão para o contorno do seio dela. – Preciso saber.

– O que está fazendo? – Lily perguntou sem fôlego. A mão dele escorregou pela frente de sua camisa, como se tirasse migalhas de seu top de seda, demorando-se sobre os mamilos escuros escondidos por baixo do fino tecido. Isso fez o corpo dela reagir no mesmo instante: os mamilos ficaram rígidos, os seios, cheios e doloridos.

Os dedos dele passaram sobre os seios dela pela segunda vez. Lentos. Sem pressa. Dessa vez, abrindo um botão. A blusa dela se entreabriu, dando-lhe uma visão melhor de seu colo. Ela era bela, os seios fartos e firmes, movendo-se suavemente por baixo da renda, enquanto ela caminhava ao lado dele. Lily não estava usando sutiã, como ele suspeitara. O corpo dele reagiu instantaneamente, rígido e tomado pelo calor.

– Não sei, linda, alguma coisa neste lugar me deixa excitado – Ryland sorriu para ela, totalmente sem inibições, malicioso. Os olhos dele ardiam de desejo. Os dedos dele se entrelaçavam aos dela. Ele a puxou, fazendo com que ela caísse sobre ele. O corpo de Lily se moldava perfeitamente ao seu, se encaixava.

Bem ali, na sala repleta de quadros centenários, Ryland encostou seus lábios nos dela. Lily sentiu o gosto do desejo, uma paixão intensa que instantaneamente acendeu uma chama na boca de seu estômago. Ela se entregou à força e à vontade dele. As mãos dele escorregaram por suas costas, contornaram seu corpo, passando por sua saia.

De repente, o coração dele começou a bater aceleradamente. Seu órgão se contraiu a ponto de causar dor e um arrepio subiu-lhe pela espinha. Não havia nem sinal de calcinha. Ryland a beijou com mais intensidade e a pressionou contra si. Ele sentiu um calor percorrer seu corpo com o contato dela com sua ereção pulsante.

– Precisamos de uma cama, Lily – ele disse. – Agora mesmo. O banco me parece muito bom.

Lily o beijou, esfregou o corpo contra o dele, com os seios em seu peito, as mãos explorando os músculos das costas.

– Não precisamos de uma cama, não temos tempo para uma cama. Não estou vestindo nada embaixo desta saia. – Não importava, era um sonho. Ela podia se entregar ao erotismo, podia ser totalmente desinibida. Não queria a realidade, queria Ryland.

Ele suspirou forte.

– Está úmida, Lily, quente e úmida à minha espera? Porque estou duro como pedra.

– É mesmo? Não percebi – ela disse, rindo dele, provocando-o. O mundo seria chato e frio sem Ryland. Seria vazio, e a sensação de traição a assombraria. – Há câmeras de segurança – ela disse, determinada a permanecer com ele dentro do limite estabelecido.

Ele a levou para um canto relativamente escondido em uma parte onde havia três quadros raros de algum artista cujo nome ele não sabia.

– Estamos em um sonho, então não importa, certo?

Os lábios dele eram quentes e intensos, dominadores, exigiam uma reação dela. Lily se abriu para ele como uma flor desabrochando, quente, a língua exigente. Ofegante, ele se sentou no pequeno banco, esticando as pernas para dar espaço à ereção dentro da calça e também para colocar Lily entre suas coxas.

– O que está fazendo agora? – ela se surpreendeu, seu corpo todo estremecendo à espera dos dedos dele, que começaram a circular seu tornozelo e a erguer sua saia lentamente. No mesmo instante, ela ficou quente e úmida, os músculos se contraindo e pulsando. Desejando-o, querendo que ele preenchesse seu vazio.

A temperatura na sala parecia estar acima de cem graus. Lily o esperava, o corpo parado, todas as terminações nervosas cientes de que a mão dele circulava seu tornozelo como uma algema.

Lentamente, ele começou a subir a palma da mão no contorno da perna dela, acariciando a parte de trás dos joelhos, as coxas. As pernas dele forçaram uma abertura maior, expondo-a totalmente. O revelar lento da pele de Lily o enlouqueceu. Era como descobrir uma obra de arte. Requintada. Linda. Só para ele. O brilho nos fios escuros de seu sexo. Ele se inclinou para a frente para experimentar aquele sabor único. Sua língua a acariciou levemente, apenas para sentir. Ela contraiu o corpo, deu um salto. Ele não se apressou, seus dedos percorreriam todos os pontos secretos de Lily, como se os quisessem memorizar. Quando ela apertou o ombro dele com força, em um pedido silencioso, ele penetrou dois dedos em sua vagina apertada, em um movimento longo que a fez gemer.

Ele sabia que o que estavam fazendo era perigoso. Podiam ficar presos no sonho, perdidos para sempre juntos, mas não era possível se controlar, eles precisavam daquilo. Ryland não sabia muito sobre invadir sonhos. A excitação, o prazer puro tomou conta dele em ondas intensas, e foi difícil identificar se aquilo era real. Ela era tão linda desejando-o. Ele adorava o olhar nebuloso de Lily, o calor de seu corpo quando seus músculos se retesavam ao redor dos dedos dele. Ele adorou ver que ela confiava totalmente nele, ainda que pensasse que aquilo fosse um sonho erótico, apenas.

Ryland empurrou mais fundo, de modo insistente, toques compridos. Ela se movia com ele. O corpo de Lily se contraía, e a umidade escorria pelos dedos dele. Ele sentiu que o orgasmo se aproximava e afastou os dedos, puxou-a para ele e enfiou a língua. O clímax foi intenso e ele o sentiu, a explosão, o líquido quente, a intensidade de prazer explodindo no corpo dela e em sua mente.

As pernas de Lily estavam moles, tremores tomavam seu corpo. Ela abriu os olhos para olhar para ele. Ela passou a mão pelo contorno do rosto dele, tão perfeito. Viu as linhas de expressão. Entendeu o motivo. O volume dentro da calça dele era enorme, duro como pedra. Simplesmente abriu o zíper para libertá-lo, ereto, grosso, inchado de desejo.

— Lily — foi um protesto. Um pedido de misericórdia. — É arriscado demais. Não podemos, linda, não aqui. — Mas já era tarde demais, e ela simplesmente ergueu a saia e montou nele, ali mesmo, no banco, enquanto os olhos dos quadros olhavam para eles em choque. Ou, talvez, permitindo.

— Não me controlarei, nunca, se você ficar me distraindo — disse-lhe, com as mãos em sua cintura, para erguê-la.

Ela se sentou lentamente sobre ele. Foi torturante. Ela estava quente, molhada, tão apertada... Ele precisava entrar em sua vagina aveludada. Ele gemeu, um rosnar de prazer e dor que não conseguiu conter. Os músculos dela, ainda trêmulos por causa do orgasmo, prenderam-no quando ela começou a se mexer.

— Deixe que eles venham, Ryland — ela sussurrou, seus olhos azuis fixos nos dele. — Não me importa se eles nos encontrarem presos aqui. Você tem ideia de como é sentir você dentro de mim?

As palavras dela quase acabaram com ele, que sabia como era estar dentro dela, preenchendo-a. Sabia como era vê-la sobre ele, úmida e deslizante de desejo. E sabia como era penetrá-la com violência, profundamente. Sem parar, veloz, sem se importar com a possibilidade de ficarem presos para sempre naquele sonho. Nada importava naquele momento, apenas a indulgência do desejo dos dois.

O ronco começou na mente dele. O fogo acendeu em sua barriga. Os músculos dela o apertavam. A vagina tão apertada o fez gozar com tanta intensidade que não conseguiu conter o gemido. Por um momento, pareceu acontecer uma explosão de cores. Ele se prendeu a ela, respirando de modo ofegante, tentando reaver um pouco de controle. Ficaram unidos, um dentro do outro, com o coração tentando diminuir o ritmo, enquanto os pulmões procuravam puxar o ar.

Um murmúrio baixo foi percebido. Visitantes àquela hora. Intrusos no mundo dos sonhos. Lily, relutantemente, saiu de cima dele, sentiu seu gozo escorrer pelo lado interno de sua coxa. Como os visitantes tinham conseguido invadir o sonho deles?

Ela olhou ao redor, viu a luz piscante dos alarmes. Luzes fortes ao redor deles, apontando um dedo de acusação para os dois. Duas aberrações da natureza que não mais faziam parte do mundo das outras pessoas.

Ryland queria se prender a ela, segurá-la ali. Percebeu que seu pesar aumentou quando ela se afastou dele. Seus lábios estavam firmes nos dela, exigentes. As mãos passeavam pelo corpo de Lily com carícias longas, com desejo, com necessidade. Na união dos lábios, fogos de artifício explodiram ao redor deles, laranjas, vermelhos e brancos.

Lily conseguiu sentir os músculos dele sob seus dedos, escutou o coração dele batendo contra seus seios. Os fogos mais uma vez explodiram ao seu redor, dentro dela, vermelhos e brancos. A luz a distraía, tirando-a de seu mundo erótico de amor e conforto, levando-a de volta à realidade na qual o chão havia sido retirado de seus pés para sempre. Por mais que se prendesse ao sonho, a luz do alarme insistia em sua mente, puxando-a, com determinação, para longe dos braços de Ryland e dentro da realidade de seu quarto.

Lily olhou ao redor, levemente desorientada, com a visão sem foco, piscando várias vezes para deixar tudo mais claro. A luz vermelha piscava na sala. Ela aparecia e desaparecia como se fosse um alarme. Ela saiu da cama, chocada ao perceber que seu corpo latejava e ardia, totalmente excitado, desejando que Ryland a possuísse. Ela o desejava, precisava dele. Não havia motivos para mentir para si mesma, mas a intensidade a abalou.

Ela sentira o toque dele em sua pele nua, a mão dele em seu corpo, acariciando-a. Escutou o resmungo de protesto desaparecendo ao sair da cama. Ao sair do sonho.

A luz vermelha incomodava seus olhos e sua mente. Marcas vermelhas de dor, como vergões causados por um chicote.

Lily foi para a sala adjacente e se apressou para encontrar os controles das câmeras que ela sabia terem sido instaladas. Ao apertar um botão, a tela acima de sua cabeça acendeu-se instantaneamente. Ela viu o escritório escuro do pai, viu a porta entreaberta, apesar de tê-la trancado. Uma figura escura se moveu pela sala, abriu e remexeu nas gavetas da mesa de seu pai.

O invasor estava vestido de preto e usava uma máscara, escondendo tudo, menos os olhos, que ela não conseguiu ver direito na escuridão. Com o coração na boca, Lily observou quando ele analisou o relógio de seu avô e o ignorou, passando sua lanterna pelos nomes dos livros nas estantes. Ela observou a maneira como ele se mexia, sem errar um movimento; claramente, um profissional.

Ele havia ignorado o computador totalmente, como se já soubesse que ele era inútil. Também ignorou completamente a agenda que estava ao lado do computador. Puxou alguns livros aleatoriamente, vasculhando as páginas, e então devolveu cada um deles ao ponto exato de onde os tirara. Não fazia sentido para ela que ele passasse pelo escritório do pai sem procurar. O que estava fazendo?

O invasor olhou para o relógio em seu pulso e saiu da sala, olhando para trás uma vez mais para ter certeza de que tudo estava em seu devido lugar. Fechou a porta e, na tela, só apareceu o escritório vazio.

Lily levou a mão a seu pulso, verificou se o comunicador, aquele que Arly insistia que ela usasse para emergências, estava sobre o criado-mudo ao lado de sua cama, onde ela o deixara totalmente irritada. Por motivos óbvios, não havia um telefone no laboratório escondido de seu pai, por isso ela voltou correndo escada acima, virou o ponteiro do relógio do teto cerca de nove vezes, deixando-o apontado para o numeral romano "IX" e observou o alçapão se abrir.

O invasor devia ter instalado equipamentos de vigilância, e ela precisava encontrá-lo antes que ele estivesse on-line. Ela precisaria entrar no laboratório para estudar os documentos. Não podia permitir que alguém a vigiasse o tempo todo. Pegando o telefone, Lily ligou para Arly.

– Já sei, querida. Ele acionou um alarme silencioso quando passou pela porta ao sair do escritório de seu pai – Arly disse sem demora. – Permaneça em seu quarto enquanto o buscamos.

– Estou no escritório de meu pai, e ele colocou escutas por todos os lados. Os seus reforços já não fazem mais sentido, Arly – Lily disse.

– Não se mexa, Lily – ele disse, deixando aparente o medo em sua voz. – Por que, diabos, você não está escondida embaixo de sua cama como qualquer mulher normal faria?

– Tente descobrir como ele conseguiu entrar neste local todo fechado, seu espertinho chauvinista. E como ele conseguiu entrar no escritório de meu pai, que estava trancado? Ele precisaria de impressões digitais Arly. As impressões digitais de meu pai. Ele passou por três sistemas de segurança e não sabia a respeito do guarda-costas, mas sabia todo o resto.

– Ouça, Lily, tranque essa porta e não a abra para ninguém, só para mim. Vou até você quando tiver certeza de que estamos em segurança.

– Não estou exatamente preocupada, Arly. Você e meu pai cuidaram para que eu aprendesse a me proteger. Eles podem ter pegado o meu pai, mas comigo as coisas não serão tão fáceis.

Arly disse um palavrão antes de desligar o telefone. Lily não se importou com aquilo. Ele era o especialista em segurança. Eles tinham dinheiro suficiente para instalar todos os equipamentos mais modernos de segurança, mas, ainda assim, alguém havia conseguido entrar na casa e burlar a segurança do escritório que ela havia ativado ao trancar a porta.

Lily tremia de fúria. Recusava-se totalmente a ser intimidada por um invasor em sua casa. Não permitiria que coisas assim a abalassem ou se escondessem em sua casa. Ela não sabia quem eram os inimigos ou os amigos, mas ia descobrir. E tornar seu lar seguro novamente.

Lily começou a procurar pelas escutas que sabia que o invasor havia deixado, casualmente, no escritório de seu pai. As gavetas, a mesa de canto. Ela refez o caminho, encontrando os livros com facilidade. Seu cérebro havia registrado um padrão, aleatório para o invasor, mas preciso para ela. Havia uma ordem nos movimentos aleatórios que ela conseguia perceber, mesmo quando os outros não percebiam nada. Lily destruiu todas as escutas que encontrou. Arly até podia fazer uma varredura da sala mais tarde, mas ela tinha certeza de ter encontrado todas.

Queria que o invasor fosse pego e interrogado. Queria descobrir o nome do traidor que estava dentro de sua casa. Queria saber o nome dos conspiradores na Donovan Corporation e no grupo militar.

Os lábios macios de Lily se firmaram, e ela enfileirou as caras escutas de vigilância, destruídas, em cima da mesa do pai.

Diga-me, Lily. Converse comigo. Abra a sua mente para mim.

Você me distrai demais. Ela não queria conversar com ele. Não podia falar com ele. Estava tentando lidar com muitas coisas. Quando Ryland estava em sua mente ou perto de seu corpo, a culpa e o calor intenso predominavam, e a lógica desaparecia. *Minha mente está suficientemente aberta para que você entre em contato quando quero ou quando não quero.* Ela ficou chocada ao ver como Ryland parecia distante, como se seus poderes tivessem desaparecido.

Vejo você chorando, enchendo-me de pesar, e agora tem mais alguma coisa errada. Inferno, estou preso como um animal em uma jaula e não consigo chegar a você. Mantive a ponte entre nós por muito tempo. Minha cabeça...

O coração dela acelerou ao perceber a dor na voz dele. Conseguiu escutar o tom de pura frustração. Havia um tom áspero na voz de Ryland, um tom implacável que a alertou de que ele estava se tornando perigoso. Lily pensou nas opções. A última coisa que queria era que Ryland Miller tentasse alcançá-la e se sobrecarregasse. O sonho erótico compartilhado por ambos o desgastara e levá-lo além de seu limite era perigoso. Ela se sentou na poltrona do pai.

Não foi nada. Só um invasor. Este local tem medidas de segurança para afastar os Donovan, mas ainda assim um homem entrou na casa.

Fez-se um breve silêncio enquanto ele sentia um pouco da tensão deixando seu corpo. *Você deveria ter entrado em contato comigo imediatamente.*

A reprimenda dele a irritava e a assustava ao mesmo tempo. Ela não queria que ele tivesse uma ideia errada sobre ela, acreditando que ela precisasse de proteção. Acima de tudo, ela sabia que ele precisava descansar. Se continuasse forçando a comunicação, facilmente se sobrecarregaria. *Sei que tenho revelado emoções extremas, mas espero que você entenda que, com o assassinato de meu pai, a descoberta a respeito dos experimentos que ele realizava, e a repentina e desgastante atração física que tenho por você, estou sob muito estresse. Você está emitindo raiva e falta de controle, apesar de eu saber, por já ter entrado em sua mente, que você é um homem muito controlado. Saiba que sou uma mulher capaz de tomar conta de meu nariz. Espero que não me leve a mal.*

Fez-se um longo silêncio. Lily, distraidamente, brincou com os equipamentos eletrônicos sobre a mesa, virando-os sem parar, criando padrões enquanto esperava. Percebeu que prendia a respiração esperando pela resposta. Esperando por algo que precisava dele. O silêncio se estendeu por uma eternidade.

Atração física repentina e desgastante? Não acredito que está dizendo isso, Lily. Tenho bastante consciência de que você é de um nível muito superior ao meu. É esperta, linda e muito sensual e não consigo respirar na sua presença. Sinto muito se a minha necessidade de protegê-la a incomoda de algum modo, mas isso faz parte de minha personalidade. Sou meio grosseiro e nem um pouco interessante, mas caramba, tenho um cérebro. Consigo ver exatamente quem você é.

A batida na porta fez Lily pular da cadeira, com o coração acelerado. *Gosto de sua aparência, Ryland. Gosto de tudo em você.* Infelizmente era a verdade. Ela o admirava e admirava a necessidade que ele tinha de proteger as pessoas ao seu redor. Ela suspirou. Eles não tinham tempo para aquelas trocas. *Arly está aqui.*

Lily não deveria ter admitido, mas adorava a aparência dele. Tudo nele era atraente, e ela não confiava naquilo. Não queria a intensidade da química dos dois, tão explosiva que eles mal conseguiam se controlar. Era algo totalmente diferente de sua natureza. Seria possível que seu pai tivesse feito algo além dos experimentos terríveis realizados em crianças e depois em adultos? Teria decidido brincar com a vida dela ainda mais? Teria encontrado uma maneira de aumentar a atração física entre duas pessoas?

Não! Lily, não sei o que você descobriu que a deixou tão arrasada, mas independentemente do que seja, o que existe entre nós dois é real.

Você não nasceu assim. Foi desenvolvida.

A batida na porta foi mais alta dessa vez, acompanhada de gritos abafados. Lily suspirou e foi abri-la. Estava cansada. Exausta. Queria fechar os olhos e dormir para sempre. Sonhar para sempre, mas nem mesmo aquilo poderia ser feito se suas suspeitas se confirmassem.

Mas é verdadeiro agora, Lily, não consigo desligar. Nunca vou conseguir desligar. Se seu pai a envolveu em um experimento e se este nos envolve tanto, não conseguiremos mudar as coisas, assim como não tenho como evitar que as informações entrem em meu cérebro.

Preciso ter certeza, Ryland. Meu mundo virou de cabeça para baixo. Ela inseriu o código na porta e a abriu para Arly. Ele estava ansioso, mas se recuperou depressa, chegando a fazer cara de poucos amigos quando ela arqueou a sobrancelha para ele, com frieza.

— Não o pegamos. — Ele levantou a mão para que ela não protestasse. — Ele é bom, Lily, estamos falando de um grande profissional. Gostaria de saber como ele conhecia os códigos e que tipo de sistemas nós temos. Ele estava plantando escutas e uma câmera ou outra no escritório particular do seu pai.

Ela soltou a respiração lentamente.

— Ele sabia como chegar ao escritório em uma casa com oitenta cômodos. Ninguém sabe a localização de todos os cômodos, nem mesmo eu. Como um desconhecido completo pode ter essa informação, Arly? Ele foi diretamente para o escritório de meu pai, plantou as escutas e fez a mesma coisa em meu escritório. O que isso nos mostra? — Ela inclinou a cabeça para ele, em um sinal de desafio.

— Que não domino totalmente a segurança, e você está correndo mais risco do que pensei. — Arly bateu o punho cerrado na palma da outra mão. — Caramba, Lily, alguém tem passado informações. Ele conhecia a planta da casa e estava andando por aqui como um fantasma.

Lily ficou tensa. Ryland seria capaz de invadir a segurança de sua casa? Ele tinha treinamento para entrar em campos inimigos sem ser visto. Haveria mais Ghostwalkers? Homens sobre os quais ela não tinha conhecimento, homens que trabalhavam com o inimigo? Seria possível? Existiriam outros?

— Sinto muito, Lily, pensei que a casa fosse impenetrável.

— Temos de analisar com atenção os funcionários, investigar o passado de todos com pente-fino. – *É possível, Ryland? Há outros?*

Arly balançou a cabeça:

— Os funcionários não teriam as informações a respeito dos sistemas de segurança. Pode ser que eles informem a localização de seu escritório ou do escritório do dr. Whitney, mas nunca teriam os códigos. E não teriam as impressões digitais do dr. Whitney. Trata-se de um profissional, sem dúvida, com muito dinheiro.

Pode ser que existam outros, Lily. Há alguns homens que eles disseram ter dispensado, homens que não satisfaziam os critérios exatamente. Pode ser que tenham sido levados a outro lugar.

Você acha que foram?

Só Deus sabe, Ryland parecia bem assustado.

Lily amaldiçoou o pai em silêncio. Procurou ao redor uma cadeira para se sentar. Como um único homem tinha sido capaz de causar tantos danos à vida de tanta gente? E como ela nunca havia desconfiado?

— Lily? – Arly segurou o braço dela e a ajudou a se sentar. – Você ficou pálida. Não vai desmaiar na minha frente nem fazer qualquer coisa de mulherzinha, não é?

Lily riu um pouco, o som amargo e distante.

— De mulherzinha, Arly? Onde foi que meu pai encontrou um homem tão grosseiro como você?

— Não sou grosseiro com as mulheres, apenas não as compreendo – ele explicou, agachando-se ao lado da cadeira na qual ela estava sentada, para verificar sua pulsação. – Sou brilhante e belo e consigo hipnotizar homens e mulheres quando me aproximo. Por que será?

— Pode ser porque você faz biquinho sempre que vai dizer a palavra "mulher". – Lily se desvencilhou dele. – Você trabalhou com meu pai por muitos anos. Eu cresci com você, te seguindo por todos os lados...

— Fazendo perguntas. Ninguém fazia mais perguntas do que você... – ele riu de repente. Ela percebeu um brilho de orgulho nos olhos dele. – Nunca precisava dizer a mesma coisa duas vezes.

— Você o ajudava em seus experimentos?

De repente, ele fechou a cara, fazendo o sorriso desaparecer.

— Você sabe que não discuto os negócios de seu pai, Lily.

— Ele está morto, Arly. – Ela manteve o olhar fixo sobre ele, analisando sua reação. – Morreu, e você não pode fazer nada para proteger as coisas que ele fez.

— Ele está desaparecido, Lily.

— Você sabe que ele está morto, e eu acho que um dos projetos dele foi a causa de sua morte. – Ela se inclinou para ele. – E você também pensa a mesma coisa.

Arly se retraiu.

— Pode ser que sim, Lily, mas que diferença isso faz? Seu pai conhecia pessoas que eu e você rezamos para nunca encontrar na vida. A mente dele estava sempre em ação, criando maneiras de tornar o mundo um lugar melhor e, pensando dessa maneira, ele conseguiu descobrir a essência da sociedade. Acreditava que, assim, saberia como as pessoas agiam.

— Você gostava de meu pai? – ela perguntou diretamente.

Arly suspirou.

— Lily, conhecia seu pai havia quarenta anos.

— Eu sei disso. Você gostava dele? Como pessoa? Como homem? Ele era seu amigo?

— Eu respeitava o Peter, respeitava muito. E admirava seu modo de pensar. Ele tinha uma mente incrível, era um verdadeiro gênio. Mas ninguém era amigo dele, talvez só você. Ele não conversava com as pessoas, apenas as usava como eco, não se importava em conhecer ninguém. Ele usava as pessoas de acordo com seus interesses. Oh, não por interesses financeiros, porque ele não precisava disso, já tinha dinheiro suficiente para abrir um país, se quisesse, mas para as suas infinitas ideias. Em todos os anos que passei ao lado dele, duvido que ele tenha feito alguma pergunta pessoal a mim, nem mesmo uma vez.

Ela ergueu o queixo.

— Você sabia que ele me adotou?

Arly deu de ombros.

— Como eu nunca o vira com uma mulher, pensei que ele podia tê-la adotado, mas ele nunca falou sobre isso. Ainda que você não fosse filha biológica dele, ele fez de tudo para que fosse filha pela lei. A única coisa que ele amava na vida era você, Lily.

— Você sabia que ele mantinha outras crianças aqui?

Arly mostrou-se incomodado.

— Isso foi há muitos anos, Lily.

— E os homens? — Ela deu um tiro no escuro, observando a reação com atenção.

Arly ergueu a mão.

— Nada a ver com os militares que eu não vi, nem ouvi. É assim que as coisas são, Lily.

— Isso é importante, Arly, caso contrário, eu não perguntaria. Acredito que alguma coisa nesse projeto que ele estava desenvolvendo na Donovan, algo a ver com o corpo militar, saiu fora do esperado e alguém o matou para obter informações que ele não queria dar. Estão me pedindo para assumir esse projeto e descobrir a informação que falta. Preciso de todas as peças do quebra-cabeça. Havia homens aqui recentemente? Homens com os quais ele podia estar trabalhando?

Arly ficou em pé e começou a caminhar pela sala.

— Tenho mantido este emprego e a minha casa aqui há mais de trinta anos porque soube manter a boca fechada.

— Arly — Lily disse com delicadeza —, meu pai morreu. A sua lealdade será passada para mim, com você trabalhando aqui e sendo parte de minha família e de minha casa. Preciso dessa informação para continuar viva. Você vai ter de decidir o que fazer.

– Minha lealdade se tornou sua no momento em que a vi pela primeira vez – ele disse baixinho.

– Então, ajude-me. Pretendo descobrir o que está acontecendo e quem matou meu pai.

– Deixe a polícia cuidar disso, Lily. Eles descobrirão, mais cedo ou mais tarde.

– Ele trazia homens para cá? Homens do corpo militar? E eles ficaram aqui por quanto tempo? – Lily olhava fixamente no rosto do segurança, sem permitir que ele desviasse o olhar.

Arly suspirou.

– Tenho certeza de que ele trouxe três cavalheiros aqui e sei que não foram embora no mesmo dia. Nunca mais os vi, e não os vi partir. Ele não os levou ao escritório, mas, sim, às salas do segundo andar na ala oeste.

– Você está do meu lado ou do lado do governo norte-americano?

– Caramba, Lily, como pode me perguntar isso?

– Estou perguntando, Arly. – Lily esticou a mão e segurou o braço dele, envolvendo seu punho com os dedos. Suavemente. Mas, ainda assim, ela tocou a linha da vida dele, procurou por suas emoções. Procurou a verdade nele.

Instintivamente, Arly tentou se afastar dela, mas Lily o segurou com mais força.

Ela buscou Ryland.

Você consegue ler a mente dele?

Não. Não tenho a capacidade de fazer isso, nem mesmo com você aumentando as emoções dele para mim. Ele teria de estar na sala, e eu precisaria tocar nele ou em algo dele para sintonizá-lo com clareza. Tome cuidado, Lily, ele vai perceber que você está agindo de modo estranho.

– Não trabalho para o governo. – Havia intensidade na voz de Arly.

– Você trabalha para a Donovan Corporation? – Lily insistiu.

Arly afastou o braço e se retraiu, quase caindo.

– O que há de errado com você? Está me culpando pelo ocorrido? Talvez seja minha culpa, talvez o desaparecimento de seu pai também seja minha culpa. Permiti que ele dirigisse aquele carro velho de que ele gostava tanto mesmo sabendo que ele poderia ser alvo de um monte de perigos.

Lily segurou a cabeça com as mãos.

– Sinto muito, Arly. Sinto muito, mesmo. Tudo na minha vida está fora de compasso no momento. Não culpo você pelo que aconteceu com meu pai. Ninguém poderia tê-lo feito parar de dirigir o carro. Ele adorava aquela lata velha. E não se via rico ou famoso, nem considerava seu trabalho interessante para os outros. Você sabe disso. Não foi sua culpa, assim como não foi minha. Mas há alguém nesta casa vazando informações e precisamos descobrir quem é.

Arly sentou-se no chão e olhou para Lily sem desviar o olhar.

– Não sou eu, Lily. Você é a minha família. É e pronto. Sem você, estou totalmente sozinho no mundo.

– Você sabe por que meu pai me trouxe aqui?

– Imagino que ele quisesse uma herdeira. – Ele balançou a mão em um movimento para indicar a casa enorme. – Ele precisava passar tudo isto para alguém.

Ela forçou um sorriso.

– Acho que sim.

– Você parece cansada, Lily, vá dormir. Já denunciei a invasão e vou lidar com a polícia. Você não precisa conversar com eles.

– Arly, quero ter controle total da ala leste da casa. De todos os quartos de todos os andares daquela ala. Quero segurança do lado de fora, mas nenhuma câmera nem detector de movimento do lado de dentro. Quero privacidade total. Um local onde eu tenha total privacidade quando fechar a porta. E não quero que mais ninguém saiba disso.

Ele assentiu.

– Pelo menos vai pensar na ideia de contratar um guarda-costas?

– Vou pensar – ela prometeu.

– E use o transmissor. Eu me dei o trabalho de instalá-lo em seu relógio; o mínimo que pode fazer é usá-lo. – Arly hesitou e então respirou profundamente. – Há um túnel subterrâneo abaixo do porão. Ele corre sob a propriedade e leva a duas entradas separadas. Seu pai utilizava os túneis para trazer pessoas que ele não queria que os funcionários, ou você, vissem.

– Eu já devia esperar algo assim. Obrigada, Arly. Pode me mostrar os túneis?

Ele assentiu, com relutância.

– Levo você até lá quando a polícia for embora.

SEIS

||||||||||||||||||||||||||||||||||||||||||||||||

Ryland estava esperando, seus olhos, avermelhados e tomados pela emoção. Assim que o olhar dos dois se cruzaram, a lembrança dos lábios dele nos dela fez Lily estremecer. No mesmo instante, seu corpo ficou quente e inquieto. Sensível e reativo.

Ela prendeu a respiração e o sentiu. Sentiu-o dentro dela, preenchendo-a, uma parte dela. *Pare, Ryland.*

Ryland estava irritado. Lily se afastara dele, não o deixava alcançá-la nem mesmo no sono profundo. Ele havia decidido mostrar o que pensava a respeito de tal comportamento, mas, quando a viu, mudou de ideia. Detestou ver as olheiras profundas no rosto dela, sombras que antes não estavam ali. Lily estava sofrendo, e ele não queria aumentar seu desconforto.

Forçando-se a acalmar a onda de emoção, disse suavemente: *Não sou eu. Juro para você. Não faço isso.*

Sim, você faz. Você tem uma... imaginação forte e a transmite com muita intensidade.

Ele viu, então, a necessidade que ela tinha de mantê-lo distante. Ryland achava que tinha sido o sonho erótico que compartilharam que a fizera se afastar, por conta da timidez. Poderia contornar aquilo. Convencê-la. Tentá-la. Mas Lily não conseguia acreditar em ninguém, nem mesmo nele. Whitney fizera aquilo com ela. O homem era um maldito por tê-la deixado sem nada.

– Lily – ele disse o nome dela com delicadeza. E foi envolvendo-a, guiando-a. – Obrigado por ter vindo, sei como isso é difícil.

Ela arregalou os olhos azuis. Era bom ver surpresa em vez de atenção. Ryland tentou sorrir. E prosseguiu:

– Venha aqui, fale comigo.

Lily olhou no rosto dele, observou seus cílios compridos, o rosto forte, os cabelos pretos em sua testa. Há muito tempo ele já não ostentava o corte de cabelo típico dos militares, em seu lugar havia uma cabeleira ondulada que o deixava muito atraente. *Preciso falar com você, mas aqui. Precisamos dar um jeito de conversar em algum local onde não haja gravadores e câmeras registrando o que fazemos.*

Ryland olhou para ela, pensativo. Lily desviou o olhar, estava pálida, apesar da determinação em se mostrar serena. Ela havia sonhado com aquele homem. Sonhos quentes e intensos, com reações fortes.

Não estivera sozinha naquele sonho. Ryland estava com ela, compartilhando todas as fantasias, tocando-a, beijando-a. Lily fechou os olhos e lembrou-se de como o atacara de modo selvagem, sem inibição. Tinha sido um sonho. Ela precisava escapar e se jogou nele com tudo. E ele sabia.

— Lily, foi lindo.

— Não estou dizendo que não foi.

Ryland parou de falar sobre aquilo, porque não queria deixá-la desconfortável.

No momento em que a vira pela primeira vez, soube que era a mulher que havia nascido para ele. Talvez ela ainda não soubesse disso, mas não importava. Ele sabia, e estava firme em seu caminho. *Posso desligar as câmeras e os gravadores. Tenho feito isso já há um tempo, a princípio só para praticar, mas agora para que se tornem complacentes. Eles já se acostumaram e, por isso, não vêm me ver logo que os desativo. Assim você poderia falar comigo.*

Mas Lily não queria. Era íntimo demais, e ela não confiava na intensidade do que havia entre eles. Temia todas as vezes que conversavam telepaticamente, pois o elo podia se fortalecer. Além disso, Lily temia pela saúde de Ryland. Conseguia sentir sua dor constante, sentia sua força se esvaindo, e não fazia ideia de quais eram as consequências do uso prolongado do elo telepático. Se ele pudesse afastar a ameaça das câmeras, seria melhor para eles. Melhor para ele. O desejo de mantê-lo longe de problemas beirava a obsessão. E ela não acreditava que não havia ninguém escutando.

Lily olhou para Ryland e foi envolvida pela forte atração que os olhos dele demonstravam. Ninguém sabia que as coisas seriam daquela forma: o forte desejo percorria sua pele, aquecia seu sangue e a deixava faminta, uma fome tão profunda que ela mal conseguia se manter longe dele. Não conseguia continuar olhando para Ryland, então, virou de costas. Ele conseguia ler a mente dela com facilidade, saberia tudo o que estava pensando. A química entre os dois fugia do controle e às vezes Lily achava que, se ele estivesse fora daquela jaula, ela toparia fazer qualquer coisa com ele, bem ali, com câmeras ou sem.

— Pare — a voz dele saiu rouca, demonstrando dor. — Não consigo me mover, nem um passo. Agora é você que está projetando. Está me confundindo, me impedindo de pensar direito.

— Sinto muito — ela sussurrou, sabia que ele conseguia escutar. Não se virou. — Você não dorme há dias, tem alguma coisa em que possa ajudá-lo?

— Você sabe por que não consigo dormir. Você também não consegue. Caramba, você está com medo de dormir — ele disse, com a voz baixa e intensa.

As palavras brincaram na pele dela, entraram pelos poros, acariciaram suas células, reavivando-as com uma sensação de necessidade. *Quando durmo, sonho com você. Com seu corpo sob o meu. Meu corpo dentro do seu.*

Sabia que ele sonhava com ela, com seus corpos entrelaçados. Compartilhava desse sonho erótico, das fantasias dele que não podiam se concretizar.

— É uma complicação com a qual não contávamos. — Ela pigarreou, a voz rouca e diferente. — As coisas são assim, Ryland, mas podemos superá-las se tivermos disciplina.

— Olhe para mim.

Lily olhou para ele. Não resistiu e atravessou a distância que os separava. As mãos dele encontraram as dela através das barras, e

Lily sentiu o aumento da consciência da energia, a intensidade dele interferindo no equipamento.

— O que foi, querida? — Ryland se mexeu, silencioso, calmo, com o corpo grande e musculoso esfregando-se contra o dela, de modo protetor, entre as barras de ferro. — Converse comigo. Diga-me o que descobriu.

Lily escutou o barulho do mar ao fundo, o som de água a tranquilizou, apesar de as ondas estarem revoltas. Imaginou-as indo em direção à praia, quebrando nas rochas, espalhando as gotas de água. Queria rugir como as ondas, escapar para o mar revolto com suas emoções intensas, não queria apenas escutar a fita que tocava.

— Eu fui um experimento, Ryland — ela disse, tão baixo que ele precisou se esforçar para escutar. — Foi isso o que fui para ele. Um experimento, não uma filha. — Lily sentiu a amargura da traição ao dizer tais palavras. Seu mundo ruiu.

Ele permaneceu em silêncio, segurando-a entre as barras, sentindo a mesma dor que ela como uma entidade viva e forte. Ryland não queria dizer nem fazer a coisa errada. Lily estava prestes a desmontar, por isso ele permaneceu em silêncio. Ela respirou profunda e calmamente, soltou o ar e prosseguiu:

— Encontrei o laboratório secreto dele. Estava tudo ali. Fitas de vídeo minhas, de outras crianças. Um quarto onde ele nos mantinha, onde comíamos, dormíamos e éramos cobaias de seus testes. Eu tinha uma dieta muito rígida, os melhores nutrientes, assistia a vídeos educacionais, apenas. Só recebia material educacional para ler. Todos os jogos eram feitos para fortalecer minhas habilidades psíquicas e aumentar minha educação — ela passou a mão, de modo inquieto, pelos cabelos. — Eu não sabia de nada, ele nunca revelou, nenhuma vez. Nunca desconfiei, nunca, mesmo.

Ryland queria, desesperadamente, abraçá-la e protegê-la de todo o mal. Amaldiçoou, em silêncio, as barras que os separavam. Aquele era o maior golpe que Lily poderia ter sofrido. Peter Whitney tinha sido seu pai, melhor amigo e mentor. Ryland se inclinou para a frente, esfregou o queixo nos cabelos dela, os fios se prenderam em sua barba rala. Foi um carinho simples, um gesto de afeição e delicadeza.

Lily ficou feliz por ele se manter em silêncio. Não tinha certeza de que poderia ter dito tudo se ele tivesse se manifestado, mesmo se demonstrasse compreensão. Sua fé e confiança estavam abaladas. A base de seu mundo estava abalada.

– Ele disse... – a voz de Lily falhou.

Ryland sentiu pena quando escutou Lily falando. Percebeu que segurava a mão dela com força demais e procurou relaxar um pouco. Ela pareceu não perceber. Pigarreou e tentou de novo.

– Ele testou o desenvolvimento da habilidade psíquica primeiramente em órfãs. Pegou meninas de países que tinham muitos órfãos. Ele tinha dinheiro e bons contatos. Trazia para seu país as crianças que acreditava que satisfariam suas necessidades. Fui uma delas. Sem sobrenome, apenas Lily. Cobaias femininas – ela pigarreou –, é isso o que sou, Ryland, uma das cobaias. Fomos levadas diretamente para um laboratório subterrâneo. Fomos testadas e treinadas todos os dias, o mesmo regime que você viveu.

Ela olhou para ele, os olhos marejados. Antes que as lágrimas caíssem, Ryland inclinou a cabeça para se aproximar dela e sugou suas lágrimas. Sentiu o gosto delas. Beijou seus cílios com delicadeza. Suavemente. Lily olhou para ele, confusa.

– Conte-me o resto, Lily, desabafe.

Ela levantou o rosto para olhar para ele. Seus olhos azuis estavam repletos de angústia, e ele se sentiu mal por isso. Mas alguma coisa em seu olhar firme deve tê-la acalmado. Lily respirou profundamente e continuou:

– Ele acreditava que, como eu e as outras meninas éramos indesejadas e ele nos estava oferecendo uma moradia decente, cuidados médicos e alimentos, estávamos recebendo mais do que teríamos. Foi uma maneira de justificar seu comportamento. Ele não se importou em nos dar nomes, por isso nos chamava de flores, estações do ano, e outras coisas, como Rain e Storm[1] — ela disse, soltando as mãos de Ryland e levando o punho cerrado diante dos lábios trêmulos. — Não éramos nada para ele. Não passávamos de ratos de laboratório.

Fez-se um breve silêncio enquanto eles se entreolhavam.

— Assim como eu. Como os meus homens. Ele repetiu o experimento conosco.

Lily assentiu devagar, afastou-se da jaula e voltou, com uma ira incontida e crescente. Ryland observou seu rosto tenso e pálido, enquanto ela caminhava de um lado a outro, inquieta, e sentiu pena. Ela lutava da única maneira que sabia, com o cérebro, pensando de modo lógico.

— E o pior é que, todos os problemas que ele teve aqui, com vocês, já havia enfrentado conosco. Meu Deus, Ryland, ele simplesmente mandou as meninas embora, sem proteção... Foram descartadas quando passaram a dar trabalho demais. — A voz dela estava tão baixa que ele mal conseguia escutar. Lily parecia envergonhada demais, como se pudesse ser culpada pelos atos do pai. Ryland passou a mão pelas barras da jaula e tentou segurar o braço dela, puxá-la para ele, mas ela já estava se afastando, retraindo-se, guardando suas emoções para si. — Nunca vi os dados dele, Ryland, nunca consegui ver como fazia as coisas. O que fazia era extremamente inteligente. Errado, mas, mesmo assim, inteligente. Ele percebeu que os antidepressivos mais antigos, como amitriptilina, diminuíam a habilidade psíquica, enquanto os inibidores de serotonina eram neutros ou a aumentavam. Meu pai conseguiu realizar um estudo pós-morte em uma paranormal e descobriu um aumento sete vezes maior nos receptores de serotonina no tecido hipocampal e das amídalas, em comparação com os controles.

— Você está falando grego.

Ela balançou a mão, sem olhar para ele, ainda caminhando de um lado a outro.

---

1 Em português, os nomes significam chuva e tempestade. (N. E.)

– Partes do cérebro. Não importa, apenas escute. Além disso, era um subtipo de receptor com características de ligação completamente novas. Ele sequenciou a proteína, encontrou um gene associado, clonou esse gene e, depois, o inseriu e expandiu em uma linha de células cultivadas. Ele decifrou a estrutura da proteína usando modelagem por computador e, então, modificou um inibidor de serotonina existente para ter alta especificidade para o ligante recém-descoberto. A parte mais difícil foi manter o lipídio da molécula solúvel, para que atravessasse a barreira do cérebro. E, pronto! De repente, o rádio foi sintonizado na frequência certa.

– Linda, não estou entendendo nem uma palavra do que está dizendo – Lily não percebeu, mas deixara de agir como a filha magoada e passado a se comportar como a cientista empenhada. – Pode falar a minha língua?

Ela continuou a caminhar, depressa, com movimentos agitados que demonstravam o turbilhão que existia dentro de si; Lily falava mais para si mesma do que com Ryland.

– Nem todos os indivíduos tinham as mesmas habilidades e a resposta para as falhas era o uso de mais drogas. Um programa de treinamento dividido em três etapas foi um ato brilhante. Cada caminho por si só oferecia uma maneira de melhorar as habilidades naturais. E ele utilizou pulsos de eletricidade, como já tentaram fazer com o mal de Parkinson, na esperança de que mais atividade fosse estimulada. Mas as menininhas começaram a reagir mal, por carga sensorial. Ele descobriu que havia algumas âncoras, e que todas as outras meninas estavam presas a elas. Acreditava que o motivo era a pouca idade, até que elas começaram a demonstrar problemas emocionais e físicos sérios: desmaios associados a sangramento cerebral, histeria, terrores noturnos, sintomas associados a trauma grave... Acredito que os pulsos elétricos tenham causado os sangramentos cerebrais, mas terei de estudar melhor os casos. Eram apenas crianças. Éramos apenas crianças. – Lily se virou de costas para Ryland e cruzou os braços. – Ele desligou os filtros naturais e então abandonou todas. Eu era uma cobaia. Ele me chamava assim. Cobaia Lily. – Seus olhos miravam o computador, ela parecia desolada. – Ele percebeu que as meninas entrariam em parafuso, seriam inúteis, por isso tratou de procurar famílias para elas, criou uma explicação plausível para os problemas que apresentavam e as abandonou. Ele me manteve porque eu era uma âncora, e ele esperava me usar de novo – ela virou a cabeça, com os olhos azuis tomados pela dor. – E me usou.

– Lily.

Ryland tentou interrompê-la. O nome dela era uma dor para ambos. Seu belo nome – assim como ela – era puro, perfeito e elegante. Ele sentia vontade de estrangular o pai dela. Ryland sabia que havia muito mais por trás de tudo aquilo. Peter Whitney era um cientista voltado para os resultados. Não era um homem que, de propósito, machucaria outro ser humano, mas era cruel em seu modo de ser. Ryland conseguia imaginá-lo "comprando" as crianças órfãs de um país que não as desejava. Ele tinha contatos. Ela continuou:

– Quando ele decidiu tentar de novo, usou homens adultos, já bem disciplinados – disse, olhando para ele. – Não sei nem mesmo o meu nome verdadeiro.

Ryland conseguiu alcançar a manga da camisa dela e a puxou contra as barras, para perto dele, sem conseguir se controlar, ele a abraçou. Ela estava tensa e resistiu, mas ele não a soltou e a abrigou entre seus braços, perto de seu coração, onde ela deveria ficar.

– Seu nome é Lily Whitney. Você é a mulher que quero ter ao meu lado dia e noite. Quero que, um dia, você seja a mãe de meus filhos. Quero que seja minha mulher. Quero que seja a pessoa a quem eu possa recorrer quando o mundo me sufocar.

Ela gemeu, protestou, um grito profundo em sua garganta. Tentou se afastar, mas Ryland segurou seu rosto e inclinou-se sobre ela, protegendo-a, instintivamente, da câmera, apesar de esta não estar funcionando. Ele continuou:

– Sei que não acredita agora, mas você era o mundo de Peter. Ele era um homem sem riso nem amor, guiado pela necessidade de aprender mais. Vi a maneira com que ele olhava para você. Ele a amava. Pode ser que as coisas não tenham sido assim desde o começo, mas ele aprendeu a amá-la. Pode ser que ele não a tenha levado para a vida dele pelos motivos certos, mas a manteve nela por amor. Não suportava pensar em se afastar de você. Você fez com que ele aprendesse o que era amor de verdade.

Ryland teria dito qualquer coisa para acabar com a dor dela, mas ao dizer aquilo, sentiu que as palavras eram verdadeiras. Ela negou, com um movimento de cabeça. Não acreditava nele, porque, se ele estivesse errado, ela sofreria mais uma decepção.

— Você não tem como saber isso.

Os olhos dele brilharam com sinceridade.

— Mas eu sei — Ryland disse. — Lembra-se do que ele disse? Queria que você encontrasse as outras e acertasse as coisas. Ele estava falando sobre as outras meninas. Sabia que tinha errado, e tentou se redimir, procurando lares para as meninas e dando-lhes dinheiro. Foi errado, Lily, mas ele não tinha a mesma consciência que temos.

— Ele havia lido na mente de Lily o que ela pensava de bom sobre o pai, e usara aquelas informações descaradamente.

Ela protestou.

— Elas estão por aí, em qualquer lugar. Ele mexeu com a mente delas, ligou algo que elas não podem desligar, tirou todos os filtros naturais que elas tinham; abandonou-as para que se virassem sozinhas. Higgens e as pessoas daqui não podem saber a respeito das meninas. Se as encontrarem, vão usá-las... e então, matá-las.

— Você tem que destruir as fitas — Ryland disse. — Não existe outra maneira de proteger a todos, Lily, proteger os outros que ainda virão. Seu pai sabia disso ou não teria pedido que você destruísse seus dados. Eles não conseguiram tirar informações de seus discos rígidos. Ele tomou o cuidado de nunca gravar nada útil a que tivessem acesso.

— Aquelas fitas são as únicas coisas que tenho que podem me dar uma pista a respeito de como reverter o processo, Ryland. Se eu me livrar delas, não haverá como voltar atrás.

— Já sabíamos disso, linda. Peter também sabia. Ele repetiu seu experimento, com um pouco mais de refinamento, usando indivíduos mais velhos e muito mais disciplinados, mas o resultado final ainda foi o mesmo. Acessos, desmaios, trauma. Sobrecarga sensorial.

– Preciso ver tudo. Não posso correr o risco de perder detalhes. Tenho memória fotográfica, me lembro de tudo o que vejo ou leio. Mas vai levar tempo. Meu pai suspeitou de pelo menos duas mortes, Ryland, e eu estou preocupada com você e com os homens. Ele queria que vocês saíssem daqui, tanto que me pediu ajuda. Depois de ler o relatório, acredito que ele tinha motivos para se preocupar. Concordo com ele que você e os outros não estão seguros aqui. Há registros de telefonemas de meu pai para diversos oficiais militares, mas ninguém fez nenhuma ligação com Higgens. Não faço ideia de onde, na hierarquia, está a parte podre. Isso é seu departamento. Você precisa saber em quem pode confiar. Tentarei sentir o general Ranier, mas não tenho conseguido chegar a ele. Ele é quase da família desde que eu era criança.

Ryland assentiu, com os olhos fixos em seu rosto.

– Lily, precisamos falar sobre ontem à noite. Não podemos fingir que não aconteceu.

Lily balançou a cabeça. Ryland queria que acreditasse que podia se apaixonar por ela mesmo sem conhecê-la. Não sabiam nada a respeito um do outro, e ele acreditava que isso lhe daria a garantia de que era digna de ser amada. Em vez disso, esse amor apenas reforçava, para Lily, a crença de que seu pai havia aumentado a química entre os dois.

Ryland Miller e seus homens precisavam de ajuda. Ela não podia se afastar dele naquele momento de necessidade.

– Arly, que é meu chefe de segurança, mostrou-me duas entradas aos túneis que levavam pela propriedade, até a minha casa. Meu pai as utilizava quando não queria que ninguém da casa visse as pessoas que ele levava lá.

– Tem certeza de que pode confiar nesse homem?

– Já desisti de ter certeza do que quer que seja, Ryland – ela respondeu, dando de ombros. – Só posso torcer para que ele esteja do meu lado. Toda a ala leste de minha casa será preparada para manter você e seus homens escondidos. Há cerca de quinze cômodos e a minha suíte também fica ali. A ala é totalmente independente. Arly está filtrando o fornecimento de materiais e vocês podem usar a casa como uma base, mas há patrulhas e câmeras de segurança do lado de dentro e de fora. Darei a você os códigos necessários para entrar.

– Obrigado, Lily – Ryland disse, muito orgulhoso dela. Lily era corajosa e estava disposta a se arriscar pelos homens dele. Por ele.

– Acredito que Higgens vai produzir mais acidentes e também creio que tenha ao menos um Ghostwalker trabalhando para ele, não sei se seria um de seus homens. Se for o caso, sua fuga não vai dar certo.

– Meus homens não são traidores – Ryland afirmou.

– Nunca teria acreditado que alguém de minha casa poderia trair meu pai, mas aconteceu. Nunca pensei que alguém aqui da Donovan poderia ajudar na morte de meu pai, mas aconteceu. E nunca poderia imaginar que meu pai pegaria uma criança de um orfanato para fazer experimentos, e foi exatamente o que ele fez. Não conte demais com a lealdade, Ryland, você pode se frustrar. – Ele ficou em silêncio, sentindo as ondas de dor e vergonha que passavam por ela. – Já visitei seus outros homens com a desculpa de pedir ajuda nos testes. Não consegui encontrar Russell Cowlings. De acordo com os registros, ele teve um ataque apoplético há mais de uma semana e foi levado à unidade médica. Conferi com o hospital, e eles o transferiram, por helicóptero, vinte minutos depois de sua admissão. Isso não faz sentido. Se ele estivesse tão instável, teriam precisado de tempo antes de transferi-lo. Estou tentando encontrá-lo, mas receio que esteja perdido. Ninguém parece ter os documentos a seu respeito. Tentei contactar Higgens, mas ele não retornou a chamada.

– Que droga, Lily – Ryland disse, abaixando a cabeça, com os punhos cerrados. – Russell é um bom homem. Tem coisa errada.

– Sim, tem – ela concordou. – Muita coisa errada.

– Lily...

Os olhos azuis dela analisaram o rosto dele, impedindo-o que dissesse o que queria dizer. Ela balançou a cabeça:

— Não quero que o que aconteceu entre nós se repita. Não está certo e nunca vou acreditar naquilo. Você não me conhece, como pode achar que me ama? Eu não o conheço. Nós nunca nem conversamos.

— Entrei em sua mente. Sei o tipo de mulher que você é. Sei exatamente quem você é, Lily, apesar de você achar que não sei. Já vi o que fez e o que está fazendo por nós. Isso é extraordinário, quer você concorde ou não. — Ryland segurou, novamente, o punho dela, acariciando com o polegar a parte sensível de seu pulso. Ele olhava para Lily enquanto levava a mão dela aos seus lábios para sentir o sabor da pele dela.

— Você não joga limpo, Ryland.

O sorriso dele brilhou em seus olhos, um flash breve, que fez com que um fogo quase extinto dela se reavivasse.

— Não foi brincadeira para mim, Lily. Eu vi você. Sabia que você seria minha assim que a vi. Não importa que estejamos passando por toda esta porcaria. Você é para sempre. Você é real. — Quando ele soltou seu punho, relutantemente, Lily se afastou das barras, aninhando a mão contra o corpo. Sentiu as falanges latejarem e arderem, enquanto ficaram em contato com os lábios dele.— E se você acha que está totalmente segura — ele continuou —, lembre-se de que as câmeras não estão funcionando.

— Sinto muito — ela sussurrou as palavras, mantendo o rosto para o outro lado. Ela sabia que ele conseguia escutá-la. Era humilhante saber que ela não conseguia controlar o fogo do desejo que sentia quando estava perto dele. Lily sempre estivera no controle, mas, agora, se sentia confusa e sem rumo.

— Olhe para mim.

Lily balançou a cabeça, silenciosamente, negando. Ele a provocou:

— Você é um pouco covarde, não é?

Ela se virou, com os olhos faiscando, os ombros erguidos.

— É melhor você torcer para eu não ser covarde, não é mesmo? Caso contrário você não terá uma chance.

Ele disse um palavrão, cerrando os punhos nas laterais do corpo. Esforçou-se para respirar, para acalmar a frustração, e concentrou-se nela. Lily era sempre tão profissional, e isso o irritava muito. Ele a desejava da pior maneira. E o sonho compartilhado não deixava as coisas mais fáceis. Apenas o fazia desejá-la mais.

O desejo, que o consumira noite e dia desde que a vira pela primeira vez, fez com que entendesse o sentido da palavra "obsessão": todas as fantasias que já tivera, sentia vontade de compartilhar com ela.

— Sinto muito, Lily. Você não está presa aqui. Meu corpo dói e minha mente ruge. Sinto pontadas na cabeça.

Lily percebeu que ele estava sendo sincero e se aproximou da jaula para analisá-lo de perto.

Era tarde demais para protegê-la. Ele havia mantido em pé as barreiras da melhor maneira que conseguiu para se proteger. Ela era um amplificador, assim como ele. Sentia a dor que ele sentia e a refletia dez vezes maior. Ele segurou as barras de sua jaula com muita força.

— Meu Deus! Ryland! Por que não me deixou ver isso? — ela perguntou, compreendendo repentinamente. — Ontem à noite. Mantendo a ponte entre nós, você fez tudo sozinho. — Lily passou a mão pelas barras e acariciou suavemente o rosto dele. — Ryland, você não pode se colocar em risco por mim. As vozes que eu estava escutando, era você vendo como os homens estavam. Você está usando seus talentos demais. Precisa descansar, pensar em si mesmo.

— Vou descansar quando eles estiverem seguros — ele disse, segurando a mão dela contra seus lábios. — Convenci a maioria deles a entrar nesse experimento. Consigo fazer coisas que as outras pessoas não conseguem. Queria fazer mais. Gostaria de culpar o seu pai, o dr. Whitney. Mas achei uma ideia brilhante. Gostava de poder entrar no campo de um inimigo e "sugerir" ao guarda que olhasse para o outro lado e ver que ele reagiria de acordo. Éramos uma ótima equipe, invencíveis.

A dor era real, como se estilhaços de vidro cortassem o cérebro dele. Sua pulsação estava rápida demais e gotículas de suor surgiam em sua sobrancelha.

— Ryland, posso solicitar remédio para fazer você dormir, mas receio o que possam fazer. Posso conseguir algo por conta própria, mas vai demorar um pouco. Você precisa descansar e deixar seu cérebro relaxar.

Ele balançou a cabeça, negando.

— Não vou tomar remédio. Apenas tire-me daqui, Lily. Poderei descansar quando estiver seguro ao seu lado.

Ryland disse aquilo de modo muito íntimo. Lily não poderia protestar. Ele havia dado energia demais a ela e a seus homens. Pensava em todos, menos em si mesmo.

— Eu estava pensando em mim ontem à noite, Lily, não apenas em você. — Um brilho breve de sua autoconfiança surgiu em seu sorriso.

Ela corou, apesar de tentar ignorar qualquer referência que ele fizesse a respeito da noite anterior.

— Os guardas provavelmente estão preocupados comigo, pois faz um certo tempo que cheguei. Você deve conservar sua energia e parar de atrapalhar a segurança. Onde está a sua família, Ryland? — Lily tentou distraí-lo.

Ryland permitiu que ela o soltasse. Deitou-se na cama e se espreguiçou, fechando os olhos para que a luz não penetrasse seu cérebro.

— Minha mãe me criou sozinho, Lily. Você conhece a história. Mãe adolescente e solteira, sem perspectiva. — O comentário foi positivo, e ela percebeu que ele adorava a mãe. — Mas ela não concordava em viver de acordo com as regras das outras pessoas: levou a gravidez até o fim, apesar de todos a aconselharem a fazer um aborto, e terminou o ensino médio à noite. Trabalhou e fez uma aula por vez até terminar os estudos.

— Ela me parece impressionante. — Lily sentou-se em uma cadeira perto da jaula dele.

O computador piscou e os monitores se acenderam. Ryland havia desistido de mantê-los desligados.

– Você certamente gostaria dela – ele confirmou. – Vivíamos em um trailer velho, no meio de um parque horrível. Nossa casa era o trailer mais limpo de todos. Havia plantas e flores ao redor de nossa casa. Ela sabia o nome de todas as flores do jardim e me pedia para arrancar as ervas daninhas. – Ryland esfregou a testa com as costas da mão. – Bem, ela arrancava as ervas daninhas comigo. Ela acreditava em arrancar as coisas.

Lily esboçou um sorriso relutante.

– Isso é uma indireta?

– Provavelmente. Eu estava chegando lá.

– Imagino – Lily ergueu uma sobrancelha para o guarda quando ele entrou. – Tem algum motivo para você estar nos incomodando enquanto conversamos?

A voz dela estava muito tranquila. Ryland admirou sua aparente autoconfiança, falando com o guarda com tom imponente. Seu rosto não demonstrou qualquer expressão quando olhou para o intruso. Ryland ficou feliz por Lily parecer fria com todos, mas, com ele, ser quente.

O guarda pigarreou, visivelmente intranquilo.

– Sinto muito, dra. Whitney, os microfones quebraram, as câmeras de segurança não estão funcionando, e...

– Elas costumam não funcionar – ela interrompeu. – Não vejo motivos para infringir uma lei e entrar em um laboratório enquanto estou realizando uma entrevista em particular. E você?

– Não, senhora – o guarda respondeu e rapidamente saiu da sala.

– Você deveria estar descansando – Lily repreendeu Ryland.

– Estou descansando – ele respondeu.

– Está expressando forte interesse sexual.

– Estou? – ele virou a cabeça para sorrir para ela. – Tenho pensado nisso. Não acho que seja eu.

– É mesmo?

Ryland começou a balançar a cabeça e pensou melhor.

– Sim, tenho refletido sobre isso. Kaden é um realçador, mas quando ele entra na sala, não tenho uma atração sexual obsessiva por ele.

Lily riu. Ryland sentiu o som em seu corpo todo. A voz dela, por si só, o tocava. Ele sorriu, apesar de sua cabeça latejar, e prosseguiu, tentando parecer inocente:

– Pense bem, Lily. É você que gera todos os desejos sexuais em relação a mim, e por ser uma realçadora, os sentimentos são mais fortes.

– Você perdeu uns neurônios, não é? Não sabe mentir, Ryland. Aposto que nunca conseguiu se safar com nenhuma mentirinha quando era criança.

Por algum motivo, ao pensar nele como um menininho de cabelos encaracolados, ela sentiu o coração amolecer.

Ryland riu das lembranças.

– Não tinha nada a ver com minha habilidade em mentir. Minha mãe tinha olhos na parte de trás da cabeça! Ela sabia de tudo. Não sei como, mas sabia. Ela sabia que eu ia fazer algo antes de eu fazer.

Lily riu alto, o som percorreu seu corpo como um toque delicado de dedos.

– Você provavelmente confessava tudo sem nem perceber.

– Pode ser. Ela era muito rígida a respeito de educação. Eu não ousava ir mal na escola. Ela não me punia pelo quarto desorganizado e por praticar esportes com meus amigos em vez de fazer minhas tarefas, mas nunca deixei de fazer uma lição de casa. Ela conferia cada uma delas e insistia para que eu lesse os livros todas as noites.

– Que tipo de livros?

– Lemos todos os clássicos. Ela tinha o dom de dar vida à história. Eu adorava escutá-la lendo. Era melhor do que televisão, sempre. É claro que eu não mostrava todo esse interesse, reclamava muito para ela não achar que eu estava feliz por ler com ela. – A voz de Ryland trazia um certo arrependimento.

– Ela sabia – Lily disse com firmeza.

– Sim, acho que sabia. Ela sempre soube.

– O que aconteceu com ela? – Lily perguntou, controlando as lágrimas.

Ele ficou em silêncio por alguns segundos.

– Fui visitá-la de surpresa, e ela decidiu que precisava preparar um de seus deliciosos pratos para o jantar. Fomos ao mercado. Um motorista embriagado atravessou o farol vermelho e nos atingiu. Eu sobrevivi, mas ela, não.

– Sinto muito, Ryland. Ela parece ter sido extraordinária. Adoraria tê-la conhecido.

– Sinto falta dela. Sempre tinha a capacidade de dizer a coisa certa exatamente no momento em que precisava ser dito. – Assim como Lily. Ele estava começando a pensar que elas tinham essa característica em comum.

– Você acha que ela tinha uma capacidade natural?

– Psíquica? Talvez. Ela sabia das coisas. Mas, na maior parte do tempo, era uma mãe maravilhosa. Dizia que estudava e lia livros para saber como criar um filho – ele sorriu. – Parece que eu não reagia como as crianças nos livros.

– Aposto que não. – Lily queria abraçá-lo e confortá-lo.

Ela conseguia sentir a solidão que ele sentia e isso a machucava. Não parecia importar que, por mais que seus comentários fossem razoáveis, a atração por Ryland apenas crescesse em sua presença. A necessidade de vê-lo feliz e saudável estava se tornando, depressa, essencial para a sua própria felicidade.

– Dei muito trabalho a ela – ele admitiu. – Estava sempre brigando.

– Por que isso não me surpreende? – Lily ergueu uma sobrancelha para ele, mas foi o sorriso discreto que chamou a atenção.

Ryland se sentou na beirada da cama, passando as mãos pelos cabelos.

— Onde vivíamos, éramos alvos de muitos comentários. Tanto eu quanto minha mãe. Eu era pequeno demais, mas já sabia que precisava nos defender, cuidar de nós dois.

— Você ainda é assim — Lily disse. — É uma característica muito charmosa. — Ela suspirou, chateada, o tempo escorria entre os dedos. Lily gostava da companhia dele, gostava de conversar com ele. — Preciso ir, Ryland. Tenho muitas outras coisas a fazer. Voltarei antes de ir embora para ver você.

— Não, Lily, afaste-se. — Ele olhou para ela com firmeza.

Ryland ficou em pé, totalmente exausto. Caminhou até as barras, apesar de ser difícil dar cada passo. Lily prendeu a respiração, e foi possível ouvi-lo dizer:

— Talvez você devesse esperar.

— Não posso correr esse risco, Lily. Saia e fique longe.

Ela assentiu, um pouco contrariada. Ela estava de perfil, pensativa, e Ryland aproveitou a chance de admirá-la. Não havia ângulos ruins em Lily, ela tinha muitas curvas femininas. Lily vestia o jaleco branco, que se mexia quando ela se movimentava, permitindo a visão rápida de seus seios fartos. Quando caminhava, o tecido de sua calça marcava suas nádegas arredondadas, chamando a atenção de Ryland. Seu corpo era pura tentação, ele não conseguia pensar em Lily sem ficar excitado. Ele a possuiria. Ela caminharia ao lado dele, dormiria sob ele, renasceria e se entregaria a ele. Eles se combinavam de todas as maneiras, ela apenas ainda não havia aceitado.

— Está fazendo aquilo de novo, capitão — ela disse, uma suave reprimenda, e corou.

Ele agarrou as barras da jaula, com as palmas das mãos latejando para ver se a pele dela era tão macia quanto parecia.

— Ainda não, Lily — ele disse baixinho, sem se importar se ela escutaria ou não.

Ela ficou em pé por um momento, aparentemente indefesa, completamente desconcertada.

— Não permita que nada aconteça a você — ela disse antes de se virar e deixá-lo sozinho, com sua dor e culpa, prisioneiro em sua jaula.

SETE

ⅢⅢⅢⅢⅢⅢⅢⅢⅢⅢⅢⅢⅢⅢⅢⅢⅢⅢⅢⅢⅢⅢⅢⅢ

A noite estava inesperadamente fria. Lily estremeceu ao ver a forma crescente da lua. Nuvens escuras se espalhavam pelo céu, ofuscando as estrelas acima dela. O vento balançava suas roupas e fazia bater mechas de seu cabelo em seus olhos, em seu rosto. A névoa branca cobria tudo, desde os arames pesados das cercas, e chegava até ela como se fossem garras. Lily sentia o cheiro da tempestade vindo do mar.

— Dra. Whitney! Pensei que tivesse ido para casa. — Um guarda alto surgiu das sombras. Era um dos homens mais experientes e mais velhos da equipe.

Analisando-o de perto, ela tentou imaginar se ele era militar e fingiu se assustar, sobressaltando-se:

— Você me assustou, não percebi sua aproximação.

— O que a senhorita está fazendo aqui? — havia um toque de preocupação na voz dele.

Lily estava sem casaco e estremeceu ao lufar do vento frio.

— Respirando. Tentando decidir se devo ir para casa dormir ou se devo voltar para trabalhar para não ter de enfrentar a ausência de meu pai. — Ela passou os dedos pelos cabelos grossos.

— Está frio, dra. Whitney. Vou levá-la até seu carro.

O tom de preocupação na voz do segurança fez com que os olhos dela ficassem marejados e a garganta se fechasse. O pesar se acumulou, claro, forte e pesado. Ela havia deixado o pesar e a consciência da morte do pai de lado o dia todo, mantendo-os escondidos com o trabalho, planejando, o tempo todo, o resultado da fuga. A culpa alimentava suas emoções conflitantes. Se alguém se ferisse durante a fuga, ela seria imediatamente culpada. Peter Whitney lhe dissera o que queria, quais eram seus últimos desejos, mas, acima de tudo, que a responsabilidade era dela.

Os Whitney já tinham cometido muitos erros, e ela não tinha certeza se o que estava fazendo era correto ou não. E se os homens não conseguissem sobreviver longe das condições do laboratório? A fuga deles daria a Higgens a desculpa necessária para levar a cabo qualquer plano que tivesse de acabar com quem se opusesse a ele. Dessa forma, qualquer um do corpo de militares seria visto como um desertor.

— Dra. Whitney? — o guarda segurou o braço dela.

— Sinto muito, estou bem, obrigada. — Lily não tinha certeza se um dia ficaria bem de novo. — Meu carro está no estacionamento, bem distante da primeira guarita. Não precisa me acompanhar.

— Eu estava indo para lá — ele disse, acompanhando-a e protegendo-a do vento com seu corpo grande.

Conforme caminhavam, algo dentro dela parou.

A consciência se aguçou, ganhou vida. Ela sentiu os movimentos, a presença dos outros seres da noite. Camaleões. Ghostwalkers, como chamavam a si mesmos. Fantasmas que se moviam, unindo-se ao ambiente, à vontade, no escuro, na água e na floresta, entre as árvores. Eram sombras dentro de sombras, capazes de controlar coração e pulmões, capazes de caminhar entre o inimigo sem ser vistos. Lily sentiu a vibração de força que emitiam conforme caminhavam pelo prédio de alta segurança, mantendo os guardas desatentos usando simplesmente o poder da mente.

O plano era que Lily se mantivesse longe da área, seu álibi seria inquestionável. Mas ela havia se demorado por ali, guiada pela culpa e pelo medo.

Era difícil entrar no prédio, tão bem protegido, mas sair era muito mais fácil. Ryland Miller e cada um de seus homens tinham habilidades psíquicas em diversos graus. Lily sabia que Ryland havia planejado atrair o coronel Higgens até sua cela, de modo que a suspeita recaísse diretamente sobre ele, o próprio coronel, por ser o último homem a estar com Ryland antes da fuga. Ryland libertaria os outros. Os homens se protegeriam, ficando unidos, de forma que suas habilidades complementares beneficiassem a todos. Fora do prédio seria muito mais fácil se espalhar, indo em pares ou separados em direção ao destino principal: a casa de Lily.

Ela olhou casualmente para as torres e a aparelhagem presentes na construção. Sentiu o peito apertado, inesperadamente. Não conseguia vê-los, mas conseguia senti-los. Eles se movimentavam pelo prédio de alta segurança como fantasmas, como diziam ser. Um cão latiu em algum lugar à sua esquerda, seu coração disparou. O animal parou abruptamente, como se tivesse sido silenciado por um comando. O guarda a segurou com mais força, repentinamente demonstrado inquietação ao virar a cabeça na direção do cão. Lily hesitou, distraindo-o.

— Sinto muito — ela disse, de modo mais ofegante do que pretendia, quando ele a segurou, impedindo-a de cair. — Está escuro hoje. A tempestade está se aproximando mais depressa do que o esperado.

— Parece que vai chover forte. Você deve ir para casa antes que comece — ele a aconselhou. — As enxurradas podem alcançar mais de um quilômetro e meio por hora, e seu carro é pequeno.

Lily havia recusado a limusine de propósito, ela sabia que todos os carros acabariam sendo suspeitos, e uma limusine poderia, com facilidade, transportar diversos fugitivos para fora da propriedade. Mas a preocupação do guarda quase colocou tudo a perder. Ela estava muito mais tensa do que notara: o pesar por seu pai começava a surgir, ameaçando transbordar, tamanho o desgaste emocional de saber que havia feito parte dos experimentos científicos dele; a culpa pela fuga martelava em sua consciência por medo de que alguém fosse ferido ou morto. Ela sentiu vontade de gritar. As lágrimas encheram seus olhos, borraram sua visão. A vida dos homens seria melhor do lado de fora, onde ninguém os protegeria? Ela não sabia, mas, pelo menos, eles não seriam vítimas de ações planejadas.

— Está tremendo, dra. Whitney — o guarda observou. — Talvez devesse entrar e passar a noite aqui. — Ele parou no meio do jardim, fazendo com que ela parasse ao seu lado.

Lily forçou um tom mais alegre.

– Estou bem, apenas um pouco abalada. Tive semanas para me acostumar com o desaparecimento de meu pai, mas só de pensar em enfrentar a casa vazia no meio de uma tempestade, fico assustada. Sempre conversávamos. Agora, só há silêncio.

De repente, um raio cortou o céu. O brilho instantaneamente iluminou o prédio e a área ao redor como um holofote branco e forte. Para horror de Lily, a luz iluminou a forma escura de um homem que estava a poucos metros deles. Ele os olhava fixamente. Concentrado. Estável. Os olhos de um predador. Sua mão se moveu, e ela viu o brilho de uma faca. Ela o reconheceu instantaneamente. Kaden, um dos mais fortes do grupo.

Lily lançou seu corpo sobre o guarda e o derrubou. Eles se atrapalharam no chão e a luz desapareceu, deixando-os presos e vulneráveis na escuridão. Os dois caíram com força. Lily bateu a cabeça e gemeu; o guarda vociferou um palavrão, ficou em pé e tentou ajudá-la a se levantar. Um trovão ressoou forte, dividiu o céu, a chuva caía em cascatas.

– Você não deveria nem pensar em dirigir se tem tanto medo de raios – o guarda avisou, ainda segurando Lily, por precaução.

Ela percebeu que ele estava olhando na direção oposta e não havia visto a ameaça tão perto deles. Lily acreditava que poderiam estar cercados por fantasmas. Pensar nisso fez com que ela sentisse a adrenalina correr por seu sangue. A chuva escorreu por seu rosto e ensopou suas roupas. Seria melhor voltar para o prédio ou para o carro? Onde o guarda estaria mais seguro?

Um raio surgiu nas nuvens, ziguezagueou pelo céu, balançando a terra sob eles e, mais uma vez, iluminando o prédio. Kaden havia se misturado à noite, mas, à luz, ela viu outro rosto. Um par de olhos prateados e impiedosos olhavam para ela, fixos no guarda que ainda a segurava. Ryland estava perto, tão perto que ela praticamente conseguia estender o braço e tocá-lo por cima do ombro do guarda. O breve brilho desapareceu com o trovão, deixando a escuridão inevitável para trás.

Lily recostou-se no guarda, aterrorizada pela máscara ameaçadora no rosto de Ryland. Ele tinha muita habilidade no combate corporal, em artes marciais, levava a morte nas mãos. Ela não sabia o que fazer, a quem proteger. Não sabia se deveria distrair o guarda ou alertá-lo a respeito do perigo que corria.

Relaxe, querida. A voz se demorava em sua mente, pesava em seus sentidos como uma luva de veludo. *Não vou machucar o seu herói. E saia dessa maldita chuva antes que pegue uma pneumonia.*

Ela sentiu um forte alívio. Ergueu o rosto molhado de chuva para o céu e sorriu, sem qualquer motivo. *Não se pega pneumonia tomando chuva.*

— Precisamos sair daqui agora — o guarda disse, segurando o braço dela para fazê-la se mover. — Vou levá-la de volta à construção. Está perigoso ficar aqui.

— Concordo — ela respondeu, com sinceridade.

Tenho mais dois homens que não conseguiram sair. Mantenha-o longe do laboratório.

— Mas não aguento voltar ao laboratório hoje. Vamos ao refeitório geral — improvisou ela rapidamente.

O guarda moveu o braço em uma tentativa de manter Lily protegida da chuva, e juntos atravessaram o asfalto em direção à grande área construída. Lily olhava para o chão, forçando os olhos para enxergar por onde caminhava. Mais um raio caiu. Foi muito mais perto e chacoalhou as janelas e as torres. Ouviu-se um dos guardas gritar de medo.

— Esses homens deveriam sair dali — Lily gritou, quando o trovão explodiu. O barulho foi perturbador, tão alto que quase os derrubou. Os ouvidos dela doeram com o impacto.

— As torres têm para-raios, está tudo bem — garantiu o guarda, mas se apressou, levando-a com ele.

Logo na sequência, ouviu-se uma explosão alta, quando um raio atingiu uma das torres. Faíscas voaram, fogo no céu, explodindo como pérolas no ar. Lily olhava ao redor, protegendo o rosto, desejando ver, mais uma vez, os vultos. Mas as sombras haviam sumido, e ela estava sozinha em meio à forte tempestade.

Lily sentia-se desolada. A emoção lhe escapava de um jeito diferente de tudo. O guarda a empurrou para dentro do prédio principal quando o alarme tocou.

– Provavelmente não é nada – disse ele. – A sirene tem disparado regularmente sem explicação. Deve ser uma falha, ou talvez seja a tempestade, mas preciso verificar. Fique aqui, longe da chuva. – Ele deu um tapinha no braço dela para tranquilizá-la e se foi.

Lily olhou pela janela, alheia às roupas ensopadas, torcendo para ter feito a coisa certa.

Ryland não estava mais ali, havia partido com seus homens. Dependia dela encontrar uma maneira de ajudá-los a viver no mundo de novo. E ela não tinha ideia de como faria isso. E também não sabia se a água em seu rosto era da chuva ou eram lágrimas.

Lily encostou a testa no painel de vidro, olhando sem ver. Como os homens sobreviveriam em um mundo repleto de emoções ruins, com violência e dor? A sobrecarga de estímulos poderia deixá-los malucos. Era maluquice pensar que todos chegariam ao estado dela sem problemas. Como Ryland Miller sobreviveria sem ela para protegê-lo do resto do mundo, mesmo que por um curto período? Seria muito fácil para ele ser separado dos outros. Ele mandaria os homens mais fracos com Kaden e protegeria suas retaguardas. Ela sabia disso e aceitava.

Ryland protegeria os outros antes de pensar na própria segurança. Era essa característica dele que mais atraía Lily.

Se ela os deixasse no laboratório, não teriam esperança de encontrar paz. Seriam usados, observados, tratados como ratos de laboratório, não seres humanos – Lily já havia notado que os guardas e técnicos os estavam despersonalizando. O coronel Higgens, obviamente, queria todos mortos, e ela acreditava que estava criando "acidentes" durante os testes. Ela, pelo menos, poderia oferecer dinheiro suficiente a fim de encontrarem um local para viver em liberdade, reclusos, provavelmente, mas, ainda assim, vivos. Ficariam seguros. E tanto Peter Whitney quanto Ryland Miller acreditavam que o risco valia a pena. Ela tinha de se contentar com isso.

Quando a tempestade passou, ela seguiu em direção ao carro. O prédio estava uma confusão, guardas caminhavam em todas as direções, luzes brilhavam, passando pelas sombras dos prédios e procurando presas. A garoa não conseguiu conter os gritos abafados conforme se espalhavam os boatos de que os Ghostwalkers tinham fugido. As jaulas estavam vazias; os tigres, soltos. O medo se disseminou como doença. Lily conseguiu sentir ondas de medo passando pelos guardas à medida que estes surgiam ao seu lado. O local estava cercado e não haveria maneira de ela sair.

As emoções, tão intensas, tornaram-se evidentes. Lily torcia para que Ryland e seus homens estivessem longe, em segurança. Na verdade, as próprias barreiras dela estavam fracas, desestabilizadas pelo alto nível de medo e adrenalina dos guardas e dos técnicos.

Lily esperou em seu escritório, com as mãos sobre as orelhas para abafar o som das sirenes acionadas. Depois de um tempo, o barulho foi interrompido abruptamente. O silêncio repentino foi um prazer para ela, sua cabeça latejava. Lily tomou um banho quente em seu banheiro privativo e vestiu uma roupa limpa que mantinha ali para as muitas noites que passava no trabalho.

Ela não se surpreendeu quando dois guardas lhe pediram que os acompanhasse ao escritório do presidente, onde se encontraria com um grupo partidário militar e com os executivos da Donovan. Lily suspirou, relutante, mas obedeceu. Estava esgotada, física e emocionalmente, desesperada para se esconder do mundo.

Thomas Matherson, ajudante de Phillip Thornton, estava esperando para lhe contar as últimas notícias:

– O general Ronald McEntire esteve aqui, em visita, esta noite. Ele convocou o general Ranier, comandante direto do coronel Higgens, e insistiu para que comparecesse à reunião.

O ajudante abriu a porta e fez um gesto para que Lily entrasse. Ela não acreditou em sua sorte: um general que não tinha qualquer conhecimento a respeito do experimento. Se conseguisse conversar com ele em particular, Lily poderia contar suas suspeitas a respeito do coronel Higgens. Sentiu o nó em seu estômago se aliviar.

A sala grande era ocupada por enormes mesas redondas. As cadeiras estavam tomadas e todos se viraram a fim de olhar para ela. A maioria dos homens levantou-se brevemente quando a jovem cientista entrou, mas ela fez um gesto para que se sentassem.

— Cavalheiros — ela disse delicadamente, com a voz repleta com a autoconfiança de sempre. Lily praticava muito para manter a expressão totalmente serena e sabia que conseguia. O fato de Phillip Thornton realizar as apresentações deixou clara a sua irritação, pois ele, quase sempre, deixava as tarefas que considerava simples para seu assistente.

— A dra. Whitney concordou em dar continuidade ao trabalho de seu pai, a partir do ponto em que foi interrompido. Ela tem acessado os dados que ele deixou, tentando entender tudo para nós.

Quase sem dar atenção à introdução, o general olhou para Lily e ordenou:

— Dra. Whitney, conte-me sobre esse experimento. — Os olhos do general denunciavam sua raiva.

— Até onde o senhor sabe? — Lily foi cuidadosa. Queria sentir que rumo tomar e, também, dar aos homens tempo para encontrar as rotas de fuga e usá-las.

Lily olhou para o coronel, erguendo uma sobrancelha em questionamento. Ele assentiu levemente, de modo quase imperceptível, dando aprovação.

— Digamos que eu não sei nada.

Matherson puxou uma cadeira para Lily, ao lado do general e na frente de Phillip Thornton. Ela agradeceu ao assistente com um sorriso e demorou para se sentar.

— Acredito que todos nesta sala tenham a permissão adequada de segurança, certo?

— É claro que sim — disse o general. — Conte-me sobre esses homens.

– Os homens foram retirados de todas as áreas de serviço. – Lily olhava para o rosto dele. – O dr. Whitney, meu pai, estava procurando um tipo especial de homens. Boinas Verdes, homens da força de operações especiais da Marinha, homens altamente habilidosos e capazes de enfrentar situações difíceis. Acredito que tenha retirado homens dos níveis mais altos do reforço da lei também. Ele queria homens de grande inteligência e oficiais que tivessem galgado postos superiores. Queria homens que tivessem atitude, se necessário. Cada um deles teve de ser testado a fim de garantir se havia predisposição para a habilidade psíquica.

O general ergueu as sobrancelhas. Olhou para o coronel Higgens.

– Você sabia a respeito dessa loucura e aprovou? Você e o general Ranier?

– O experimento todo foi aprovado desde o início e tinha seus méritos – Higgens respondeu.

Fez-se um breve silêncio enquanto o general parecia absorver tudo aquilo. Ele se voltou para Lily novamente.

– E como eles teriam sua habilidade psíquica testada?

Lily olhou para Higgens, como se pedisse ajuda. Ninguém se voluntariou, então ela deu de ombros e disse:

– A parte das avaliações foi fácil. O dr. Whitney, ou seja, o meu pai, desenvolveu um questionário que destacava as tendências em relação à clarividência.

– Como... – o general McEntire quis saber.

– Como a capacidade de se lembrar e de interpretar os sonhos, *déjà vu* frequentes, o desejo repentino de chamar um amigo, e descobrir que no exato momento ele se encontrava em apuros, até mesmo a tendência de aceitar a ideia da clarividência porque "parecia normal" está associada, de modo positivo, com o talento.

– Que palhaçada – o general resmungou. – Abandonamos esses programas há anos. Não existe algo assim. Vocês pegaram homens e fizeram uma lavagem cerebral neles para que se julgassem superiores ao resto de nós.

– Claro, há muito mais que não compreendemos a respeito da neurobioquímica da clarividência do que de fato sabemos, mas avanços recentes na psicologia neurocomportamental fortaleceram algumas hipóteses. – Lily tentou ser paciente, querendo que o general entendesse a gravidade do que tinha sido feito aos homens dele. – Sabemos, por exemplo, que a capacidade de clarividência é determinada geneticamente. Todos já ouvimos falar a respeito de poucas pessoas que realizam feitos memoráveis na esfera da paranormalidade. Existem gênios paranormais. – Lily procurou uma maneira de fazer com que ele entendesse. – Como um Einstein, na física, ou um Beethoven, na música. Compreende?

– Estou entendendo – o general disse, com seriedade.

– Sabemos que a maioria dos físicos não apresentam habilidades paranormais, assim como a maioria dos grandes músicos clássicos também não foram crianças-prodígio. Meu pai criou um programa para avaliar possíveis candidatos em relação à capacidade de clarividência, e, então, desenvolveu um programa para treinar e melhorar esse potencial. Pense em um fisiculturista: ele é um resultado de potencial genético, treinamento forte e... – Lily interrompeu a própria fala, censurando as "drogas fabricadas, provavelmente". Quanto menos entrassem nessa parte, melhor.

Lily não tinha a intenção de ser específica com nenhum daqueles homens, muito menos com o general Thornton e o coronel Higgens. Seu pai havia sido meticuloso a respeito de não permitir que sua fórmula caísse nas mãos de ninguém. E ela não entregaria o segredo ao grupo do qual desconfiava que podia ter sido responsável pelo assassinato de seu pai.

O general suspirou e recostou-se na cadeira atrás da mesa. Esfregando as têmporas.

– Isto está começando a parecer plausível demais – ele disse, olhando para ela. – Como ele fez isso funcionar? Tentaram esse tipo de coisa em todos os países durante anos e não obtiveram nada além de fracasso.

– O dr. Whitney utilizou mais de um caminho. – Lily tentava pensar em uma maneira de explicar tudo em termos para leigos. – Todo objeto acima de 273 °C ou 0 °F emite energia. Os organismos biológicos costumam se concentrar em determinadas frequências, enquanto avaliam outras. Isso exige energia. – O general franziu o cenho, e Lily inclinou-se na direção dele. – Pense em uma geladeira. Uma pessoa não costuma perceber que o motor está em funcionamento até ele se desligar, e então, de repente, é um alívio. Esses "filtros" são guiados pelo sistema nervoso autônomo e, normalmente, consideramos algo que o consciente não pode controlar. Estou sendo clara? – Ele assentiu e ela continuou: – No entanto, existem muitos exemplos de grande controle do sistema nervoso autônomo. As técnicas de *biofeedback* podem diminuir a frequência cardíaca, a pressão sanguínea e a temperatura do corpo. Os mestres zen e os iogues são lendários. Até mesmo o desempenho sexual prolongado nos homens é um exemplo de intervenção somática sobre o sistema nervoso autônomo. – O general fez uma carranca. – A questão é que a energia importante para os paranormais costuma ser filtrada a níveis irrisórios em seres humanos adultos, e esses filtros estão sob controle autônomo. O dr. Whitney encontrou uma maneira de diminuir o sistema de filtragem, usando técnicas de controle da mente e do corpo ensinadas por mestres zen.

O general esfregou a mão no rosto, balançando a cabeça.

– Por que estou começando a acreditar em você?

Lily manteve-se em silêncio, desejando que ele a compreendesse, que ficasse do lado dos homens. Pensou em Ryland e nos outros lá fora, na tempestade. Torceu para que estivessem em segurança.

O general começou a bater o lápis sobre a mesa, estava agitado.

– Por favor, continue, dra. Whitney.

– Utilizando a tomografia por emissão de prótons feita em clarividentes em atuação, meu pai descobriu que as áreas do cérebro mais importantes para a clarividência eram as mesmas áreas responsáveis pelo autismo: o hipocampo, a amídala e o neocerebelo. Ele descobriu outros elos também. Existe um nível mais alto de habilidade psíquica em autistas se compararmos com a população em geral.

Além disso, os autistas sofrem uma sobrecarga sensorial; eles provavelmente têm um defeito de filtragem. Reduzir os filtros, então, oferece apenas barulho, ruídos. Você não se torna paranormal, apenas autista.

— Então, creio que existiam problemas.

— Sim — Lily suspirou. — Ele encontrou problemas. A princípio, os homens ficavam reunidos em barracas para promover a integração. A ideia era formar uma unidade de elite que pudesse utilizar suas habilidades combinadas para certos empregos de alto risco. A unidade recebeu treinamento de campo, além de treinamento de laboratório. Eles iam muito além das expectativas de todos. A maioria demonstrou telepatia em certo nível.

— Explique melhor.

— Eles tinham a capacidade de conversar uns com os outros sem emitir sons. Apesar de não ser a melhor maneira de explicar, podemos dizer que conseguiam mandar pensamentos uns para os outros. O dr. Whitney os reuniu para avaliações, e a atividade cerebral foi incrível. Alguns deles tinham de estar no mesmo cômodo para se comunicar dessa forma, enquanto outros podiam estar um de cada lado do complexo. — Lily olhou para o coronel Higgens mais uma vez. — Dá para imaginar como um talento desse tipo poderia ser útil em uma missão. Outros também conseguiam "escutar" pensamentos das pessoas que estivessem no mesmo cômodo. A variedade de habilidades está documentada, senhor, se quiser ver, temos vídeos e áudios de tudo. Alguns deles conseguiam segurar objetos e "fazer sua leitura". Os talentos eram variados. Psicometria. Levitação. Telecinese. Telepatia. Alguns tinham apenas uma, outros tinham diferentes capacidades, em diversos níveis. — Lily respirou profundamente, e soltou o ar lentamente. — Os problemas encontrados não foram previstos, e o dr. Whitney não conseguiu resolvê-los. — Havia um tom de arrependimento em sua voz. Lily envolveu a xícara quente, que Matherson havia colocado diante dela, com as mãos. — Existe uma reação chamada taquifilaxia. O corpo percebe ação em excesso no receptor e o regula novamente. De repente, o rádio volta a emitir apenas estática. Algumas pessoas passaram por derrames por causa do excesso de estímulo. Um deles ficou louco, autista, na verdade. Outro morreu de hipoxia cerebral, ou sangramento intracraniano, por conta das lesões na cabeça.

Aquela não era exatamente a verdade; ela sentia que existia outra explicação para o sangramento intracraniano, mas não quis criar uma hipótese.

— Meu Deus! — o general balançou a cabeça.

— Houve rompimentos psicóticos, senhor. — Higgens tentou explicar. — Dois foram graves. Incontroláveis. Nem mesmo os outros puderam ajudar.

A culpa tomou conta de Lily, perturbando-a.

— Assim que o dr. Whitney percebeu qual era o problema, tentou criar uma atmosfera calma que fosse à prova de som, um local que pudesse isolar os homens da perturbação constante vinda das pessoas ao redor deles. Ele regulou a atmosfera, usou iluminação e sons naturais calmantes para aliviar os constantes ataques recebidos pelo cérebro deles.

— Esses homens podem sugestionar pessoas e forçar a obediência? — quis saber o general McEntire. — Será possível que tenham dado a seu pai um tipo de sugestão pós-hipnótica? O carro dele foi encontrado no píer e especula-se que ele esteja no fundo do mar.

Lily se assustou.

— Está sugerindo que esses homens tiveram algo a ver com o desaparecimento de meu pai? Ele era a única pessoa que podia ajudá-los.

— Talvez não, dra. Whitney. Talvez você seja — disse o coronel Higgens. — Pode ser que Ryland Miller tenha percebido isso. Ele escutou a sua resposta quando eu cometi o erro de perguntar se a senhorita conseguia ler os códigos do seu pai.

Um tremor tomou conta do corpo de Lily ao se lembrar da situação. Quando respondera afirmativamente, havia definido a morte de seu pai. Lembrou-se de como Higgens, repentinamente, havia mudado, como parara de discutir com seu pai e olhado para ela, com curiosidade, em vez de hostilidade.

— Sinto muito por isso ser necessário, Lily — Phillip Thornton disse. — Sei que está sofrendo e que passou horas acordada tentando entender tudo isso para nós.

Lily forçou um sorriso e deixou a preocupação de lado.

— Não me importo de fazer o que puder para ajudar, Phillip. Afinal, a empresa também é minha. — Ela tinha boa parte das ações e queria lembrá-lo desse fato. — Você tem ideia de como isso pode ter acontecido? Conversei com o capitão Miller por muito tempo esta manhã. Ele se mostrou bastante cooperativo e até considerou a possibilidade de um dos efeitos colaterais do experimento ser a paranoia. Ele falava com muito respeito do coronel Higgens e, de repente, se tornava hostil em relação a ele. Quando comentei sobre isso com ele, o capitão Miller pensou seriamente na possibilidade. Ele tem uma mente rápida e lógica.

— Ele pediu para se reunir comigo — admitiu o coronel Higgens. — Fui conversar com o capitão Miller, e ele disse algo assim. — Ele coçou a testa e continuou. — A jaula estava muito bem trancada quando saí daquela sala. As câmeras me mostrarão ali.

— As câmeras estavam em manutenção de novo — disse Thornton.

Houve uma repentina confusão na sala. Todos se viraram para o coronel Higgens. Ele se recostou na cadeira e disse:

— Estou dizendo que a jaula estava trancada. Eu não a teria destrancado com ou sem um guarda armado presente. Na minha opinião, o capitão Miller é um homem perigoso. Com sua equipe, ele se torna quase invencível. Teremos de colocar todos os homens que temos contra ele.

— Espero que não esteja dizendo que devemos dispensar esses homens. — O general olhou fixamente para Higgens.

— Talvez não tenhamos escolha — respondeu o coronel Higgens.

— Com licença, senhores — Lily interrompeu. — Sempre há escolha. Não se pode abandonar esses homens porque fizeram algo no desespero. Eles estavam sob forte estresse. Acredito que podemos analisar essa situação e tentar descobrir uma maneira de ajudar.

– Dra. Whitney, a senhorita tem ideia de quanto tempo conseguirão sobreviver sem o isolamento dos sons e das emoções das pessoas ao redor deles? – Phillip Thornton perguntou. – Estamos com uma bomba-relógio nas mãos?

– Não sei, honestamente – Lily balançou a cabeça.

– O que acontecerá se esses homens se tornarem violentos? – perguntou o general. Ele remexia um lápis entre os dedos, batendo o grafite na mesa e tocando a borracha com o polegar, como se isso, de alguma forma, o impedisse de ouvir tudo aquilo. – Existe essa possibilidade? – seus olhos passaram por todos que estavam ao redor da mesa. – Trata-se de uma possibilidade viável?

– Infelizmente, esses homens são altamente habilidosos em condições de combate – disse Lily. – Eles tiveram o melhor treinamento militar possível, um treinamento especial. Houve um incidente envolvendo um dos homens no primeiro ano do treinamento em campo. Assisti à fita do treinamento. – Lily tomou um gole de seu chá.

– Acho que não vou gostar do que escutarei – disse o general McEntire.

– Um dos homens ficou desorientado durante uma missão na Colômbia e, juntamente com os alvos, foi atrás de pessoas inocentes. Quando o capitão Miller tentou restringi-lo, ele se virou contra Miller. O capitão não teve opção além de defender a própria vida e proteger os outros membros de sua equipe. Eles eram amigos, amigos íntimos, e Miller foi forçado a matá-lo. – Lily havia visto o ataque na fita, um ataque sangrento e triste. Piores ainda tinham sido as fitas de Ryland Miller depois. Apesar de estar assistindo a uma filmagem, ela quase conseguia absorver as emoções dele. Culpa, frustração, raiva. Ele estava desesperançado, sem expectativas. – O senhor precisa entender que os paranormais estão sujeitos a estímulos diferentes do que podemos sentir, e reagem a eles de outra forma também. Vivemos no mesmo mundo, mas em dimensões diferentes. Então, a linha que traçamos entre a clarividência e a loucura é muito tênue e, às vezes, não existe. Esses homens são diferentes dos soldados que vocês treinaram. Vocês não têm ideia do que eles são capazes.

Lily tomou mais um gole de chá, sentiu o calor aquecer seu estômago. O general não fazia ideia da força que os homens tinham. Mas ela sabia.

Em reprimenda a todos, o general disse:

– Por que eles desejariam partir se conheciam os riscos envolvidos? Em quais condições eles estavam vivendo?

Todos olhavam para baixo. A referência ao abuso estava clara, e Lily controlou a vontade de contar os detalhes da história a ele. Como os homens ficavam isolados uns dos outros, afastados do comando; como eram estudados como se fossem animais enjaulados, sujeitos a testes contínuos.

O lápis entre os dedos do general escorregou. Lily o pegou antes que rolasse pela mesa. Ela passou o polegar pela borracha, absorvendo automaticamente as texturas e as emoções pesadas. Ficou rígida, olhando para o general e desviando o olhar logo em seguida. Ela não estava dizendo nada que ele já não soubesse. Ele controlava a fúria com o fato de Ryland Miller e sua equipe terem escapado. Havia dinheiro envolvido, e Ryland estava no caminho.

As emoções se misturavam, era um misto de violência e impaciência por um plano prejudicado. O general McEntire estava atolado até o pescoço em mentira e traição. Lily pousou as mãos cuidadosamente sobre a mesa, serena e confiante, quando, na verdade, queria esganá-lo e dizer que ele era um traidor de seu país e exigir que dissesse o que sabia a respeito da morte de seu pai.

– As condições de vida, coronel Higgens: por que esses homens sentiriam que precisavam escapar?

– Eles estavam afastados uns dos outros – Lily se forçou a dizer.

– Para o bem deles mesmos – Higgens disse. – Estavam se tornando poderosos demais juntos, poderiam fazer coisas que não esperávamos. Nem mesmo o seu pai esperava que seus poderes combinados resultasse em algo tão forte.

— Isso não seria desculpa para se esquecer da dignidade, coronel. Eles são seres humanos, homens que estavam prestando serviço a seu país, não ratos de laboratório — Lily disse com frieza.

— Seu pai só estava responsável por esse experimento — coronel Higgens apontou. — Ele é responsável pelos resultados.

— Até onde sei — disse Lily, com calma —, meu pai, o dr. Peter Whitney, realizou o experimento de boa-fé. Quando ficou claro que aquilo prejudicava os homens, ele parou imediatamente e pediu a suspensão dos procedimentos de aumento dos talentos raros, tentando encontrar maneiras de ajudá-los a lidar com os resultados. Ele procurou maneiras de deixar os homens mais à vontade. Infelizmente, ninguém escutou o que ele tinha a dizer. Eu li suas ordens diretas, coronel Higgens: Phillip Thornton assinava ordens insistindo para que os homens continuassem sendo testados. Com a sua permissão, coronel, o capitão Miller mandou que seus homens seguissem a sua ordem. E tanto ele quanto seus homens obedeceram. Suas ordens, senhor, eram para que o treinamento continuasse. E os homens, por serem quem e o que eram, seguiram as ordens apesar de saberem que estavam se deteriorando rapidamente, perdendo o controle conforme ganhavam mais poderes e habilidades. Ficou bem documentado que meu pai se opôs, que comentou as repercussões, e que, quando você mandou que os homens fossem isolados uns dos outros, ele disse que tudo ficaria muito mais difícil. O senhor ignorou tudo que ele disse. E aí estão os resultados de suas tolas decisões.

— Seu pai não forneceu os dados de que eu precisava — o coronel Higgens estava vermelho de ira. — Ele queria reverter o processo e jogar tudo fora por causa de uma ou duas perdas aceitáveis.

— Meu pai tentou encontrar uma maneira de restaurar filtros e desativar a parte do cérebro que havia estimulado. Mas não conseguiu. E não houve perdas aceitáveis, coronel; estamos falando da vida de seres humanos.

Phillip Thornton ergueu a mão.

– Essa é uma discussão que deve ocorrer quando estiverem de cabeça fria e mais descansados. Neste momento, precisamos encontrar uma maneira de conter essa situação. Dra. Whitney, a senhorita nos deu muitas informações, mas precisamos saber o que exatamente foi feito a esses homens. Temos acesso a algumas das maiores mentes do mundo para nos ajudar, se soubermos exatamente o que seu pai fez, e como fez... Pode nos explicar passo a passo?

– Sinto muito, senhor, não posso. Não consigo encontrar os dados originais. Não estavam no escritório dele nem em casa. Tentei procurar nos dois computadores, e estou analisando os relatórios dele, neste momento, para ver se consigo encontrar algo que me ajude a entender o processo. – Lily demonstrou cansaço, passando as mãos pelos cabelos. – Já lhes dei todas as informações que tenho no momento, mas continuarei procurando.

Higgens resmungou com raiva. O general pousou o café na mesa de qualquer jeito, e o líquido escuro se espalhou pela superfície polida e perguntou aos presentes:

– Quem sabe sobre isso?

– É um projeto secreto, apenas algumas pessoas – respondeu o coronel Higgens. – Além das pessoas desta sala, o general Ranier e os técnicos do laboratório.

– Deixemos assim. Precisamos limpar as coisas o mais rápido possível. Como isso pode ter acontecido? Podem me dizer? Com toda essa segurança, como eles podem ter feito isso?

Fez-se um breve silêncio. Mais uma vez, foi Higgens quem respondeu.

– Acreditamos que eles têm praticado, nas últimas semanas, suas habilidades, armando alarmes, desligando câmeras e manipulando os guardas.

– O que quer dizer com "manipular os guardas"? – O general explodiu de raiva, suas mãos se fecharam, e seu o rosto ficou tão vermelho que Lily temeu que ele pudesse ter um ataque.

– Já expliquei, senhor. Faz parte do treinamento padrão – ela explicou pacientemente –, eles plantam a sugestão a fim de que olhem para o outro lado. Muito útil ao entrar em um campo inimigo, enfrentar terroristas ou em situações de sequestro. Eles são capazes de feitos inacreditáveis. Usam a mente para coibir o inimigo sem que este saiba.

— E esses homens estão lá fora, certo? Bombas-relógios ambulantes, homens que poderiam se tornar mercenários ou, pior ainda, que poderiam ir para o outro lado?

— Esses homens foram escolhidos por sua lealdade, por seu patriotismo — Lily respondeu, impondo-se. — Posso garantir, senhor, que eles nunca trairão seu país.

— A lealdade deles se tornou um problema assim que se tornaram desertores, dra. Whitney, e é exatamente o que são: desertores!

OITO

||||||||||||||||||||||||||||||||||||||||||||||||||||

O vento batia nas árvores e quase dobrava seus galhos, as folhas se espalhavam pelo chão. Ryland saltou o alambrado com um movimento suave. Pousou agachado, e assim permaneceu, silencioso. Fez um sinal ao homem à sua esquerda. *O último homem já passou.*

Raoul "Gator" Fontenot ficou deitado de bruços no chão e foi seguindo na direção dos latidos dos cães. A telepatia era um de seus traços mais fracos, mas ele conseguia se conectar com os animais. Era seu trabalho direcionar os cães de guarda para longe dos outros membros da equipe. Com uma faca entre os dentes, ele se moveu pela grama ao longo da cerca, pedindo que o raio prestes a cair se mantivesse nas nuvens. Muitos guardas se reuniam na rota de fuga, e mesmo com o enorme controle mental de Ryland, era impossível manipular todos. Foi preciso um esforço coletivo e, para isso, precisaram se espalhar.

Ondas de medo e agressão vinham dos guardas, aumentando o perigo à equipe. Todos estavam se sentindo mal por causa da enorme energia que estava sendo gerada.

Estou me aproximando de você, agora, Gator.

Gator olhou na direção de Ryland, viu o movimento de seus dedos e assentiu, demonstrando entender. Ele passou a faca para a mão direita, com a lâmina presa contra seu punho para esconder o brilho do aço, e se deitou de bruços, respirando suavemente, sem ser ouvido, posicionando-se de modo a parecer fazer parte da terra. Os cães estavam inquietos, iam em direção à cerca, em direção a seus parceiros. O tamanho da responsabilidade daquela tarefa o assustou.

Ele teve de ficar deitado ali, à vista, acreditando que seu capitão manteria os guardas olhando para o outro lado, enquanto direcionava os cães para uma trilha falsa. Um deslize e todos morreriam.

A chuva caía sobre ele, um ataque constante. O vento uivava como se estivesse vivo e protestava pela falta de naturalidade do que estavam fazendo. Ou do que eram.

Capitão. Era o melhor que ele podia fazer com sua falta de telepatia, um protesto de uma palavra por ter a vida de tantas pessoas em suas mãos.

Isso é brincadeira de criança para sua capacidade, Gator. Um bando de farejadores em seu encalço não é nada para você. Era o capitão Miller, aproximando-se. Gator ficou mais calmo.

Uma bobagem. Kaden deu sua opinião, parecendo rir, como se estivesse se divertindo com a adrenalina depois do confinamento forçado. Gator sorriu ao pensar em Kaden solto no mundo.

Ele sentiu o movimento dos outros. Sabia que Ryland estava tão ligado a ele que já direcionava os outros para a frente. Os homens seriam fantasmas se movendo pela tempestade, mas ele não poderia se preocupar com eles. E não poderia se preocupar com a hipótese de ser visto ou capturado. Gator colocou o próprio destino nas mãos do líder de sua equipe e estreitou seu mundo aos cães que se aproximavam.

Ryland se esforçou para vencer o véu escuro da noite chuvosa. Ele observava guardas e cães, enquanto seus perseguidores se aproximavam da cerca. Kaden manteria os outros homens em movimento. Seu trabalho era proteger Gator e os dois homens atrás dele. Ryland se preocupava com Jeff Hollister. O combatente não estava bem, mas ainda conseguia se virar, e se esforçava para não atrasar a equipe. Ele havia conseguido chegar até o alambrado com a ajuda de Gator e Ian McGillicuddy. Este ficou deitado ao lado de Hollister em algum ponto atrás de Ryland, mantendo a posição para proteger o membro mais fraco de sua equipe.

Os cães estavam alucinados naquele momento, sentiam os cheiros e corriam na direção deles. Eles pararam quase abruptamente, cheiraram o chão, e começaram a virar em círculos, sem obedecer seus guias, que os mandavam ir adiante. Um grande pastor alemão tomou a dianteira, seguindo um caminho que o afastava dos prisioneiros fugitivos. Os outros cães logo correram para segui-lo, latindo alto.

Gator pressionou a testa latejante na terra macia e úmida, uma tentativa para aliviar a dor causada por tamanha concentração e tamanho uso de energia. O medo que emanava dos guardas era como uma doença que se espalhava e infeccionava a todos que entravam em contato com ela. Os guardas receberam a informação de que os fugitivos eram assassinos perigosos e todos estavam extremamente nervosos. *Histeria em massa.* A voz de Ryland foi um calmante para a mente de Gator. *Sei que estão todos confortáveis aí, mas não durmam.*

Gator rolou na direção de Ryland, analisando a posição e voltando da maneira mais silenciosa que conseguiu. O direcionamento errado dos cães não duraria muito tempo, mas dava-lhes mais alguns preciosos minutos para ir rumo a um destino no qual estariam seguros.

Ryland esticou o braço e tocou Gator, mostrando que o esforço dele era muito bem-vindo. Começaram a se aproximar aos poucos pelo campo aberto, flanqueando Hollister e McGillicuddy.

Limpo. Kaden informava que o grupo havia chegado ao outro lado do campo sem problemas.

Leve-os adiante. Estamos bem atrás de você. Gator abriu o caminho, mas não vai durar muito. Ryland estava inquieto. Ele olhou na direção de Jeff Hollister. O rosto do homem estava tomado de dor. Mesmo com as nuvens escuras e a chuva ininterrupta, na escuridão da noite, ele conseguia ver sua expressão. Amaldiçoando Peter Whitney em silêncio, Ryland diminuiu o ritmo. A agonia na mente de Jeff radiou para fora dele e tocou todos os membros da equipe. Jeff precisava do remédio que Ryland dissera que eles não deviam tomar, temendo que fosse perigoso demais. Agora, ele temia ter sentenciado Hollister à morte com tal ordem.

Aguente as pontas, Jeff. Você está quase lá. Tenho remédios para ajudar você.

Não se comuniquem! Ryland protestou. *Não podem fazer esse esforço.* Ryland temia que Jeff tivesse um ataque se a pressão em seu cérebro continuasse. A inquietação crescia dentro dele. Um receio por seus homens, a repentina premonição assustadora de perigo. *Ian?* Ian McGillicuddy era uma antena humana de problemas. Ele conseguia sentir a aproximação do perigo.

Oh, sim, temos um problema. Está se aproximando depressa.

Ryland rastejou para perto de Gator. *Mova-se, Jeff. Levante-o, Ian, corra em direção aos carros. Não espere mais do que cinco minutos para ajudá-lo. Não vamos deixá-lo para trás.* A voz de Jeff não estava firme e era tomada de dor.

O coração de Ryland inflou de orgulho. Por pior que Jeff Hollister estivesse, ele colocava os membros da equipe em primeiro lugar. *É uma ordem, Jeff. Você e McGillicuddy devem sair em cinco minutos.*

E então Ryland sentiu, a explosão de energia maligna tomando conta dele. Instintivamente, rolou para proteger Gator, cobrindo as costas do homem enquanto olhava para cima. Suas mãos sentiram um corpo de carne e sangue.

Ele não viu a faca, mas sentiu que ela vinha em sua direção. Foi o reflexo e o treinamento que o salvaram. Sua mão se fechou com força ao redor do pulso do inimigo para controlar a arma e ele o reconheceu: Russell Cowlings havia surgido na noite e os atacado. Ryland rolou para longe de Gator, levando o forte homem com ele. Com os pés no peito de Cowlings, Ryland lançou o homem por cima de sua cabeça.

Cowlings caiu, fazendo um baque suave, rolou e ficou em pé, meio agachado. Ryland ficou em pé e, com a mão, derrubou a faca do inimigo quando este se lançou em cima dele pela segunda vez. Circularam um ao outro com cautela.

— Por que, Russell, por que nos trairia?

— Você chama de traição, mas eu chamo vocês de desertores. — Cowlings tentou mais um ataque, jogou-se para a frente, e Ryland deu um passo para o lado, abaixando-se, com a lâmina virada para cima, para prejudicar as partes mais sensíveis do corpo.

Ryland sentiu a ponta da faca rasgar sua grossa camisa na altura da barriga. Ele já se remexia, segurando o pulso de Cowlings e levando-o para baixo, de modo que as pernas de Cowlings foram erguidas e ele caiu de uma vez. Cowlings virou seu pulso para conseguir o controle da lâmina da faca. Ele gritou, chamando os seguranças para ajudá-lo.

– Vá, Gator, vá! – Ryland ordenou ao prender o braço de Cowlings, apontando o dedo mínimo para trás, de modo que o corpo do homem seguisse o movimento.

Cowlings foi forçado a largar a faca ou sua mão seria quebrada. A faca caiu no chão, e Ryland a chutou com força, fazendo a arma parar metros adiante, dentro da grama alta.

Homem caído. Jeff caiu. Ele está tendo um ataque. Ian disse com a voz calma de sempre.

– Gator, vá! – Ryland repetiu. *Ajude Ian com Jeff.*

– Sim, mande-o embora – Cowlings disse, enquanto reagia, tentando derrubar Ryland. – Não importa, sabe, todos morrerão.

Ryland se moveu para o lado e acertou um chute na coxa de Cowlings.

– Foi o que Higgens lhe disse? É por isso que quer nos entregar? Higgens convenceu você de que íamos morrer?

– Você é tão complicado, Rye – Cowlings disse, soltando um palavrão e cuspindo no chão. – O que há de errado em usarmos as nossas habilidades para ganhar dinheiro? Você sabe quanto Peter Whitney tinha? Quanto tem aquela filha dele? Por que eles devem ficar com o dinheiro enquanto corremos todos os riscos? Os funcionários da Donovan ganham mais dinheiro do que nós.

Cowlings agiu depressa, dando dois socos no rosto de Ryland, que bloqueou os dois golpes. Ryland retribuiu com um jogo de corpo, mirando na garganta. Cowlings conseguiu se retrair, e escapou do ataque letal.

Ryland percebeu os cães de novo, os sons de vozes agitadas se aproximando.

– É dinheiro, então, não é? Estamos lidando com a sua ganância, Cowlings, não com a morte? Você não tem medo de morrer, não é? Por quê? Higgens nos deu algo para essas questões?

– Todos eles morrerão, Miller – Cowlings ria. – Todos eles. Não dá para salvá-los e quem será valioso? Higgens precisará de mim.

– Você está do lado ruim, Russ. Acha que o coronel está agindo de acordo com o melhor interesse de nosso país? Ele está nos entregando.

– Ele é esperto o bastante para ver que pode ganhar dinheiro. Você está no caminho, Miller, desde o começo, com sua atitude de escoteiro. Bem, ele tentou matar você duas vezes, e você não morre.

– Higgens vai se livrar de você assim que não precisar mais de sua presença.

O som dos cães ficava cada vez mais próximo. Alguém havia escutado Cowlings gritar e havia redirecionado a matilha.

– Higgens sempre vai precisar de mim. Posso dizer-lhe coisas que ninguém mais pode. Ele sabe disso e não vai matar o ganso de ouro.

Ryland se moveu depressa, usando a velocidade que o tornara conhecido, um movimento de mãos e pés, e Cowlings foi para trás.

Ele não sentiu nenhum dos golpes que Cowlings deu, pois a adrenalina o protegia. Seu mundo estava mais estreito, concentrado em seu oponente. Havia poucos homens que conseguiriam derrotá--lo em um combate direto. Ryland estava em uma batalha de vida ou morte. Russell Cowlings queria que ele morresse.

Cowlings gemeu quando Ryland deu um chute que atingiu suas costelas. Gritou e caiu como uma pedra, tentando respirar. Os guardas e os cães já estavam perto demais, vinham na direção de Ryland a uma velocidade incrível, havia apenas a cerca separando-os. Ryland deu um chute forte na cabeça de Cowlings, esperando deixá-lo desacordado. Depois, saiu correndo pelo campo aberto, para longe de Gator, Hollister e McGillicuddy.

Ryland pisava com força no chão de lama, fazendo barulho para chamar a atenção dos cães. Os animais latiam sem parar e tentavam se soltar. De repente, os cães correram até o alambrado e começaram a mordê-lo. Alguns cães tentaram saltá-lo enquanto outros tentaram escalá-lo e, outros, ainda, tentavam cavar por baixo.

Pequenos círculos de luz dançavam em meio à chuva, tentativas inúteis, feitas pelos guardas, para iluminar a área. Ryland zigueza-gueou pela grama, fazendo barulho suficiente para que os guardas pudessem ouvi-lo apesar dos latidos nervosos dos cães. Os homens precisaram de um tempo para reagir, mas fizeram como ele quis e vieram correndo na direção dele, que estava longe de seus homens. Enquanto corriam paralelamente com ele, ninguém pensou em pa-rar e cortar o alambrado e deixar os cães passarem. Assim, Ryland ganhou alguns minutos preciosos a mais para se distanciar e assegu-rar que seus homens tivessem tempo de salvar seu amigo. Ele ficou contente por estar ventando e chovendo forte, por ver os trovões e os raios que cortavam o céu. Demoraria um pouco mais para que um helicóptero de busca aparecesse no céu tempestuoso em uma tentativa de encontrá-los. Seus homens estariam seguros nos carros que Lily havia preparado para esperar por eles. O segurança dela, Arly, havia deixado os diversos carros estacionados em diferentes pontos, a pelo menos a três quilômetros dos laboratórios.

Ryland escutou o barulho no alambrado. Era um dos guardas abrindo o portão para deixar os cães passarem. Ryland se virou e foi correndo na direção dos prédios mais próximos. Os cães correram atrás dele, ávidos pela presa. Os guardas seguiram, passando pelo alambrado na intensa perseguição.

As pisadas de bota de Ryland batiam com força no chão enquan-to ele corria pela rua. Ele subiu em cima de um sedã estacionado e saltou, seus dedos seguraram na beirada de uma construção. Era uma parte pobre da cidade, os prédios eram velhos, mas a madeira se manteve firme quando ele subiu no telhado.

Estamos livres, Ian indicou que eles tinham localizado um dos car-ros e estavam partindo, em segurança. *Podemos dar a volta e pegar você.*

Jeff? Ryland queria que o rapaz recebesse atendimento médi-co assim que possível. Não havia como saber o que ocorria no cérebro superestimulado. Ele correu pelo telhado e pulou para a construção seguinte. Os telhados estavam escorregadios por causa da chuva, e ele caiu de costas exatamente quando uma saraivada de tiros passou por ele.

Ele precisa de cuidados médicos. Diga-me onde estão.

Ryland engatinhou pelo telhado, evitando se tornar alvo dos guardas atiradores. Se Cowlings estivesse dizendo a verdade e ele já tivesse sido um alvo duas vezes, era provável que os guardas tivessem recebido a ordem de atirar para matar. O telhado tinha uma porta que levava a uma pequena escada. *Vou até vocês. Fiquem atentos. Tiros já foram dados. Permaneçam fora da área.*

A porta estava trancada. Ryland não perdeu tempo, ele engatinhou até o outro lado do prédio e olhou para a rua. Havia um pequeno toldo na entrada de uma loja. Ryland saltou sobre ele, segurou-se na madeira molhada e escorregou alguns centímetros antes de se estabilizar. Dali, ele pulou para a calçada. O pouso foi difícil.

Havia uma viela a alguns metros, à direita, mas ele não acreditava que ela o levaria à rua a qual precisaria ir. Ryland puxou o ar com força e começou a respirar lentamente. Ele se fundiu com a sombra do prédio, só era possível ouvir o som da chuva caindo. O rugido do vento mostrava sua fúria. As nuvens pairavam no céu, uma forte névoa negra com raios. Por sorte, o raio que caiu não passou perto de Ryland e, assim, ele pôde caminhar silenciosamente pela rua até a esquina na qual o carro o esperava, com o motor ligado e a porta do passageiro aberta.

Ele sentou-se e fechou a porta. Gator partiu depressa e cruzaram a rua cheia de água. Ryland se virou para ver Jeff, deitado, quieto e pálido no banco de trás.

— Ele está consciente?

Ian balançou a cabeça.

— Está sem reflexos desde o ataque. Gator e eu o levamos ao carro, mas não conseguimos levá-lo a outro lugar. Espero que a doutora saiba o que está fazendo, ou vamos perdê-lo.

Fez-se um profundo silêncio no carro. Muitos já tinham morrido. Nenhum deles sabia se aquilo era inevitável ou não.

Lily olhou para fora da janela enquanto a limusine passava pelas ruas molhadas pela chuva. Deixara seu carro pequeno no estacionamento e ficou feliz ao ver que John havia ido buscá-la. Onde estaria Ryland? Será que ele já estaria em sua casa? Ela se sentiu entorpecida de tanto medo que sentiu por ele. Não esperava se sentir daquela maneira. Não conseguia pensar no pai nem na conspiração. Não conseguia pensar nos outros homens em meio à tempestade, tentando encontrar a liberdade. Só conseguia pensar nele. Ryland Miller.

Sentiu saudade. Fechou os olhos e o viu ali, em sua mente, tocando sua pele. Era revoltante, infantil e ilógico, mas nada daquilo importava. Não conseguia parar de pensar em Ryland. Precisava saber se ele estava vivo ou morto. Se estava ferido. Ela se assustou com a forte necessidade de vê-lo, de tocá-lo, de escutar sua voz. Não ousava procurá-lo telepaticamente, não quando as expectativas eram tão grandes e a concentração total dele se fazia necessária onde ele estava.

A porta da enorme garagem se abriu lentamente e a limusine entrou. Para seu alívio, havia diversos outros carros estacionados na garagem. Por um momento, Lily recostou a cabeça contra o apoio do banco e suspirou lentamente. A limusine parou, e o motorista desligou o motor.

— John, obrigada por ter ido me buscar nesta tempestade horrível. Sinto muito por tê-lo feito dirigir, mas eu estava muito cansada, não queria passar a noite na Donovan. — Nada a teria levado a ficar nos laboratórios agora que Ryland não estava mais lá. Era estranho, quase aterrorizante, como se sentia impotente.

— Fico feliz por ter me chamado, senhorita Lily. Estávamos todos preocupados com você. Por que havia tantos guardas cuidando do carro? Eles nunca fizeram isso. — O motorista virou-se a fim de olhar para ela com uma das sobrancelhas erguidas, mas não disse nada a respeito do desaparecimento e do reaparecimento dos carros encharcados na garagem.

– Sinto muito, John, é algo comum no exército. – Lily saiu do carro, remexendo-se. Escutou o vento uivar nas portas da garagem e estremeceu. – Que noite assustadora.

John olhou para ela ao abrir a porta do motorista.

– Você não comeu hoje, não é? Nadinha.

– Pare de se preocupar tanto comigo, John. – Lily inclinou-se e deu um beijo na cabeça dele. – Sou uma mulher forte, não uma coitadinha frágil.

– Tenho a sensação de que sempre me preocuparei com você, Lily. Isso que está acontecendo com seu pai... sinto muito, de verdade. – John balançou a cabeça. – Pensei que ele seria encontrado, que nunca ficaria desaparecido por tanto tempo. Se fosse um sequestro para obter resgate ou mesmo para obter segredos de algum tipo, já teríamos recebido notícias.

Lily percebeu as linhas de expressão no rosto dele, o tom acizentado de sua pele. A dor dele a fazia sofrer, profundamente, afetando sua mente sem proteção. Ela tocou seu braço.

– Sei que você o amava muito, John. Sinto muito por nós dois. – Lily fechou os olhos por um momento, preocupada com Ryland Miller e seus homens. Queria conversar com Arly e ter certeza de que eles haviam chegado e estavam seguros dentro das grossas paredes de sua casa. Sentiu compaixão ao olhar para o motorista.

John, de repente, pareceu frágil e aparentava a idade que tinha. Isso a pegou de surpresa. Ela não queria perdê-lo.

– Ele era meu amigo, Lily, minha família. Conheci o seu pai quando ele era menino. Meu pai trabalhou para a sua família. Acho que fui o único amigo dele na infância. A vida dele era um inferno naquela casa. Os pais e os avós estavam realizando um tipo de experimento para terem um filho de grande inteligência. Ele não era amado, era apenas um produto da criação dos genes certos. Os pais nunca conversavam com ele, a menos que fosse para insistir que ele estudasse. Não podia praticar esportes nem brincar, nem mesmo fazer amizade com outras crianças. Eles queriam um cérebro altamente desenvolvido e tudo o que ele fazia na infância era voltado para esse fim. E quando você – ele hesitou – apareceu, Peter jurou que não seria como os pais. Conversei com ele muitas vezes a respeito de sua ausência. Eu sei que você ficava chateada quando ele não se importava com acontecimentos importantes. – John balançou a cabeça, com tristeza. – Ele amava você, Lily. Mesmo com seu jeito esquisito, ele amava muito você.

Mas Peter Whitney era como os pais. Exatamente igual. Ele seguiu os passos do pai, até algo lhe abrir os olhos. Lily abraçou John ao sair do carro.

– Todo mundo na casa sabe que eu não sou filha biológica dele?

John Brimslow ficou tenso, e deu um passo para trás para olhar para Lily.

– Quem disse isso a você?

– Ele mesmo, em uma carta – ela explicou.

John passou a mão sobre o rosto e então segurou os braços dela.

– Você era tudo para Peter – ele disse, pigarreando. – E para mim. E para todos nós. Você trouxe sol à nossa vida, Lily. Rosa nunca pôde ter filhos. Arly namorou muitas mulheres, mas não aguentava a companhia de ninguém que não fosse ele mesmo por muito tempo. Somos uma família de esquisitos, Lily. Você sempre soube sobre mim, nunca escondi quem sou para você. Construímos a família ao seu redor.

Lily sorriu para ele, agradecida pelas palavras.

– John, você sabe como meu pai me adotou?

John se remexeu, inquieto.

– Seu pai foi para outro país. Algumas pessoas podem dizer que ele comprou você, Lily, não sei a quantia que ele pagou, mas isso importa agora? Você não tinha família e nós também não. – Caminharam juntos pela entrada que levava à casa, Lily com a mão encaixada no braço de John. – Rosa era jovem na época, mal falava a nossa língua, mas era enfermeira e precisava de um emprego para permanecer no país. Peter a colocou para ser sua babá, e ela acabou cuidando da casa. – Ele sorriu.

– Ela não aprovava o meu estilo de vida, no começo. Eu já havia conhecido Harold naquela época e éramos parceiros. Peter nunca me julgou, mas Rosa temeu que eu prejudicasse você com minhas perversões.

– John! – Lily protestou. – Ela nunca, de jeito nenhum, indicou com palavras ou gestos que desaprovava a sua orientação. Rosa sempre fala com muito carinho e respeito sobre você.

– Isso foi no passado, quando você era pequenininha . Ela passou a me aceitar e acabou cuidando de Harold com dedicação. Não sei o que eu teria feito sem ela. – Ele deu um tapinha na mão de Lily. – Ou sem você, Lily. Nunca me esquecerei de você ao meu lado diante do túmulo, me abraçando e chorando comigo.

– Eu amava o Harold, John. Ele fazia parte da família, assim como você, Rosa e Arly. Ainda sinto falta dele, e sei que você também. – Ela parou de andar ao chegar perto da cozinha, onde sabia que Rosa a esperava. – Você tem ido ao médico, feito exames? Quero que descanse e cuide muito bem de si mesmo. Não vou aguentar perder mais ninguém da minha família.

Ele ergueu o queixo e beijou o topo da cabeça dela.

– Quero que se lembre de que é muito importante para nós, Lily. Você tem bastante dinheiro e uma bela casa, e nunca terá de trabalhar se não quiser. Não siga os passos de Peter. Sei que ele andava mais distraído que o normal nas últimas semanas.

Rosa apareceu na porta da cozinha e abraçou Lily. Para horror da moça, a senhora chorava.

– Eu mandei tantas mensagens para você, Lily. Por que não me ligou? Você não avisou que chegaria tarde, e quando eu liguei na Donovan, não me disseram nada, apenas que havia ocorrido um problema.

Lily a abraçou com força, surpresa ao ver que a inabalável Rosa estava tão nervosa com sua demora.

– Deixei meu celular no armário. Sinto muito, Rosa, deveria ter avisado. Foi falta de atenção de minha parte.

– A tempestade estava muito forte. Pensei que você pudesse ter sofrido um acidente. – A cozinheira se agarrou a Lily, abraçando-a e dando-lhe tapinhas nas costas.

— Arly não disse que eu lhe pedi que mandasse John me buscar? — Lily olhou para seu motorista, pedindo ajuda. Rosa costumava ter ataques de mau humor, correr atrás das pessoas pela cozinha com o pano de pratos em punho, mas nunca chorava daquela maneira.

— A polícia não ligou para falar de um acidente, então pensei que você pudesse ter sido sequestrada. Oh, Lily. — Ela se virou de costas para a jovem e cobriu o rosto com as mãos, soluçando descontroladamente.

John a abraçou, franzindo o cenho.

— Rosa, querida, você vai acabar ficando doente. Sente-se, vou fazer um chá para você. — Ele a ajudou a se sentar na primeira cadeira que viu.

Rosa abaixou a cabeça na mesa e continuou chorando.

John levou a chaleira ao fogão para ferver a água. Lily ficou em pé, ao lado da mulher, preocupada com o seu comportamento.

— Rosa, estou muito bem. Pare de chorar. Prometo que vou ligar para você da próxima vez. — Rosa apenas balançou a cabeça. Lily suspirou. — John, acho que devo conversar com Rosa a sós, você se importa em nos dar licença?

John deu um beijo na cabeça de Rosa.

— Não fique tão mal. As coisas têm sido difíceis para todos nós.

Lily esperou a porta da cozinha se fechar.

— O que houve, Rosa? Diga.

Rosa continuou balançando a cabeça, recusando-se a olhar para Lily.

Lily fez o chá com calma, esquentou um pouco de água na chaleira, jogou um pouco fora, antes de colocar as folhas de chá na água fervente. Aquela simples atitude clareou a sua mente e permitiu que seus pensamentos se ordenassem, reunidos de novo. Ela esperou o choro de Rosa se acalmar e colocou a xícara de chá sobre a mesa. O tempo todo, pensava na união das informações: Rosa era uma enfermeira que Peter Whitney havia trazido para aquele país.

— Isso tem alguma coisa a ver com o fato de você ter sido a minha babá quando meu pai me trouxe para cá, com todas as outras menininhas? – Lily fez a pergunta com delicadeza, sem inflexão, sem tom acusador.

Rosa gritou e olhou para Lily, chocada. Havia culpa em seu olhar. Culpa, pesar e remorso.

– Eu nunca deveria ter concordado em fazer aquilo. Eu não tinha para onde ir, Lily, e eu amava você. Eu não podia ter filhos. Você foi a minha filha.

– Por que você nunca me contou a respeito de meu pai, Rosa? – Lily perguntou, enquanto se sentava. – Por que nunca me contou a respeito daquele quarto horrível e de todas as outras menininhas?

Rosa olhou para ela, com medo.

– Shh, nunca fale sobre isso. Ninguém pode saber a respeito daquele quarto nem daquelas pobres meninas. O dr. Whitney não deveria ter contado. Foi errado. Ele percebeu que tinha sido errado e tentou encontrar bons lares para elas. O que ele fez foi cruel, não foi natural. Ele percebeu isso quando você quase morreu.

Lily bebeu um gole de chá. Rosa claramente acreditava que o pai de Lily lhe dissera tudo.

– Minha perna – Lily disse ao pousar a xícara no pires. – Tive muitos pesadelos e meu pai nunca me contou.

– Foi um acidente terrível, Lily. Seu pai ficou arrasado. Ele me prometeu que nunca faria você fazer aquilo outra vez – Rosa sussurrava, claramente com medo de que alguém escutasse.

– John sabia a respeito das outras meninas? Ele sabia a respeito do experimento? – Lily não conseguia olhar para a mulher que a criara. Não conseguia olhar para o rosto dela, cheio de lágrimas, deixando claro que havia muito mais coisas que ela não queria saber.

– Oh, não, Lily – Rosa protestou. – Ele teria quase matado Peter e pediria demissão. Peter precisava de John para mantê-lo humano. Seu pai permitia a presença de poucas pessoas em seu mundo. Eles eram amigos de infância, e John nunca se importou com o jeito excêntrico de Peter.

Lily observava o rosto de Rosa de perto.

– Por que está tão triste, Rosa? Diga-me. Tudo isso aconteceu há muito tempo. Eu nunca poderia culpá-la por algo que meu pai fez. Você é tão vítima quanto eu.

– Não posso contar, Lily. Você nunca me perdoará, e você é a única família que tenho. Esta é a minha casa. John, Arly, você e seu pai são o meu mundo.

– Eu amo você – Lily disse, estendendo o braço sobre a mesa para segurar a mão de Rosa. – Nada mudará isso. Não gosto de vê-la tão chateada assim.

– Arly me disse que alguém entrou na casa. Disse que a pessoa sabia exatamente onde ficam o seu escritório e o antigo escritório de seu pai. Disse que a pessoa tinha os códigos da casa. – Rosa olhou com tristeza para a sua xícara. – Lily deixou o ar sair de seus pulmões. Manteve-se em silêncio, apenas esperando. Apertou a mão de Rosa para confortá-la.

–– Eles me ameaçaram, Lily. Disseram que poderiam fazer com que eu saísse deste país. Disseram que poderiam criar problemas com meus papéis de cidadania. Disseram que eu nunca mais veria você.

– Quem disse isso?

– Dois homens me pararam quando eu estava saindo de meu carro, no mercado. Eles tinham distintivos e usavam ternos.

– Rosa, você sabe que você é legalizada e que o meu dinheiro é o seu dinheiro. Nossos advogados nunca permitiriam que você fosse deportada. Você vive neste país há anos. É uma cidadã com tudo legalizado. Por que acha que poderia ser levada embora?

– Eles me disseram que me levariam para rua, e depois para longe, e que ninguém nunca saberia o que aconteceu comigo. Então, disseram que poderiam fazer você desaparecer também. Eu deveria ter contado isso a você, mas fiquei com medo. Pensei que Arly os pegaria, independentemente de terem os códigos ou não. Ele tem aquele monte de distintivos de que tanto gosta.

Rosa nunca havia prestado atenção à vida que tinha fora da residência dos Whitney. Por ser de criação humilde, e por sentir culpa por ter ajudado no uso das crianças em experimentos, ela se mantinha afastada do mundo.

– Você contou-lhes sobre o laboratório? – perguntou Lily.

– Nunca falo a ninguém sobre aquele local do diabo – Rosa respondeu, assustada. – Tento esquecer que ele existe. Seu pai deveria ter destruído aquilo. – Ela olhou para Lily. – Sinto muito, Lily. Tirei cópia de alguns documentos de seu pai, que ficavam em cima da mesa. Tentei dar-lhes coisas que não tinham importância, mas eu não sabia o que era importante.

Há um traidor em nossa casa. Lily se inclinou e beijou Rosa.

– Você não faz ideia de como me sinto aliviada por saber disso. Sabia que havia alguém aqui em casa passando informações, e pensei que fosse uma questão de dinheiro ou política. Essas pessoas não poderão fazer nada a você, Rosa. – A cozinheira não era uma traidora, apenas uma mulher simples e assustada que havia feito o que podia para fornecer informações de pouca consequência aos homens que a ameaçavam. O alívio foi enorme. – Se eles entrarem em contato de novo, conte a mim ou a Arly.

– Não saio mais de casa, Lily. As nossas compras são entregues aqui. Não quero ver aqueles homens. – Ela se inclinou para Lily, com lágrimas nos olhos. – E se eles forem os homens que fizeram o seu pai desaparecer? Tenho tanta vergonha de mim. Eu deveria ter dito a Arly, mas não queria que ele soubesse que eu tinha conversado com aqueles homens. E se eles a levarem para longe de mim? Estou com medo.

– Ninguém vai me machucar, Rosa. E se você desaparecesse, eu iria ao fim do mundo para encontrá-la. Preciso saber mais algumas coisas a respeito da época em que meu pai contratou você.

Rosa balançou a cabeça e se virou na direção de Lily. Ela suspirou e disse:

– Quando fazemos o mal, ele nos persegue para sempre. Seu pai fez coisas que não eram naturais, e eu o ajudei. Não importa o que fazemos agora, pois teremos de pagar pelo que fizemos no passado.

É só o que posso dizer a esse respeito. Vá dormir, Lily. Você está pálida e parece cansada.

— Rosa, o que eu fiz para chamar a atenção de Peter Whitney? O que me diferenciava das outras? Devia existir outras que faziam as coisas que eu fazia.

— As coisas que ele fez eram erradas, Lily. — Rosa mantinha a cabeça baixa. — Tentei de tudo para compensar o fato de tê-lo ajudado. Não quero pensar naquela época.

— Por favor, Rosa, eu preciso saber.

— Na infância, você fazia as coisas levitarem. Quando você queria o seu leite e nós demorávamos, você conseguia trazê-lo a si. Não é bom pensar nessas coisas. Temos uma vida boa. Essa época ficou para trás. Vá dormir agora.

Rosa beijou Lily e saiu da cozinha, deixando a moça ali, olhando para ela. Lily abaixou a cabeça na pia e gemeu de frustração. Rosa sempre tinha sido teimosa em relação às coisas mais estranhas. Não adiantava pressioná-la para conseguir mais informações. Lily se afastou da pia e passou pela casa escura, a caminho da escada. Lily não gostou de ver Arly esperando por ela no fim da escada. Ela deveria saber que ele estaria ali; sua família costumava vigiá-la.

— Não pensei que você conseguiria voltar. Você me enfiou em uma roubada, Lily.

Lily reprovou a irritação e o tom acusador dele.

— Bem, tive alguns probleminhas com os quais lidar esta noite, Arly. Sinto muito se você foi incomodado e perdeu horas de seu sono de beleza.

— Você está de mau humor hoje.

— Eles conseguiram?

Arly ficou em pé diante dela.

— Agora você quer saber. O problema das mulheres é que elas não sabem estabelecer prioridades.

— Se você me trouxer problemas hoje, Arly, juro que acabo com você. Não estou a fim de inflar seu ego já cheio, alisar suas penas ou escutar suas bobagens.

– Eu sempre disse a seu pai que você tinha uma tendência à violência. Por que não poderia ter sido uma daquelas meninas quietinhas? – Arly provocou.

– Eu tomei a minha decisão depois de passar cinco minutos com você. Decidi que seria uma praga em sua vida – Lily disse, recostando a cabeça no peito dele e olhando para ele. – E sou, não sou, Arly?

Ele deu um beijo em sua cabeça e passou a mão em seus cabelos, como se ela ainda fosse uma criança. Ele suspirou.

– Sim, Lily, definitivamente, você é a maior praga de minha vida. Um dos homens está mal. Disseram que teve um ataque, e todos estão preocupados com uma hemorragia cerebral.

Lily ficou assustada. Suas pernas tremeram e suas mãos agarraram as mangas da camisa de Arly.

– Quem? Qual deles?

Ele deu de ombros, e estranhou a agitação dela.

– Não sei, um cara, um tal de Jeff. Ele é muito rápido.

Lily agradeceu silenciosamente por não ter sido Ryland.

– Leve-me a eles, Arly, e preciso de meu kit médico.

– Tem certeza? Se aqueles homens forem pegos aqui, podemos ter grandes problemas. Está preparada para isso?

– E você, está preparado para o plano B? – perguntou ela.

NOVE

Ryland recebeu Lily à porta, seu olhar brilhante a devorava, analisando cada sombra, percebendo sua palidez. Sem preâmbulos, ele a puxou para seus braços. Precisava dela. Precisava senti-la contra seu corpo. Precisava passar as mãos pelo corpo dela e ter a certeza de que ela não estava ferida.

— Por que, diabos, está tão atrasada? Não pensou que eu ficaria preocupado com você? Estava sem energia para tentar a comunicação por ondas. — Ele a chacoalhou levemente.

Lily recostou-se no corpo forte dele, feliz por ele estar vivo. O coração dele estava tranquilo, e seus músculos estavam sólidos ao toque.

— Eu me preocupei tanto com você, Ryland. Eles me mantiveram nos laboratórios. Precisei conversar com o general McEntire, que estava ali quando a fuga ocorreu. Higgens e Thornton pediram que eu lhes explicasse tudo. — Naquele momento, ela não pensou no motivo pelo qual era importante que Ryland estivesse seguro; apenas lhe importava que estivesse bem, que seu mundo continuasse em pé. Lily já podia voltar a respirar. Ela percebeu que segurava os cabelos de Ryland com força, de modo possessivo. Precisava tocá-lo. Sentiu vontade de chorar de alívio. — Arly me contou que alguém teve um ataque. — *Tive medo que fosse você.* Ela estava revelando muito de seus sentimentos, mas não teve como se controlar.

— Jeff Hollister. Não conseguimos acordá-lo. — Ryland segurou as mãos dela, levou os dedos ao calor de seus lábios, consciente de que não estavam sozinhos. Ele precisava dela desesperadamente.

— Você sabe se ele tomou alguma coisa para dormir ontem à noite?

– Ele estava com dores. A comunicação telepática é difícil em qualquer situação, e ele já estava desgastado. Tentei manter a ponte para todos, mas eu... – ele hesitou, tomado pela culpa. Tinha sido egoísta. Quisera invadir sonhos. Quisera confortar Lily. Estar com ela. Ao utilizar sua energia daquela forma, não conseguira fornecer o suficiente aos outros.

– Ryland, você não é responsável por todos. Não é. – Lily apertou sua mão.

Havia muita compaixão nos olhos dela. Lily conseguia acessá-lo com facilidade. Apenas a maneira como olhava para ele já o fazia se sentir diferente. Ryland gostava dela. Gostava de estar com ela, de escutar sua voz, de observar suas expressões. Lily estava entrando em seu coração, e ele conseguia senti-la ali.

– Claro que é – disse uma voz grave, com um toque de humor.

Lily virou-se e viu Kaden, pronto para brigar por Ryland. Kaden era alto e forte, com músculos volumosos. Um homem de olhos frios e rosto de deus grego. E sorria para ela.

– Pergunte a ele – disse Kaden. – Ryland se considera responsável pelo mundo todo. – Seus olhos pretos se voltaram para Ryland: – E você está fazendo papel de bobo olhando para ela desse jeito, com cara de apaixonado. Está envergonhando todos do sexo masculino.

Ryland ergueu as sobrancelhas.

– É impossível eu fazer papel de bobo.

– Ele também fala sobre você o tempo todo, ninguém consegue calá-lo.

– Você tem o hábito de vigiar as pessoas? – Lily estava tentando não rir. Kaden a fizera corar. Ela havia tentado controlar, mas o olhar de águia dele, definitivamente, havia impedido o controle. Arly a encarava, como se ela tivesse duas cabeças. Resistiu à vontade de dar um chute na canela dele, esforçando-se para parecer serena.

– Sim, senhora, agora que tocou no assunto, posso dizer que se trata de uma de minhas especialidades. – Kaden não parecia arrependido.

Lily rolou os olhos e reassumiu o papel que mais lhe caía bem. Ciência. Lógica. Conhecimento. Qualquer coisa, menos homens.

– Onde vocês colocaram Jeff Hollister? Gostaria de dar uma olhada nele. E vocês se lembraram de trazer aqueles comprimidos para dormir para eu poder ver o que tem neles? – Ao passar por Arly, com a cabeça erguida, ela disse: – Feche a boca, rapaz *geek*, desse jeito, vai comer moscas.

Arly caminhou atrás de Lily, apressando-se para alcançá-la. E, inclinando-se, sussurrou no ouvido dela:

– Não criamos você para ser assanhada.

Ryland viu quando Lily começou a esboçar um sorriso, mas ela conseguiu manter a seriedade, olhando para ele.

– Não sei o que você pensou ter visto, mas já há algum tempo que venho pensando em dizer que você precisa usar o plano oftal-mológico. Pode ser que óculos de fundo de garrafa ajudem.

– Oh, quer que eu acredite que você não o estava adulando como quem adula um gatinho de estimação. Fiquei corado só de ver. Onde você aprendeu a se comportar daquela maneira?

– Sabe aqueles filmes que você assiste o tempo todo, mas que ninguém pode saber? – Lily disse de modo doce. – Você, por aci-dente, os colocou no canal errado. É de surpreender a educação que uma pessoa recebe.

Arly continuou caminhando ao lado dela, sem parar.

– Você sabe o nome dele, pelo menos? Vou contar à Rosa.

– Vá em frente. Conto a ela sobre a sua coleção de filmes.

Ryland riu baixinho.

– Vocês dois parecem dois irmãos briguentos.

– Ela sempre sentiu inveja de meu talento superior – explicou Arly.

– Até parece! A única coisa em você que me causa inveja é seu corpo magricela.

Ryland abriu a porta do quarto do homem ferido. Apesar de Lily ter colocado lâmpadas azuis ali, elas estavam mais fracas e foi difícil enxergar Jeff Hollister, a princípio. Deitado, quieto como estava, com o rosto pálido e os cabelos loiros, ele mais parecia uma estátua de cera. Ela escutou o CD tocando notas suaves de música acima do barulho da chuva – mesmo dentro da casa, com suas grossas paredes, necessárias para o alívio dos homens, era possível ouvir a chuva.

– Jeff é de San Diego, Califórna. É surfista campeão – disse Ryland, abaixando-se para dar um tapinha no ombro do homem. – Ele fala como um tolo, quase tudo é gíria, mas tem um QI alto e é formado pelo MIT. Sua família ficaria arrasada se algo lhe acontecesse. A mãe dele envia biscoitos todos os meses, e ele recebe cartas de todos os seus irmãos.

Lily observou as mãos grandes e marcadas de Ryland pousadas delicadamente no ombro de Jeff Hollister. Sentiu o nó na garganta aumentar. Ryland ficaria tão arrasado quanto a família do moço se ela não conseguisse salvá-lo.

– Você terá de me deixar examiná-lo. Rosa, minha governanta, é enfermeira e, se preciso, posso chamar um médico que seja discreto.

Arly pigarreou.

– Lily, não pode trazer Rosa aqui. Ela não pode saber sobre nada disso. Ela é... estranha – disse.

– Ela não é estranha – Lily defendeu Rosa no mesmo instante, franzindo o cenho para Arly. – Ela simplesmente não acredita em experimentos.

– Eu não estava dizendo nada contra ela, querida – disse Arly, tocando o ombro de Lily em um gesto de solidariedade. – Você sabe como Rosa sempre falou sobre a família dela... muito religiosa.

Lily olhou para Arly por um momento e, então, começou a analisar Hollister.

Ryland balançou a cabeça.

– Não podemos correr o risco de trazer um médico aqui. Se ele precisar de mais cuidados médicos do que você puder oferecer, vou levá-lo a outro lugar. Não vou comprometer a sua segurança mais do que já comprometi.

Lily olhou para ele, e percebeu o brilho em seus olhos. A decisão. O arrependimento que se mostrava em seu rosto e que desapareceu.

— Tudo bem. Quem testemunhou o que aconteceu com ele?

— Eu, senhora — a voz surgiu do canto mais escuro da sala e assustou Lily, que se sobressaltou. Ela se virou, e viu um homem grande aproximando-se dela. Parecia um gigante. Ele era alto e muito musculoso, com cabelos castanhos que pareciam avermelhados àquela luz. Ela ficou surpresa com a discrição dele ao atravessar a sala sem fazer barulho. — Ian McGillicuddy, senhora. Lembra-se de mim?

Como me esqueceria? Ela havia lido seu perfil antes de ir vê-lo, mas não estava preparada para a força que o homem irradiava. Ele tinha olhos castanho-escuros, pungentes e inteligentes. E movia-se com tal velocidade e silêncio que pareciam impossíveis para um homem tão grande.

— Sim, claro. Fico feliz por ver que você está bem, senhor McGillicuddy.

Em algum canto da escuridão, escutou-se um riso abafado pelo uso formal que ela fizera do nome dele. Lily percebeu que os homens estavam mantendo vigília sobre o companheiro prejudicado.

— Pode me chamar de Ian, senhora. Não quero ter de ensinar bons modos a esses caras.

Ela olhou para ele e percebeu um ar de diversão em seu olhar.

— Acho que não poderemos fazer isso. Se você me chamar de Lily, posso deixar de lado o "senhor". Pode descrever tudo o que lembra a respeito da condição dele?

— Ele estava muito pálido. Jeff sempre ficava ao ar livre e tinha um bronzeado que nunca desaparecia. Estivemos trancados e eu não o via já havia algum tempo, mas foi um choque vê-lo tão branco. Ele estava suando e parecia mole. Disse que sua cabeça parecia prestes a explodir. Estava com a mão na nuca o tempo todo. Percebi que ele estava com medo, e Jeff não sente medo de nada. Ele é um daqueles caras meio camicaze, que faz o que tem que ser feito.

— Ele disse se tomou remédio para dormir?

Ian balançou a cabeça.

– Não, mas ele disse que queria dormir para fugir da dor e sonhar com areia, ondas e sua casa, pois era melhor do que saber que estava morrendo de hemorragia cerebral. Ele estava preocupado, com receio de nos atrapalhar, e pediu várias vezes que nós o deixássemos.

– Algum de vocês tomou remédio para dormir? – perguntou Lily.

– De jeito nenhum, senhora. – Um homem alto de pele morena e olhos escuros apareceu das sombras. – O capitão disse que não deveríamos tocar em nada e não tocamos.

– Você é Tucker Addison. – Ela se lembrava dele. Ele havia servido em uma unidade antiterrorista e havia recebido diversas medalhas. – Preciso analisar o pescoço e a nuca dele. Pode ajudar Ian a colocar Jeff de bruços?

– Só queria dizer obrigado, dra. Whitney, por permitir que montemos um posto de comando e um acampamento aqui na sua casa. – As mãos dele, enquanto ajudava Ian a virar Jeff Hollister, foram muito delicadas, tratando o companheiro como se ele fosse um bebê.

Lily se inclinou sobre Jeff Hollister, passando os dedos sobre o crânio dele. A respiração dele estava normal, o pulso constante. A pele estava mais fria do que se esperava, e a pulsação em sua têmpora, forte, mas ele parecia estar dormindo. Cuidadosamente, ela afastou os cabelos dele do pescoço e analisou a pele de sua nuca. Não conseguiu ver nenhum sinal claro de inchaço ou rupturas. Então, com as pontas dos dedos, encontrou as cicatrizes: Jeff com certeza tinha receptores atrás dos ouvidos.

Lily disse um palavrão ao se endireitar.

– Ele foi levado à clínica recentemente? Alguém além de mim o viu a sós? – Ela estava furiosa. Furiosa. Cerrou o punho. Seu pai tinha muito pelo que responder.

Ryland se aproximou rapidamente e passou os dedos ao redor do crânio de Jeff, encontrando as mesmas cicatrizes, atrás das orelhas do homem. Seu rosto ficou tenso, e ele deu um passo para trás.

Tucker e Ian cuidadosamente deitaram Jeff Hollister nos lençóis de novo.

– O que foi? O que vocês encontraram? – perguntou Ian.

O Jogo das Sombras 167

Ryland esticou o braço, e, bem ali, diante de todos os seus homens, começou a abrir os dedos de Lily.

– Jeff andava reclamando de dores de cabeça fortes e alguns dias atrás eles o levaram à clínica, supostamente, fizeram um tratamento. Jeff disse que as dores estavam piores do que antes. Ele parou de usar qualquer forma de telepatia. Nós o carregávamos na onda para mantê-lo no jogo, mas pedimos a ele que não respondesse, a menos que fosse essencial. – Ryland levou a mão de Lily à boca, soprando a palma. – O que foi, Lily, o que você acha que ocorreu aqui?

Ela se afastou dele repentinamente, atravessou a sala, sem perceber que os homens abriam passagem para ela. Ryland começou a protestar, mas Arly balançou a cabeça levemente, indicando que precisava de silêncio.

Ryland observou Lily, os movimentos rápidos e incansáveis de seu corpo, o franzir de seu cenho. Ela estava muito longe deles, computando dados. Enquanto estava ocupada, ele resolveu examinar os homens, passando os dedos cuidadosamente pela cabeça deles, procurando por cicatrizes reveladoras. Checou até mesmo a própria cabeça. Ao ver que todos estavam bem, suspirou de alívio.

– Preciso saber sobre os talentos dele. O que ele consegue fazer? – perguntou Lily.

– Jeff consegue mover objetos. Se você tiver as chaves da cadeia, não as deixe soltas porque ele consegue pegá-las – Tucker disse. – E tem o dom.

Assustada, Lily hesitou, concentrando-se em Tucker.

– Desculpe, não entendi a parte do dom.

– Ele consegue levitar.

– Não consegue, não – Ian rapidamente negou. – Ninguém consegue fazer isso. É um truque e ele gosta de se gabar.

– Ele consegue levitar? – Lily olhou para Ryland para confirmar. – Como ele consegue fazer isso? E como isso combina com as suas habilidades? – Ela já tinha visto as fitas das meninas. Nenhuma delas havia levitado, e ela não havia pensado nessa possibilidade, nem nos usos que aquilo poderia ter. – Como é? Ele simplesmente flutua no ar?

– Fica a uns poucos centímetros do chão. Se ele subir mais do que isso, sente dor de cabeça. Fica com enxaqueca por dias – Ryland explicou. – Algumas das habilidades não valem o esforço necessário para usá-las.

– Quanta prática vocês aplicaram no uso de seus talentos? – perguntou Lily.

Foi Kaden quem respondeu.

– Treinamos juntos como unidade militar por muitos meses enquanto o dr. Whitney, seu pai, fez com que passássemos por uma bateria de testes. Começamos a treinar como uma equipe paranormal sob condições militares. Eu era membro das Forças Especiais. Realizei o treinamento com Ryland. Mas agora sou um cidadão, um detetive de homicídios na força policial. Eu satisfazia os critérios, conversei longamente com Ryland e decidi participar. Quando nossas habilidades foram fortalecidas, trabalhamos juntos por algum tempo. – Ele olhou para os outros em busca de confirmação.

– Cerca de três ou quatro meses – Ian concordou. – Foi maravilhoso. Podíamos fazer todos os tipos de coisas. Era bacana.

– Mas vocês fizeram exercícios para se protegerem de informações e emoções indesejadas? – insistiu Lily.

– A princípio, realizávamos uma grande quantidade de exercícios mentais, mas, então, o coronel Higgens exigiu resultados mais rápidos. Ele queria que nós realizássemos missões de treinamento, e nos colocava contra equipes não paranormais – explicou Kaden.

– Infelizmente, queríamos ação. Ficar sentado em uma salinha com fios na cabeça era entediante – disse Ryland. – Seu pai nos alertou de que era cedo demais. Houve diversas reuniões e, no fim, chegamos a um acordo. Passávamos três dias em campo e dois com eletrodos gravando todos os nossos movimentos.

Lily andou pela sala de novo. Ryland estava começando a reconhecer a emoção contida em seus passos apressados. Ela provavel-

O Jogo das Sombras   169

mente não percebia que estava irada, mas seu corpo denunciava seus sentimentos mais profundos.

– Não acredito que ele permitiria que vocês se safassem assim. Ele sabia que não devia comprometer a segurança, principalmente por ter dados anteriores.

– Dados anteriores? – Kaden repetiu.

Lily parou como se tivesse se esquecido de que eles estavam na mesma sala que ela. Arly fingiu desinteresse no assunto e comentou:

– É isso o que você ganha falando sozinha o tempo todo, acha que está conversando consigo mesma.

Lily resmungou, e continuou:

– Alguém sabe se Hollister consegue entrar em sonhos? – ela evitou os olhos brilhantes de Ryland.

Fez-se um breve silêncio enquanto os homens se entreolhavam.

– Entrar em sonhos é considerado um dom estranho, assim como a levitação – disse Kaden, olhando ao redor, procurando na escuridão. – É um talento inútil.

Ryland deu de ombros.

– O dr. Whitney, o seu pai, disse que entrar em um sonho com outra pessoa podia ser perigoso e que não deveríamos fazer isso.

– Vocês tentaram? – Kaden perguntou. – Vocês deveriam ter me dito, Ryland. Sabem que a regra número um é sempre ter uma âncora. Whitney sempre nos ensinou isso.

– Isso é um dom estranho – murmurou Tucker.

– Descobri que conseguia fazer isso sem querer – Ryland suspirou. – Conversei com o dr. Whitney, e ele garantiu que era perigoso demais. Na época, perguntei-lhe se algum dos outros conseguia entrar em sonhos, e ele disse que sim, um ou dois. – Ele olhou ao redor. – Mais alguém tentou?

Houve um leve movimento no canto do lado mais distante da sala. Todos se viraram para ver o homem sentado, em silêncio, nas sombras. Lily sentiu a força crua da escuridão, algo letal, perigosamente perto. Ela tentou ver os traços, mas a luz fraca da lâmpada não permitia.

– Nico? – chamou Ryland. – Você consegue entrar em sonhos?

– Sempre consegui entrar em sonhos. – A voz combinava com a imagem, fazendo Lily sentir um arrepio de medo. Ela sabia quem ele era. Nicolas Trevane. Nascido e criado em uma reserva até o décimo ano de vida. Vivera mais dez anos no Japão. Um atirador de elite do exército com muitas medalhas e mais habilidades do que Lily podia imaginar. Ela se lembrou dos olhos dele, analisando-a, enquanto permanecia sentado, totalmente parado, no meio de sua jaula. Mesmo atrás das grades, ele a havia irritado, dando a forte impressão de um predador perigoso que simplesmente espera por sua chance.

– Meu pai disse "um ou dois". Se Ryland e o senhor Trevane conseguem entrar em sonhos, e ninguém mais está admitindo isso, existe a possibilidade de que o senhor Hollister também consiga – Lily pensou em voz alta, já caminhando em direção à porta, passando por um grupo de homens.

– Lily – Ryland disse rapidamente –, aonde está indo?

Ela parou, surpresa.

– Sinto muito... observe-o, pois ele tem pulsação e está respirando normalmente. Preciso fazer uma pesquisa. Não quero arriscar tentar acordá-lo se não for seguro. Então, deixe-o aqui, apenas observe-o com atenção.

Ryland saiu com ela, seguindo-a pelo corredor.

– Converse comigo, Lily... o que está acontecendo com ele? De que você suspeita?

– Acho que alguém pode ter pulsado eletricidade em seu cérebro, causando uma onda concentrada em um pequeno ponto. – Ela caminhava depressa, pensando em todas as possibilidades. – Preciso de mais informações para realizar qualquer análise lógica, mas tenho minhas suspeitas. As hemorragias cerebrais são um efeito colateral, por mais raro que seja.

Ryland segurou o braço dela, impedindo-a de avançar, forçando-a a encará-lo.

– Pare um pouco e explique isso para mim. Sinto muito por não estar acompanhando o seu raciocínio, mas, se você acha que tem alguém aplicando choques em meus homens, fazendo neles um tipo de lobotomia elétrica, acho importante que eu saiba. – Ryland a chacoalhou levemente. – O que eles fizeram com meus homens?

– Não sei, sinceramente, Ryland. Tenho algumas suspeitas, mas não adianta fazer acusações sem fundamento.

– Aonde você vai? – O brilho em seus olhos indicava que ele vivia uma turbulência dentro de si.

Lily esperou um segundo antes de responder, perturbada pelo tom dele.

– Acabei de dizer que preciso de mais informações. Pretendo consultar as anotações de meu pai. – Ela tentou disfarçar a irritação, reconhecendo que ele tinha o direito de se irritar com possíveis ameaças a seus homens. Lily sabia que costumava ser ríspida quando estava pensando em outra coisa. Arly dizia isso diversas vezes e afirmava que o pai dela tinha o mesmo comportamento.

Ryland pousou a mão na nuca de Lily e a puxou para si com força.

– Quero alguma explicação, seja técnica ou não. Não sou idiota, Lily, e tenho o direito de avaliar o que ameaça meus homens.

Lily soltou o ar lentamente. Segurando o rosto dele entre as mãos, disse:

– Sinto muito se passei a impressão de que acredito que você não entenderia. Eu costumo me envolver com o trabalho e esquecer do que está acontecendo ao meu redor. E me esqueço de tudo e de todos ao me redor.

Ryland simplesmente encostou a cabeça dela na dele e beijou seus lábios. O tempo parou. As paredes desapareceram quando ele derrubou as barreiras do mundo e a levou às estrelas. Ela o abraçou, seu corpo moldando-se imediatamente ao dele.

– Sempre pensei – Arly disse em voz alta, aparecendo atrás dele –, que ficar de amassos no corredor fosse coisa de adolescente.

Ryland não se apressou, beijou Lily como quis. Quando, relutantemente, olhou para a frente, disse a Arly:

– Interessante o seu ponto de vista, mas, na minha opinião, beijar Lily em qualquer lugar e em qualquer momento é essencial.

– Eu não sabia disso, Arly, porque não frequentei a escola na adolescência e nunca beijei no corredor – Lily disse, fazendo careta ao passar por ele, rumo à longa escada que levava aos andares inferiores.

– Por ser alguém sem experiência, posso dizer que você é excelente em beijar no corredor – Ryland disse, caminhando ao lado dela.

– Obrigada – Lily respondeu. – Tenho certeza de que poderia ter feito muito melhor se Arly tivesse me dado mais alguns minutos.

– Oh, não, você foi ótima – Ryland disse-lhe. – Eu só queria que você se lembrasse de que eu estava por perto. No corredor ou não, queria que você se lembrasse de minha existência.

Lily riu brevemente, mas seu sorriso desapareceu quando ela desceu as escadas correndo.

Ryland viu o olhar distante tomar conta de seu rosto de novo e suspirou. Arly balançou a cabeça.

– Ela é brilhante, sabe? Parece uma máquina quando colocamos dados nela. Poucas pessoas no mundo conseguem fazer isso.

– É meio complicado para o ego de um homem – Ryland assentiu, mas continuou franzindo o cenho.

– Ela é uma pessoa especial, Miller. Diferente de maneiras que você nem imagina. E escolheu você. – Arly olhou bem para Ryland. Viu as mãos marcadas com evidências de luta, viu o corpo musculoso e atarracado e o rosto sério. – Além do fato de você provavelmente ser um dos homens mais procurados pelo FBI, tem outras qualificações a respeito das quais devo saber?

– Qualificações? – Ryland repetiu. – Está perguntando, indiretamente, quais são as minhas intenções?

– Ainda não – Arly foi honesto. – Primeiro, queria descobrir se pretendo perguntar quais são as suas intenções. Ainda não sei. Pode ser que eu queira dispensá-lo.

– Entendi. Você tem alguma coisa contra o exército?

– Além do fato de você ser viciado em adrenalina, provavelmente, caso contrário não teria nem chegado perto das Forças Especiais, do dr. Whitney e de seus experimentos malucos? Ou do fato de caras como você acabarem mortos por não saberem que as coisas têm limites? Ou do fato de você encantar as mulheres? – Arly indicou as mãos de Ryland com o queixo. – E de você provavelmente já ter ido para a prisão mais de uma vez por causa de brigas.

– Diga-me o que acha de verdade, não desperdice meus sentimentos – Ryland disse, suavemente.

– Não foi essa a minha intenção. Lily é como uma filha para mim. Ela é minha família. Você vai perceber que as pessoas desta casa a amam e fazem qualquer coisa para protegê-la. E ela é mais rica do que você pensa. Não precisa de um interesseiro que queira conquistá-la com alguns beijinhos.

– Agora você está se arriscando – Ryland avisou. – Não me interesso nem um pouco pelo dinheiro de Lily. Por mim, ela pode doar tudo para a caridade. Sou perfeitamente capaz de sustentar nós dois.

Arly levantou as sobrancelhas.

– Você é muito arrogante. Ótimo. Isso vai combinar perfeitamente com a personalidade deliciosa dela. – Ele ficou calado por alguns momentos, pensando sobre como dizer. – Lily não é como todo mundo, Miller. Ela tem necessidades especiais, e seu cérebro precisa de informações constantes para continuar trabalhando. Sem isso, ela não fica bem. Assim como seus homens precisam de circunstâncias especiais em casa e no ambiente de trabalho, Lily também precisa. Estou dizendo isso a você para quando tudo estiver resolvido, acho que você está sendo sincero, e ela é tão teimosa que eu não vou conseguir convencê-la a se afastar de você se ela quiser ficar perto.

– Sei que ela precisa de cuidados.

– Não de cuidados, Miller. Desta casa. Destas paredes. De pessoas como eu perto dela, que não acabarão com sua energia dia e noite com emoções indesejadas. Ela se esforça porque seu pai a criou assim. Você não vai conseguir tirá-la daqui por muito tempo.

— Ela disse que havia outras. Que devem ser mulheres agora. E elas? Como sobreviveram sem os benefícios do dinheiro de Whitney e seu ambiente protegido? – perguntou Ryland, curioso.

Arly engoliu em seco diversas vezes. Por fim, ele respondeu desanimado:

— Não sei de outras meninas. Eu cuido da Lily e para mim basta.

Eles tiveram de descer a escada correndo e passar pelo labirinto de corredores para alcançar Lily. Ela havia parado diante da porta do escritório do pai e inserido o código para destrancar a porta. Quando esta se abriu, ela hesitou, olhando ao redor com cuidado.

— Tem certeza de que nenhuma câmera foi instalada nesta área, Arly? E você vasculhou o escritório de meu pai de novo, certo?

— Há algumas horas, depois de a faxineira partir – Arly admitiu. – É onde estamos mais vulneráveis. Precisamos dos funcionários, mas eles não são necessariamente leais à propriedade. Não importa quanto lhes paguemos, se recebem propostas com valores mais altos, fornecem informações e talvez até cheguem a ponto de invadir áreas restritas e instalar pequenos equipamentos de escuta.

— Montei um posto de comando no terceiro andar – disse Ryland. – Mapeamos diversas rotas de fuga, desde o telhado até os túneis. Ainda bem que temos detectores de movimento, Arly. Eles certamente fazem os homens se sentirem mais seguros.

— Não pode sair dos parâmetros que dei a você – Arly avisou. – Não poderemos garantir sua segurança se fizer isso. Lily me disse que vai trabalhar com você e com os outros a fim de preparar todos para o ambiente externo. Ela espera minimizar os riscos de complicações. Enquanto isso, você precisa saber que os funcionários do dia são o nosso maior risco de segurança.

Lily deu um passo para trás para permitir que os dois homens entrassem antes dela no escritório. Queria ter certeza de que a porta ficaria trancada. Arly havia mudado o código de segurança, para o caso de outro invasor entrar na casa.

— Vou monitorar a casa de meus aposentos. Você ficará bem? – Arly ignorou Ryland totalmente, e fez a pergunta apenas a Lily.

— Acredito que o capitão Miller tem muitas habilidades — ela disse.

— É disso que tenho medo — disse Arly. Em uma demonstração rara de afeto, ele se inclinou para beijar o rosto dela. — Você não está usando seu relógio. E parece cansada. Talvez devesse dormir por algumas horas antes de começar a pesquisar de novo, Lily.

— Isso não pode esperar, Arly, mas obrigada por se preocupar. Vou para a cama assim que puder, e dormirei o dia todo.

— E fique com o seu relógio.

— Não se preocupe comigo, Arly — ela disse, abraçando seu corpo magro.

Ryland observou o homem mais velho se afastar.

— Ele é durão quando o assunto é você. Me deu um alerta. Acredito que ele seria capaz de me atacar se achasse que eu não estava sendo honesto. — Ele observou com interesse quando Lily se aproximou do relógio do avô e fez algo com a mão que ele não conseguiu ver. Ficou surpreso quando a parte da frente do relógio se moveu para a frente e revelou uma câmara escondida na parede. E, então, viu uma abertura no chão. — A casa tem muitos cômodos assim? — Ryland a seguiu escada abaixo. Seus ombros resvalavam nas paredes dos dois lados.

— Bem, se quer saber se há passagens secretas, sim, e quartos escondidos, mas não há evidência desta escada. Ela está entre duas das paredes do porão e leva para um espaço abaixo dos porões subterrâneos. Não acredito que constassem da planta baixa, então o laboratório de meu pai é realmente secreto. Ele tem equipamentos modernos, assim como uma biblioteca de documentos a respeito de seus primeiros experimentos, além de material a respeito de você e seus homens.

— Explique para mim os pulsos elétricos, Lily. Precisamos entender o que Jeff está enfrentando. — Ryland olhou ao redor, surpreso com os detalhes do laboratório secreto de Peter Whitney. Mas não deveria se surpreender, porque a pesquisa era a vida de Whitney, e ele tinha dinheiro para satisfazer suas necessidades, mas aquele tipo de equipamento só era encontrado nos melhores centros de pesquisa.

– Pensar nas hemorragias cerebrais como efeito colateral me deixa mal – disse Lily enquanto começava a analisar as datas na coleção de vídeos. – Todo mundo parece aceitar isso como normal, mas não é. É totalmente raro. Os ataques teriam de ser fortes e contínuos para causarem sangramentos. E o que tem causado os ataques? Exposição prolongada a ondas altamente emocionais de energia? Usar a telepatia sem uma âncora ou um salva-vidas? Isso poderia acontecer, o cérebro fica sobrecarregado, lixo demais entra... mas seria mais provável que produzisse enxaquecas fortes. Tenho atuado há anos superestimulada por emoções e informações indesejadas. Sim, tenho enxaquecas, e é muito desgastante, mas não sofro desmaios nem sangramentos cerebrais.

– Ainda não sei o que quer dizer. Perdemos dois homens por conta de hemorragias cerebrais; pelo menos foi o que disseram que aconteceu.

Lily inseriu um disco no computador.

– Meu pai tentava usar pequenos pulsos de eletricidade para estimular a atividade cerebral em seus primeiros experimentos. Cirurgicamente, ele implantou eletrodos diretamente nas áreas que queria melhorar. Os microeletrodos gravavam a ação gerada pelos neurônios individuais. Os sinais elétricos eram amplificados, filtrados e podiam ser mostrados visualmente e até convertidos em sons por meio de um audiômetro.

– Ele observava as ondas cerebrais reagirem? – Ryland analisou os dados que piscavam na tela a uma velocidade que ele não conseguia acompanhar, mas, mesmo falando, Lily parecia computar tudo. Ele observou a expressão no rosto dela mudando: interesse, um franzir de cenho, uma pausa leve enquanto ela balançava a cabeça, e, então mais dados.

– E escutava as ondas. Os neurônios têm padrões de atividade que podem ser visualizados e ouvidos – ela murmurou a informação, distraidamente, olhando para a tela mais de perto.

– Caramba, Lily! Está me dizendo que temos algo implantado em nossa mente além de tudo o que tem sido feito? Ninguém concordou com isso. – Ele esfregou as têmporas latejantes, sentindo a fúria em sua garganta.

– Jeff Hollister tem evidências de cirurgia, mas não consigo imaginar meu pai repetindo um erro tão grande. – Um dos raros efeitos colaterais que ele descobriu há muito tempo foram as hemorragias cerebrais, e ele determinou que não valia a pena pelos resultados.

– Então você acha que todos nós temos essas coisas implantadas? – Ele começou a esfregar as mãos pela cabeça sem parar, à procura de cicatrizes. Era uma ideia assustadora.

Lily balançou a cabeça.

– É um procedimento complexo. Eles teriam de instalar uma estrutura nele, à qual ligariam a seu crânio e a uma mesa. Precisa ser feito com o paciente acordado, por isso ele saberia que estava sendo realizada. Um computador é usado para que a imagem saia exata. É muito preciso, Ryland, a pessoa teria de saber que isso estava sendo feito.

Ryland grunhiu um palavrão, caminhando de um lado a outro.

– Se alguém quisesse causar acidentes ou estivesse tentando fazer com que o experimento fosse um fracasso, poderia ter feito algo a qualquer um de nós na unidade de cirurgia da Donovan. Eles, com certeza, têm equipamento para isso.

– O quê? Sabotagem? – perguntou Lily.

– Malditos! – Ryland praguejou, passando a mão pelos cabelos.

– Na maior parte do tempo, esse tipo de conspiração envolve dinheiro. Ou política. Se fizessem parecer que vocês todos corriam risco fora do laboratório, e que não poderiam ser usados para propósitos militares, mas continuassem o experimento, a informação poderia ser facilmente vendida a um país estrangeiro.

– Como alguém poderia saber a respeito dos eletrodos na cabeça que causavam hemorragias cerebrais? Eu não sabia – admitiu Ryland. – Se Higgens estiver por trás disso, como ele saberia?

– Thornton saberia. – E, ao ver que ele estava confuso, ela explicou: – O presidente da Donovan. Alguns anos atrás, médicos começaram as pesquisas para um projeto usando profundo estímulo cerebral para o mal de Parkinson. A ideia certamente é válida, e outros pesquisadores ficaram muito interessados em ver para que mais o processo poderia ser usado. Thornton e eu tivemos uma conversa muito longa a respeito disso há alguns meses. Eu me lembro, porque ele estava muito interessado no procedimento e em seus usos. Se meu pai mencionou que havia pensado nisso e considerado a ideia perigosa demais e, se estavam procurando por uma maneira de sabotar o experimento, isso pode ter sido de grande interesse.

Ela parecia tão fascinada que Ryland ficou irritado.

– Droga, Lily, existe a possibilidade de termos eletrodos no cérebro e não conseguirmos senti-los? E se tivermos, o que eles estão fazendo conosco?

– Haveria evidência, Ryland. Além disso, meu pai disse que não arriscaria, de jeito nenhum, repetir os problemas associados ao primeiro experimento, ainda que dessa vez ele conseguisse cuidar de um ponto-chave com extrema exatidão. – Ela olhou para ele. – O relatório da autópsia foi realizado na Donovan, e meu pai não acreditou nele. Suspeitava que havia alguém mexendo com vocês, mas não tinha certeza. Veja isto, Ryland – ela disse, apontando para a tela. – Meu pai tentou falar várias vezes com o general Ranier. Na verdade, conversou muitas vezes com o assistente dele, gravou tudo, e parece que as fitas estão aqui em algum lugar. Ranier não retornou as ligações dele. Meu pai enviou quatro cartas e diversos e-mails, e também nenhum foi respondido. – Ela deu um tapinha no computador. – Está bem aqui, nos diários dele. General Ranier é um amigo da família. Eu não tinha ideia de que meu pai tentava entrar em contato com ele com tanta frequência.

Ryland começou a andar de um lado para outro, xingando.

Lily estava inquieta, cansada, com olheiras mais profundas do que nunca. Ele queria abraçá-la com força. Levá-la para a cama e cobrir o corpo dela com o dele, de modo protetor. Então, Ryland levou as mãos aos ombros dela e começou uma massagem relaxante.

– Você precisa se deitar um pouco, Lily. Deveria ir para a cama. Se Jeff está seguro por enquanto, então você deveria dormir um pouco.

– Estou cansada – ela admitiu. – Só tenho mais algumas coisas para fazer e então verei Jeff de novo.

– Como eles aplicavam a eletricidade? – perguntou Ryland, curioso.

Ela analisou o terceiro disco rapidamente, parando duas vezes para absorver o material mais técnico.

– Se for oficial, a pessoa usa um pequeno dispositivo de ativação, como um marca-passo, e o aciona. É magnético. O menor pulso possível seria fornecido. Nenhum de vocês tem um dispositivo de ativação, por isso, se aconteceu com Jeff, os eletrodos foram colocados sem o conhecimento ou a permissão dele e, então, ele passou a ser sujeitado a uma alta frequência magnética fornecida por uma fonte externa. É uma hipótese, Ryland, não tenho certeza de como ou mesmo se isso pode ser feito.

– Por quê? Qual seria o motivo de fazer isso com ele?

– Para matá-lo, claro. – Lily desligou o computador.

– Venha. Vamos vê-lo. A noite tem sido longa.

Ele segurou a mão dela.

– E um dia mais longo ainda – ele concordou.

DEZ

|||||||||||||||||||||||||||||||||||||||||||||||||||

Preciso de você. Lily acordou assustada, com o coração acelerado por medo ou, talvez, ansiedade, com os olhos tentando se focar na escuridão, nos cantos do quarto. A voz era clara e forte. Tomada de desejo. Não um sonho dessa vez. Ryland estava no mesmo quarto que ela.

Ela se virou e olhou embaixo da cama. Rindo de sua tolice, Lily voltou a cabeça para o travesseiro, olhando para o teto. O som de sua voz ajudava a diminuir a decepção que tomava conta dela. Ela sentiu saudade. Sentia muita saudade de Ryland Miller. O brilho de seus olhos. A tentação de sua boca. Seu corpo. Ela sonhava com o corpo dele. Sonhava em abraçá-lo, suas mãos e sua boca tocando-a, saboreando-a. Queria a sensação de sua pele. Ela acordou ardendo de desejo e sozinha. Oca, vazia e mal-humorada.

Depois de deixá-lo com Jeff Hollister, Lily voltou para o laboratório secreto de seu pai, querendo ler mais de seus diários. Ela temia fazer qualquer coisa que pudesse prejudicar o oficial, mas Ryland havia pedido que não levassem ajuda médica. Ela trabalhou a maior parte da manhã e da tarde, indo para a cama antes das cinco. Obviamente, Lily havia dormido à noite.

Ela não queria pesquisar sobre Ryland. Pensar nele interferia em sua habilidade de se concentrar em ajudá-lo. Era bem mais importante encontrar respostas. Ela havia fornecido-lhe uma fuga segura e muita comida. Envolver-se mais com ele poderia estragar tudo, ela disse a si mesma, com firmeza. A melhor maneira de ajudar Ryland Miller e os outros era descobrir tudo o que pudesse a respeito de como seu pai havia conseguido abrir o cérebro deles para as ondas de energia.

Lily passou a mão pelos cabelos, que caíam em seu rosto. Ela nunca se esqueceria do sonho erótico que tinham compartilhado. Era muito fácil não ter pudores em um sonho, mas ela não sabia como se comportar com um homem de carne e osso, esperando um sinal. Por que ela havia compartilhado aquele sonho com ele? Ela corou, gemeu e escondeu o rosto com as mãos.

— Pense em outra coisa, Lily. Pelo amor de Deus, você é uma mulher feita. É essencial encontrar as respostas. Pare de pensar nele! — Lily tentou ser firme consigo mesma, forçando sua mente a pensar em outras coisas que não fossem homens másculos e excitantes. Ela suspirou. — Certo, Lily, concentre-se. O coronel Higgens vai desconfiar de você. Mais cedo ou mais tarde, ele vai descobrir uma maneira de burlar a segurança. Arly acha que ele faz milagres.

Lily jogou os cobertores para o lado e caminhou pelo quarto, até o banheiro, descalça. Estava usando apenas uma camisa comprida. A camisa de Ryland. Ela continuava com o cheiro dele, envolvendo-a em sua presença como um abraço. Ela a havia roubado, um impulso patético do qual se envergonhava um pouco, mas sentia-se muito feliz por ter tido coragem. Ela havia sido deixada no laboratório com as outras roupas dele, prontas para serem mandadas para a lavanderia. Não conseguia acreditar que estava roubando camisas. Era mais do que patético. Era totalmente maluco.

Enquanto lavava o rosto, demoradamente, Lily usou a oportunidade para repreender a si mesma. Olhou-se no espelho.

— Você não o quer, Lily, você quer ser amada como é, não porque ambos têm uma forte química. — Seus olhos eram grandes demais. Sua pele, pálida demais. Por que ela não havia nascido linda e magra como uma modelo, com um bronzeado eterno?

Gosto de química forte. A voz entrou em sua mente. Passou por seu corpo como um toque físico.

Lily ficou tensa, segurando a borda da pia. Usando o espelho, ela analisou o cômodo com atenção. Uma coisa era sonhar com ele, outra era encará-lo, sozinha e vulnerável, na privacidade de seus aposentos. A conexão era forte demais entre eles. Ela não acreditava naquilo... nem nele.

– Você está aqui comigo? Porque é melhor que não esteja. Você tem uma área determinada de segurança, e esta não inclui o meu quarto.

Ela fez a pergunta em voz alta, queria que ele respondesse em voz alta também. A intimidade entre eles, em sua mente, já era bem forte. Seus pensamentos. Suas fantasias. Ela estava enrubescendo, pois o sangue se espalhou para outras áreas de seu corpo.

Gosto de suas fantasias. Ryland ronronou. Como um grande gato. Ronronou de modo que sua voz vibrou pelo corpo dela, incendiando-a.

Ele não podia estar naquele cômodo. Seria melhor que não estivesse. O coração de Lily batia forte em uma mistura de medo e excitação. Ela queria vê-lo, mas sentia medo de ficar sozinha com ele. E estava vestindo sua camisa... talvez ela o desejasse tanto a ponto de estar imaginando coisas. Lily fechou os olhos. A imaginação já a havia colocado em apuros uma vez; ela não queria que acontecesse de novo.

Mãos subiram por suas coxas, afastando as pontas da camisa, subindo pela curva de seus quadris, envolvendo seu tórax, e subiram mais, até conter os seus seios naquelas palmas ásperas. Lily abriu os olhos e viu o rosto dele diante de si. De verdade. Ryland perto dela. Seu corpo, duro e quente, pressionado contra suas costas. Suas mãos, sob o fino tecido da camisa, eram possessivas, com os polegares acariciando seus mamilos.

Ryland observou o rosto dela pelo espelho. O medo surgindo. O choque. O prazer. Ele inclinou a cabeça levemente para a frente a fim de poder roçar os lábios no pescoço dela.

– Não se preocupe, Lily. Eu conheço você. Sei o que você quer. Sei do que você precisa agora. Eu também preciso. O resto virá depois...

O desejo era uma onda de calor passando pelo corpo dela, avivando todas as suas terminações nervosas. Lily se assustou, segurando a beirada da pia com força. Ela deveria estar protestando. Mas, em vez disso, ficou muito quieta, absorvendo a sensação das mãos dele em seu corpo.

— Está maluco? Como me encontrou? Você não deveria estar aqui, Ryland. — Ela o desejava mais do que desejava viver. Mas não era o que ele imaginava. Ela nunca poderia viver na realidade a fantasia erótica que tinham criado.

Ryland passou os dentes pelo pescoço dela, lentamente, fazendo-a estremecer de desejo.

— Você achou que alguma coisa poderia me manter longe de você? — Ele segurava os seios dela com intensidade. — Não tema, Lily. O que fizermos será mantido entre nós dois.

Ela não conseguiu controlar a onda de excitação que percorreu seu corpo, ainda que sua mente a alertasse para a falta de experiência real. Eles se entreolharam pelo espelho. Ela conseguiu ver o desejo dele. Forte e verdadeiro. Havia linhas de expressão em seu rosto que ela não tinha visto antes. Havia sombras e ansiedade no contorno sensual de sua boca.

Lily respirou profundamente, queria dizer que aquilo era errado, que não se amavam, que era apenas uma reação química. Queria dizer qualquer coisa que o afastasse, mas ele a puxou para mais perto, acomodou o corpo dela contra o dele. Ela conseguiu sentir a ereção dele contra ela, evidência das exigências urgentes do corpo dele. Ela tinha a sensação de que pertencia a ele. Que deveria ficar com ele. Não mais como Lily, mas, sim, como uma parte de Ryland. Como se Lily não existisse sem ele.

— Tem sido um inferno ficar sem você, Lily. Não sei explicar de nenhuma outra maneira. Com você, consigo viver. Consigo controlar o que acontece comigo.

— Você não está se controlando agora. — Ela não tinha certeza se queria que ele se controlasse. Uma das mãos estava escorregando levemente pela barriga dela, e os dedos dele se moviam em uma massagem impossível de ignorar. Lily fechou os olhos com aquela sensação e sentiu arder lágrimas em seus olhos.

No mesmo instante, a mão dele parou de se mover. Ele prendeu a respiração.

— Não faça isso. Não sofra desse jeito. — Relutantemente, ele afastou as mãos do corpo dela. Ele a virou para o abrigo de seu peito, com os braços envolvendo-a. O corpo dele era protetor, as mãos macias enquanto acariciavam seus cabelos sedosos.

— Sei que está confusa agora. Sei que acha que o que existe entre nós não é real, que a emoção está sendo reforçada, mas você está enganada, Lily. Eu penso em você o tempo todo. Em como está, em como está se sentindo. Amo a sua voz, o seu sorriso. Não é apenas sexo.

— Não é isso — Lily virou a cabeça para repousá-la exatamente onde o coração dele batia, ritmado. Estava acontecendo tudo de novo. Sempre que estava perto dele, ela não conseguia negar nada. Não conseguiu olhar para ele. Não sabia se conseguiria olhar para ela de novo. — Não quero que você se decepcione.

Ryland ficou parado. Era a última coisa que ele esperava escutar.

Lily era o ápice da autoconfiança. Era linda, perfeita e sua boca era um pecado.

— Lily, querida, olhe para mim. — Sem nada dizer, ela balançou a cabeça. Ryland acariciou seus cabelos, prendendo seus cachos nas mãos. Ele inclinou a cabeça, inspirou seu perfume. Lily. Sua Lily. — Seria impossível me decepcionar com você.

Ela se afastou do calor dele, de seu corpo rígido.

— Você não deveria estar aqui. E não quero que fale sobre isto. — Era humilhante demais. Ela já estava fazendo papel de tola. Lily pensou em aumentar a distância entre eles, mas estavam dentro de um banheiro, e ela estava encostada na pia. Ryland era um homem grande, com os grandes ombros preenchendo o espaço, seu corpo bloqueando a porta. Ela olhou para ele, balançando a cabeça, com os olhos azuis tristes: — Você vai esperar que eu seja como... — Ela franziu o cenho, balançou a mão, pensando em uma palavra. — Ela. *Sua mulher da fantasia que é capaz de fazer tudo. Qualquer coisa.* — Lily corou de novo, esperando que a escuridão disfarçasse aquela situação.

Ryland estendeu a mão, entrelaçou os dedos nos dela e puxou até ela segui-lo, com relutância, para dentro do quarto escuro.

— Acho que precisamos conversar, Lily.

O coração dela acelerou. Ela deixou que ele a puxasse em direção à grande poltrona ao lado de um alto abajur. Era totalmente ridícula a maneira com que ele conseguia fazê-la se sentir impotente apenas com o tom aveludado de sua voz. Lily sentiu o corpo amolecer, e não conseguiu mais pensar com clareza.

Ryland se sentou confortavelmente, e puxou Lily pela mão até ela cair em cima dele. Ele a acomodou em seu colo, consciente de que ela não vestia nada por baixo da camisa. A camisa dele. Ele gostou de vê-la vestindo sua camisa.

— Não acho que uma conversinha resolva, Ryland. Não posso ser a mulher de seus sonhos. Nunca estive com um homem. Foi tudo imaginação e coisas que li.

— Quero ler os livros que você tem lido. — As mãos dele pareciam ter vida própria, passando por suas coxas nuas, com movimentos longos e delicados para sentir a pele, macia como pétala de rosa. Ele sempre soube que a pele dela seria daquele jeito. Era impossível tirar as mãos de cima dela.

As mãos dele seguiram o caminho das coxas, e fizeram a curva para tocar suas nádegas nuas, massageando-as e acariciando-as a ponto de Lily pensar que enlouqueceria.

— Ryland, não vai ser como foi no sonho. — Ela estava lhe fazendo uma súplica, mas não sabia se queria que ele acatasse ou se queria que a convencesse do contrário.

— Espero que não seja. Quero que seja real. Quero entrar no seu corpo. Quero que as suas mãos toquem o meu corpo de verdade. Não importa que você não tenha experiência, Lily. Só importa que vamos satisfazer um ao outro, deliciar-se um com o outro.

— Você acha que está facilitando as coisas para nós? — Lily sobressaltou-se, como se o toque dele a queimasse. Estava ardendo. Ela respirava com dificuldade enquanto caminhava pelo piso de madeira, de um lado para o outro, confusa e um pouco desorientada. Ela detestava ser tão covarde. Eles podiam se dar muito bem e, então, ele podia desaparecer e deixá-la. – E o que você acha que vai acontecer se nós... se eu permitir que você... – Ela olhou para ele e desviou o olhar. – Depois de...

As pernas dele estavam esticadas de modo confortável, e ele a observava, passando o olhar lentamente por seu corpo, com desejo. Devorando cada pedaço dela. De repente, ela se deu conta de que estava nua sob a camisa. Sentiu os seios rígidos e o corpo pesado, latejante. Por ele.

– Depois... – ele disse –, espero começar tudo de novo. E de novo. E de novo. Nunca será o suficiente para mim.

– Nós dois sabemos que você terá de me deixar, mais cedo ou mais tarde – Lily balançou a cabeça e se afastou dele. – Vai ser muito mais difícil quando você tiver de ir.

Ele se ergueu de uma vez só, colocando-se em pé no chão do quarto. Lily deu alguns passos para trás.

– Não vai ser muito mais difícil do que já é, Lily – a voz dele penetrou a corrente sanguínea dela, criando um rio de lava. Ele estendeu o braço com muita rapidez e segurou o pulso dela com os dedos.

A princípio, Lily ficou parada, sentindo o estômago revirar. Ela o desejava. Se fechasse os olhos para bloquear a visão que tinha dele, não faria diferença. Ele já estava dentro dela. E o que seria pior: tê-lo ou observá-lo se afastando? Ou nunca tê-lo e sentir-se vazia pelo resto da vida? Ela preferia ter a lembrança de uma experiência real do que de um sonho.

– Lily? – A voz dele estava aveludada como a noite em si. Os dedos seguravam o braço dela sem muita força, como um bracelete. – Lily, o que estou sentindo agora?

Ela se forçou a olhar para ele. Permitiu-se absorver as emoções dele. Desejo. Era claro. Perigoso. A intensidade do desejo dele pelo corpo dela a assustou. Ryland não desviou o olhar do rosto de Lily.

– Como pode achar que existe separação de seu corpo, de sua mente e de seu coração. Quero você. Preciso de você. Cada pedacinho seu, Lily. Isso é tão assustador? Você tem tanto medo assim de mim? Ou de ficar comigo?

Era mágoa na voz dele? Ele sempre parecia estar no comando, no controle, mas, ainda assim, havia uma curiosa vulnerabilidade nele quando estavam juntos. Lily continuou olhando para ele, incapaz de se afastar daquele olhar. Do desejo que ela havia visto ali.

Ryland se moveu, abaixando-se lentamente até que suas cabeças se encontrassem. Centímetro por centímetro. Enquanto isso, ele a mantinha presa com o poder de seus olhos brilhantes. A pulsação dela, sob o toque de seus dedos, acelerou. Os lábios dele se moveram contra os dela. Suavemente. Curiosos. Quase sem se tocarem.

– Você se esqueceu de respirar. – A respiração dele estava quente sobre a pele dela, sua boca, puxando o ar por ela, compartilhando o ar em seus pulmões.

Os lábios de Lily eram suaves. Macios como veludo. Ela sentiu um calor na barriga, uma dor suave. Ryland se aproximou mais, esfregando seus lábios nos dela, provocando-a com pequenas mordidas. Um feitiço. Tentação. A língua dele traçava o contorno dos lábios dela, uma pequena persistência que não combinava em nada com o tremor de desejo intenso que corria sob a superfície de seu corpo.

As mãos dele eram delicadas, até suaves. Uma envolvia a nuca de Lily para mantê-la parada. A outra seguia o contorno de suas costas, a curva de seus lábios, até descansar em suas nádegas. Uma chama correu pela corrente sanguínea de Lily, selvagem e quente, fora de controle. A sensação foi chocante, cuidadosamente, ele a levou a reagir. Lily sentiu-se fraca de desejo, cansada de lutar contra a atração entre eles. A tentação do calor e do fogo tirou seu bom senso. Seus lábios se moveram sob os dele, macios e aconchegantes.

Os lábios dele enrijeceram, tornaram-se quentes e perigosos, incentivando-a a abrir os dela para ele, um feiticeiro exigindo seus direitos. De uma vez, ela foi levada a outro mundo, um mundo de sentimento puro, de cores e sensações. Labaredas correram por sua pele. Todas as suas terminações nervosas ganharam vida. O sangue dela se tornou denso e quente de desejo. Seu corpo o desejava. Ela abraçou Ryland e seu corpo se moldou ao dele.

Seus seios se enrijeceram, seu corpo latejou. As mãos dele envolveram as nádegas dela, erguendo, pressionando-a contra a densa evidência de sua ereção, esfregando-a até que a fricção se tornasse quase forte demais para suportar.

Ryland gemeu, um som de necessidade.

– Estou ficando maluco, Lily. Estou ardendo de desejo por você, dia e noite. – As palavras foram sussurradas contra os lábios entreabertos dela. – Não é confortável nem agradável, dói muito. Tire-me do sofrimento, linda. Ajude-me, Lily. Não consigo pensar desejando-a tanto.

"Desejar" era uma palavra muito insípida. Como podia explicar-lhe como as coisas eram? Dia e noite pensando nela, sonhando com ela, uma droga em sua corrente sanguínea, um desejo que não podia ser satisfeito. Seu corpo era sempre quente e rígido. Não havia palavras suficientemente adequadas, intensas, para descrever as noites de lençóis banhados em suor e os dias com a ereção latejante dentro da calça jeans, um período que ele acreditava que não conseguiria vencer. As mãos dele nas nádegas firmes dela mantiveram seus músculos fortes, e começaram uma massagem lenta e íntima, de propósito, provocando-a.

Lily não conseguia respirar sentindo todo aquele desejo. Os lábios dele ficaram mais intensos contra os dela, devorando-a, o toque gentil sendo abandonado naquela intensidade. Ela deixou seu corpo responder por ela, sem palavras, dando consentimento com as mãos, escorregando de modo possessivo sobre seu corpo, as línguas em duelo.

Ryland gemeu baixo, algo parecido com um rosnado ronronado. Lily tremia sob o toque dele. Ele não queria que ela tivesse medo ou demonstrasse nervosismo, nem por um minuto.

– Sonhei com este momento, Lily. – Ele a ergueu com facilidade. Seus lábios passeavam pelo rosto e pescoço dela enquanto a levava à cama. – Sonhei tantas vezes com isto.

Lily pôde sentir a frieza dos lençóis sob suas costas ao se pressionar contra o colchão. As mãos dele eram fortes, determinadas, possessivas, até. E vasculhavam seu corpo. No rosto, a demonstração de emoções profundas, os olhos ardendo. Ele tirou a camisa, jogando-a sem cuidado no chão. Ela escutou quando ele hesitou, escutou sua respiração, o som rouco em sua garganta. As palmas das mãos dele passaram pela pele dela lentamente, a partir dos ombros, por cima dos seios, passando pela caixa torácica estreita até a cintura fina e a barriga lisa.

— Impressiona a suavidade de sua pele.

O toque dele foi muito delicado, não condizente com o desejo forte de seus olhos. Ele inclinou a cabeça lentamente para o seio dela. Sua respiração chegou a sua pele primeiro. Quente. Úmida. Seus lábios eram macios.

Lily sobressaltou-se com o beijo, sensível ao toque de seus cabelos contra sua pele.

Ryland estava determinado a ir devagar, a manter-se no controle, a segurar seu terrível desejo por Lily. A última coisa que queria era assustá-la. Havia muito tempo para os desejos malucos — ali, naquele instante, dar prazer a Lily era o mais importante.

Devagar, devagar. As palavras foram como um golpe para ele. Seus dedos tremeram quando tocaram os seios dela, adorando-a. Ryland levou a boca ao monte macio, um elo úmido, com a língua dançando sobre o mamilo enquanto o chupava. Lily gemeu, arqueou-se, desejando seu toque, precisando de mais. Sempre mais.

— Tire a roupa, Ryland — ela pediu. — Quero tocá-lo, observá-lo. — Sua voz, desesperada pelo toque, desejando-o, mexeu com ele. Desde o primeiro momento em que o vira, ela soube que o desejava e imediatamente começou a educar a si mesma, aprendendo o máximo que podia a respeito de apetite sexual, querendo saber como satisfazê-lo. Nada do que lera ou vira havia servido de preparação para a maneira como se sentia naquele momento.

Lily pensou que ficaria envergonhada e receosa de ficar nua na frente dele, mas adorou a maneira como ele olhava para ela. A maneira como a tocava. A maneira como seu olhar ardia sobre ela de modo tão possessivo.

Ryland ergueu a cabeça, analisou seus olhos turvos, os lábios macios e inchados por causa dos beijos intensos.

– Estou tentando ser delicado, querida. – Ele tentou explicar, mas as palavras estavam presas em seu coração. Ele já estava se despindo, deixando as peças de lado. O coração dele batia como um trovão. Ele fantasiara com aquele momento muitas vezes, o corpo estava em um estado contínuo de excitação havia muito tempo, ele temia que qualquer coisa que dissesse nunca pudesse descrever o que sentia por ela. Não havia palavras. Ela era uma febre em seu sangue, um desejo, uma obsessão. Ela era seu coração e sua mente. Como poderia dizer-lhe aquilo?

– Juro que não vou machucá-la. – Ele queria dizer que *nunca* a machucaria. Não com o corpo. Nem com a mente.

Lily olhou para ele, deitada na escuridão, surpresa com a paixão intensa no rosto dele. Ele tirava seu fôlego. Todos os músculos de seu corpo o desejavam, cada célula de seu corpo desejava sentir o toque dele. Ela deveria sentir medo do desejo, da intensidade daquela fome, mas, dentro de seu corpo, nos cantos escuros de sua alma, encontrou seus próprios desejos secretos.

Não havia gelo em suas veias, mas lava derretida. Dentro dela, havia um vulcão, quente, denso, e pronto para entrar em erupção, vindo à tona para satisfazer suas demandas. Com desejo. Com força. Ela estendeu o braço para tocá-lo.

– Sou uma mulher, Ryland, não uma boneca de porcelana. Sei muito bem o que quero.

Os lábios dos dois se uniram, elétricos e quentes. As mãos dela viajaram por ele, desejando tocar todos os músculos, assim como ele precisava explorar o corpo dela. Ele manteve o plano, usando a tortura lenta para excitá-la ao máximo. Ele sugou seus seios, passou a língua por eles em provocação, raspou os dentes com delicadeza, seus lábios quentes e úmidos. Ele contornou suas costelas, sua barriga lisa. A curva de seus quadris, cada canto. Ryland queria cada um dos segredos de Lily. Não aceitaria nada a menos.

– Ryland, por favor. – O corpo de Lily estava tão sensível que ela quase gritava de desejo. Ardia e sentia o peso da paixão além da razão.

– Olhe para mim, linda – disse ele suavemente, direcionando o olhar dele para sua ereção potente. – Sou um homem grande e não me perdoaria se machucasse você, nem mesmo um pouco.

Ele tocou seu sexo úmido e quente, e ela quase se ergueu da cama.

– Você está me torturando – Lily disse, mas não conseguiu controlar seus movimentos e remexeu-se contra a mão dele, desesperadamente à procura de alívio.

Ryland a incentivou a se esfregar em sua mão, enquanto lentamente penetrava o dedo em seu canal apertado. Ela estava excitada e molhada, mas era apertada demais para receber sua ereção. Era claro que nunca havia feito sexo com ninguém, e pensar que ele era o seu único homem, que lhe ensinaria tudo, era ainda mais excitante. Lily era intensa, entregava-se, disposta a fazer o que lhe ocorria naturalmente.

– Vou forçar um pouco mais, querida; relaxe para mim. Você confia em mim, não é, Lily?

Ele retirou um dedo, e lentamente inseriu dois, observando a expressão dela com atenção, para ver qualquer sinal de desconforto ao penetrar seu corpo mais profundamente. A sensação foi tão prazerosa, que Lily se assustou e procurou respirar, controlando-se, mas já havia perdido o controle. Não queria que Ryland parasse. Ele a penetrou mais profundamente, a fricção muito intensa. Ele estava causando sensações dentro ela, acariciando-a e provocando-a. Deixando-a maluca. Ela não conseguia ficar parada. Seus quadris se erguiam contra a mão dele, insaciável.

– Isso não vai doer, Lily. Vou dar prazer a você – ele sussurrou, abrindo as pernas dela e colocando-se ali no meio.

– Veja nós dois, querida. Fomos feitos um para o outro. – Ryland segurou o pênis, pressionou a glande contra a umidade da entrada da vagina dela. Ele era mais grosso do que ela pensara e forçava a entrada em seu corpo, lentamente, entrando em sua vagina, forçando os músculos dela a permitirem a entrada. Ela gritou quando ele foi mais fundo. Ele parou na barreira fina e quase inexistente. Foi mais fundo ainda em um movimento mais intenso, preenchendo-a de uma maneira que a fez arder e latejar e, inesperadamente, quase atingir o orgasmo.

Nenhum dos dois esperava aquela reação, as ondas de prazer tomando conta dela, espalhando-se como um maremoto. O corpo dela prendeu-se ao dele com tanta intensidade que ele rangeu os dentes, o prazer era tão forte que beirava a dor. O orgasmo dela esquentou Ryland ainda mais, e ele conseguiu penetrar mais alguns centímetros. Lily olhou para ele, e sua beleza quase lhe tirou o fôlego. Ela também queria tudo com ele. Confiava nele de modo inexplicável. E queria todos os momentos com ele.

– Quero ser a sua fantasia erótica – as palavras saíram do nada. Ela continuou: – Ensine-me a dar prazer a você, Ryland.

A sinceridade de sua voz o tocou, abriu seu coração. Ele tirou o pênis e o colocou fundo de novo, lentamente, sentindo o corpo dela, querendo fazer tudo direito. Querendo deixar tudo perfeito para ela. Segurou os quadris dela e começou a dar um ritmo lento e constante, incentivando o corpo dela a mover-se com o seu.

– Tudo, querida. Teremos tudo. Quero conhecer o seu corpo mais do que você o conhece. Quero que cada centímetro de seu corpo pertença a mim.

Ele segurou os quadris dela, mantendo-a firme, inclinando seu corpo enquanto ia mais fundo, querendo que ela o abrigasse totalmente. Lily sobressaltou-se quando o calor a envolveu, enquanto ele a preenchia totalmente. Ryland começou a se mover de novo, com movimento longos e profundos, perfeitos.

Ela gritou outra vez, baixo, abafado, quando ele mudou de velocidade, entrando mais forte, mais rápido.

– Estamos apenas começando, Lily – ele prometeu. – Isto é só para aliviar o mais pesado. – Ele relaxou, entrando mais fundo em seu canal apertado, causando mais prazer aos dois do que ele imaginava ser possível. Ele perdeu o controle e ardeu, mas não queria que o êxtase terminasse.

Quando seu orgasmo aconteceu, foi explosivo, passando por seu corpo com força, balançando-o, tirando seus sentidos. O corpo dela reagia muito bem a ele, respondia a cada estímulo, e ele nunca havia experimentado nada como aquilo antes. Ryland ficou surpreso com a intensidade do prazer que ela lhe dava e que ele lhe retribuía. Deitou-se ao lado dela, abraçando-a, com o rosto enterrado na maciez de seus seios, o corpo ainda dentro do dela. Sabia que a desejava, mas não percebera o que havia entre eles. Um presente de valor inestimável, um tesouro muito melhor que seus sonhos. Lily se entregara a ele, ele sabia que era mais do que corpo e mente. Mais do que o coração. Ela estava envolvida com a sua alma.

— Pensei que a primeira vez fosse dolorida — disse ela. — Pensei que seria bem diferente. Pensei que você se divertiria, e eu ficaria decepcionada.

— Você pensou isso? — Ele sorria, a alegria tomava conta dele. Aquela era a Lily que ele conhecia. — Acho que você estava pensando em algum outro homem fazendo amor com você. — Ele beijou os seios dela, sabendo que sempre que sugava com força e passava a língua, as ondas elétricas percorriam o corpo ela, aumentando seu prazer.

Lily fechou os olhos, sentindo tudo.

— É sempre assim? Eu li tantos livros, mas... — Sua voz falhou ao sentir o toque dele.

— Livros? — Ryland ergueu a cabeça, sorrindo para ela na escuridão. — Isso combina muito com você, Lily, ler um livro para viver a vida. Se queria saber alguma coisa, por que não me perguntou?

Os dedos dela tocaram os cabelos dele.

— Tive vergonha. Não é fácil falar com alguém experiente a respeito de questões íntimas.

Ela estava com a testa franzida, ele sabia. Tudo a respeito dela fazia com que ele sorrisse. Seu tom era muito científico, mas ele conseguia sentir seus tremores, os pequenos choques ainda tomando conta de seu corpo.

— Sempre conversamos sobre tudo, querida. Não fiz segredo a respeito de meu desejo por você. Você poderia ter me contado que não tinha experiência. Eu teria sido mais suave no nosso sonho erótico.

— Gostei do sonho. As imagens eram surpreendentes, muito melhores do que o livro sem vida. Eu não tinha certeza de que era fisicamente possível fazer as coisas sobre as quais os livros explicam.

Ele pigarreou.

— Onde, exatamente, você consegue esses livros?

— Na internet. Eles têm informações explícitas e pessoas dispostas a responder a todos os tipos de perguntas.

— Aposto que sim — ele gemeu. — Acho que quero ver esses livros. Estava um pouco preocupado pensando que você estava assistindo aos filmes de Arly.

Ela riu.

— Não sei se ele tem esses filmes, mas se tem, certamente os mantêm guardados com cuidado.

— Você tem um lado maldoso — Ryland se inclinou para mordiscar seu seio. — Você tem um cheiro delicioso, Lily. — O corpo dele ainda estava enroscado no dela. Ele conseguia sentir seus músculos. Descobriu que apenas respirar sobre seus mamilos rígidos causava uma contração em resposta. Ela o envolveu em seu calor, e o prazer tomou conta do corpo dele. — Percebi logo de cara o seu cheiro delicioso.

Ela esfregou o rosto no pescoço dele.

— Adoro sentir você. — E a maneira com que ele se importava com seus homens. E como amava a sua mãe. E a mecha de cabelos que lhe caía na testa por mais que ele tentasse contê-la. Era de surpreender quantas coisas ela amava nele. Lily não conseguia deixar de correr as mãos nas costas dele para sentir os músculos definidos. — Eu tentava entender os milagres.

— Milagres? — ele repetiu a palavra, tomado pela emoção forte de sua voz. Ela o revirava com uma palavra.

– Bem, sim. Milagres. O que poderia ser considerado um milagre de verdade? Esse tipo de coisa. É curioso que tantas pessoas pelo mundo tenham uma forma de adoração e crença. Mas, na verdade...
– Ela deu beijos no pescoço e na mandíbula dele, até o canto de seus lábios.

Ela estava sendo bastante ousada para uma mulher sem experiência, mas o corpo dele reagiu, enrijecendo mesmo quando pareceria impossível. Ryland a beijou porque não conseguia ficar sem sentir seu gosto. Queria que os dois ficassem juntos e continuassem daquela forma, presos naquele mundo privado de calor e paixão. As mãos dele cobriram o corpo dela, memorizando cada traço, cada parte. A textura de sua pele. A maneira com que reagia, seus músculos em contração ao redor dele e sua respiração deixando os pulmões em uma onda de prazer.

Ela era o milagre dele. Em meio a um inferno que ele havia ajudado a criar, havia encontrado Lily. Seu corpo era um paraíso. Seu sorriso, o som de sua voz. Até mesmo a maneira com que ela se movia e seu olhar travesso. Os lábios tentadores e os olhos azuis. Ryland levantou a cabeça para admirar seu corpo.

– Lily, a partir de agora, se tiver qualquer dúvida sobre sexo, fale comigo. – Ele a segurou pela cintura ao virar-se de barriga para cima, sem querer interromper o contato, desejando manter-se dentro do corpo quente e úmido dela.

Lily suspirou ao ver-se sentada sobre ele, com o pênis dele dentro de seu corpo. Seus cabelos caíram ao redor de seu rosto, as mechas sedosas provocando sua pele sensível. Era impossível sentir-se envergonhada sabendo que ele estava gostando do que via e da sensação do corpo dela sobre o seu. As mãos dele envolveram seus seios generosos, com os dedos tocando-os e acariciando-os.

Lily fechou os olhos e entregou-se ao simples prazer de experimentar. Mexeu os quadris, escorregou sobre o corpo dele, tensionou os músculos. Ela o sentiu profundamente dentro dela, crescendo, engrossando, reagindo a seus movimentos. Começou um passeio lento, arqueando-se para que ele visse seus seios tentando-o. Era maravilhoso entregar-se a todas essas sensações. Ela se moveu lentamente a princípio, a julgar pela reação dele, acostumando-se com o ritmo. E então foi adotando movimentos mais fortes, passou os dedos pelos músculos dele, passeando as unhas sobre sua barriga firme e seus pelos escuros. Lily experimentou contrair os músculos ao subir, ao escorregar por toda a extensão da ereção, movendo-se com mais força e intensidade até ter de abrir os olhos e ver a paixão clara no rosto dele.

Ela adorava os traços fortes de Ryland. A barba por fazer. O brilho de seus olhos. Ele tirava o seu fôlego e amolecia o seu corpo. Ela gostava de vê-lo olhando para ela, de quando a tocava. Gostava do olhar excitado, intenso, que dava vida a seu corpo. Ryland não conseguia desviar os olhos dela. O corpo de Lily estava corado com a febre da paixão. Seus seios se mexiam de modo convidativo, com os movimentos de seus quadris. Ela o cavalgava com força, totalmente entregue, mostrando como gostava do corpo dele a cada toque, a cada gesto. Os olhos dela se semicerraram, ela passou a respirar com mais dificuldade.

Um som baixo escapou dela. De uma só vez, ele a segurou pelos quadris, mantendo-a parada enquanto assumia o ritmo, penetrando-a, guiando os movimentos de modo que o corpo dela o prendesse. Macio, quente, uma chama líquida envolvendo o corpo dele.

Lily jogou a cabeça para trás, gritou o nome dele, uma onda de surpresa, de prazer, enquanto o corpo dela o apertava com força, deixando-o maluco, prestes a gozar.

– Você é incrível – Lily sussurrou, inclinando-se para beijá-lo.

A ação deixou seus músculos mais tensos ao redor dele, pressionando os seios macios contra o peito dele.

Ryland ficou surpreso ao ver como a simples atitude o fazia se sentir másculo. E ficou surpreso ao perceber como se sentiu sozinho quando ela saiu de cima de seu corpo e se deitou ao lado dele. Ele desejava ficar dentro dela, preenchendo-a, unido a ela, dividindo a mesma pele.

– Oh, estamos apenas começando. Lily. Existem muitas maneiras de fazer amor e de curtirmos um ao outro. Tenho planos.

– Que tipo de planos? – ela olhou para ele, desconfiada.

Ele segurou sua mão, levou-a aos lábios, e usou a língua para percorrer seu dedo antes de enfiá-lo em sua boca. Ela arregalou os olhos ao ver o modo como seu corpo reagia quando ele sugava seu dedo, e usava a língua descaradamente em uma simulação de relação sexual.

Lily corou, mas seu corpo continuou excitado, uma promessa de prazer.

– Meu cérebro já derreteu, Ryland, tarde demais. – Sua voz ficava rouca de desejo sempre que eles estavam juntos, mas ela estava exausta e sabia disso.

Ryland encontrou o cobertor no chão, onde havia caído e o pegou para cobrir os dois e abraçá-la com firmeza.

– Temos tempo, Lily. Não vou a lugar algum. Durma, linda, você precisa descansar.

ONZE

‖‖

Lily sentiu Ryland abraçá-la, com as mãos em seus seios, de modo possessivo. Ryland estava curvado ao redor do corpo dela, pressionando-o. Seu corpo era tão quente que não havia a necessidade de dormir com cobertor.

— Vá embora — gemeu ela. — Não consigo me mexer. Nunca mais vou me mexer. Uma pessoa pode morrer por fazer amor tantas vezes?

Ele mordiscou a nuca de Lily.

— Não sei, mas posso tentar descobrir, se você quiser. — Era uma alegria pura acordar com ela nos braços. — Quero isso pelo resto de minha vida. — Ryland não tivera a intenção de dizer aquilo em voz alta, simplesmente aconteceu.

Lily virou-se nos braços dele, seus seios macios contra o corpo dele, em grande intimidade. Seus olhos azuis analisaram o rosto de Ryland, até sentir-se estremecendo, um suave suspiro, como asas de borboleta.

— Eu também, Ryland, mas não sei se o que sentimos é verdade ou se foi criado pelo meu pai. Será que ele pode ter feito algo para aumentar o que sentimos? E se descobrirmos, mais para a frente, que ele fez alguma coisa?

— Você acha que isso é possível?

— Não sei exatamente — ela disse, franzindo o cenho ao pensar naquilo. — Não consigo imaginar como, mas reagimos tão violentamente um ao outro. Não consigo tirar as mãos de você. Não consigo mesmo. Não sou assim, Ryland. Eu me conheço muito bem, e nunca pensei em sexo tanto quanto penso agora.

— E se descobrirmos que ele fez alguma coisa, Lily? — ele passou o polegar pelo mamilo dela, e sentiu quando ela reagiu, estremecendo. Ele cheirou o perfume de seus cabelos. – Que diferença faria? Ele pode ter encontrado uma maneira de manipular os sentimentos sexuais, apesar de eu duvidar, mas seria impossível para ele forçar as emoções de alguém. Ainda que não pudesse tê-la, Lily, eu ainda a desejaria.

– Por quê? O que você acha que é tão especial em mim para poder passar o resto de sua vida comigo? – A voz dela estava baixa.

– Sua coragem, sua lealdade – respondeu ele, instantaneamente. – Você acha que não consigo ver essas coisas em você? Sou treinado para ler as pessoas. Você defende seu pai apesar de todas as coisas que descobriu sobre ele. Vejo a maneira com que você toca o Jeff, praticamente um desconhecido, tão gentil e cuidadosa. Vejo o amor que você tem por sua família. Você se dispôs a nos ajudar quando, na verdade, não tinha obrigação de abrir sua casa para nós. Lily, você poderia ter dado as costas para nós, e provavelmente deveria ter feito isso. Acha que não percebo que você está sempre ativa, tão exausta a ponto de querer se enfiar em um buraco, mas continua sempre firme pelos outros, para deixar tudo bem para os outros. Quem não se apaixonaria por uma mulher assim?

– Não sou assim. – Ela balançou a cabeça. – Sou apenas eu mesma, Ryland.

– Você é exatamente assim. – Ele beijou seus lábios. – Coisas pequenas acontecem com o tempo, mas as importantes eu já sei. Você tem um ótimo senso de humor. E consegue manter uma conversa inteligente – ele sorriu para ela. – Posso não saber o que você diz na maior parte do tempo, mas parece legal.

Fez-se silêncio enquanto Lily olhava para Ryland. Como ela podia duvidar dele? Ele lhe entregara seu coração de bandeja.

Ryland sentiu um medo repentino.

– Descobrir que seu pai fez algo para nós faria diferença para você, Lily? É isso o que está tentando me dizer?

– Você olhou para mim ontem à noite, Ryland? Estava escuro aqui. Você olhou mesmo para o meu corpo? Porque não sou linda como você diz que sou. – Lily se sentou, determinada. – Há muitas coisas erradas comigo. Defeitos. Você deve ter notado.

Ryland também se sentou, esfregando a boca para esconder o sorriso que não conseguiu conter. Lily era uma mulher. Na noite anterior, havia se entregado a ele sem qualquer pudor, mostrando seu corpo, mas, agora, à luz do dia, queria falar de seus "defeitos".

– Defeitos, no plural? – Ele esfregou o queixo, ainda cobrindo a boca cuidadosamente. – Você tem mais de um? Porque percebi a sua tendência a ser um pouco soberba.

– Nunca sou soberba. – Lily arregalou os olhos azuis para ele.

– Claro que é. Você tem aquele olhar de princesa no castelo, que nos lança quando saímos da linha – ele disse, rindo. – Eu percebi, mas é um defeito tão pequeno, que consigo conviver com ele.

– Minha perna, imbecil. Eu estava falando de minha perna. – Ela mostrou para ele as cicatrizes que marcavam sua panturrilha, mais funda e brilhante onde parte do músculo não existia. – É feia. E eu manco quando estou cansada. Bem, eu manco a maior parte do tempo, mas manco muito quando estou cansada. – Ela observou o rosto dele de perto, à procura de sinais de reprovação.

Ryland se aproximou para analisar a perna. Segurou-a com as duas mãos, correu os dedos em um longo carinho, do tornozelo à coxa.

Ela se remexeu, retraindo-se, mas ele a manteve segura, inclinando-se para beijar as cicatrizes mais fortes. Sua língua seguia suas marcas.

– Isto não é um defeito, Lily. Isto é a vida. Como consegue manter a pele tão macia?

Ela tentou irritar-se com ele, mas sorriu. Ele parecia sincero e manteve o olhar firme.

– Acho que você ainda está pensando em sexo, Ryland. Era para estarmos conversando a sério. – Ela relutou em afastar a perna das carícias. Havia um efeito calmante naquele toque. Ele fazia Lily sentir-se bela, apesar de ela saber que não era. – E não sou exatamente uma modelo. Sou gorda em certas partes e magra em outras.

– Gorda? – ele ergueu as sobrancelhas, enquanto corria o olhar, cheio de desejo, pelo corpo dela.

Lily cruzou os braços sobre os seios generosos.

– Você sabe muito bem que meus quadris são enormes, assim como meus seios. Parece que vou tombar para a frente. E minhas pernas são finas, pareço uma ave.

– Acho que terei de fazer uma inspeção – respondeu ele, com bom humor. – Deixe-me ver.

Ela afastou-se, pegando a camisa dele para cobrir o corpo. Olhou para ele e disse:

– Você é impossível. Preciso ver como Jeff Hollister está.

Ryland sorriu quando Lily se levantou, afastando-se dele.

– Não sei, querida. Gosto de sua aparência, mas sou meio ciumento. Não acho que aguentaria vê-la andando perto de meus homens vestindo apenas uma camisa.

– Vou tomar um banho e me trocar antes – ela disse, tentando ser séria. Quase estragou a performance perfeita quando riu, mas conseguiu se controlar.

Ryland caminhou atrás dela totalmente nu. Lily não o escutou atrás dela e levou um susto quando sentiu o corpo dele junto ao dela dentro do box de vidro.

– Não terminamos de conversar, não é? – ele perguntou inocentemente.

Ela olhou-o com superioridade, mostrando-se fria e soberba, como ele havia dito.

– Nossa conversa está mais do que terminada. Vá embora. Ryland riu e a apressou, afastando-a um pouco e abrindo o chuveiro para que a água caísse sobre os dois. Ele a beijou para impedir protestos. O calor tomou conta dos dois instantaneamente, desejo, profundo e urgente.

– Não podemos – disse ela, abraçando-o pelo pescoço para abrigá-lo enquanto a água escorria por seus seios. Ele a deixava de pernas bambas, o corpo mole e flexível, ardendo de desejo instantaneamente.

– Nós temos de fazer isso – respondeu ele, levando os lábios à tentação dos seios dela. – Eu a desejo tanto que não consigo me controlar.

– Bem, acho que vou cair se você continuar fazendo isso.

– Você quer tanto quanto eu. – Ryland começou as carícias, explorando as possibilidades. – Segure-se em meu pescoço. Vou levantá-la, e você só precisa passar as pernas em volta dos meus quadris.

– Sou pesada demais – Lily protestou, mas obedeceu, porque ele era tão tentador que ela não conseguia resistir. Nunca teria conseguido resistir a ele.

Lily gemeu quando se colocou sobre ele, esquecendo todos os protestos, desejando que ele a preenchesse. Que ficasse sempre com ela.

Nenhum dos dois se deu conta da passagem do tempo, encontrando prazer por estarem juntos, fazendo amor. Eles lavaram um ao outro, conversaram e riram.

Quando ele fechou o chuveiro e entregou uma toalha a Lily, percebeu que ela estava com o cenho franzido.

– Não é possível que você esteja preocupada com algum outro defeito inexistente que acredita ter e sobre o qual eu deva saber, não é? – Ryland perguntou, enquanto passava a toalha no corpo.

Lily procurou não olhar para o corpo dele mas os músculos eram aparentes. Ela estava totalmente fascinada.

– Você tem consciência de que não sei nem mesmo de que tipo de música você gosta?

Ryland sorriu e bateu a toalha nela antes de atravessar o espaço completamente nu, sem qualquer sinal de vergonha.

– Isso importa?

– É claro que importa. Estou dizendo que não nos conhecemos muito bem. – Por que, diabos, ela não parava de olhar para o traseiro dele? Por mais que tentasse, não conseguia desviar o olhar. E ele estava rindo dela.

– Amo todos os tipos de música. Minha mãe escutava tudo e insistia para que eu escutasse também. Ela também me colocou para fazer aulas de dança.

Ele fez uma careta ao passar a camiseta pela cabeça.

Lily riu ao ver a expressão dele. Conseguia imaginá-lo criança, com os cabelos encaracolados e despenteados caindo em seu rosto enquanto se irritava com as ordens da mãe.

O Jogo das Sombras

— Eu fiz aulas de dança — disse ela. — Particulares, aqui na casa, no salão do primeiro andar. Tive instrutores de todos os tipos. Era divertido.

— Quando se tem dez anos e se é um menino, é o fim do mundo. Eu tive de me defender e bater em todos os meninos do bairro por dois anos para que me deixassem em paz. — Ele sorriu para ela ao vestir a calça jeans. — Claro que quando entrei para o ensino médio, descobri que saber dançar era bom, porque as meninas gostam de dançar, e eu era muito popular. Meus amigos pararam de rir bem rápido.

Ela conseguia imaginá-lo sendo popular com as meninas. Ele era lindo com seus cabelos encaracolados e olhos brilhantes.

— Sua mãe parece uma mulher interessante.

— Ela gostava bastante de dança latina. Quando ria, seus olhos brilhavam. Eu não me importava tanto quanto tentava fazê-la acreditar que eu me importava. Eu adorava observá-la dançando, porque ela se divertia muito. Não tínhamos dinheiro para as roupas e para os sapatos adequados, mas ela sempre conseguia encontrar uma maneira de pagar pelas aulas. — Ele olhou para Lily. — Seu pai dançava?

— Meu pai? — Lily começou a rir. — Não! Ele nem pensava em dançar. Foi Rosa quem insistiu para que eu aprendesse a dançar e ela conseguiu, porque Arly havia insistido para que eu aprendesse artes marciais, e era isso que meu pai achava o ideal. Ela usava a abordagem da educação completa. Tive professores de tudo. Eles vinham aqui em casa. Tive professores de arte, de música e de canto. Aprendi a atirar, usar arco e flecha e até balestra. — Ryland estava fascinado com sua lingerie de renda, uma calcinha vermelha que ela vestiu sem ter a menor ideia de que ele estava ficando excitado só por vê-la.— Arly dançava comigo. Arly e John eram como se fossem meus tios. Eles participaram da minha infância tanto quanto meu pai, talvez até mais. Meu pai era um pouco relapso em seu papel de pai. Ele passava dias sem lembrar que eu existia se estivesse cuidando de alguma coisa.

– Você não se importava com isso? – Ryland ficou surpreso com a firmeza na voz de Lily. A mãe dele se interessava por todos os aspectos de sua vida. Ele não conseguia se lembrar de um assunto sobre o qual não tivessem conversado.

– Meu pai era assim mesmo. Você precisava tê-lo conhecido. Ele não era muito interessado nas pessoas. Nem mesmo em mim. – Ela deu de ombros ao vestir uma calça cinza, que modelava seus quadris. Não havia nenhuma falha na maneira com que o material envolvia suas nádegas. – Ele era bom para mim, Ryland, e eu me sentia amada, mas ele não passava tempo comigo, a menos que tivesse relação com o trabalho. Havia exercícios que ele insistia que eu fizesse diariamente para fortalecer as barreiras de minha mente. Pretendo ensiná-los a seus homens. Eu vivo em um ambiente protegido, mas consigo atuar no mundo quando preciso. Espero, pelo menos, poder dar isso a você e aos outros.

Ela havia vestido uma blusa de seda por cima do sutiã de renda. Ryland esticou os braços para fechar os botões pequenos e perolados porque queria tocá-la. Suas falanges resvalaram em seus seios e os mamilos ficaram firmes imediatamente. Ela o fitou e os dois perceberam o desejo incontrolável.

Mantendo unidas as duas partes da blusa dela, ele inclinou a cabeça lentamente e a beijou. Queria beijar seus seios para ver Lily louca de desejo e com a pele corada para ele, mas contentou-se com apenas um beijo.

– Ryland – perguntou ela, com a voz trêmula. – Isso é normal?

– Nunca me senti assim por causa de nenhuma outra mulher. Como posso saber se é normal ou não? – Ele beijou as pálpebras dela, os cantos de sua boca. – O que quer que seja, parece normal para nós, e isso me basta. – Ele terminou de abotoar a blusa dela, inclinando a cabeça mais uma vez para beijar seus seios, passando pela seda.

Lily sentiu uma vontade forte de segurar a cabeça dele em seus seios, permitindo que ele a beijasse, cheirasse e lambesse. Seu corpo estava dolorido, mas de um modo delicioso, fazendo que se lembrasse de tudo o que haviam feito.

– Lily – Ryland disse o nome dela, e Lily o fitou, saindo de seu sonhos, percebendo que suas mãos tocavam os músculos definidos, deslizando pelo corpo dele como se lhe pertencesse. – Não temos trabalho a fazer?

– Procure não me distrair tanto – disse ela. – Tenho uma ideia que pode ajudar Hollister. Estar aqui, nesta casa, será um alívio para vocês todos. As paredes são mais grossas do que o normal, e todos os cômodos têm proteção acústica. – Ela olhou para ele com seriedade. – Esse é outro defeito, Ryland. Nunca serei normal. Preciso desta casa para sobreviver. Tudo aqui foi feito para manter meu mundo protegido. A quantidade de terra que cerca esta casa. Os funcionários do dia entram e saem em questão de horas, e eu nunca entro em contato com eles.

– Não me importa de que você precisa para viver, Lily, desde que viva – Ryland disse, segurando o rosto dela. – É só isso o que importa para mim. Estamos todos contando que você nos ensinará como viver no mundo de novo. Você tem um trabalho, é uma cidadã responsável. Esperamos que possa fazer isso para nós. Esperamos que nos permita viver de novo.

Ela olhou para ele, completamente sem saber que demonstrava todos os seus sentimentos no olhar.

– Também espero conseguir, Ryland.

Lily esperava rejeição. Ele ficava maluco por ver que ela não conhecia seu próprio valor. Ele sentia a dor dela crescendo, e seu coração ficou apertado. Ela havia acabado de perder o pai e estava descobrindo mais sobre ele e sobre sua vida do que era possível tolerar. E ele havia lhe dado ainda mais trabalho, permitindo que ela arriscasse tudo ao esconder fugitivos em sua casa.

Ryland passou uma das mãos pelos cabelos, virando-se de costas para ela.

– Sinto muito, Lily, eu não tinha outro local para onde levá-los. – Ele se sentou na cama, pegando os sapatos.

Lily pousou a mão na cabeça dele, com os dedos passando pelos fios úmidos, conectando-os.

— É claro que eles têm de ficar aqui. Vou explicar os exercícios que devem ser feito diversas vezes por dia. Tenho todas as gravações do trabalho feito com as meninas. Comigo. Acredito que é uma grande parte do problema. Todos estavam dispostos a usá-los em campo, e não prepararam vocês adequadamente para o ataque que seu cérebro receberia. Eles abriram as portas e não deram a vocês uma barreira com a qual pudessem se proteger. Vocês todos passaram a depender de suas âncoras. E quando foram separados, apenas as âncoras puderam existir sem a dor contínua.

Ele estava prestando atenção ao tom da voz dela. Ela estava muito atenta, quase falando sozinha. Sua mente analisava o problema, examinava-o de todos os ângulos e criava soluções rapidamente. Isso fez com que ele sorrisse. Sua Lily. Saboreou aquelas palavras. Dele. Ela pertencia a ele de todas as maneiras. Ela prosseguiu:

— Sem as suas âncoras, vocês tiveram de ir diversas vezes ao hospital. Eu preciso ir lá e analisar os registros, ver se as mesmas pessoas estavam trabalhando todas as vezes em que foram internados.

— Espere um pouco, Lily. — Ela estava caminhando depressa quarto afora, em direção à copa, que parecia acompanhar todas as alas da casa. Ryland a seguiu, com o coração na boca. — Você não vai voltar àquele lugar de jeito nenhum.

— Claro que vou — ela olhou para ele com olhos frios. — Trabalho lá. Tenho participação na empresa. A pesquisa que tenho feito nos últimos quatro anos pode salvar vidas. — Ela atravessou o piso de mármore até a geladeira. — Quem matou meu pai está na Donovan, e eu vou descobrir quem é. — Não havia em sua voz um tom de desafio ou vingança, mas, sim, apenas calma. Ela entregou-lhe um copo de leite e tomou outro.

Não havia motivo para discutir por que ela estava daquele jeito. Ryland ergueu uma sobrancelha e perguntou:

— Só isso? — ele olhou para o leite puro. — Nada de café? Nada de café da manhã? Dou a você uma noite de sexo incrível e você me dá um copo de leite?

— Fale direito, Miller — ela sorriu. — Eu dou a você uma noite de sexo incrível e não cozinho. Nunca.

— Oh, entendi. A mulher incrivelmente inteligente não sabe cozinhar. Admita, Lily.

Lily lavou o copo na pia.

— Fiz aulas de culinária com um dos maiores *chefs* do país. — Ela balançou a mão na direção dos armários. — Fique à vontade para preparar alguma coisa. Rosa deixa tudo cheio de comida na esperança de que eu coma mais.

— Estou confuso. Você sabe cozinhar?

— Não disse isso, exatamente. — Lily se distraiu com o azulejo de mosaico em cima do balcão. — Apenas que fiz aulas. O cara parecia falar grego — ela sorriu para ele. — Bem, talvez não grego. Eu falo grego, mas não entendia uma palavra do que ele dizia. É uma forma de arte, e eu não tenho talentos criativos desse tipo.

— Para a nossa sorte, eu cozinho muito bem. — Ele a abraçou e a beijou, um leve resvalar dos lábios, mas sentiu um tremor em resposta, e isso o deixou feliz. — Acho que você tem o potencial de ser muito criativa — ele sussurrou de modo sugestivo. — Apenas escolheu a forma de arte errada.

Lily corou. Até mesmo o tom de voz dele a deixava alterada, com desejo. De repente, ela percebeu que era bem mais criativa do que pensava. Balançou a cabeça com firmeza.

— Pare de me tentar. Tenho trabalho para fazer com Hollister e os outros.

A mão dele deslizou do ombro dela, passou pela abertura de sua blusa de seda e tocou sua pele nua. Lily prendeu a respiração por causa dos arrepios que ele lhe causava com seu toque.

— Estou tentando você, Lily? Você sempre parece tão controlada. Sempre senti vontade de derreter a princesa de gelo.

Ela nunca se sentia tranquila perto dele. Ela não respondeu, fazendo força para pensar nos fatos.

— Ryland, talvez você esteja analisando as coisas da maneira errada. Vamos mudar. Digamos que o experimento tenha um alto nível de sucesso. Ocorreram diversas mortes, e os homens estavam sofrendo desmaios e hemorragias cerebrais.

– Eu diria que isso não é um alto nível de sucesso. – Ele ateve-se ao raciocínio dela, franzindo o cenho. – Não seja científica comigo. Esses homens são seres humanos com famílias. São bons homens. Não podemos considerá-los ratos de laboratório.

– Você está tão perto, Ryland – Lily suspirou. – Precisa aprender a dar um passo para trás. Eles estão esperando essa reação. É a natureza humana. Algumas mortes, pronto. Os resultados não valem o preço.

– Que inferno, Lily. – Ele sentiu sua raiva aumentar. Sentiu vontade de chacoalhá-la. Seu tom de voz era impessoal, um computador calculando. – Algumas mortes não valem o preço.

– É claro que não, Ryland. Deixe as emoções de lado um pouco e pense nas outras possibilidades. Você mesmo disse que no primeiro ano, tudo correu bem. Você foi usado em missões de treinamento e sua equipe teve um bom desempenho.

– Houve problemas – ele disse, passando por ela para abrir a porta para o quarto de Jeff Hollister.

Lily viu os homens reunidos, ainda mantendo vigília por seu companheiro doente. Emocionou-se com a maneira como eles cuidavam do rapaz. Homens grandes e fortes, capazes de matar se fosse preciso, mas sensibilizados com o problema de um amigo, sentados ali, quando, na verdade, tinham camas confortáveis. Preferiam cuidar dele.

– Alguma mudança? – Lily perguntou a Tucker Addison. O homem parecia um atacante de futebol americano. Ela não conseguia imaginá-lo não sendo notado em um campo inimigo, mas suas mãos, ao ajeitar o cobertor em cima de Jeff Hollister, foram delicadas.

– Não, senhora. Na noite passada, por cerca de dez minutos, ele ficou inquieto, mas voltou a se acalmar.

Lily examinou Jeff Hollister novamente, prestando atenção especial ao seu crânio.

– Sinta isto, Ryland, ele realmente tem evidência de cirurgia.

– Bem, ele foi submetido a uma cirurgia. Foi levado ao hospital para diminuir o inchaço há cerca de três meses – disse Ryland. – Abriram um buraco na cabeça dele.

– Duvido que estejam aliviando a pressão no cérebro dele; muito provavelmente foi quando os eletrodos foram implantados. – Lily olhou para Ryland com o olhar frio e observador. – Sei que você fez isso ontem, Ryland, mas se ninguém se importar, gostaria de examinar todos eles. Quero ter certeza absoluta.

Gator se levantou.

– Raoul Fontenot se ofereceu, senhora. – Ele sorriu para ela com disposição. – Podemos usar o meu quarto, que fica alguns cômodos adiante à esquerda.

– Obrigada, mas isso não será necessário – Lily respondeu, correndo os dedos pelo crânio dele enquanto diversos homens riam. – Você está bem.

Ryland aproveitou a oportunidade para dar um tapinha na cabeça de Gator.

– O seu único problema é ter a cabeça tão grande.

Lily examinou um por um. Apenas Jeff Hollister tinha os sinais de ter sido submetido a uma cirurgia.

– Alguém mais aqui sofreu ataques?

– Eu sofri, senhora – admitiu Sam Johnson, o único outro afro-americano, além de Tucker Addison, presente na sala. Ele era um homem grande, conhecido pelos combates corpo a corpo. Poucos homens conseguiam superá-lo em uma luta corporal. Ele era instrutor na equipe das Forças Especiais. – Eu estava em campo e sofri um pequeno desmaio durante uma missão. Nem a minha câmera nem a do meu parceiro estavam funcionando naquele dia, as escutas também não funcionaram, por isso não há registro de nada. Por isso que não aparece nos relatórios.

– Você não fez o registro verbalmente? – Ryland questionou.

– Não, senhor – disse Sam, olhando no canto mais distante, onde Nicolas estava sentado em silêncio. – Conversamos e decidimos que seria melhor não reportar. Os homens que foram para o hospital acabaram mortos semanas depois. Se acontecesse de novo, eu reportaria.

— Mas não aconteceu de novo – Lily terminou para ele. – Você se lembra se havia tido enxaqueca antes do desmaio, talvez um dia antes?

— Tive uma enxaqueca muito forte depois, senhora. Pensei que minha cabeça fosse explodir, mas não fui ao hospital, então melhorei com a ajudinha de meu amigo. Ele conhecia uns truques, métodos antigos de cura, e eles funcionaram bem.

Lily soube, imediatamente, que o amigo que sabia "os truques" era Nicolas. Aparentemente, ele tinha grande conhecimento a respeito de plantas curativas. Ela olhou para o homem, mas ele estava olhando para a frente, como se não tivesse escutado nada.

— E antes disso?

— Havíamos treinado por alguns dias, e fui separado de Nicolas. Ele é uma âncora, e eu não consegui bloquear todo o lixo que chegava até mim. Meu cérebro parecia pegar fogo. Comecei a vomitar naquela noite e não conseguia enxergar, por isso pedi medicamento.

— Quem separou você de seu âncora? – perguntou Lily.

— Foram ordens – disse Sam. Ele olhou para Nicolas. Do capitão Miller.

Ryland negou.

— Nunca dei ordens para separar âncoras de homens de sua responsabilidade. Isso acabaria com a missão toda. – Ele olhou para Nicolas. – Você pensou que tivesse sido eu.

— Eu não tinha certeza, Rye, e não queria colocar a vida dele em risco. Observei e esperei. Se tivesse sido você... – Nicolas deu de ombros casualmente.

Lily estremeceu quando o olhar frio voltou-se para Ryland.

Nicolas não tinha de expressar uma ameaça, pois ela estava presente em seus olhos, em seu movimento de ombros.

— Russell Cowlings nos deu a ordem – admitiu Sam. – Não havia motivo para achar que não havia sido você.

O Jogo das Sombras

– O cobra – disse Gator. – Ele nos atacou e tentou matar o capitão.

– Se estou entendendo bem, Gator – disse Tucker –, Russ fez mais do que isso. Ele colocou Sam no caminho da morte. Não é o que a senhora acha?

– Acho que sim – respondeu Lily. – Acredito que Sam sofreu uma dor de cabeça forte depois de ser separado de seu âncora e, quando pediu remédio, recebeu algo que causou um ataque. Não acredito que os ataques sejam causados pelo processo, é um efeito colateral raro. E não acho que as hemorragias cerebrais sejam causadas por ataques graves. Acredito que os homens que vocês perderam com essas complicações foram, em algum momento, levados ao hospital e, com o pretexto de aliviar o inchaço, acredito que tenham sido submetidos a cirurgias de implantação de eletrodos em partes específicas do cérebro. Por fim, os homens foram sujeitados a campos magnéticos de frequência extremamente alta. O calor danificou o tecido e causou a hemorragia.

– Como eles conseguiram fazer algo assim? – perguntou Ryland.

– Eles realizaram as autópsias, não é? Eles determinaram a causa da morte. Qual seria uma melhor maneira de sabotar um projeto do que escolher membros da unidade um a um e fazer parecer que eles estavam morrendo por complicações ou efeitos colaterais?

Tucker disse um palavrão e virou-se de costas para Lily.

– O que, diabos, eles têm a ganhar com isso? – O homem atravessou a sala com frustração e raiva. Ele era grande, muito musculoso, e dava a impressão de ter grande poder e força. – Não compreendo o que podem ganhar com isso.

Ryland suspirou e passou a mão pelos cabelos.

– Dinheiro, Tucker. Uma fortuna. O que conseguimos fazer vale uma fortuna a qualquer governo estrangeiro. Até mesmo organizações terroristas se disporiam a pagar por informações. Podemos sussurrar para fazer com que guardas olhem para o outro lado. Conseguimos burlar sistemas de segurança. As possibilidades são infinitas. Eles nos convenceram a ter medo do fortalecimento e nos deixaram mais lentos.

– Sejamos cuidadosos aqui. Não posso garantir que eu esteja certa – Lily disse. – Peter Whitney era meu pai, e eu o amava muito. Prefiro pensar que ele realizou um experimento de boa-fé e foi adiante com ele até perceber a sabotagem. Posso estar totalmente enganada.

– Então, o que faremos por Jeff? – perguntou Ian McGillicuddy.

– Em primeiro lugar, precisamos acordá-lo, e então ele tem de ser levado a um cirurgião. Sei de alguém que vai nos ajudar. – Lily olhou para Ryland. – Acredito que Hollister entra em sonhos. Acho que ele tomou algum tipo de remédio...

– Ryland disse que não era seguro – Ian disse. – Ele não iria contra ordens.

– Mas esse remédio provavelmente foi dado a ele muito antes, quando estava no hospital, por isso ele pensou que seria seguro. Jeff não pensou em desrespeitar uma ordem, não tocou no remédio dado a ele naquela noite.

– Como acha que podemos acordá-lo sem prejudicá-lo? – perguntou Nicolas. Sua voz estava muito baixa, mas atravessou o cômodo e silenciou as conversas sussurradas entre os homens. – Tentei acordá-lo da maneira normal, mas ele resistiu.

Lily percebeu o silêncio repentino na sala. Todos os homens olhavam para ela com expectativa. Ela soltou a respiração lentamente.

– Acredito que preciso entrar no sonho dele e trazê-lo de volta. E acho que podemos nos preparar para ter problemas.

– O que quer dizer com "problemas"? – Ryland perguntou, ao se aproximar da cama para observar o rosto pálido de Jeff Hollister.

Lily observou Nicolas. Sua expressão não mudava. Ele continuava parado, mas os olhos pretos estavam fixos no rosto dela.

– Lily – insistiu Ryland –, em que está pensando?

– Ela está pensando que Jeff Hollister é uma armadilha – respondeu Nicolas de modo tranquilo. – E acho que está certa. Sinto isso. Quando tento me conectar com ele, sinto que o espírito dele está me alertando.

Ian olhou para Lily, para Nicolas e depois para Ryland.

– Não entendo bem sobre o que você está falando. Como Jeff poderia ser usado como uma armadilha?

Lily deu um tapinha no ombro de Jeff, que dormia tranquilamente.

– Se eu estiver certa, ele tomou um remédio que recebeu em uma das idas ao hospital. Acredito que o remédio o tenha deixado desacordado tempo suficiente para alguém ir à sua jaula e criar um campo magnético de frequência muito alta, capaz de ativar os eletrodos. Acredito que tenha sido um atentado à sua vida. Os pulsos elétricos fortes demais causaram hemorragia cerebral. Hollister manteve-se firme, provavelmente por ser forte, enquanto vocês escapavam. Ele sabia que estava em apuros e escolheu apagar, usando sua habilidade de entrar em sonhos.

– Então ele está em outro lugar.

– Provavelmente, foi a única coisa que ele pôde fazer para se salvar. Se eu estiver certa, alguém mais tem a mesma habilidade de entrar em sonhos, e o está usando como isca para todos vocês. Não me perguntem como. Estou só imaginando que seja assim. Se conseguirmos acordá-lo, teremos de avaliar os danos causados. Quero telefonar para o dr. Adams, ele é um cirurgião renomado e estaria disposto a nos ajudar.

Ryland discordou.

– Somos fugitivos, Lily. Pela lei, ele tem de nos entregar.

– Sim, bem – disse Lily –, Hollister precisa de cuidados médicos imediatamente. Garanto a cooperação do dr. Adams. Enquanto isso, precisamos tirar Jeff do sonho.

– Lily, pare de dizer "nós". Você não pode vir conosco – disse Ryland com firmeza. – E não proteste, ouça o que vou dizer: se você estiver certa e se Jeff estiver sendo usado como isca, de alguma maneira, então, precisamos de você e de Kaden aqui, como âncoras. Mais importante: se alguém estiver esperando por nós, você não pode ser identificada. Esta casa é nosso porto seguro. Meus homens precisam aprender aqueles exercícios dos quais você fala. Não temos outro lugar para ir.

Lily precisou concordar que ele tinha razão, mas não era fácil para ela. Sentia algo ruim, uma sensação de perigo que não se afastava. E Nicolas também sentia a mesma coisa.

Ryland acrescentou:

— Precisaremos que todos entrem na onda de energia, só por precaução.

Os homens concordaram sem hesitar. Mais uma vez, Lily ficou emocionada com a camaradagem que demonstravam uns pelos outros, pela disposição que tinham de colocar sua vida e bem-estar mental em jogo. Nicolas sentou-se no meio da sala. Ele fechou os olhos e se concentrou. Ryland sentou-se na cama ao lado de Jeff Hollister. Lily observou enquanto eles procuravam dentro de si, uma prática meditativa essencial a qualquer pessoa que tinha de lidar com fenômenos paranormais. Ela soube quando os homens entraram em transe, por sua respiração lenta e constante.

Ryland olhou ao redor, curioso. Ele estava em uma duna, olhando para o mar. É claro que Jeff escolheria um local familiar. As dunas se estendiam sem fim, e as ondas quebravam na costa; vinham em sua direção e batiam nas rochas, entrando nas piscinas naturais.

Ele começou a descer pela praia. Sabia que Jeff estava por perto. Nicolas apareceu rapidamente à sua esquerda, correndo pelas dunas para longe dele, protegendo os olhos e olhando para o mar.

— Ele está ali — Nicolas apontou para o mar —, nas ondas. E não quer voltar.

— Bem, isso é muito ruim. Ele tem uma família para cuidar — disse Ryland. — Não estou gostando disso.

— Nem eu. Vou me colocar em posição.

A onda cresceu, tornando-se maior e maior, e começou a tomar a costa. Ryland viu Jeff na prancha, sobre a onda, quando esta começou a dobrar, formando um longo tubo. Por um momento, ele se surpreendeu com o domínio de Jeff, a maneira como ele parecia se fundir com a natureza, prevendo como poderia passar pelo tubo e sair dele quando a onda quebrasse.

Ryland parou de olhar para Jeff e começou a analisar a água à procura de possíveis ameaças. Estava totalmente em alerta. Ele olhava para o céu, para o mar e para as dunas. Sabia que Nicolas faria a mesma coisa. Não era preciso checar, Nicolas estava sempre alerta. Passou meses sozinho atrás de linhas inimigas, meses seguindo um único alvo. Homens como Nicolas nunca eram encurralados, eram eles quem encurralavam. Ryland ficou feliz por estar protegido.

Nicolas colocou o dedo na boca e assoviou, um som alto que se propagou, Ryland se virou e correu para perto de Jeff Hollister, que chegava à margem, segurando a prancha embaixo do braço.

— O que estão fazendo aqui?

— Vamos levá-lo para casa — Ryland indicou a cobertura de montes próximos, distantes das dunas abertas.

— Cowlings está aqui, em algum lugar. Eu já o vi duas vezes me observando. — Hollister tirou a prancha da frente e correu descalço pela praia, com Ryland cobrindo sua retaguarda. — Você não deveria ter vindo, capitão. Não posso voltar. Não quero viver com o cérebro morto.

— Economize o fôlego — disse Ryland. — E corra para valer.

O assovio foi ouvido uma segunda vez, uma única nota dessa vez. Ryland saltou sobre Jeff, derrubando-o na areia e protegendo-o com seu corpo. Balas reverberaram na areia ao lado deles. Ele não tinha ideia do efeito que a morte em sonho teria em seu corpo, fisicamente, mas temia a resposta. Os dois rolaram em direção às ondas e ficaram em pé. Não olharam para trás, e correram em ziguezague para se tornarem alvos difíceis.

Ao escutar novamente o assobio, Ryland deu a ordem, e os dois, imediatamente, caíram na areia, deitando-se de bruços para se proteger. As balas passavam por cima da cabeça deles. Eles mergulharam atrás das rochas e se abaixaram, forçando os pulmões a assumir um ritmo mais lento.

– Seu cérebro não está morto, idiota – disse Ryland, dando um empurrão carinhoso em Jeff. – Você está em um sonho. – Ele olhou ao redor. – Onde está a moça?

– Ela estava aqui até eu ver aquele sapo, o Cowlings – Hollister riu. – Percebi que havia algo errado quando ele não tentou me pegar. Percebi que ele estava aqui para me matar. Quando ele esperou, percebi que queria que você aparecesse.

– Ele não contou com Nicolas – Ryland sorriu, tirou uma arma de baixo da camisa e a entregou a Jeff. – Se você tivesse cérebro, para começo de conversa, teria percebido que não poderia estar com a mente morta, caso contrário não teria conseguido entender tudo.

Jeff deitou-se, ajeitando-se em uma depressão entre duas rochas para observar melhor.

– Veja quem se meteu em uma armadilha. – Ele deu três tiros rápidos em sequência e usou o tempo para garantir uma posição atrás de uma rocha maior e mais plana, que lhe rendia uma visão melhor.

Ryland o observou com atenção. Eles estavam em um sonho, mas Jeff havia se esquecido disso e arrastava uma perna.

– Não é uma emboscada se você sabe que eles estão esperando. Ninguém escapa de Nicolas quando ele está caçando. Só precisamos ficar um pouco aqui e deixá-lo fazer o que ele faz de melhor. Cowlings não sabia que Nicolas podia entrar em sonhos. – Enquanto falava, Ryland abriu distância de Jeff Hollister. A armadilha tinha sido montada para pegar Ryland. Se Ryland não tivesse vindo buscar Hollister, Cowlings o teria atacado.

Tire o Jeff daqui, Kaden. Tire-o. Ryland deu a ordem por meio de seu elo telepático com seu subordinado. Jeff havia criado o sonho, por isso seu afastamento aumentaria o peso de manter o sonho para Ryland.

Hollister gemeu, protestando, mas a força combinada de todos os homens era mais forte do que sua vontade. Jeff sentiu o colchão macio sob suas costas e esperou pela dor forte. Abriu os olhos cuidadosamente. Lily Whitney estava ao seu lado, falando baixinho, perguntando um monte de coisas, ocupando sua mente para impedi-lo de pensar nas possibilidades do prejuízo cerebral.

Consegue tirá-lo, Nicolas? Ryland sentiu uma onda repentina de energia no ambiente ao redor deles. *Cuidado, ele está tentando se projetar.*

Preciso chegar mais perto.

Ele está em ação. Está correndo. O vento aumentou de repente, de modo feroz, criando uma tempestade de areia no mesmo instante. Ryland disse um palavrão e saiu correndo, mudando de posição rapidamente. A areia fazia sua pele coçar. Ele manteve os olhos fechados, mas permitiu que seus sentidos percebessem a paisagem, procurando ondas de energia que indicassem atividade "quente".

Ouviu o zunido de uma bala que acertou as rochas onde ele estava. De repente, ouviu-se o som de passos de alguém correndo na areia. Ryland ergueu a cabeça para ver quem era, e viu Cowlings correndo em direção ao que parecia uma porta. Antes de chegar a ela, Nicolas ficou em pé nas dunas, empunhando uma faca.

Ryland sentiu a onda repentina de energia pura, e Cowlings simplesmente desapareceu. *Kaden! Leve-nos agora. agora! Nicolas, acorde!* Ele hesitou o suficiente para ter certeza de que Nicolas o obedeceria antes de seguir. Atrás dele, o mundo se transformou em um inferno, com o fogo caindo do céu, um caldeirão de chamas laranjas e vermelhas.

Nicolas e Ryland se entreolharam dentro do cômodo seguro.

– Vocês sentiram isso? – perguntou Ryland aos outros.

– O que foi? – perguntou Kaden.

– Não foi Cowlings. Ele não poderia produzir tanta energia. Seus poderes telepáticos não são, nem de perto, tão fortes – disse Ryland.

Fez-se um breve silêncio. Nicolas ficou em pé, alongou-se e foi para o lado de Hollister. Quando passou por Kaden, colocou a mão no ombro dele em agradecimento.

— O que você acha que foi? — Nicolas perguntou a Ryland.

— Acho que alguém usou Cowlings como um conduíte. Estamos lidando com energia. Existem todos os tipos de energia. — Ryland olhou para Lily. — Quem saberia manipular voltagem no ar?

Lily suspirou.

— Alguém da Donovan.

DOZE

‖‖‖‖‖‖‖‖‖‖‖‖‖‖‖‖‖‖‖‖‖‖‖‖‖‖‖‖‖‖‖‖‖‖‖‖‖‖‖

— Tem certeza de que quer voltar aqui, Lily? – perguntou John Brimslow sem desligar o motor do carro, esperando que ela lhe pedisse para levá-la para casa.

– Tenho muito trabalho, John – disse ela. – Não posso me atrasar muito. E não se preocupe em me pegar. Deixei meu carro aqui e posso dirigir até em casa.

– Não vou dizer a você o que fazer, Lily, mas não gosto disso – John suspirou. – Não me parece direito. Sei que você conversou diversas vezes com os investigadores a respeito do desaparecimento de seu pai...

– Ele está morto, John – disse ela, baixinho.

– O que disseram a você?

– Eu sei que está morto. Eu o "senti" morrer. Ele foi assassinado. Foi lançado para fora de um barco, no mar. Estava sangrando muito, por isso logo morreu, mas ainda estava vivo quando caiu no mar frio. – Lily passou a mão no rosto. – Alguém daqui – ela apontou para o complexo de prédios – tem algo a ver com a morte dele.

– Pronto, Lily, você não pode voltar para aquele lugar. – John ficou irado. – Precisamos procurar a polícia.

– E o que vamos dizer-lhes, John? Que meu pai realizou experimentos com seres humanos e abriu uma comporta que não conseguiu fechar? Que me conectei com ele enquanto estava morrendo e que, antes de o jogarem no mar, ele me disse que alguém da Donovan era o responsável? Você acha que acreditarão em mim ou me internarão em um hospício? Eu seria a filha histérica, ou pior, a filha que herdou uma fortuna quando o pai desapareceu...

— Você já tinha a fortuna — disse John, mas ele balançava a cabeça com tristeza, sabendo que ela estava certa. — O que quer dizer com "realizou experimentos com seres humanos"? O que você está dizendo sobre "comportas físicas"?

Lily soltou o ar lentamente para recobrar a calma.

— Sinto muito, John, eu não deveria ter dito isso. Você sabe que o meu pai pesquisava para o exército e, com frequência, se envolvia em projetos com nível alto de segurança. Eu nunca deveria ter sequer mencionado isso. Por favor, esqueça o que eu disse e nunca diga nada a ninguém. — Foi por medo e desgaste que ela voltou atrás. Havia uma certa inocência, uma fragilidade a respeito de John que a fazia sempre querer protegê-lo.

— Arly sabe disso tudo?

Lily se recostou no assento e olhou para o senhor, analisando seus traços. Desde o desaparecimento de seu pai, ele parecia mais velho e mais magro.

— John, você não está passando as noites acordado, está?

— Tenho dormido na cadeira velha no fim da escada que leva para a sua ala. Tenho uma arma — ele confidenciou, desviando o olhar para longe do dela.

— John! — ela se assustou. Não conseguia imaginar John atirando em alguém. Ele podia lutar, mas com espada. Ela conseguia vê-lo acertando um tapa com luva branca e desafiando alguém para um duelo, mas não conseguia imaginá-lo puxando o gatilho e matando uma pessoa. — O que, diabos, está pensando? — Ela ficou tocada pela devoção dele. — Arly mantém a casa tão segura, que até as aranhas têm medo de tecer teias ali. Você não pode fazer isso.

— Um invasor entrou uma vez, Lily, e não vou perder você. Alguém precisa cuidar de você agora, e tenho feito isso há quase trinta anos.

— Eu amo você, John Brimslow, e me sinto eternamente grata pela sua presença em minha vida — ela disse. — Não existe a menor necessidade de me proteger. É sério, Arly vasculhou a casa de novo com todos os equipamentos novos. Ele tem um ego grande e ficou chateado por ver que alguém havia brincado com seus brinquedinhos. – Ela riu de modo maldoso. – Eu me diverti muito quando disse isso a ele.

– Não tanto quanto Rosa se divertiu. Ela riu dele em dois idiomas e acredito que a palavra "incompetente" surgiu mais de uma vez. – John sorriu ao se lembrar daquilo.

– Quase fiquei com pena dele, mas qualquer homem mais magro do que eu merece ser perturbado. Deseje-me sorte, John, e pare de se preocupar. Vai dar tudo certo. – Torcendo para que seu desejo se tornasse realidade, Lily deu um beijo no rosto dele, saiu do carro e caminhou em direção à entrada.

Ryland ficou furioso ao saber que ela estava indo à Donovan, discutiu e ameaçou entrar no prédio para ficar de olho nela. O homem tinha um gênio extraordinário, que fervilhava como um vulcão em erupção. Ele podia ser assustador se ela fosse tola o bastante para permitir.

Felizmente, foi essencial levar Jeff Hollister ao dr. Adams. Todos sabiam disso. O lado direito de Hollister estava fraco, e uma das pernas não apresentava reflexos. Havia alguns pontos de seu rosto sem sensibilidade, e ele sentia tremores na mão direita, às vezes. Lily não tinha conseguido detectar nenhum problema significativo de memória, nem de fala, mas queria um especialista que pudesse acompanhá-lo. E queria saber se os eletrodos deveriam ser removidos ou se seria mais seguro deixá-los onde estavam. Jeff precisava de exames cerebrais e de ajuda além do que ela poderia fornecer.

– Dra. Whitney! – Ela se virou, um arrepio percorreu sua espinha quando o coronel Higgens se apressou para alcançá-la. – Vou acompanhá-la ao escritório.

Lily sorriu. Educada. Princesa de gelo. Por algum motivo, as palavras de Ryland a haviam confortado. Ela não se importava nem um pouco em ser arrogante ou uma princesa de gelo perto de Higgens.

– Obrigada, coronel. Estou surpresa por vê-lo aqui. Eu tinha uma imagem de coronéis sempre realizando inspeções militares e perturbando a todos. – Ela realizou os procedimentos de segurança com certa impaciência. – Que irritante. É bem típico de Thornton fechar o galinheiro depois da fuga das galinhas.

– Thornton e eu temos conversado sobre a situação, dra. Whitney. Ele gostaria de conversar com a senhora no escritório dele.

– Como? – ela continuou caminhando depressa pelo corredor em direção ao seu escritório. – A que situação está se referindo?

– Refiro-me aos homens que escaparam.

– Vocês os encontraram? – ela parou de caminhar para olhar para ele. – Eles conseguiram fazer alguma coisa do lado de fora do ambiente protegido do laboratório? – Mesmo com todas as barreiras e proteções, ela sentia ondas de reprovação emanando de Higgens. Era mais do que reprovação. Violência e cobiça ferviam dentro dele. Ela chegava a sentir o fedor de ovos podres. Lily ficou enjoada.

– Ninguém os encontrou. Por que você não trabalhou ontem?

Lily manteve-se calada olhando para ele, com uma das sobrancelhas perfeitamente arqueada, esperando até que ele se movimentasse, de modo desconfortável.

– Não tenho o hábito de dar satisfações a ninguém, coronel Higgens, ou, pelo menos, não para pessoas que nada têm a ver com o meu trabalho. Assim que aqueles homens conseguiram escapar, eu não tinha mais nenhuma relação com o projeto. Fui chamada como consultora, o que aceitei como forma de fazer um favor a meu pai e a Phillip Thornton. Sou extremamente ocupada e não tenho tempo para dedicar a um projeto que, basicamente, está morto. – Ela sorriu de modo educado e falso, e entrou no escritório.

Higgens a seguiu, irritado.

– Thornton está vindo para cá. Pensamos que a senhora poderia estar em risco.

– Estou correndo o risco de não realizar o meu trabalho, coronel – ela respondeu, enquanto colocava seu avental branco. – Se o senhor não tem nada de grande importância a me dizer, vou pedir que se retire. Agradeço pela preocupação, de verdade, mas tenho um ótimo segurança.

Phillip Thornton entrou no escritório. Ela sentiu ondas de medo e percebeu que ele estava morrendo de medo de Higgens.

— Lily! Eu estava preocupado. Telefonei para a sua casa ontem, mas a sua empregada se recusou a chamá-la.

— Sinto muito, Phillip, Rosa não quer mais que eu venha trabalhar. Ela tem se preocupado comigo desde o desaparecimento de meu pai. Geralmente, trabalho de casa, você sabe. Não pensei que pudesse se preocupar. Estou tentando acalmar Rosa e, ao mesmo tempo, fazer o meu trabalho.

— Rosa não é a única a se preocupar com você, Lily. O coronel Higgens e eu sentimos que o perigo é muito real, que o capitão Miller e sua equipe podem sequestrá-la.

— Oh, pelo amor de Deus. — Lily recostou-se na beirada de sua mesa e cruzou os braços, irritada. — Eu podia esperar a histeria de Rosa, mas não de você, Phillip. Por que Miller poderia querer me sequestrar? Não sei de nada a respeito desse projeto; entrei atrasada e sei menos do que vocês dois. Penso que ele teria mais interesse em levar um de vocês.

— Ainda acho que devemos montar uma equipe para a sua proteção — disse Phillip.

— Uma equipe? — Lily ergueu ainda mais a sobrancelha. — Minha família ficaria bem com um guarda-costas. O que quer dizer com "equipe"?

— O capitão Miller é o líder de um grupo de elite de soldados, todos com formação nas Forças Especiais — disse o coronel Higgens. — Um único guarda-costas não conseguirá protegê-la deles. Tenho uma equipe de soldados, altamente treinados, prontos e disponíveis para ajudar.

— Isso não faz sentido para mim. Por que Miller viria atrás de mim? Ele sabe que não sei nada e que não posso ajudá-lo. E não estou no exército, sou uma civil. Não se pode justificar o uso de soldados para a minha segurança. Acredito que todos estamos exagerando por causa do desaparecimento de meu pai. Estamos todos um pouco alterados, mas acho que pedir que soldados me protejam é um pouco demais. Phillip, se você está tão preocupado, para acalmar a sua mente, pedirei a Arly para encontrar alguém. Mas, aqui, preciso passar por todos os procedimentos de segurança, e ter alguém comigo seria um grande transtorno.

— Posso encontrar para você alguém que possa fazer a sua proteção — Thornton ofereceu.

— Deixe-me apenas trabalhar — Lily disse, sorrindo, para aliviar a acidez de suas palavras. — Saiba que agradeço sua preocupação, de verdade, mas o capitão Miller me viu apenas algumas vezes, duvido que ele se lembre de mim.

— Ainda quero que faça o seu melhor nisso, Lily, analise tudo o que seu pai tinha e tente entender o que ele fez. É importante. — Thornton sabia que não havia mais o que ser dito para convencê-la.

— Tudo é importante. Tudo bem — Lily disse, suspirando. — Em meu tempo livre, se eu tiver, vou ver o que eu consigo descobrir.

Thornton guiou Higgens para fora do escritório e então se virou abruptamente.

— Oh, Lily, eu me esqueci totalmente. O evento de arrecadação de fundos será na quinta à noite. Seu pai ia fazer um discurso.

Lily estava olhando para ele, com o rosto impassível, o coração batendo forte. Naquele momento, ela teve certeza de que Phillip Thornton estava envolvido na morte de seu pai. Percebeu a culpa que tomava conta dele, a maneira com que ele desviou o olhar, o repentino odor de suor de seu corpo. Ela apertou a beirada da cadeira, controlando-se. Estava com medo de se mexer, de falar, certa de que diria algo que mostraria que ela sabia mais do que demonstrava. Ela já suspeitava, mas naquele momento, teve certeza. Conhecia Phillip Thornton havia muito tempo e apenas assentiu brevemente. Ele prosseguiu:

— Você sabe como esse evento é importante para a nossa empresa e para os pesquisadores. Mais de sessenta por cento de nossos fundos podem vir desse evento. Várias pessoas importantes e generais virão, incluindo McEntire e Ranier, e precisarei de sua ajuda. Você sabe como funciona, pois já esteve presente em muitos desses eventos.

– Eu me esqueci completamente, Phillip.

– É compreensível, Lily – disse ele –, e eu não pediria isso a você se não fosse necessário. Todos esperam que você esteja presente.

Ela assentiu. Tinha sido coberta por condolências, desde o presidente até os técnicos do laboratório. Sabia que esperariam por ela em um evento público como aquele.

– Eu vou, Phillip, claro que vou.

– E vai fazer um discurso? – Os dois sabiam que, com o desaparecimento de seu pai, seu discurso levantaria ainda mais dinheiro que o normal. Todos estavam procurando uma maneira de demonstrar apoio a Lily, e ela sabia o que aconteceria no evento de arrecadação de fundos.

– Claro, Phillip – ela disse, sinalizando-lhe que saísse do escritório.

O general Ranier estaria presente, e ele sempre a chamava para dançar. O evento de arrecadação lhe daria a oportunidade de analisar o general e descobrir se ele, assim como seu colega, o general McEntire, estava envolvido. Lily havia se esquecido totalmente do evento mais importante do ano na Donovan. Seria a primeira vez que ela iria a um evento daquele porte sem o pai, o que a deixava triste. Sentou-se à sua mesa por um momento, lamentando a morte dele, sentindo a sua falta.

Lily deixou a dor de lado, evitando anunciá-la alto demais e estabelecer uma conexão com Ryland. Se ele acreditasse que ela estava chateada ou em perigo, encontraria uma maneira de se aproximar. Ela ficou surpresa ao perceber que tinha tanta certeza em relação de que ele viria.

Depois de muitas horas trabalhando no laboratório, perdendo-se entre fórmulas e padrões, percebeu quanto tempo havia transcorrido e ficou irritada. Rapidamente, organizou as anotações e correu pelo corredor até o elevador que a levaria ao andar térreo. O hospital era pequeno, mas tinha equipamentos de causar inveja a qualquer hospital ou centro de traumas. Lily entrou, passando pelos procedimentos de checagem para acessar os registros de que precisava. Já tinha lido todos os registros a respeito de Ryland e seus homens.

E então começou a pesquisar os funcionários, analisando registros para descobrir quem estivera trabalhando nas datas das internações dos fantasmas ambulantes, procurando um padrão. Lily sempre via os padrões e certamente existiria um ali. Ela analisou os registros pertinentes, anotou nomes e correu para os laboratórios que ficavam nos andares inferiores. Dessa vez, foi até o escritório do pai.

Lily ainda conseguia sentir o cheiro do cachimbo do pai, assim como no escritório que ele mantinha em casa. Ninguém havia limpado a sala, apesar de seus documentos terem sido analisados. Ela foi diretamente para a mesa dele e ligou o computador. Ao pegar o teclado, derrubou o mouse no chão. Irritada, procurou pelo objeto embaixo da mesa com o pé, mantendo os olhos fixos na tela à sua frente. Bateu os dedos em um bloco de cimento e sentiu uma dor forte que subiu pela perna. Lily espiou embaixo da mesa. O mouse estava no fundo, perto da parede. Ela engatinhou embaixo da mesa para reaver o objeto, puxando-o pelo fio. Estava começando a voltar, quando o canto do bloco de cimento chamou sua atenção. Ele não fazia parte da parede.

Lily sentou-se no chão e ficou olhando para ele por um momento. Teve de enfiar a cabeça embaixo da mesa ao se aproximar. Não foi fácil pegar o bloco de cimento; parecia estar preso, mas ela foi com calma e o soltou. Quando finalmente conseguiu pegá-lo, viu que seu pai havia aberto uma parte atrás do bloco para criar um pequeno espaço. Havia, na parede, um pequeno gravador ativado por voz.

Inesperadamente, alarmes começaram a soar pelo prédio. Assustada, ela se endireitou, batendo a cabeça na beirada da mesa. Conseguiu escutar os guardas correndo no corredor perto do escritório. Lily ficou escutando o alarme por um momento, mas não havia qualquer anúncio de perigo, por isso, ela o ignorou enquanto tirava o gravador da parede.

Soltou a respiração lentamente ao segurar o objeto em suas mãos. Estava muito escuro embaixo da mesa, mas ela percebeu qua havia, ali, um pequeno disco, tão pequeno que quase não o notou. Não havia capa, nada para protegê-lo da poeira. Ela viu que um disco já estava na máquina, e ela colocou o segundo no bolso de seu avental branco antes de sair de baixo da mesa.

As mãos de Lily tremiam quando ela se sentou à mesa do pai e se inclinou para o pequeno gravador. Nada aconteceu quando tentou tocar o disco. Ela xingou e procurou pilhas nas gavetas. Não havia pilhas de nenhum tamanho nas primeiras gavetas. Lily segurou o gravador em uma das mãos e inclinou-se para procurar nas outras gavetas.

Ela soube, mesmo antes de se virar, erguendo-se e já esperando o ataque, sabendo que era tarde demais. Queria tanto escutar a voz do pai, esperando encontrar provas de seus assassinos, que não havia prestado atenção ao seu próprio sistema de alerta. Virou a cabeça e viu a presença borrada de um homem. Ondas de violência e agressão chegaram até ela, um pouco antes de tudo explodir. Um punho grande acertou a lateral de sua cabeça. Tudo ficou preto. Lily estendeu o braço para tocar seu agressor, passando as unhas por seu rosto, rasgando a camiseta dele ao cair. Não conseguiu ver quem era, mas escutou quando a xingou. Ela sentiu o segundo golpe e desmaiou.

Ryland não estava satisfeito com o plano. Passara a maior parte do dia pensando, gastando os carpetes caros de tanto andar sobre eles. Ele nunca deveria ter permitido a volta de Lily para os laboratórios. A segurança dela era mais importante do que a ilusão de normalidade que ela estava tentando criar. Ele precisava convencê-la a tirar uma licença. Seu pai havia desaparecido, e isso por si só já seria desculpa suficiente para ela dar um tempo no trabalho.

Já havia escurecido e foi a chance deles de mover Jeff Hollister. Ryland não gostava da ideia de tirá-lo da casa, mas Lily insistiu que seu amigo, o dr. Adams, tinha equipamentos mais avançados montados em sua casa. Lily tinha deixado uma van e dois carros separados para eles, na entrada da floresta, fora da propriedade em si. Arly garantiu a Ryland que o médico guardaria segredo.

Ryland não queria pôr em risco a vida de Hollister. Agiriam como se estivessem em um território inimigo.

– Nico, preciso que você nos escolte. Use o túnel perto da floresta. Não podemos percorrer uma distância muito grande com Jeff. Marque cada posição possível do inimigo.

– E se o inimigo for encontrado, senhor? – Ele perguntou com discrição.

– Não faça nada. Não queremos evidência de que estávamos perto da casa de Lily, Nico.

Nicolas demonstrou compreender. Ele se inclinou para Hollister.

– Estou trabalhando muito para conseguir as aulas de surfe que você me prometeu.

Jeff ergueu uma mão trêmula, segurou a mão de Nicolas.

– Você será um ótimo surfista, Nico, independentemente de eu ensinar a você ou não.

– Eu só aprendo com os melhores, Hollister, por isso você precisa se recuperar. – Nicolas segurou a mão de Jeff com força, e abruptamente saiu da sala, em silêncio.

Ryland fez um gesto para Ian McGillicuddy, e os dois saíram para o corredor.

– Precisaremos de dois homens cuidando de Jeff no consultório do médico. Quero que você e Nico cuidem da segurança dele. Não sabemos nada sobre esse médico. Se a Lily está pagando para ele, quer dizer que ele pode ser comprado. Um de vocês deve ficar acordado o tempo todo.

– Você tem ideia de como vai sair dessa confusão, capitão? – Ian quis saber.

– Quero que todos realizem a série de exercícios que Lily nos deu. Ela diz que se aprendermos todos eles, teremos uma boa chance de conseguir viver no mundo em condições normais. Ela acha que o experimento não foi um fracasso, que poderia ter sido muito bem-sucedido se tivéssemos aprendido as coisas que deveríamos ter aprendido.

— Ela acha que Higgens matou os outros? — Ian perguntou. Sua voz saiu fria, um brilho de ira em seus olhos.

— Higgens está envolvido, sim, e também o general McEntire. Parece que até Ranier pode estar envolvido, mas não temos provas. Assim que dominarmos os escudos mentais, conseguiremos caçar os responsáveis. Eles não são apenas assassinos, são também traidores de nosso país — disse Ryland. — Eles têm que nos matar agora. Não têm outra opção. Não tire os olhos de Jeff, nem mesmo por um momento. Não vou perder mais um homem.

— Não vai perder, capitão, não sob a minha supervisão — disse Ian. — E Nico nunca erra.

— Fique atento ao Jeff, Ian.

— Vou ficar, capitão.

Eles voltaram para o quarto de Hollister, onde os outros esperavam, ansiosos.

— Assim que Nico nos der a deixa, vamos levar Jeff para fora — disse Ryland. — Tucker, você é o mais forte. Quero que o carregue para fora.

— Não se preocupe, vou cuidar de você como quem cuida de um recém-nascido — Tucker sorriu para Jeff com seus dentes extremamente brancos.

— Não acredito que ele vai fazer você me carregar — Jeff gemeu.

— Vou tomar cuidado para que ele não derrube você mais de uma vez, surfista, apesar de eu achar que você ficaria curado se caísse e batesse a cabeça. — Sam o cutucou, com bom humor.

— Cuide dele, Sam. Não quero que machuquem o surfista. Eu teria de enfrentar a mãe dele — disse Ryland.

— Com certeza não receberíamos mais biscoitos — reclamou Gator. — Ninguém faz biscoitos como a mãe de Jeff.

— Isso sem falar — Jonas Harper olhou de onde estava, afiando uma lâmina de dez centímetros com cuidado —, que ele é um ímã de mulheres. O bonitão do Hollister desce a rua e não precisamos procurar mulheres, elas simplesmente o seguem.

— Isso porque ele não está sempre acariciando uma faca, Jonas. — Kyles Forbes esticou as pernas e começou a rir. — As mulheres saem correndo quando você chega.

— Lançar facas não impressiona muito as mulheres, Jonas. — Sam deu um chute em Jonas, brincando.

— Eu fazia isso quando trabalhava no circo — disse Jonas. — Elas achavam *sexy*.

Jeff arremessou o travesseiro em Jonas e disse:

— Você adoraria que elas o achassem sensual. Sua última namorada não jogou cerveja em sua cabeça?

Todos riram. Jonas levantou a mão e respondeu:

— Isso não conta. Ela me pegou com as gêmeas Nelson sentadas no meu colo. E pensou em algo totalmente errado.

— Não foi o que fiquei sabendo, Jonas. Pensei que ela tivesse flagrado você na cama com as gêmeas — disse Tucker. Ele pegou o travesseiro de novo, e, sem querer, bateu com ele na cabeça de Gator.

— Foi o que fiquei sabendo também — disse Kyle —, mas as gêmeas estavam escondidas embaixo da cama.

Todos riram com o comentário de Kyle. Jonas entendeu a brincadeira e sorriu.

— Vocês estão se achando. Gator tem sangue cajun e Jeff fica aí com cara de bobo, e as mulheres caem aos pés deles.

— Sei que você não quis me ofender — disse Jeff. — Está aproveitando que estou preso nesta cama.

— Tenho pensado nisso, Hollister — Jonas riu animado. — Com você fora de cena, pode ser que eu tenha uma chance com as gêmeas Nelson. Tucker, largue-o sozinho na floresta, vai nos fazer um favor.

Kyle ergueu uma sobrancelha. Normalmente um homem muito calado, um gênio com explosivos, entrou na brincadeira para manter Hollister animado.

— Jonas, você não está se esquecendo das irmãs dele? Você roubou a foto de uma delas, que ele tinha na carteira, e sei que a beija todas as noites. Você acha que alguma daquelas moças vai olhar para você se não conseguir levar o irmãozinho querido delas para casa em segurança?

O travesseiro voltou a ser lançado, acertando a nuca de Jonas.

— Foi você quem roubou as fotos das minhas irmãs, seu maluco pervertido, viciado em faca. Não olhe para as minhas irmãs. As duas vão ser freiras. — Jeff se benzeu e beijou o polegar.

Temos espiões, Rye. E eles não são civis. Nicolas sempre falava no mesmo tom de voz. Ninguém nunca o vira excitado nem nervoso.

Temos de ir? Podemos passar com Jeff por eles? Ryland confiava muito no bom senso de Nicolas. *Não podemos colocar Lily em risco.* Tinha sido decisão dele usar a comunicação telepática, apesar de Cowlings. O homem tinha pouca habilidade telepática, e Ryland julgou que o risco de ele estar perto o suficiente para captar a comunicação seria mínimo. *Eles não estão arriscando a tarefa. Acredito, Rye, que estão aqui para observar a mulher. Eles não têm ideia de que estamos aqui e com certeza não acham que chegaremos.*

Então temos de ir. Sinalize quando estiver livre. Vou mandar Tucker sair com Jeff. Sam cuida da retaguarda deles. Ian dirige. O resto controla os observadores.

Estão vulneráveis. Estão entediados e em alerta máximo. Não acho que teremos muitos problemas. Diga a Tuck para vir correndo.

— Podemos ir, Jeff — disse Ryland com gentileza. Ele fez um sinal em direção a Tucker. — Kyle e Jonas sairão antes de você. Nico está esperando. Sabemos que eles estão lá fora, sabemos que estão observando, mas eles não podem saber que estamos aqui. Esse é o ponto. Caminhem como os fantasmas que são e passem pelas fronteiras deles. Vamos nos encontrar na casa do médico. Mantenham-se unidos até chegarmos lá. A única responsabilidade que têm é manter a vida de Jeff, e a de vocês também. Se o local estiver quente, saiam imediatamente e voltem para cá. Vejam se não estão sendo seguidos. — Ele os observou por um momento. — Lembrem-se: todas aquelas pessoas, soldados, civis, todas elas, acham que estamos fugindo, que cometemos crimes. A menos que a vida de vocês ou a vida de sua equipe esteja em perigo, não usem a força máxima.

Ryland fez um sinal para Kyle e Jonas. Os dois seguraram o ombro de Hollister com força e seguiram Ryland quarto afora, rumo ao túnel. Tinha sido um longo dia que passaram cuidando de Jeff, preocupando-se com ele, vendo o dano causado a seu lado direito, mas sem poderem fazer nada para ajudá-lo. Eles tinham esperado pelo pôr do sol e pela escuridão. Era a vez deles. Quando os fantasmas podiam caminhar. Finalmente eles podiam fazer alguma coisa.

Quando os funcionários do dia se foram, eles puderam se movimentar mais livremente sem o receio de serem descobertos. Eles tinham toda a tecnologia de que precisavam, mas isso nunca substituiria a crença que tinham neles mesmos.

Ryland saiu do túnel primeiro, movendo-se rápida e silenciosamente, passando pela escuridão, mantendo-se nas sombras. Ele conseguia sentir a onda de energia crescendo conforme os homens começaram a se projetar, sussurrando, dizendo aos guardas para olharem para as estrelas, para que vissem a beleza da noite. Para que ficassem cegos e surdos. Para que olhassem para o outro lado enquanto Ryland sinalizava para Tucker e Sam levarem Jeff Hollister para fora.

Tucker era grande como o tronco de uma árvore. Carregava Jeff bem protegido contra seu peito. Jeff não era pequeno, mas parecia uma criança perto dos músculos desenvolvidos de Tucker. Apesar de ser um homem grande, Tucker Addison caminhava como o fantasma que era, pairando sobre o campo sem qualquer barulho. Sam manteve o ritmo atrás dele, com os olhos inquietos, constantemente procurando os observadores, com a arma em punho.

Ryland redirecionou os guardas para longe do caminho na mata que Tucker precisava tomar para encontrar Ian e o carro. Ryland liderava o caminho, indo na direção do guarda mais resistente. Ele se concentrou em "forçar" em um deles a necessidade urgente de conversar com seu colega. Ryland deitou-se de barriga para baixo e se aproximou do guarda. Ele estava reagindo à influência mental coçando a cabeça, balançando-a como se precisasse limpar a mente. O guarda começou a caminhar de um lado para o outro, sem parar, pressionando os dedos sobre os olhos.

Ryland ergueu a mão, sinalizando para que Tucker se embrenhasse nas sombras com seu amigo.

Vou voltar para cobrir você, Nicolas disse.

Tire-os daqui em segurança, foi a ordem de Ryland. *Cuide do Jeff.* Ele se aproximou do guarda, ficando a poucos metros dele. Reuniu sua energia, sua força. Tinha de parecer um acidente, um acidente crível. Ryland rezou baixo pedindo por perdão se alguma coisa desse errado.

Dois garotos vindo. Adolescentes. Nicolas informou-lhe.

Ryland soltou o ar lentamente, aliviado. Deixou os músculos relaxarem. *Use-os. Mande-nos por esse caminho, até o guarda. Eles podem ser a distração que precisávamos.* Ele se concentrou na conexão, criando a ponte para os garotos que passavam pela mata com uma lanterna e armas de chumbinho. Eles mudaram de direção imediatamente, altamente suscetíveis às ondas de energia que os atraíam.

O guarda virou-se em alerta enquanto os meninos riram de uma piada que um deles contara. A luz da lanterna iluminou o rosto dos dois, cegando-os temporiamente. O guarda estava de costas para Tucker e para os outros. Ryland fez um sinal para irem adiante e ele começou a se retirar, movendo-se com cautela para longe do guarda, mantendo-se abaixado e usando as conversas como cobertura.

Tucker se moveu pela mata rapidamente, mantendo-se nas sombras, entre as árvores, até mesmo nas partes mais sombrias, evitando galhos e folhas que poderiam denunciá-lo.

Sam correu paralelamente a Tucker e Jeff, mantendo o corpo entre os dois e os guardas.

Eles se foram. Ian está com eles. Tudo limpo, Rye. Ian havia retirado a luz de cima do caminhão, de modo que Tucker e Sam pudessem colocar Jeff ali dentro com cuidado, sem o brilho da luz para entregá-los.

Nicolas entrou em um carro ao lado de Kaden, que deu a partida antes de a porta ser fechada. *Estamos fora. Estamos fora.*

Ryland fez um sinal para Kyle e Jonas,que estavam diante dele, e abaixou-se para proteger seus homens enquanto eles saíam apressadamente da mata. Atrás deles, o guarda ainda estava lidando com os adolescentes, fazendo perguntas com a intenção de assustá-los.

Ryland foi o último homem no terceiro veículo, pedindo a Kyle que se movesse antes de estar totalmente dentro do carro. Eles tomaram o cuidado de obedecer a todas as leis de trânsito, não desejavam correr o risco de serem parados por um policial. A casa do dr. Brandon Adams ficava a muitos quilômetros da propriedade dos Whitney. Era uma casa bonita e grande, cercada por gramados bem aparados e cercas de ferro fundido.

Kyle entrou, desceu quase um quilômetro e meio pelo caminho, virou e passou pela propriedade novamente. Ele diminuiu a velocidade o suficiente para permitir que Ryland e Jonas saíssem antes de dar mais uma volta. Em um retorno um pouco mais adiante da casa, Kile estacionou o carro sob os galhos frondosos de uma árvore. Ryland e Jonas já estavam montando a escolta, espalhando-se para cobrir uma área maior. Nicolas e Kaden cercaram a propriedade do outro lado.

Ian? Está sentindo alguma coisa ruim que queira compartilhar conosco?

Não, acho que podemos ir.

Ryland observou tudo com a mesma atenção que dedicava a todas as tarefas. Cercaram a casa, demorando-se, avaliando todas as posições onde alguém poderia estar deitado à espreita para pegá-los em uma emboscada. Não havia ninguém por perto. Kaden e Nicolas passaram pela alta cerca que protegia a ampla varanda. Kaden continuou até a lateral da casa, entrando por uma janela no segundo andar. Nicolas entrou pelo andar térreo, pelos fundos. Ryland entrou por uma porta de vidro de correr. Entrar pela porta era brincadeira de criança.

Ele caminhou pelos cômodos, analisando a casa. Estava vazia, como Adams dissera a Lily que estaria. Ryland conseguiu escutar o médico caminhando no andar de cima.

Limpo, Kaden disse.

Limpo, Nicolas acrescentou.

Traga-o para dentro. Ryland colocou-se em posição atrás da escada.

A campainha tocou melodiosamente. Um homem alto e magro desceu a escada correndo. Ele estava vestindo uma calça preta e uma camiseta branca, que pareciam muito caras. Abriu a porta sem hesitar. Tucker não esperou ser convidado para entrar, e levou Jeff para dentro. Sam e Ian os acompanharam e fecharam a porta atrás de si, trancando-a.

— Traga-o para os fundos. Recentemente, fechei a pequena clínica que mantinha, por isso tenho todos os equipamentos de que precisamos. — O médico os guiou pelos cômodos espaçosos. — Preparei um quarto nos fundos da casa e tirei uns dias de folga. Lily pediu que o devolvesse a ela o mais rápido possível.

— Ela disse que ficaríamos hospedados aqui? — perguntou Ian. — Vamos nos revezar para vigiá-lo.

— Fiquem à vontade, mas duvido que seja necessário. Acho que ele vai ficar bem.

A sala era grande e arejada, com uma vista maravilhosa. Ian caminhou até as janelas e puxou as cortinas pesadas. Sam abriu os armários e todas as portas.

— É muito necessário, doutor, mas não se preocupe, não vamos atrapalhar o seu trabalho. Somos autossuficientes — disse Ian ao colocar o pacote sobre a mesa — Trouxemos nossos alimentos.

Lily tomou o cuidado de enviar muitos alimentos quando soube que os homens ficariam ali. Ela também havia insistido para que continuassem com os exercícios.

— Queremos proteger a casa — disse Ian.

— Não sei o que quer dizer com isso — o médico ergueu as sobrancelhas.

— Suas fechaduras são comuns — explicou Sam. — Qualquer criança consegue entrar.

— Tenho uma trava nas portas da frente e dos fundos. — O médico não estava prestando muita atenção à conversa. Inclinou-se para Jeff Hollister, para analisar seus olhos. Seu tom de voz não demonstrava preocupação. O dr. Adams não queria nem saber da questão da segurança.

– Não se importa se aumentarmos a segurança, certo, doutor? – perguntou Sam.

– Façam o que achar necessário. – Adams balançou a mão vagamente.

Ryland ficou mais tranquilo. O dr. Brandon Adams tinha a mente parecida com a de Lily. Ela o compreendia. Ele estava interessado apenas em seus assuntos. Não em Jeff Hollister, mas em seu cérebro e no que poderia descobrir a partir dele.

Todo seu, Nico. Estamos indo.

Ryland fez sinal aos outros, e eles saíram da casa com a mesma determinação com que tinham entrado. O médico não soube que eles haviam entrado em sua casa.

TREZE

||||||||||||||||||||||||||||||||||||||||||||||||||||

A casa ainda estava sendo observada. Arly tinha seguranças fazendo patrulha, mas os homens escondidos nas sombras não eram civis.

Ryland sentiu-se inquieto com a separação de sua equipe. E preocupado com Lily. Ele havia tentado se conectar com ela diversas vezes nas últimas horas, mas sem sucesso. Nem ele sabia que contava tanto com aquela conexão, e estava irritado por não conseguir alcançá-la. Depois de colocar Jeff Hollister em um local seguro, passou a se concentrar em Lily, mas não tinha sido capaz de estabelecer nenhum tipo de elo.

Ao longo da tarde e da noite, Ryland apenas foi ficando mais preocupado. Ian se aproximara duas vezes dizendo "sentir" perigo, sem saber por quê. Ryland tentou atribuir isso à equipe militar que guardava a casa. Mas o fato de não conseguir alcançar Lily apenas dificultava as coisas.

De cenho franzido, Ryland moveu-se como um Ghostwalker, para conseguir entender as posições de seus inimigos. Um rádio chiou, o som alto na atmosfera fria da noite. Um guarda acendeu um cigarro, protegendo o brilho vermelho com a mão, mas o odor se espalhou com o vento. Ryland observou todos eles por mais um tempo, analisando o tédio. A noite seria comprida e fria para os observadores.

Por fim, ele viu os faróis e, então, o carro de Lily apareceu na longa estrada. Ela estava em casa e o mundo dele voltava ao lugar. O dia tinha sido comprido até então, e o coração dele batia acelerado sempre que pensava nela sozinha na Donovan. Aquelas pessoas tinham conseguido matar o pai dela, e Ryland temeu que, conforme o tempo passasse e não conseguissem encontrar vestígios dos Ghostwalkers, Higgens começasse a entrar em pânico.

Satisfeito, Ryland movia-se como o vento, silencioso, mortal. Ele se camuflou nas árvores e arbustos próximo da cerca. Arly havia dito que a cerca tinha sensores além dos detectores de movimento que se espalhavam ao longo da propriedade. Ele ficou atrás da árvore que ficava bem atrás da casa, usando os troncos maiores para se esconder ao entrar na floresta mais profundamente. Ryland passou por dois guardas que conversavam monotonamente perto da entrada do túnel mais próximo.

A rosa de caule comprido que ele segurava não tinha espinhos, pois a analisara com atenção. Gostaria de ter dúzias dela para Lily, mas fizera o máximo que sentia ser seguro fazer. Burlando a segurança, ele entrara em uma floricultura no caminho de volta depois da visita a Jeff, e deixara o dinheiro de uma única rosa perfeita em cima do balcão, a ser encontrado por um funcionário que não deve ter entendido nada. Ryland acreditava que, se levasse uma dúzia, não passaria despercebido pelos observadores.

Ele seguiu rapidamente pelas curvas no túnel estreito. O caminho levava aos andares superiores. Os funcionários já não estavam ali havia muito tempo. Mesmo assim, ele passou pela porta com cautela, pronto para qualquer coisa, com todos os sentidos em alerta. A escuridão o recebeu. Até mesmo as luzes noturnas estavam apagadas. Não importava; ele caminhou sem pestanejar em direção a seu objetivo.

Ryland foi de sombra a sombra, passando pela enorme casa rapidamente. Ele se viu logo embaixo da escada que levava para os andares superiores e para a parte da casa onde seus homens o estavam esperando. Subiu as escadas, mas foi para a direita, em direção aos aposentos de Lily.

Dentro do quarto dela, o som chegou a ele. Baixo. Abafado. Lily, a sua Lily, estava chorando. Ele parou de se mexer, tão abalado que chegava a tremer. Escutar aquele choro o deixou arrasado. Seus dedos envolveram a rosa. Ele respirou profundamente, segurou o ar e o soltou lentamente. O choro dela era demais para ele suportar. Fazia com que se sentisse fraco e comprimia seu peito. Ele lembrava a si mesmo, todos os dias, que era uma perda de controle, não uma atitude de macho, de alguém das Forças Especiais, e acreditava, acima de tudo, que Peter Whitney devia realmente tê-lo manipulado de alguma forma, mas nada disso parecia importar.

Mais do que qualquer outra coisa, ele respeitava a coragem, a integridade e a lealdade, e Lily tinha tudo isso em abundância. Sem querer assustá-la, Ryland aproximou-se devagar.

— Lily — ele disse o nome dela delicadamente, uma mistura de calor e intensidade.

Escutou a expressão de surpresa dela.

Ela escondeu o rosto no travesseiro, virando-se para o outro lado, humilhada por ter sido flagrada em um momento tão vulnerável.

— O que está fazendo aqui, Ryland? Arly me disse que você tinha partido, que tinha ido ver Jeff. — Ela estava assustada, e ele percebeu, apesar do som abafado pelo travesseiro.

— Lily, você não estava preocupada comigo, não é? Não pode estar chorando por temer pelo meu bem-estar. — A ideia o assustou e o agradou ao mesmo tempo. Ele esticou o braço para acender o abajur do lado da cama.

— Não. — Ela segurou o braço dele para detê-lo. — Por favor, não.

Ryland ficou em pé por um momento, hesitante, sem saber como lidar com a reação dela. Ele passou as pétalas aveludadas da flor por seu rosto molhado de lágrimas antes de deixar a flor em cima do travesseiro ao seu lado.

Lily surpreendeu-se. Virou a cabeça para olhar para a rosa e olhou para o rosto dele. Havia muito pesar em seus olhos, e ele se sentiu enfraquecido.

— Sinto muito pelo seu pai, Lily, sei a importância que ele tinha para você. — Ele se sentou na beirada da cama, tirou os sapatos com cuidado e deixou a camiseta no chão, ao lado da cama. Lentamente, para não assustá-la, deitou-se ao lado dela. Com muita delicadeza, puxou-a para os seus braços. – Deixe-me abraçá-la, querida, apenas para confortá-la. Só quero fazer isso neste momento. Não quero que você chore de novo dessa maneira.

Lily se aconchegou nele, afundou o rosto em seu peito, e seu corpo relaxou naquele abrigo. Encostou a boca na orelha dele, sua respiração estava quente em sua pele.

– Não é o meu pai, Ryland, é tudo. Um momento de fraqueza. Nada.

Algo na voz dela o assustou. Ele ficou em alerta. Esperou. Respirou profundamente e sentiu o cheiro de... sangue.

– O que é isso? – Ele a apertou de modo possessivo. – O que aconteceu com você? Você está machucada?

– Eu estava no escritório de meu pai – ela se prendeu a ele –, olhando as coisas, e encontrei um pequeno gravador ativado por voz. Alguém entrou e me bateu com força. Eu caí para trás e me acertaram de novo enquanto eu caía. Levaram o gravador.

Ele ficou tenso, um tremor percorreu seu corpo. A raiva foi forte, vulcânica. Disse um palavrão.

– Vou acender uma vela e analisar o seu corpo. Eles a machucaram muito? Onde estavam os imbecis dos guardas da segurança? – perguntou ele.

Ela não respondeu, e Ryland esticou o braço e pegou os fósforos que estavam em cima do criado-mudo. A chama foi pequena, apenas um assobio quando ele acendeu a vela perfumada. Ele deixou o fósforo sobre o prato da vela e segurou o queixo dela com firmeza, virando seu rosto de um lado para o outro para analisar o ferimento. Ele ficou tenso; algo muito perigoso crescia dentro dele e exigia sair. Ryland insistiu:

– Que inferno, Lily, você viu quem fez isso?

– Eu estava me virando quando ele me acertou. Quando me dei conta, estava no chão. – Ela passou o dedo na testa franzida dele. – Estou bem, um pouco dolorida, mas sobreviverei.

Ele passou as mãos em cima da cabeça dela. Sentiu um galo perto de sua têmpora, e ela fez uma careta. Ele assumiu uma expressão predadora, olhou fundo nos olhos dela, uma ameaça que fez com que ela estremecesse. Repentinamente, ele inclinou-se para a frente para acariciar a têmpora e o rosto da moça com o calor de sua boca.

– Você deveria ter seguranças na Donovan. Onde, diabos, estavam aqueles guardas imprestáveis? Onde estavam quando tudo isso aconteceu? Por que não estavam cuidando de você? Eu nunca deveria ter permitido que você voltasse lá. Que inferno, sou um militar e permito que uma civil ande desprotegida em uma situação perigosa. – Ele a deixara sozinha e, agora, Lily estava ferida.

A voz dele era tão linda que penetrava nos poros dela, fundo. Como sempre, ele a tocava como nada mais conseguia tocar. De certa forma, sua cabeça latejou menos com a preocupação dele. Ela acariciou o rosto dele com delicadeza, desejando acalmá-lo.

– Você sabe que foi a minha decisão e ninguém poderia ter me impedido. – Quando ela percebeu que ele estava tenso, continuou: – Um alarme tocou. Os guardas correram para ver por que o sistema de segurança tinha sido invadido – disse ela, cansada. Recostou-se no calor do corpo dele, sem ao menos perceber. – Quando cheguei lá, de manhã, o coronel Higgens me encontrou e me acompanhou ao meu escritório. Phillip Thornton também foi conosco e me disseram que queriam que eu ficasse acompanhada de guardas militares porque temiam que você pudesse tentar me sequestrar. Deram a entender que você tinha sido o agressor.

Fez-se um breve silêncio até ele conseguir controlar a raiva. Os dois homens sabiam que ele não machucaria uma mulher. Ele sorriu, os dentes brancos e os olhos brilhantes se destacaram quando ele disse:

– Sequestrar você tem um lado muito erótico.

– Você é tão ousado, Ryland. Apenas você pensaria em algo tão pervertido. – Ela esboçou um sorriso com os lábios trêmulos, apesar do ataque.

– Gosto de perversão, querida, se você estiver envolvida. – Ele roçou o nariz no pescoço dela e mordiscou sua orelha.

– Posso esperar mais coisas interessantes – ela disse, tentando sorrir, mas o cansaço era muito grande.

Ryland sentiu um aperto no peito e a puxou para mais perto dele, sentiu seu corpo macio entregando-se a ele. Ryland lutou contra a reação de seu corpo, sabendo que ela precisava de conforto. Conseguia sentir a dor latejando na cabeça dela e perguntou:

— Tomou alguma coisa para a dor de cabeça?

— Eu não aceitaria nada deles. Esperei até chegar em casa. Não estou tão cansada ou com tanto sono assim, só quero me deitar no escuro e sentir pena de mim mesma.

— Você precisa de uma xícara de chocolate quente — ele disse, beijando-a no rosto. Com leveza. Delicadamente. — Vou chamar o Arly e pedir-lhe que traga um médico para examinar você.

— Não! Não pode fazer isso, Ryland, você não os conhece. Arly, John e Rosa ficarão malucos. Estou bem, de verdade, foi apenas um galo e a dor de cabeça. E, assim, tenho uma ótima desculpa para poder faltar ao trabalho por alguns dias sem que ninguém ache ruim.

— Não quero que você volte lá. Não é preciso.

— Não, Ryland — ela levou o dedo aos perfeitos lábios esculpidos dele.

— Não o quê? Não posso protegê-la? Sinto muito, Lily, mas não há como fazer meus instintos desaparecerem. Eu soube. No dia em que você entrou na sala. Eu soube, naquele momento, quando meu cérebro enlouqueceu, minha pele se arrepiou e senti o estômago revirar, a ponto de parecer que eu explodiria. Você entrou na sala, Lily, e você estava tão linda que doía.

— Não me lembro das coisas dessa maneira.

Ele apertou os cabelos dela com as mãos grandes, levou as mechas para seu rosto e os esfregou em sua mandíbula.

— Você ganhou o meu coração naquele momento, moça. Desde então, ele é seu. Caramba, não posso fazer mais nada, não posso sentir mais nada, só quero proteger você.

— Ryland... — Ela olhou para ele, com os olhos apaixonados. — Eu me sinto da mesma maneira em relação a você, mas somos realçadores. O que sentimos é mais intenso do que o normal.

– Já pensei sobre isso, já analisei tudo de todos os ângulos. – Ele pegou a rosa do travesseiro e a colocou cuidadosamente em cima do criado-mudo, ao lado da vela. – Não acho que o que sinto por você tenha a ver com esta característica, Lily. Eu atravessaria o inferno para protegê-la. Não sou um dos homens bacanas que você conheceu em seu mundo protegido. Não me veja dessa maneira, porque não sou assim. Você está com o homem que sou.

– Não quero que você seja diferente do que é, Ryland. – Era verdade. Apesar de tudo, ela adorava o jeito protetor dele.

– Você é mágica, Lily. Pura mágica. E você é minha, Lily, meu tudo. Sou atraído por você porque você é Lily Whitney, com mais coragem no dedo mínimo do que a maioria das pessoas tem no corpo todo. Você é inteligente, tem senso de humor, um sorriso de matar e sempre que estou perto de você, quero arrancar as suas roupas. E não vou perder você.

– Você não vai me perder. – Ela abriu os olhos azuis para ele. – Eu sabia que você falaria de sexo mais cedo ou mais tarde.

Ele passou a mão pelo corpo dela e chegou aos seios, sob o lençol. Eles se encaixavam nas mãos deles, suaves e quentes.

– Esqueci de dizer que você está sempre cheirosa. – Ele respirou profundamente, sentindo o cheiro dela, uma forte tentação. – Pare de me distrair, Lily, quero dar uma bronca em você.

– Acredito que é o senhor que está com as mãos em meu corpo, capitão, e não o contrário. – Ela sorriu e sua covinha apareceu.

Ryland fechou os olhos brevemente, imaginando as coisas que as palavras que ela dizia criavam em sua mente.

– Pensar em você me tocando é de arrasar, Lily, porque eu começo a pensar o que pode acontecer depois. Você tem uma boca tão linda. As coisas que pode fazer com ela podem ser interessantes.

Ela riu. Abriu os olhos e olhou para ele, para seu rosto a pouco centímetros do dela.

– A vida com você seria exaustiva, sabia?

– Deliciosamente exaustiva – ele concordou.

– E cheia de pecado.

— Deliciosamente pecadora — ele sorriu.

Ryland estava apenas acariciando os seios dela, de modo possessivo, mas Lily sentiu o calor se espalhar das mãos dele para seu corpo todo. Lentamente. Deliciosa e lentamente. Ele estava ofegante. Olhava para ele sem pudor, sem esconder nada. Seu coração estava em seu olhar. Amor. Aceitação. Incondicional. Lily Whitney estava sempre do lado dele. E isso era bom e ruim. Bom, porque ela pertencia a ele. Ruim, porque ela acreditava que tinha de protegê-lo. Ela seria capaz de fazer um homem forte se apaixonar.

A chama da vela estremeceu, e a luz iluminou o rosto marcado dela. Ela fez uma careta e desviou o olhar.

— Eu me sinto muito estúpida. Meu pai gastou uma fortuna com os melhores instrutores de defesa pessoal do mundo. Pior, assim que os alarmes tocaram, antes mesmo de os alarmes tocarem, eu sabia que haveria um problema.

Ele continuou em silêncio, sabendo que ela precisava falar sobre aquilo. Lily tremia, com o corpo macio muito perto do dele. Ele continuava irritado por ela não o ter procurado no momento do ataque. Ele sentia uma mistura de mágoa e raiva. Ela continuou:

— Eu estava vasculhando o escritório de meu pai, esperando encontrar algo que pudesse me ajudar a descobrir quem o matou. Já revistei o escritório dele dez vezes e sei que Thornton também fez a mesma coisa, mas continuo achando que encontrarei alguma coisa.

Ryland beijou o galo em sua cabeça, beijou seu rosto inchado.

— É natural querer encontrar as pessoas que mataram seu pai, Lily. E vamos desmascará-las.

— Encontrei o gravador atrás de um bloco solto de cimento. Bati o dedo quando estava puxando a cadeira para me sentar à mesa. Quando me segurei na mesa para me equilibrar, derrubei o mouse no chão. Então, eu me abaixei e tive de engatinhar por baixo da mesa. Foi quando vi que o bloco não era preso à parede. Havia uma área oca, e eu simplesmente puxei.

— E claro que eles devem ter escondido uma câmera no escritório dele, por isso estavam observando os seus movimentos. Eles provavelmente pensaram que o gravador tinha anotações a respeito do experimento que mostrariam a eles como seu pai conseguia aumentar as habilidades paranormais ou que haveria algo que o incriminasse. De qualquer modo, não poderiam deixá-lo com você.

— Eu sabia que eles tinham uma câmera. — Lily afundou a cabeça no travesseiro. — Sempre tive consciência disso, mas, quando encontrei o gravador, fiquei tão interessada em descobrir o que havia nele que me distraí.

— Esqueça isso, querida. Qualquer pessoa teria checado o gravador. — Ele beijou o pescoço dela, seguiu até o ombro e parou. — Quer que eu durma aqui? — Ele sabia que ela ficaria ali pensando no ataque e na fita perdida.

— Sim, estou com dor. Se você quiser ficar, apague a vela. Não quero que a casa se incendeie.

— Gostaria de passar a noite toda com você, todas as noites, mas não durmo vestido.

Fez-se um breve silêncio.

— Tudo bem, pode tirar sua roupa.

Ryland tirou a calça jeans rapidamente, para que ela não mudasse de ideia e o mandasse embora. Ele se deitou, ajeitou-a perto dele, sentindo seu perfume, e tentou controlar seu corpo ao encaixar-se de modo protetor atrás do dela. Fez-se um pequeno silêncio enquanto sua pulsação e o sangue corriam por seu corpo.

Lily suspirou.

— Você está respirando forte demais.

— Tenho um plano, linda — ele riu.

— Bem, guarde-o com você por um tempo. E não se mexa muito, porque estou com dor de cabeça.

Ela parecia cansada, irritada. Íntima. O calor se espalhou pelo corpo dele, fez coisas engraçadas com seu coração. Ninguém mais a via daquela maneira. Lily Whitney, tão no controle, tão perfeita no trabalho ou em público. Com ele, ela era diferente. Suave. Vulnerável. Quente. Irritada. Ele abriu um grande sorriso. Lily estava tão envolvida em seu coração e em sua mente que ele sabia que ela nunca sairia dali.

Ele se concentrou na vela, assoprando-a para que se apagasse e o quarto ficasse escuro de novo. Estar com ela era o céu e o inferno, mas ele aceitaria a situação. Ele mordiscou o ombro dela.

— Estou com fome, Lily.

— Pode sentir fome amanhã – ela gemeu baixinho e se aconchegou mais ainda em seu corpo.

— Você já percebeu que fica um pouco zangada quando está faminta? Percebi isso antes – ele disse, sorrindo.

Ryland estava massageando a pele dela, passando as mãos quentes e fortes por seu corpo. O corpo de Lily estava relaxando, e a dor de cabeça havia diminuído com as carícias, mas ela suspirou profundamente.

— Você vai me perturbar até conseguir o que quer, não é?

— Com certeza, querida. – Ele mordiscou sua orelha. – Preciso comer. E sei que você não comeu nada. – Ele saiu de baixo das cobertas.

— Eu não estava com muita fome – disse ela. Ryland a surpreendia com aquela total falta de inibição. Ele parecia não entender o sentido da palavra "timidez". Seus músculos ficaram evidentes, seu corpo era fluido e forte. Ela não conseguia tirar os olhos dele. Com um leve suspiro de arrependimento por ter perdido o sono, ela afastou o cobertor e o seguiu, vestindo a camisa dele sem abotoá-la.

— Estou morrendo de fome – Ryland não se virou, continuou, maravilhosamente sensual, caminhando pelo quarto como um gigante gato selvagem. Enquanto caminhava pelo corredor, pegou diversas velas da estante de mogno.

— Você está sempre morrendo de fome – Lily disse. – Vai à cozinha? Você é maluco... como se fosse madrugada. – Ela se apressou para alcançá-lo, sentindo as pontas da camisa dele nas coxas nuas enquanto caminhava. – Eu não estava brincando quando disse que não sei cozinhar. Não sei nem ligar o forno de micro-ondas direito.

– Eu cozinho bem. Além disso, tenho planos para mais tarde, quando você não estiver com dor. – Ryland olhou para Lily, com os olhos brilhando. Seu olhar passou pelo corpo dela de modo possessivo, faminto, acariciando suas curvas macias declaradamente. – Preciso ficar mais forte.

– Você não precisa de mais força, Ryland. – Ela parecia não se importar, mas seus mamilos se enrijeceram quando ele olhou para ela e, em seu corpo, a excitação surgia. – Você vai fazer o que quer. E, para sua informação, tomei remédios suficientes para tirar a sensibilidade de um elefante.

– Você não me pareceu tão insensível quando a examinei.

– Você apertou bem onde fui golpeada. Mas estou bem.

– Acho bom que esteja me dizendo a verdade. – Quando entraram na cozinha, Ryland acendeu as velas e as colocou em cima do balcão para iluminar o local. Ele sorriu. – Cozinhar à luz de velas faz toda a diferença no mundo. Esse foi o problema de seu professor. Ele não tinha alma.

– Você deve ter sido uma criança terrível – Lily riu alto. – Aposto que ganhava o que queria lançando esse sorriso matador para sua mãe. – Ela se recostou no balcão mais distante e o analisou, absorvendo cada detalhe daquele corpo maravilhoso. Ele era sarado, com todos os músculos definidos. E caminhava tranquilamente pela cozinha, totalmente nu, com o pênis semirrígido e sem se preocupar com isso. Seu corpo fascinava Lily quase como a sua mente. Ela adorava a falta de timidez e a maneira como ele não se importava por não conseguir esconder que a desejava.

Ryland gostava de ser observado por ela. Ele se inclinou para olhar dentro da geladeira, analisando o conteúdo, retirando diversos itens, sabendo que ela o observava o tempo todo. Ele ficou ainda mais rígido sabendo que ela o desejava. Ryland ficava bem quando ela estava por perto. Quando escutava sua risada. Precisava ouvir a sua voz. Ele a desejava, queria estar com ela, mas não apenas unindo os corpos; ele queria um compromisso.

A camisa dele no corpo dela ficava grande, cobria-o, mas ainda assim se abria e revelava partes de seus seios macios. Ele conseguia ver a sombra da região triangular tomada de pelos na junção de suas pernas. As pontas da camisa mexiam com seus sentidos ao revelar pequenas partes e escondendo tesouros.

— Eu fui um menino maravilhoso, Lily — disse ele. — Assim como o nosso filho será.

— Vamos ter um filho? — ela ergueu a sobrancelha.

— Pelo menos um. E umas duas filhas também. — Ele passou por ela, passou a mão por sua barriga lisa, acariciando, apertando, com os dedos tocando seu sexo antes de olhar para a pia. — Lily! Veja só. Temos massa de pão aqui.

Ela sentiu um tremor de excitação. Seu corpo ficou tenso ao toque dele.

— Rosa costuma deixar massa de pão para mim porque amo pão fresco. Até consigo colocá-la no forno sozinha. — Ryland olhou de modo desconfiado para ela. Lily deu de ombros. — Ok, tudo bem, ela escreveu as orientações, e eu as deixo na gaveta ao lado do forno. — Lily se aproximou, desejando tocá-lo outra vez. — Você quer ter filhos um dia? — Pensar em engravidar dele era emocionante. Ela passou a mão sobre o ventre, inconscientemente protegendo um bebê que não existia.

— Não um dia — corrigiu ele. — Logo. Estou ficando velho. — Ele tirou o pires de cima da massa que crescia. — Rolinhos de canela, o que acha? — Ele esticou o braço para pré-aquecer o forno.

— Comigo? Quer ter filhos comigo, Ryland?

Ele gemeu ao começar a misturar os ingredientes em uma tigela.

— Tente acompanhar o meu raciocínio, querida. Sei que você consegue, porque tem um QI alto. Acho que consegue, se tentar.

— Você deve ter sido um monstrinho quando pequeno, Ryland. — Lily passou a ponta do polegar pelo lábio inferior. — Provavelmente se metia em encrenca o tempo todo. — Ela caminhou até o outro lado do balcão, observando-o com atenção, pensando em algo ousado. Ele era tão seguro de si. E fazia o que podia para ignorá-la enquanto preparava a massa. Lily deu a volta no balcão e ficou ao lado dele.

— Estou trabalhando aqui e a luz da vela em seu peito distrai. Fique na sombra — ele disse, olhando para ela.

— Acho que você precisa de ajuda.

Ela estava olhando para as mãos dele amassando a massa, não para ele. Mas sua voz tinha um tom sensual, excitando-o instantaneamente.

Ele sentiu o calor tomando conta de seu corpo, tirando seu fôlego. Não ousou falar, não queria desfazer o feitiço sexual de Lily. Começou a misturar os ingredientes em uma pequena tigela, com os movimentos firmes e treinados.

Lily apertou os músculos com os dedos, forçando-o a se afastar do balcão. Ela puxou uma pequena estante diretamente na frente dele, uma pequena tábua que era usada como degrau quando ela era criança.

Ele ficou sem fôlego.

— Não sei como você vai me ajudar — disse ele, com uma voz rouca, que ele mal reconheceu.

— Eu costumava subir aqui quando era pequena e queria alcançar o armário — ela disse, puxando a tábua. — Pensei que poderia me sentar aqui e observar você trabalhar. Você não se importa, não é?

— Sente-se — ele ordenou. Só conseguiu dizer essa palavra.

Lily se sentou no pequeno banco, diretamente na frente dele. Seu corpo nu estava perto, excitado e rígido.

— Eu sabia que seria da altura perfeita. Trabalhe e deixe-me ver o que posso fazer para deixá-lo relaxado. — Ela havia sonhado com aquilo. Era tentador demais para resistir. As coxas dele eram colunas fortes, e Lily as acariciou cuidadosamente com as pontas dos dedos. Seu pênis já estava mais grosso, mais rígido, ansioso para sentir a maciez dos lábios dela. Ela levou as mãos às nádegas dele, apertou, puxou-o para mais perto. — Tem certeza de que não vou distraí-lo? — Ela prolongou a expectativa de propósito, tocando o pênis dele, soprando o hálito quente sobre a cabeça macia e inchada. Antes de ele responder, ela passou a língua em uma única carícia. – Porque não quero distraí-lo. Rolinhos de canela são deliciosos. Quentes, crocantes e fortes.

Ryland ficou sem fôlego.

– Lily. – Era uma ordem. Nada menos.

– Você não tem paciência, não é? – Ela riu suavemente. Queria deixá-lo maluco, sentir-se poderosa e no controle, mas tinha pouca experiência e agora que havia insistido, estava com medo de desapontá-lo.

– Consigo ler seus pensamentos, querida – disse ele suavemente. Ele segurou os cabelos dela, amassando os cachos. – Tudo o que você faz me deixa satisfeito. Quando estamos assim, as coisas são muito intensas entre nós, fica mais fácil escolher o que queremos. Abra a sua mente para mim, assim como abre o seu corpo. Está tudo em sua mente, todas as fantasias eróticas que já alimentei por você. E todas que você teve comigo.

– Você tem umas ideias interessantes – admitiu ela.

– E você também – disse ele.

Lily se inclinou e colocou o pênis dentro da boca quente e úmida, sugando delicadamente, com a língua provocando e dançando naquela região do corpo dele. Ryland sentiu o prazer tomar conta dele. Um arrepio percorreu sua coluna quando ela o apertou e brincou com a língua sobre seu pênis, incentivando-o a combinar com seu ritmo. Por um momento, ele pensou que enlouqueceria com o prazer que lhe percorreu.

A luz da vela iluminava o seu rosto. Ela ficava linda com os cabelos sedosos e a intensidade nos olhos. Suas mãos ficaram paradas enquanto ele observava a si mesmo entrando e saindo da boca de Lily, desejando que a imagem ficasse em sua mente para sempre.

Era daquele jeito que as coisas tinham de ser. Lily amando-o, provocando-o. Ryland retribuindo. O mundo deles. A fantasia deles. E ele estava determinado a tornar todas as fantasias realidade. Lily precisava dele em seu mundo perfeito. Precisava de paixão e amor, e precisava ser abalada de vez em quando.

Ryland forçou-se a mexer as mãos, moldando a massa que estava fazendo, espalhando-a sobre o balcão diante dele. Enquanto isso, o prazer corria por seu corpo. Ele foi amassando a massa quente, mexendo os quadris enquanto ela o tomava na boca, brincando, insistente. Os dedos dela eram como asas de borboleta e, às vezes, tornavam-se fortes e exigentes. Ela envolveu o pênis dele com a mão, apertada, a mão seguindo o ritmo dele, a boca quente lançando chamas na barriga de Ryland.

— Acho que descobrimos onde fica a sua criatividade — ele gemeu. — Você é ótima. — Seu corpo todo, sua existência, parecia estar tudo concentrado no calor da sedosa boca de Lily. Ele aproveitou cada momento antes que fosse tarde. — Chega, Lily, quero que o momento seja seu, não meu. — Ele a tirou no banquinho. O corpo dela esfregou-se no dele, macio e tentador. Ryland rangeu os dentes, gemendo de novo ao colocá-la sobre o balcão. — Sente-se aqui, não faça nada, apenas fique sentada aqui.

— Eu estava me divertindo — ela reclamou, afastando os cabelos do rosto. O movimento abriu ainda mais a camisa, de modo que seus seios ficaram totalmente expostos.

Ele sorriu para ela.

— Pensei que você tivesse dito que eu era o impaciente. — Ryland, rapidamente, fez uma trança com a massa, acrescentando a mistura da tigela. — Teremos muito tempo assim que eu colocar isto no forno. — Ele já estava aliando as palavras às atitudes.

Quando ele se virou, seu olhar fez com que o coração dela acelerasse. Ryland moveu-se na direção dela como um tigre, sem brincadeira, com os olhos ardendo de intensidade. Observando ele, Lily ficou ansiosa. Ela não conseguia se mexer. Ele a surpreendia com seu calor e seu desejo.

Ryland segurou o corpo dela, abrindo suas pernas para acomodar o corpo grande dele. Então, a aproximou dele e a inclinou para trás, espalhando-a no balcão. A luz da vela iluminava as curvas de seu corpo, tocando-as e acariciando-as. Ele a tocou com gentileza, seguindo a luz.

— Você sabe como é linda, Lily? — Casualmente, ele mergulhou o dedo em um pequeno frasco de geleia de morango e traçou uma linha pelo vale entre seus seios e o umbigo.

— Sei que deixei você fazer coisas ousadas comigo – disse ela, sem fôlego. Era a maneira com que ele olhava para ela. Como se ela fosse a única mulher do mundo. Como se ele estivesse faminto a ponto de não conseguir atravessar a noite sem ela e como ele não se importava se todos soubessem disso.

Ryland acariciou a entrada úmida, com toques longos e demorados, mas não a penetrava.

— Ainda nem começamos as coisas ousadas — ele disse e abaixou a cabeça, passando a língua pelo caminho de geleia.

Lily estremeceu de prazer. O ar frio provocava seus mamilos, enrijecendo-os. A sensação da língua dele sobre sua pele, demorada, casual, como se ele tivesse todo o tempo do mundo para curtir aquele momento, aumentava sua ansiedade. Ela remexia os quadris sem parar, convidando-o. Ele respondia penetrando dois dedos de modo lento.

Ela abafou um gemido quando os dentes dele resvalaram em seu seios enquanto os beijava, e a sensação a fez tremer. Então, Ryland voltou a seguir o rastro de geleia, passando a língua pelo umbigo, abaixando mais a cabeça para sentir o gosto de sua intimidade.

— Você está me deixando louca – ela disse, segurando os cabelos dele, enquanto ele a chupava.

Ele respirava quente entre suas pernas. Enfiou os dedos mais profundamente, levantando a cabeça para poder ver os olhos dela. Isso fez com que ele sentisse mais prazer ainda. Quando ele se afastou, ela puxou sua mão de volta, mais fundo, procurando aliviar-se.

Lily jogou a cabeça para trás, arqueou as costas, mostrando os seios de modo tentador enquanto se mexia, incentivando-o a preenchê-la totalmente.

Ele apenas sorriu, mantendo o ritmo lento, soprando ar quente em seu corpo. Antes que ela pudesse pensar, raciocinar, ele retirou os dedos completamente e os substituiu pela língua, penetrando-a mais.

Ela gemeu, algo entre um grito e um gemido, e segurou-o pelos cabelos, puxando-o para mais perto. Seu corpo estremeceu. Pensando já ter o alívio esperado, Lily respirou profundamente e foi levada às nuvens pela segunda vez enquanto ele a segurava com firmeza, mantendo-a aberta, enquanto a explorava de modo sedutor.

Ele a desejara daquela forma, espalhada diante dele, aberta, seu gosto e seus gritos deixando-o maluco. Ele havia sonhado com aquilo muitas vezes, acordara diversas vezes excitado, mas sem Lily para aliviá-lo. Ryland aproveitou, com lentidão, chegando a ponto de explodir e parar, voltando à excitação. Ela era quente, e ele sabia como seria quando ela o recebesse dentro de si. Ele passou as mãos pelo corpo dela, explorando cada cantinho, possuindo-a, mostrando que ela pertencia a ele. Da mesma maneira que ele queria pertencer-lhe. O tempo todo, seus lábios e dedos a levavam à beira do orgasmo. Lily estava quase gritando de vontade.

– Por favor, Ryland, não aguento mais. – Era verdade. Seu corpo estava pegando fogo, e ela perdia os sentidos, entregando-se à sensação.

– Aguenta, sim, Lily – ele disse delicadamente, erguendo a cabeça, sentindo o gosto dela em seus dedos. – Você vai me receber inteiro dentro de você, onde é o meu lugar. Quero que saiba o que nenhum outro homem vai fazer com você. Vou conhecê-la tão intimamente, que você nunca vai pensar em me deixar.

Ele pareceu tão arrogante, que ela sorriu. Ela nunca havia pensado em nenhum outro homem desde o momento em que o vira. E certamente nunca havia pensado em fazer as coisas que fazia com ele com nenhum outro homem.

– Pare de falar e vamos agir – ela pediu.

Ryland segurou os quadris de Lily, tirando-a do balcão e virando-a para poder deitá-la sobre a estante baixa. Ela tinha um belo traseiro. Ele adorava observá-la caminhando, o balançar de seus quadris era sempre uma tentação. Levou uma das mãos à sua nuca, segurando-a enquanto a palma grossa acariciava suas nádegas. – Você se sente confortável assim, com a cabeça baixa? Não quero que se machuque.

Ela riu baixinho, empurrando-se contra a mão dele.

– Não estou pensando em minha cabeça neste momento, Ryland.

Ele a sentiu mais uma vez, querendo ter certeza de que ela estava pronta para ele, abrindo suas pernas enquanto entrava com insistência em seu interior quente.

Ela estava quase perdendo o controle, assim como ele. Empurrou o corpo para trás enquanto ele a penetrava com força. Ela era macia, quente o suficiente para deixá-lo maluco, apertada como se o segurasse com a mão. Não conseguia se mexer na posição em que ele a colocara, e ele se sentiu poderoso. Ele a guiou sem parar, levando-a ao máximo, forçando seu corpo macio a receber cada centímetro dele. Ela acompanhou o ritmo, gemendo baixinho quando atingiu o orgasmo. Ele continuou a penetração, entrando e saindo dela, penetrando-a profundamente, intenso, feroz.

Lily entregou-se e o orgasmo a pegou como um trem desgovernado, tomando conta dela. Seu corpo tremeu, a sensação foi tão forte que ela se esforçou para não gritar de prazer. Ficou ali parada, exausta, incapaz de se mexer, com Ryland dentro dela.

– Lily, diga que você está sentindo o que estou sentindo – ele pediu, com a boca em sua nuca. – Eu não machuquei você, não é?

– Parecia que estava me machucando, seu tolo? Mas quando recobrar a força, espero que me carregue para a cama. Acho que nunca mais conseguirei andar.

– Não sei o que fiz para merecer isto, Lily, mas obrigado – disse ele, passando a mão pelas costas dela, massageando-a, explorando seu corpo, carinhoso.

Lily virou a cabeça para sorrir para ele, ainda entorpecida demais para andar. Totalmente satisfeita, totalmente relaxada. O galo em sua cabeça latejava, mas ela não se importou. Ryland não parava de tocá-la, não parava de olhar para ela. Ele tomava o que queria, mas dava muito mais em troca.

– Alguém já lhe disse que você é lindo, Ryland?

Ele envolveu os seios dela, passando os polegares pelos mamilos, deliciando-se com o modo com que seus músculos o apertavam a cada movimento.

– Não, mas não me importo se você quiser dizer. No momento, você está maravilhosa, na minha opinião. – E estava sendo sincero.

Demorou um tempo para que ele conseguisse segurá-la no colo e levá-la de volta ao quarto. Eles comeram rosquinhas de canela com geleia antes de tomarem um banho longo e muito sensual juntos. Muito tempo depois de Lily dormir em seus braços, Ryland olhou para o teto. Seu lado sombrio e perigoso havia sido despertado. Alguém havia ousado colocar as mãos em Lily. Atitude muito errada.

QUATORZE

||||||||||||||||||||||||||||||||||||||||||||||

Lily olhou para seu rosto no espelho. O hematoma estava grande demais para ser ignorado.

— Não acho que você conseguirá esconder essa marca de Arly — disse Ryland. — Você está... roxa.

— Oh, não diga o nome dele. Vou me esconder o dia todo. Talvez você possa mentir para ele e dizer que fui ao laboratório.

Ela franziu o cenho e tocou as marcas arroxeadas. Seu rosto estava inchado e havia um galo em sua têmpora. Arly e Rosa ficariam desesperados com ela. E John, o doce John, ficaria temeroso. Mas era uma boa desculpa para não ir trabalhar.

— Ouse chegar perto daquele lugar — disse Ryland — e vou contar tudo bem rápido ao Arly.

Lily fez uma careta para ele.

— Você está começando a mostrar sua verdadeira face. Você tem um lado muito mau. — Ela olhou para o próprio rosto de novo. Por mais maquiagem que passasse, não conseguiria esconder o roxo e as marcas. — Terei de mandar Arly ao Alasca em uma missão de grande importância.

— Contanto que não volte para a Donovan hoje — Ryland entregou-lhe o telefone e ficou em pé, observando enquanto ela discava e deixava uma mensagem a Thornton, dizendo que trabalharia de sua casa até o inchaço de seu rosto desaparecer.

— Procure não ficar alegrinho — ela disse, entregando o telefone a Ryland. — Eu tinha intenção de não trabalhar hoje, não tem nada a ver com sua atitude mandona. Acho que você se acostumou a dar ordens a seus homens e começou a confundir as coisas.

— Isso é birra de mulher? — Ryland ergueu as sobrancelhas. — Porque, se for, olhe no espelho de novo, mocinha.

Lily o ignorou e fez um coque apertado. Ele gemeu, e ela olhou para ele.

— Por que gemeu? Está aflito, querendo me dizer algo?

— Eu não estava gemendo; foi um protesto involuntário.

— Foi um gemido, e por que está protestando? Você é meio difícil, sabia? — Lily perguntou com o rosto sério, erguendo aristocraticamente as sobrancelhas perfeitamente arqueadas.

— Difícil? — ele repetiu. — Lily, você está maluca. Acho que não faz ideia do que eu faço. Os homens obedecem às minhas ordens porque confiam que eu sei o que fazer em situações de alto risco. — Ninguém desobedecia nem questionava as ordens dele. Só Lily.

— É mesmo? — ela olhou por cima para ele, um olhar da princesa ao servo. — Os homens obedecem às suas ordens por causa da hierarquia. As mulheres pensam nas coisas e decidem o que fazer sozinhas. — Ela deu um tapinha na cabeça dele. — Não se preocupe, agora que conheço seu pequeno problema de ego, farei o que puder para parecer obediente quando você bater no peito.

— Pequeno problema de ego? Não há nada de errado com o meu ego! Como você conseguiu mudar essa situação? Mulher, continue fazendo isso e vai descobrir como sei ser mau!

Lily parecia estar se divertindo.

— Claro. Sexo. Quando perdem em uma discussão, os homens recorrem à implicação sexual. Devo admitir que você está recorrendo ao sexo por algum tipo de recompensa de homem das cavernas. Já li sobre isso, mas nunca vi de perto, não me parecia muito estimulante.

— Quer que eu remedie a situação para você? — perguntou Ryland, irritado. — Ficaria muito feliz em lhe dar um exemplo. Quero ver esse livro sobre o qual você não para de falar e caramba, Lily, se está rindo de mim, vou dar uns tapas no seu traseiro. Você é sempre irritante assim?

Ela inclinou-se para beijar o rosto dele, com a barba por fazer.

— Fico pior quando alguém tenta me dizer o que fazer. Pergunte ao Arly. Até o meu pai desistiu depois de um tempo. Ele dizia que eu tinha problemas em respeitar autoridades. – Ela continuou passando a mão pelo rosto dele e sentiu seu sexo arder. Sentiu o arrepio de novo, aumentando seu prazer.

Ryland pegou a mão dela e levou os dedos para dentro da boca. Um a um. Lentamente. Ele sugou cada dedo. A língua passava pela pele, provocante. O calor cresceu dentro dela, espalhando-se como fogo por suas veias. Lily se afastou dele, desviando o olhar, com a pele corada.

– Você deveria ser preso.

– Não me importo que você encha o meu ego quando for sincero – ele riu para ela.

Ela arregalou os olhos. Abriu a boca, mas não disse nada. Balançou a cabeça e disse:

– Vamos embora, tenho trabalho a fazer. Preciso de todas as fitas que meu pai gravou no primeiro experimento, preciso encontrar todos os exercícios. Saber o que deu certo e o que não deu.

– Lily se apega à ciência e ao trabalho quando está perdendo. – Ele sorriu e seus olhos acinzentados brilharam.

– Eu não perdi – ela disse instantaneamente. – Nunca perco. Apenas escolho não continuar com esta discussão tola sendo que há trabalho a ser feito. Vá embora e procure seus homens. Eles provavelmente estão prontos para a sessão de exibicionismo.

– Não é tão divertido quando há apenas alguns deles presentes. Quando você acha que o médico mandará notícias a respeito da situação de Jeff?

– Tenho certeza de que ele vai falar comigo hoje – ela disse, empurrando-o e caminhando em direção aos cômodos de fora.

Ryland continuou caminhando devagar.

– Vou com você, Lily. Dois pares de olhos são sempre melhor do que um.

Ela parou, sem olhar para ele.

– Os funcionários do dia estão aqui. Não é seguro, você pode ser visto.

— Consigo passar pelos funcionários do dia sem problema, Lily, e esse não é o motivo pelo qual você não quer que eu vá. Na verdade, não quer que eu veja as suas fitas de infância.

A voz dele soou tão gentil, tão delicada, que Lily sentiu uma pontada no coração e precisou conter as lágrimas.

— Eu me sinto traída quando assisto a essas fitas, e, se você as vir, vou sentir que o estou traindo. O que ele fez foi errado, Ryland. Foi ruim o suficiente o que ele fez comigo, mas há outras meninas, mulheres agora, que não tiveram o luxo desta casa e das pessoas que vivem aqui. Elas devem ter sofrido, talvez até tenham sido interditadas. Isso não é certo. Nunca será certo. E nada que eu faça mudará isso.

Ryland segurou a mão dela e deu-lhe um beijo na palma.

— Ele aprendeu a amar graças a você, Lily. Aprendeu o que era certo e errado e também aprendeu a ter moral conhecendo e amando você. Não se sinta culpada por tê-lo amado. Ele tentou fazer o certo por sua causa. Ele sabia que era errado, por isso cercou você de pessoas que preenchessem as lacunas. E ele deu às outras meninas um lar, um senso de propósito, uma família. Poucas pessoas são completamente ruins ou completamente boas, Lily. A maioria das pessoas tem os dois lados.

Ela assentiu.

— Sei disso, Ryland, mas machuca. Entrar naquele quarto terrível e ver todas as lembranças voltarem... assistir às fitas e escutar a voz dele. Eu não significava absolutamente nada para ele naquela época. Dá para perceber a insatisfação na voz dele quando não faço o esperado. Rosa era enfermeira na época, uma mulher muito mais jovem, muito diferente, ela tentava me confortar, e ele gritava com ela o tempo todo. — Lily levou uma das mãos à cabeça, ainda recusando-se a olhar para ele.

— Lily, por que está colocando a si mesma nessa situação?

— Preciso da informação para todos nós. Para os seus homens, para aquelas meninas. Quando terminar, ainda que demore a vida toda, encontrarei todas aquelas mulheres, e quero ter certeza de que todas estão bem.

– Você não precisa ficar sozinha assistindo às fitas. – Ele apertou os dedos dela. – Somos parceiros em todos os sentidos. Sei que você amava o seu pai, e você não precisa ser perdoada por amá-lo, Lily. Ele a amou e fez o que pôde para dar a você uma casa, uma família e a melhor educação que conseguiu. Não é preciso se envergonhar disso.

– A vergonha está em você assistir – insistiu Lily. – Ele olha para mim como se eu fosse uma espécie rara. Não quero que você veja isso. Não posso permitir que me veja daquela forma. – Ela não conseguiu encontrar as palavras para dizer-lhe que aquilo a diminuía. E a tornava reduzida a uma criança assustada e sem amor em uma casa repleta de desconhecidos. Ryland a veria daquela maneira. Ela não toleraria aquilo.

– Eu amo você, Lily – ele disse, segurando o queixo dela e inclinando sua cabeça para ele. – Vou amar a menininha, porque ela está dentro de você.

– Ryland, não. – Ela se afastou. – Você não sabe. Não sabe como vai se sentir em relação a mim quando vir aquelas fitas.

Ele começou a protestar mas parou abruptamente quando percebeu que a mão dela tremia. Sentiu pena, sentiu o conflito interno, e sentiu a dor dela.

– Se sou tão fútil, Lily, a ponto de deixar de sentir o que sinto porque você foi maltratada na infância, então você deveria descobrir agora. Você realmente pensa isso de mim?

Ela fechou os olhos por um momento.

– Não, Ryland, mas é difícil para mim ficar sentada ali, assistindo àquilo. Saber que é a verdade. Ele nunca me preparou para saber isso tudo, eu não tinha ideia.

– Apenas lembre-se de que seu pai aprendeu a amá-la. Você deu-lhe algo que nenhum dinheiro no mundo pode comprar.

– Não é exatamente isso, Ryland. – Pela primeira vez, a voz dela soou amarga. – Ele comprou todas nós e quando tudo deu errado, usou o dinheiro que tinha para se livrar do problema.

– Naquela época, Lily, ele não sabia como fazer as coisas de um jeito diferente – ele disse, abraçando-a e aproximando-a de si para protegê-la. – Vamos enfrentar isso juntos. Não será difícil se estivermos juntos.

Ela permaneceu tensa, mantendo-se afastada dele.

– Sou parte de você. Independentemente de gostar disso ou não. Eu sinto o que você sente. Isso existe, Lily, e sempre vai existir, mesmo se estivermos separados. Leve-me com você. – Lily olhou para ele. Seus olhos azuis passaram pelo rosto dele, estudando traço por traço. Procurando por algo. Ele fez uma oração silenciosa esperando que ela entendesse. – Você confiou em mim completamente ontem à noite, Lily, agora não é diferente. Você precisa acreditar em mim.

– Não envolve apenas a mim. – Ela esperava que ele compreendesse, desejava que ele percebesse o que estava pedindo para ela. Havia todas aquelas menininhas. Ela devia algo a elas. Privacidade. Respeito. Proteção.

Os dedos dele massagearam a nuca dela enquanto a direcionava pelo longo corredor em direção à escada.

– Sei como é querer cuidar dos outros. Ter de cuidar dos outros. Isso é algo natural dentro de nós, não temos como evitar. Divida isso comigo e me permita facilitar as coisas para você.

Lily já sabia que ele a acompanharia. Precisava dele ali, porque dessa vez, teria de analisar tudo. Tinha uma obrigação para com Ryland e seus homens. A informação daquelas fitas era valiosa para eles. E talvez para as meninas das fitas. Lily tinha de ver todos os registros daquela vez, não podia se dar ao luxo de se dar mais tempo para realizar a tarefa.

Ryland manteve sua palavra, passou pelos funcionários com facilidade, esperando com paciência enquanto ela destrancava a porta do escritório do pai. Ele entrou, e então deu um passo para trás para esperar Lily trancá-la de novo para impedir que fossem interrompidos.

– Você contou ao Arly onde estaria?

Lily fez uma careta.

— Vou ficar longe do Arly. Ele vai levar comida a seus homens sem Rosa ver. Felizmente, ele sempre teve um quarto totalmente independente da casa, por isso faz compras sempre. Não quero que Rosa saiba de nada antes de tudo isso terminar.

— Para livrar os homens, preciso de alguém que nos ajude. Se não for Ranier, então, vamos encontrar alguém acima dele, Lily. — Ele a acompanhou para descer a escada, percebendo que ela estava mancando mais do que o normal. — Está com dor na perna?

Ela olhou para ele. Ryland sentiu um aperto no estômago ao ver o rosto dela com o hematoma e a têmpora inchada. A onda de ódio, a necessidade de agir com violência, surgiu. Ele sentiu um desejo repentino de protegê-la, de colocá-la em algum lugar seguro.

— Nem percebi que eu estava mancando de novo. Às vezes os músculos ficam tensos e doem. Não presto muita atenção.

— Como isso aconteceu?

Lily deu de ombros ao entrar no laboratório.

— Ninguém me conta sobre isso. Quando abordo o assunto, Rosa fica incomodada e se fecha. Ela me pede para não falar de coisas ruins.

— Sua perna é uma coisa ruim? — Ryland não sabia se devia ficar bravo ou se deveria rir.

— Não a minha perna, seu bobo — Lily riu, afastando momentaneamente a tristeza daqueles olhos azuis. — Para Rosa, tudo pode ser ruim. Cair no chão pode ser ruim dependendo de como você pouse. Como saber? Não penso muito nas ideias estranhas dela. — Lily apontou para a parede mais distante, onde havia livros, fitas e disquetes enfileirados. — Eles estão em ordem. Acredito que as fitas mais antigas têm mais informações sobre os exercícios que estamos procurando.

Era mais fácil enfrentar aquela sala fria com Ryland. Lily sorriu para ele, incapaz de expressar em palavras como se sentia, quanto admirava o fato de ele se importar o suficiente a ponto de insistir estar ali com ela.

Ryland observou quando ela passou a mão pelos livros. Muitos deles. Ele conseguiu senti-la relaxando. Mas havia uma forte apreensão em Lily quando ela tirou diversos vídeos da estante.

– A maioria das fitas é narrada pelo meu pai, mas ele também tem diversos cadernos, que parecem pertencer a cada vídeo, nos quais acrescentou mais dados e suas percepções a respeito do que descobriu. – Lily tentou manter a voz totalmente neutra.

Ryland se sentou no grande sofá. Peter Whitney obviamente havia passado muitas horas naquela sala e devia ter usado o sofá para dormir. Lily ligou o vídeo.

Diversas menininhas estavam sentadas a suas carteiras. Todas tinham tranças e todas usavam uma camiseta cinza e calça jeans. Ryland sentiu um aperto no peito ao ver que a menininha à esquerda da tela era Lily. Ele olhou para ela, que mantinha o rosto inexpressivo e olhava diretamente para a tela.

Ao longo das três horas seguintes, Ryland observou as menininhas realizarem tarefas mentais. Peter Whitney parecia se esquecer de que as meninas eram crianças, porque as repreendia por sentirem cansaço, e gritava com elas quando choravam. Quando uma menininha reclamou de dor de cabeça, ele disse que era culpa dela por não se esforçar o suficiente.

Lily manteve-se em silêncio ao longo das duas primeiras fitas, cuidadosamente observando cada exercício que Whitney realizava com as crianças e absorvendo os comentários dele a cada uma que parecia fortalecer as proteções e permitir que elas ficassem imunes a ataques de sons e emoções. Whitney havia feito a observação de que certas meninas pareciam ser âncoras para as outras, permitindo que elas atuassem melhor. Ele retirava as âncoras e tocava diversos sons. Duas enfermeiras discutiram. As menininhas caíam, com as mãos nas cabeças, balançando para a frente e para trás, e, por fim, tinham de ser sedadas.

A terceira fita mostrava Lily pequena, sentada no chão, em uma das salas à prova de som. Ela ficou sentada por muito tempo, sem se mexer, sem expressão. De repente, os brinquedos espalhados ao redor dela ganharam vida.

Lily se endireitou e se inclinou para a frente, com os olhos grudados na tela. Os objetos na sala se moviam, as bonecas dançavam, as bolas pulavam. A voz de Peter Whitney narrava suas observações nas fitas.

"Lily está desenvolvendo sua capacidade de controlar objetos. Uma enfermeira do orfanato observou esse fenômeno e, por ser criança, a peça de estudo Lily foi considerada uma filha do diabo. Fiquei interessado quando soube das histórias de seu móbile girando e dançando em seu berço e percebi que precisava adquiri-la. Ela tem um talento forte e natural e, com o fortalecimento, pode ser um talento que será usado nas gerações futuras."

Ryland ficou tenso, não ousou olhar para ela. Homem desgraçado. Desgraçado por fazer aquilo. Ela já acreditava que Peter Whitney podia ter manipulado a forte atração física entre eles. O comentário de Whitney podia reforçar aquela ideia em sua mente.

— Este é um ótimo exemplo da história se repetindo.

— Não é terrível que as famílias perpetuem os ciclos de violência de atividade criminosa? — Lily passou a mão pelo rosto. — Nesse caso, de experimentos. Meu pai deveria ter feito de outra forma. Ele detestou a infância dele; ainda assim, fez a mesma coisa comigo.

— No fim, ele aprendeu, Lily.

— Será? Se ele aprendeu, Ryland, por que ainda estava fazendo o experimento com vocês?

A voz continuou ao fundo.

"Eu a incentivei a brincar com os brinquedos assim e descobri que o talento aumentou, e ela, na verdade, o está refinando. A única maneira de obter sua cooperação é isolá-la das outras crianças. Ela demonstrou pouco interesse nos brinquedos quando as outras meninas estavam por perto. Foram necessárias dezesseis horas de isolamento para o objeto de estudo Lily demonstrar interesse nos objetos oferecidos a ela."

— Ele tem razão — disse Lily suavemente —, nas primeiras fitas, eu controlava uma ou duas bonecas e os movimentos eram esquisitos. Agora, quase todos os brinquedos da sala estão perfeitamente controlados.

Ryland podia acreditar que ela estava totalmente calma, mas estava ligado às suas emoções e conseguia ver suas mãos cerradas, com força.

A menina na fita gritou de repente, e levou as mãos à cabeça. Os brinquedos caíram no chão e ficaram parados. Whitney reclamou, frustrado, e Rosa correu para a sala para pegar a criança chorosa.

Ryland sentiu as lágrimas se acumularem. Não conseguiu olhar para Lily enquanto ela trocava as fitas para ver a seguinte. Peter Whitney não havia feito nada para confortar a menina. Havia apenas demonstrado seu desprazer e frustração com a interrupção de seu experimento.

Dessa vez, Lily, estava sentada sozinha na mesma sala de observação. A Lily adulta estava adiantando a fita até perceberem a ação de novo. A menina balançava a cabeça com teimosia, com as mãos cerradas. Rosa estava ao fundo, com a mão pressionando a boca e lágrimas correndo por seu rosto.

— Você é pequena demais para fazer isso, não é, Lily? — Havia um tom de ironia na voz de Peter Whitney, um desafio.

Lily ergueu a cabeça e seus olhos brilharam. Ela recostou-se na parede, com as pernas esticadas diante do corpo, e olhou determinada para a caixa grande no canto da sala.

Um a um, os botões começaram a girar, e se soltaram. A menina pressionou uma das mãos na têmpora, mas não desviou o olhar. Pouco a pouco, a caixa começou a se erguer do chão.

— Mais alto, Lily, mantenha o controle. — Havia um toque de forte ansiedade na voz de Whitney, um triunfo.

A caixa subiu mais, inclinada, tremendo, sem constância.

— Agora, faça-a atravessar o cômodo. Você consegue, Lily, sei que consegue.

Ryland observou, com o coração na boca, quando a caixa grande, obviamente muito pesada, subiu ainda mais e começou a flutuar pela sala. Telecinese. Ele não sabia qual era o peso da caixa, porque eles haviam adiantado a fita, mas teve a sensação de que era muito pesada. A menina começou a suar, mas manteve o olhar fixo na caixa.

Ela tremia visivelmente naquele momento, a caixa girava no ar. Estava alta, quase no teto, mas havia apenas se movido trinta centímetros de sua posição original. Whitney emitiu um rosnado de insatisfação. A menina fez uma careta. A caixa chacoalhou mais.

– Concentre-se! – Whitney deu a ordem.

Ryland estava observando a menina. Seu rosto estava pálido, os olhos arregalados, enormes. Linhas de expressão apareceram ao redor de sua boca. Ela estava tremendo com o esforço de manter a caixa firme. Todos os músculos do corpo de Ryland estavam tensos. Ele começou a suar também. Ele se lembrou da grande concentração necessária para manter um objeto sob controle e a dor sofrida por todos que conseguiam fazer isso. E eles eram homens, adultos. Ver Lily, tão pequena, fazendo aquilo o deixou mal. Ele queria aproximá-la dele e segurá-la de modo protetor, mas Lily havia se distanciado, sua postura corporal implorava para que ele a deixasse em paz. Ela estava de braços cruzados e havia se ajoelhado, encolhida.

Enojado, Ryland observou quando a caixa começou a atravessar a sala, pouco a pouco. Quanto mais perto a caixa ficava de Lily, mais controle a criança parecia ter. A caixa se estabilizou, girou e começou a fazer o caminho de volta.

Naquele momento, a criança se cansou. Bateu as duas mãos na cabeça, gritando de dor. A caixa caiu como uma pedra de onde estava, perto do teto, batendo na perna de Lily e passando pela carne, rasgando os músculos, pulverizando ossos. Lily gritou, histérica, quando o sangue começou a jorrar e formou uma poça ao seu redor. A caixa de madeira se abriu com o impacto, derrubando pesos no chão.

Rosa passou pelo dr. Whitney, levando as duas mãos à perna de Lily, apertando e gritando orientações a seu chefe. O homem ficou em pé, totalmente chocado, pálido, olhando para a menininha que se retorcia de dor.

– Dr. Whitney, ajude-me! – Rosa gritava, deixando a sensibilidade de lado e passando a agir de modo prático em meio à crise. – O senhor fez isso como se fosse Deus. Agora precisa consertar! Faça o que eu mandar!

Lily levou a mão ao pescoço, um gesto protetor.

– É por isso que a Rosa não queria falar sobre a minha perna. Ela sempre acreditou que as coisas que eu conseguia fazer não eram naturais e não deveriam ser discutidas. Mais de uma vez, me pediu para não fazer coisas "não naturais" ou Deus me puniria. – Involuntariamente, ela levou a mão à perna.

Ryland não conseguiu mais assistir. Ficou em pé de repente, e desligou o vídeo.

– Não sei para que você quer essas fitas, Lily. Em que elas nos ajudam?

Ela olhou para ele, como ele já esperava, com os olhos assombrados. Perturbada.

– As fitas nos dão informações que podemos comparar com os dados a respeito de você e de seus homens. Se algum dos exercícios foi deixado de lado ou se não foram feitos todos os dias, podemos ensinar seus homens a fazê-los. O objetivo aqui é que todos nós consigamos voltar para a sociedade de alguma maneira. Espero que seja da melhor maneira.

Ele olhou para as mãos dela. Seus dedos magros se entrelaçaram, um sinal claro de agitação. Todos aqueles homens estavam fazendo o que podiam para evitar o uso de talentos paranormais, especialmente a telepatia, a menos que fosse estritamente necessário. Cowlings poderia perceber a onda de energia se, por acaso, estivesse suficientemente perto.

Lily tinha proteções que desenvolvera ao longo dos anos e era automático para ela usá-las. A casa com suas paredes grossas à prova de som e à distância dos demais era um santuário para eles, um alívio do barulho do mundo. Todos estavam descansando e obedientemente praticando os exercícios mentais que Lily havia lhes passado. Apenas conhecê-la e saber que ela tinha uma vida já os deixava animados.

Ela era um exemplo para eles, uma Ghostwalker que vivia na sociedade. Os homens sabiam que conseguiriam. E sabiam que ela estava disposta a ajudá-los.

Ryland não havia tentado quebrar as proteções de Lily dentro da casa. Se as emoções dela se exacerbassem quando fizesse amor com ela, aceitaria isso de bom grado e devolveria as mesmas sensações. Queria tocá-la, sentir o que ela estava sentindo, dividir sua dor, que era profunda, uma dor para a qual ele não tinha palavras para tentar diminuir.

Ryland havia analisado o rosto de Peter Whitney, observado sua expressão surpresa ao olhar para a criança ferida, deitada no chão. Aquele tinha sido o momento decisivo no qual o dr. Peter Whitney havia percebido que a menininha era um ser humano. A dor de Lily tinha sido real demais para ele não perceber.

— Lily — Ryland a chamou.

Ela afastou-se dele rapidamente, erguendo a mão para impedir que a tocasse. Não havia maneira de explicar para ele como aquela cena lhe tinha sido humilhante. Ela não tinha tido infância nenhuma. Tinha sido a cobaia que Ryland dissera ser assim que se conheceram.

— Não consigo, Ryland, espero que compreenda.

Ele se aproximou, quase sem se mover.

— Não, querida — ele balançou a cabeça. — Não compreendo. Você não está mais sozinha e não precisa sentir pena nem dor sozinha. É para isso que estou aqui. — Ele segurou o pulso dela de modo suave, um bracelete firme, até sentir que ela se aproximava. — Não posso mudar isso, Lily. Você tem o direito de sofrer por aquela menina. Mas eu também a vi sofrer. Eu vi uma criança que deveria ter sido amada e protegida, mas que foi explorada, e fiquei enojado por ver um homem fazendo tal coisa. — Lily virou o rosto rapidamente, mas Ryland segurou seu queixo. — Eu também vi aquele homem abrir os olhos e ver, pela primeira vez, que estava errado. Aquilo significou alguma coisa. Aquele acidente foi o que mudou a vida dele. Pude ver no rosto dele. Quando você estiver forte, veja o vídeo de novo e entenda o que estou dizendo. Foi horrível, Lily, mas, no fim, você transformou Peter Whitney em uma pessoa humana. Sem você, sem esse acidente, ele nunca teria doado dinheiro a instituições de caridade e nunca teria procurado fazer mudanças para melhor. Ele sequer teria percebido que o mundo precisava dessas coisas.

— Então por que ele fez tudo de novo? — Lily gritou com lágrimas nos olhos. — Como pode ter pensado em uma coisa dessas? Ele colocou vocês em jaulas, Ryland. Tratou vocês com ainda menos respeito do que tratou aquelas meninas. Homens que serviam a seu país. Homens que mantinham os outros seguros. Homens que prendiam assassinos. Ele enfiou vocês em jaulas e não os protegeu, como deveria ter feito. Como poderia permitir que um de vocês deixasse a segurança dos laboratórios e suas âncoras, sabendo que não tinham barreiras naturais e que não haviam construído novas? Como pôde ter feito isso?

— Talvez ele não tenha tido escolha, Lily. Você o via como o todo-poderoso. O dinheiro e a fama dele certamente davam-lhe mais coragem do que outras pessoas podiam ter, mas ele vivia cercado de pessoas de grande poder.

— Phillip Thornton é um terror. Ele é uma fábrica de dinheiro, por isso meu pai o colocou como presidente da empresa, mas é um idiota, Ryland. Ele sempre foi politicamente correto, sempre foi visto com as pessoas certas, dizendo as coisas certas. Ele nunca se colocaria contra o meu pai. Nunca. Teria medo de fazer isso.

— Ele detestava o seu pai. Tinha medo dele, Lily. Thornton entrou no laboratório enquanto estávamos realizando alguns testes e nos interrompeu. Seu pai ficou furioso e mandou que ele saísse imediatamente. Eu estava do outro lado da sala, mas a onda de ódio e maldade foi chocante para mim. Não apareceu no rosto de Thornton. Ele apenas pediu desculpas, sorriu e saiu, mas seus olhos estavam sérios e concentrados em seu pai. Se eu tivesse de dar um palpite, diria que ele queria o seu pai morto. Ele ganhou alguma coisa?

– Claro que sim. – Lily saiu dos braços quentes de Ryland e caminhou pela sala, sem parar. – O voto de meu pai contava muito. Se ele e Thornton discordassem de alguma coisa e meu pai quisesse que ele ficasse de fora, poderia fazer isso. De qualquer modo, sei que Phillip é próximo de Higgens. Meu pai e eu somos os sócios majoritários da empresa. A influência de meu pai contava muito entre os acionistas.

– Você herda as ações?

– Eu herdo tudo, mas sem o corpo dele, será complicado. A casa é minha e é há anos. Meu pai me deu a casa de presente de aniversário quando completei vinte e um anos. Tenho muito dinheiro aplicado. Felizmente, meu nome consta em tudo o que meu pai possuía, todas as suas empresas, tudo, então posso assinar os papéis necessários para manter as coisas em funcionamento. Fizemos algumas avaliações no mercado quando ele desapareceu, mas autorizei um jornalista a divulgar a nossa imagem como sólidos e parece ter funcionado. Mas e o coronel Higgens? Ele é o meu palpite. Ele também detestava o meu pai.

Ryland balançou a cabeça.

– Não, com Higgens, isso não é pessoal. Ele tem sangue-frio. Consigo imaginá-lo livrando-se de uma pessoa dessa maneira, mas para mim seria como matar um inseto.

Lily levou as mãos à cabeça.

– Acho que preciso começar todos aqueles exercícios de novo, Ryland. Estou com dor de cabeça.

Ryland a levou ao sofá e pediu que se sentasse. Ele massageou os ombros dela.

– Você está passando por muitos transtornos, Lily. É normal que sinta dor de cabeça. – Ryland procurou algo que a fizesse esquecer de seu pai. – Parece que voltamos para a escola, aprendendo o que deveríamos ter aprendido meses antes. Todos estão reclamando a respeito do último exercício. Você tinha que ver o Jonas controlando o lápis e bloqueando barulhos enquanto Kyle fazia a dança da galinha no quarto.

Lily riu, como Ryland esperava que acontecesse.

– Acho que deveríamos gravar Kyle fazendo a dança da galinha pelo quarto para podermos chantageá-lo depois. E diga ao Jonas que ele é um bebê. O lápis é apenas o começo. Ele vai controlar objetos muito maiores, bloqueando sons enquanto Kyle bate as asas e realiza uma conversa telepática.

– Teremos uma rebelião.

– Os homens são bebezões, mesmo. Eu fazia esse tipo de coisa quando tinha cinco anos. Se vocês não têm uma barreira suficiente, como acham que sobreviverão se forem pegos e presos em um campo inimigo? Até mesmo se estivessem trabalhando juntos em uma missão, se Gator fosse separado de sua âncora, ele precisaria conseguir se manter sozinho. – Lily segurou as mãos de Ryland, com força. – Se resolvermos as coisas com o exército e todos forem restituídos em problemas, você sabe que Jeff Hollister sempre terá uma fraqueza de seu lado direito. E isso se trabalharmos com afinco com toda a terapia física que Adams recomendará.

– Eu entendo, Lily. Acho que ele também teme isso.

– Não quer dizer que alguém vai perceber, mas ele vai, e duvido que permitam que ele atue como membro de sua equipe se mantiverem vocês todos juntos.

– Kaden é um civil. Entrou para ficar apenas na unidade antiterrorista, foi chamado quando foi preciso, depois do treinamento. É um detetive da polícia e muito bom. Provavelmente porque sua intuição é um talento físico real. Será interessante ver se ele consegue aumentar seu recorde de detenções e encontrar os criminosos ainda com mais rapidez. Ele sempre foi notável. Fizemos treinamento juntos anos atrás e ficamos amigos desde então.

– Você conhecia algum dos outros antes disso?

– Nico. Kaden, Nico e eu nos encontramos em campo e acabamos realizando o treinamento das Forças Especiais juntos.

Lily estremeceu.

– Nicolas me assusta um pouco, Ryland.

– Ele é um bom homem. Não há como fazer parte desse time e não ser afetado. Essa é uma das razões pelas quais ele concordou em entrar nesse projeto.

– Você consegue vê-lo como civil?

Ryland deu de ombros.

– Nico é um Ghostwalker na essência. Ele pode desaparecer e nunca ser encontrado se quiser fazer isso.

– Mas ele não deixará o restante dos homens.

– Não, a menos que sejamos pegos, então ele se esconderia até poder nos libertar. Ele é leal, Lily, e, se você for amiga ele, ele fará o que for preciso por você.

– Ele teria matado você se tivesse sido a pessoa a dar as ordens de puxar as âncoras. Vi os olhos dele, Ryland.

– Eu já esperava isso dele, Lily – ele respondeu baixinho. – Alguém estava matando os nossos homens.

Lily ficou em pé daquela maneira rápida e graciosa, sem saber que isso fazia o coração dele acelerar.

– Você vive em um mundo diferente, não é? – Dessa vez, foi Lily quem segurou a mão dele.

Ryland se inclinou para a frente, com o corpo resvalando no dela.

– Estou em seu mundo, Lily, assim como os outros. Os Ghostwalkers não têm outra opção além de ficarem juntos.

O sorriso repentino de Lily iluminou seu rosto, chamou a atenção para seus enormes olhos.

– Nico inventou esse nome?

– Você está começando a conhecer os caras – Ryland disse, satisfeito.

– Estou começando a conhecer você. – Ela passou a mão no rosto dele. – Você sempre consegue fazer com que eu me sinta melhor. Não sei o que vai acontecer no futuro, mas se eu me esquecer de dizer, sou agradecida por você ter entrado em minha vida.

Ele beijou a palma da mão dela. Ela ainda não conhecia Ryland Miller, mas conheceria. Lily era sua metade. Ele sabia disso com todo o coração e a alma, a cada respiração. Ele não sabia como seria o futuro, mas sabia que independentemente do que acontecesse, estariam juntos. E, provavelmente, os outros homens estariam por perto. Os homens dele.

Lily viu o sorriso dele e ergueu as sobrancelhas.

– O que foi?

– Estou pensando nas crianças.

– Que crianças? – perguntou ela, confusa.

– As do andar de cima.

QUINZE

||||||||||||||||||||||||||||||||||||||||||||||||

Jeff Hollister foi levado de volta para a casa de Lily no dia do evento de arrecadação de fundos. Lily passou a maior parte do tempo trabalhando com os homens de Ryland, cuidando que realizassem os exercícios mentais, mas sabia que não conseguiria controlá-los por muito mais tempo. Eram homens de ação, reservados; por mais que o treinamento fosse necessário, não combinava com eles. Reclamavam, ainda que com bom humor, sempre que ela aumentava o barulho e lhes dava diversas tarefas para fazer.

— Vocês são uns bebês — ela provocava, passando o olhar pelo quarto de Hollister, onde todos costumavam se reunir. Adorava a maneira como ficavam juntos, nunca deixando um companheiro necessitado sozinho.

— Você é que é uma capataz, Lily — Sam disse.

Ela não conseguia olhar para Ryland. Havia passado as últimas duas noites acordando nos braços dele no meio da noite, chorando como um bebê. Nem mesmo no escuro, quando estavam sozinhos, ela havia reunido a coragem de contar-lhe o que faria. Então, ela resolveu dizer na frente de todos, torcendo para que ele não perdesse o controle com ela.

— Não sei se já disse, mas preciso sair esta noite, e já estou me atrasando. — Ela olhou para o relógio a fim de enfatizar a frase, tentando parecer casual. — Ainda preciso me trocar. Vou fazer um discurso no evento de arrecadação de fundos da Donovan.

Fez-se um silêncio repentino. Todos pareceram prestar total atenção, como se ela tivesse acabado de anunciar que estava grávida. Olharam para ela e para Ryland. Ele não os desapontou.

— Como assim, vai fazer um discurso no evento de arrecadação de fundos da Donovan? Ficou louca, Lily. — A voz dele estava baixa, ele estava irritado.

Lily sentiu o coração acelerar. Preferia que ele tivesse levantado a voz para ela. A tensão repentina na sala aumentou seu nervosismo.

— Thornton está envolvido até o pescoço nessa confusão — Ryland disse, aproximando-se dela. — Ele não tem como chegar a você nesta casa, por isso está atraindo você para um local aberto. Se não começar a levar a sua segurança a sério, Lily, vou ter de fazer algo a respeito.

Lily deu um tapinha no ombro de Jeff Hollister antes de se endireitar e virar para olhar para Ryland. Ela tentou fingir não se afetar pela raiva dele, mas estava encolhida contra a cama, como uma covarde.

— Acho que você tem andado muito com o Arly. Pode acreditar, eu não ousaria ficar desprotegida, ele acabaria comigo. — Lily acariciou os cabelos de Jeff, na esperança de mudar de assunto. Mas suas mãos tremeram, e Ryland percebeu. — Você tem feito aqueles exercícios que dei a você? Sei que continua fraco, Jeff, mas eles são muito importantes. Se puder criar uma proteção mental, poderá aguentar estar em público e perto das pessoas por períodos mais longos. Não é diferente de tornar o corpo mais forte com a prática de exercícios de musculação.

— É bem mais difícil — Hollister disse, tentando parecer o mais patético que conseguia. — Acabei de voltar, e a viagem foi ruim para mim. Aquele cirurgião de cérebros mexeu na minha cabeça... Ainda não estou pronto para toda essa formação de músculos.

— A formação de músculos permitirá que você volte para casa e para a sua família. Pare de reclamar — Lily disse. — Agora, se me dão licença, preciso me preparar para o evento de hoje. — Nico ficou em pé, protestando. Seu corpo cheio de músculos a assustou. Ela deu um passo para trás, na direção da porta. — Continuem trabalhando e se comportem. Todos vocês. Voltarei mais tarde e direi como foram as coisas. — Ela saiu correndo da sala. Todos pareciam ameaçadores.

Ryland a seguiu pelo corredor, seus olhos brilhavam, demonstrando ameaça.

– Pensei que você tivesse um QI alto, mulher. Não percebe que isso pode ser arriscado?

– Esse evento foi planejado há meses. Meu pai faria um discurso, e eu o farei em seu lugar. Será que você já percebeu que, se eu não continuar a agir normalmente e cuidar de minha vida, passarei a ser suspeita e todos correremos riscos?

– Pelo amor de Deus, Lily, você tem uma equipe do exército bem aqui, cuidando da propriedade e tentando escutar tudo usando aparelhos que você não conseguiria entender como são. – Ela se virou a fim de olhar para ele, com uma das sobrancelhas levantada. – Certo, talvez você compreendesse – ele disse –, mas, caramba, você já é suspeita. Precisa começar a pegar mais leve.

Lily subiu as escadas, dois degraus por vez, inconscientemente tentando escapar de Ryland. Ele tinha razão, claro, e ela sabia disso. Era perigoso fazer o que Phillip Thornton queria que ela fizesse, mas ela concluiu que seria um risco calculado e válido.

– Lily! – Ryland manteve o ritmo com facilidade.

Ela parou dentro de sua sala de estar.

– Preciso ir, Ryland. Prometi que faria o discurso e, acredite ou não, o evento de arrecadação de fundos é importante. Muitos dos pesquisadores precisam de reconhecimento. O trabalho deles é importante. Meu pai nunca faltava, e ele detestava festas e qualquer coisa que o impedisse de trabalhar, por isso insistia para que eu fosse também.

– Duvido que ele acharia importante o suficiente para colocar a sua vida em risco. Você já foi atacada uma vez, Lily.

– Porque encontrei o gravador – ela disse e parou no meio do quarto. – Há outro disco, Ryland. Eu o coloquei no bolso do meu avental antes de sair de baixo da mesa. Aposto que eles nem sabiam que ele estava ali. Como saberiam? Como eu me esqueci? Provavelmente continua dentro do bolso do meu avental, pendurado em meu escritório. – Ela olhou para ele. – Preciso buscá-lo.

— Não hoje, Lily. Você está me deixando maluco. Não vale a pena arriscar a vida por isso. Você poderia ter morrido. — Ele cerrou o punho. Sentia medo por ela. — Por que, diabos, tem de ser tão teimosa nesse aspecto? Se quer o maldito disco, vou invadir os laboratórios e pegá-lo para você.

— Não vai! — Ela mostrou-se assustada; certamente, ele seria capaz de algo daquele tipo. — Ryland, não seja maluco. Preciso ir a esse evento. Preciso mesmo. Envolve política. Congressistas, senadores, todo mundo que é influente estará lá. Todo mundo vai estar representado, incluindo o exército. Não percebe o que isso significa? O general Ranier estará lá. Eu o conheço desde que era criança. Quando o vir, sei que saberei se ele está mentindo ou não. Se eu conversar com ele pelo telefone, não terei como saber.

Lily entrou no quarto onde seu vestido já estava em cima da cama. Ela vestiu a bela peça, um vestido vermelho que marcava seus seios e a cintura como uma segunda pele. Era um vestido frente única, e o decote chegava perto de suas nádegas. A partir dos quadris, o vestido começava a ficar mais solto, deixando espaço para que ela dançasse. Diamantes brilhantes adornavam suas orelhas e o pequeno pingente que ficava acima de seus seios.

— O general vem ao evento e sempre dança comigo. Eu o conheço há anos e o consideramos um bom amigo. É a oportunidade perfeita de falar como ele — Lily inclinou a cabeça, analisando a imagem no espelho, enquanto mantinha os cabelos levantados para ver qual penteado combinava mais com o vestido. Olhou para Ryland pelo espelho e riu. — Raramente faço penteados ou maquiagem para esses eventos. Alguém costuma vir aqui em casa. Dessa vez, não quis trazer ninguém para não colocar todos vocês em perigo, mas não sou muito boa nisso.

Ela havia passado uma hora na banheira, e mais uma hora escolhendo o vestido antes de ir conversar com os homens. Lily olhou para si mais de perto e franziu o cenho.

— Use roupa de baixo — Ryland disse com voz rouca e expressão intimidante, colocando-se atrás dela. — Você está linda. Linda demais para ir sozinha. — Ele passou a mão em suas nádegas. — Preciso me preocupar com o que você está usando por baixo deste vestido?

— Você é obcecado por minhas roupas íntimas — ela respondeu, recostando-se nele, encaixando-se em seu corpo.

— Não com as roupas íntimas, mas com a falta delas. Há uma diferença.

— Veja bem, Ryland, não dá para colocar as roupas de baixo, senão vai marcar o vestido. — Ela sorriu para ele. — Não prefere tudo lisinho?

— Não tem tecido nas costas. Quase não tem material nenhum. — Ele passou as mãos pelo vestido, vendo como o tecido marcava bem os seios dela. — Você vai causar alvoroço com este vestido.

— Você gostou dele... — Os olhos dela começavam a brilhar.

— Vai matar os mais velhos do coração — ele disse, esfregando os dedos em sua pele túrgida. — Todos os homens ficarão excitados. — Ele a puxou para trás, para que entendesse bem o que ele estava dizendo.

Lily riu dele, virando-se em seus braços e beijando seus lábios. Entregou-se totalmente ao beijo, ardendo em seus braços, alimentando as chamas, de modo que todas as células do corpo dele a desejassem, precisassem dela. Ryland a abraçou com força. Por que ele sempre tinha a impressão de que ela seria separada dele? Em um minuto, era dele, compartilhava suas ideias, sua pele; no momento seguinte, ficava tão distante que ele não conseguia se aproximar. Lily gemeu, e ele percebeu que a estava apertando.

— Sinto muito, querida — Ryland murmurou, beijando seu rosto. — Não quero que arrisque a sua segurança apenas para poder falar com o general, se ele faz parte de tudo isso, o que parece ser o caso...

— Então eu saberei, certo? Sempre consegui perceber as intenções dele quando estamos dançando; ainda que apenas troquemos um aperto de mãos, conseguirei sentir as emoções dele. Ele está ocupado demais pensando em outras pessoas para proteger a si mesmo. — Lily afastou-se. — Vai ficar tudo bem. Pare de se preocupar. — Ela olhou para sua imagem no espelho. — Graças a Deus, alguns dias fizeram o inchaço diminuir. Pelo menos, posso disfarçar os hematomas com maquiagem.

– Onde será o evento?

Ela deu de ombros.

– Arly sabe. Ele pode me levar. É no Victoria Hotel.

– Claro. Aquele com domo de vidro e no qual é preciso usar terno para passar pela porta.

– Esse mesmo.

Ryland pousou a mão na nuca de Lily e puxou-a de volta para sua boca firme, exigente, alimentando-se dela, beijando-a com força e possessividade, como se a marcasse como sua. De repente, virou-se e saiu do quarto.

Lily ficou olhando para a porta por muito tempo, com os dedos nos lábios. O sabor dele ainda ardia em sua boca e em seu corpo mesmo muito tempo depois de chegar ao hotel e começar a cumprimentar os convidados. Era estranho como sentia Ryland com ela, quase como se uma parte dele ficasse dentro dela. E talvez ficasse.

A música estava alta, o ritmo parecia consumi-la. A sala era enorme e ainda assim as pessoas se espalhavam pelos corredores e pela sala de jantar. Havia tantas pessoas, que Lily se sentia desconfortável. Era difícil manter as barreiras erguidas e não se sentir abalada com a grande descarga de energia emocional que tomava o ambiente ao seu redor.

Lily assumiu o modo automático para transitar entre os presentes. Lia todas as pessoas enquanto trocava apertos de mãos, abraços e sorrisos falsos. Peter Whitney a havia ensinado a importância de conhecer as pessoas certas, de colocá-las do seu lado. Naquele momento, mais do que nunca, aquilo era fundamental. Enquanto comiam pratos requintados, ela fez seu discurso inflamado a respeito da importância de ajudar a humanidade e da necessidade que os pesquisadores tinham de obter fundos. Lily conseguiu uma grande quantia para dar início aos trabalhos e sorria com o toque certo de confiança ao ser aplaudida.

Ela passou pelas pessoas, conversando e rindo, dizendo as coisas certas, caminhando até o salão de dança. A luz mais fraca da pista aliviou seus olhos. A batida constante da música conseguia aliviá-la da excitação e da tensão sexual, dos argumentos lançados aqui e ali e dos comentários e das conspirações, além de fofocas. Lily observou as mulheres com roupas justas provocarem os homens. Apenas olhares, um erguer de sobrancelha, um sussurro no ouvido. O resvalar de corpos quando se tocavam em segredo, aproximando-se para um momento furtivo na sala escura e se separando de novo. Os olhares. Observando, especulando. Sensuais. Aquele era o tipo de local em que ela adoraria estar com Ryland. Lily embrenhou-se mais nas sombras, observando as pessoas dançarem. A música reverberava por seu corpo, a batida forte, insistente. Ela nunca havia percebido que a música conseguia entrar no corpo de uma pessoa e aquecer seu sangue.

– Lily, querida – Phillip Thornton fez um brinde a ela. – Quero apresentá-la ao capitão Ken Hilton. Ele está esperando a noite toda para dançar com você. Você está linda. Seu pai ficaria orgulhoso de seu discurso.

– Obrigada, Phillip – Lily ignorou o enjoo repentino que sentiu. Evitou tocar Thornton e sorriu para o capitão. – É um prazer conhecê-lo.

Assim que apertou a mão dele, Hilton a guiou com maestria pela pista de dança. Ele se movia com total firmeza e confiança no toque.

– Há muito tempo quero conhecer a famosa dra. Whitney – disse ele.

– Meu pai é o famoso dr. Whitney – ela disse, olhando para ele. – Eu me escondo no laboratório.

– Que pena – ele riu. – Ninguém tão linda como você deveria ficar escondida em um laboratório. – Lily piscou e se aproximou dele, e então se afastou. As mãos dele a guiaram quando a puxou mais para perto, possessivo. – Você é uma excelente dançarina, dra. Whitney.

– Lily – ela sorriu. Ele estava pensando que ela seria um alvo fácil. Uma mulher com muito dinheiro e vulnerável pelo desaparecimento do pai. Tinha de ficar de olho nele, e sua tarefa podia ter alguns benefícios extras. Lily permitiu-se receber o conhecimento antes de erguer suas barreiras e deslizar pela pista com ele. Ele não era o primeiro homem a querer seu dinheiro e não seria o último.

– Você está com o coronel Higgens? – ela mostrou-se o mais surpresa que conseguiu. – Ou com o general?

– General McEntire – disse o capitão Hilton. – E pode me chamar de Ken.

Enquanto ele a girava mais perto das sombras na parede, Lily viu alguém que os observava. Olhos negros como a noite. Frios como gelo. Olhos que a seguiam pela pista enquanto o corpo permanecia imóvel como pedra. Ela quase tropeçou, mas controlou-se. Naturalmente, o capitão acreditou que ela havia feito aquilo de propósito.

O que Nicolas estava fazendo ali? Se Nicolas estava ali, Ryland também estaria no salão? Ela não conseguiu mais se concentrar na dança, com medo de que ele tivesse sido arrogante o suficiente para ir até lá, e animada em pensar que ele havia ousado e se arriscado tanto por ela.

Enquanto observava os cantos mais escuros do salão, sorria para seu parceiro.

– Talvez devêssemos buscar uma bebida, capitão.

Ele segurou o cotovelo dela, como se estivesse com medo de perdê-la entre as pessoas. As luzes estavam tão fracas que era quase impossível enxergar. Hilton a manteve perto enquanto caminhava até o bar, acenando para chamar a atenção do bartender.

Um homem trajando um terno preto se chocou com Lily, e a segurou, murmurou um pedido de desculpas e voltou para a multidão quase antes de ela poder identificá-lo: Tucker.

– Dra. Whitney? – Hilton parecia preocupado e aproximou-se dela, com seu corpo grande. – Talvez não seja uma boa ideia.

O sorriso dela estava brilhante. Ela deveria saber que Ryland estaria perto. Ela deveria ficar irritada, mas sentiu-se amada e protegida.

— Uma certa confusão nunca machucou ninguém. Por acaso Phillip Thornton pediu a você para cuidar de mim?

— Eu quis a chance de cuidar de você. O general McEntire e o coronel Higgens pensaram que você poderia estar correndo algum tipo de perigo. — Ele parou enquanto levava um copo na direção deles. — Eu me ofereci para a tarefa. — Hilton disse um palavrão quando uma mulher em um vestido cor de fogo, quase transparente, passou esfregando-se nele, sorrindo de modo sedutor.

— Chame-a para dançar — sugeriu Lily. — Viva um pouco, capitão, ela é muito mais o seu tipo. — A mulher olhava diretamente para Hilton, fazendo caras e bocas com os lábios vermelhos. — Ela quer você — Lily provocou.

Inesperadamente, o capitão Hilton sorriu para ela, o primeiro sorriso verdadeiro que ela o vira dar.

— Uma mulher como aquela me comeria vivo. Eu consigo enfrentar dois homens com facas e armas sem pestanejar, mas fugiria se ela voltasse a olhar para mim desse jeito.

— Melhor calçar os tênis de corrida, então, Hilton, porque ela já olhou mais de uma vez — Lily riu.

O capitão balançou a cabeça.

— Vou ficar por perto para protegê-la.

— Não pode fazer isso. Ninguém vai me convidar para dançar se você continuar por perto com essa cara de bravo. E eu prometi ao general Ranier a próxima dança.

Lily deu um tapinha no ombro do capitão, que parecia confuso, olhando para a mulher que queria seduzi-lo tão explicitamente. Lily compreendeu totalmente a energia que abundava ao redor deles, os sussurros com ordens, a influência sutil sobre o capitão e a mulher predadora.

— Pode ir — Lily disse, com a voz baixa, unindo a sua energia à dos Ghostwalkers.

O capitão Hilton se afastou dela, e aproximou-se da mulher. Lily observou as longas unhas dela apertando o braço dele, o corpo com o vestido justo esfregando-se contra o dele. Os dois desapareceram nas sombras. Lily olhou ao redor e não viu outros rostos conhecidos.

Mas ela os sentia. Estavam todos ali. Ela estava dividida entre o medo e a ansiedade, com a adrenalina aumentando todos os sentidos. Lily caminhou em direção à entrada da sala, dando a volta no perímetro externo da pista de dança. Não conseguia parar de olhar para as sombras enquanto sorria, assentia e cumprimentava as pessoas.

Ela viu o general Ranier e mudou de direção para interceptá-lo. Ele estava no meio de um monte de homens, incluindo coronel Higgens, Phillip Thornton e general McEntire. Quando Lily se aproximou, o coronel ficou tenso e observou o salão, obviamente procurando pelo capitão Hilton.

— Cavalheiros — Lily abriu um sorriso adequado para festas e os cumprimentou, passando por Higgens para colocar a mão na dobra do braço do General Ranier. — Que prazer vê-los todos aqui. Esta noite está incrível. Phillip, como sempre, você se superou. Acho que o jantar e o baile foram um sucesso total.

— Obrigado, Lily — Thornton sorriu para ela, instantaneamente distraindo-se com o elogio.

Ela ficou na ponta dos pés para dar um beijo no rosto do general.

— Meu homem favorito! Que bom vê-lo de novo. Precisa ir jantar comigo uma noite dessas.

— Lily. — O abraço do general quase a sufocou. — O desaparecimento de seu pai foi um golpe horrível. Tenho viajado muito e não consegui encontrá-la quando telefonei. Naturalmente, tenho acompanhado a investigação. Como você está? Quero saber a verdade. Delia está aqui, em algum lugar, e está muito preocupada com você.

— Ela me enviou uma carta adorável, general — disse Lily. — Um convite para hospedar-me com vocês. Foi muita consideração.

— E estávamos sendo sinceros. Você não deveria ficar sozinha, pensando, dentro daquela casa enorme que seu pai amava tanto. Delia está preocupada que você se afogue em trabalho.

— Tenho ido algumas vezes aos laboratórios, mas, na maior parte do tempo, trabalho fora de casa. Phillip tem sido maravilhoso. — Ela sorriu docemente para o presidente da Donovan e deu total atenção ao general Ranier. — Adoraria dançar com o senhor, é sempre o ponto alto da noite. — Lily fez uma graciosa reverência.

— Sinto-me honrado — o general segurou a mão dela imediatamente.

O coronel Higgens olhou para eles, desconfiado, enquanto o general a levava para a pista de dança. Lily o ignorou, sem dignar-se a perceber seu comportamento grosseiro.

Durante a valsa, Lily teve a perfeita oportunidade de conversar. O general a girava pela pista, tirando-a da vista do grupo com quem estava conversando.

— Diga-me a verdade, Lily, minha menina, como está se sentindo? Escutei rumores de que você foi atacada no escritório de seu pai, é verdade?

Lily estava tentando encontrar sinais de problema, de culpa ou maldade, mas o general Ranier só demonstrava preocupação.

— Quem contou ao senhor?

— Oh, eu fico atento quando se trata do bem-estar de minha moça predileta. Eu a conheço desde que você tinha onze anos, Lily. Você tinha olhos enormes, muito solenes, e já falava como uma adulta. Eu adorava o som de sua risada. Delia e eu não tivemos mais filhos depois que perdemos o nosso primogênito, e você preencheu esse vazio em nós. Eu pago a Roger para me manter informado. Ele liga diretamente na minha casa, sem ter de passar pelo meu assistente. O capitão é um homem inteligente, mas um pouco cheio de si.

Lily olhava para as sombras. Um casal aproximou-se, resvalando no braço dela. Ela viu os dentes e os olhos risonhos de Gator enquanto ele levava a parceira de volta à multidão. A audácia dos Ghostwalkers a surpreendia. Ela riu alto.

O general perguntou:

— Então você também acha que ele é cheio de si, não é?

— Seu assistente? Eu não o conheço, certo?

— Você estava dançando com o irmão dele, Lily. O capitão Ken Hilton é o irmão de meu assistente. Pensei que vocês se conhecessem.

Lily pensou naquela informação.

— O senhor sabia que meu pai telefonou quatro vezes para o seu escritório, e enviou diversos e-mails uma semana antes de desaparecer? E que escreveu diversas cartas detalhando sua preocupação com a equipe das Forças Especiais? Ele também ligou muitas vezes para a sua residência.

— Ele não deixou recado. Estávamos viajando, mas eu sempre checava as mensagens.

O general ficou parado na pista de dança. Pela primeira vez, Lily sentiu-se ameaçada. *Se ele não faz parte da conspiração, Lily, e se eles acham que ele sabe demais, eles o matarão. Continue dançando, mantenha-o calmo.* A voz de Ryland passou por sua pele, flutuou em sua mente. Ela se moveu no ritmo da música, levando o general de volta aos passos de dança.

— Por favor, senhor, não pare, não podemos demonstrar que estamos conversando sobre coisas sérias, apenas assuntos leves.

O general Ranier reagiu imediatamente, jogando a cabeça para trás e rindo ao levá-la para uma parte mais escura, mais distante das pessoas.

— O que está querendo dizer, Lily? — Não era mais o tom de um tio, pois ele estava exigente, insistindo em saber a verdade. Ele olhou para o rosto dela com os olhos pretos. Lily o encarou sem pestanejar.

— Meu pai pediu a mim para ajudá-lo no projeto. No dia em que desapareceu, desci aos laboratórios. Os homens estavam isolados uns dos outros, despersonalizados e vivendo em jaulas onde não tinham qualquer tipo de privacidade. Eles tinham sido mandados para o campo contra as instruções claras de meu pai. Ele avisou o coronel Higgens diversas vezes de que aqueles homens precisavam de proteções mais fortes. Ocorreram três mortes que suspeito serem assassinatos, apesar de não poder provar. E houve uma tentativa de assassinato que consigo provar.

– São afirmações muito graves, Lily, você sabe que está acusando um oficial de respeito? O coronel Higgens é um homem respeitado, um homem honrado.

– Não é apenas o coronel Higgens. O general McEntire tinha conhecimento do projeto antes da fuga dos homens e de suas falsas exigências. Phillip Thornton está nisso também.

– Em que, Lily? Você está falando de assassinato. Conspiração. Eles são oficiais de alto escalão dos Estados Unidos... – Ranier demorou-se, ficando tenso. Um músculo de sua mandíbula se contraiu. – Meu Deus, Lily, você pode ter descoberto exatamente o que temos investigado. Isso é perigoso. Não converse com ninguém.

– General, os homens...

– Lily, estou falando sério. Não deve falar com ninguém. – Ele a chacoalhou levemente. – Se for verdade o que suspeito que seja, esses homens matarão você se acreditarem que sabe de alguma coisa.

– Eles matarão o senhor também, general. Já mataram o meu pai. Se eu fosse o senhor, tomaria muito cuidado com o seu assistente. O senhor é a única chance que aqueles homens têm.

A música parou, e o general a levou à beira da pista de dança.

– Lily, diga-me que você não teve nada a ver com a fuga. Você não sabe onde os homens estão, certo? Eles podem estar metidos nisso e são perigosos. Já vi relatórios.

– Apenas lembre-se de quem escreveu aqueles relatórios, general. Pense no dinheiro que os outros governos e grupos de terroristas pagariam para pôr as mãos nessa habilidade. Ao fazer o experimento parecer um fracasso total, não dar crédito aos homens e tirá-los de uma rede de comando, Higgens poderia facilmente controlar a situação. Aposto que ele é o responsável por encontrá-los e os considera perigosos...

– Lily. Eles são perigosos. Você tem contato com aqueles homens? – Sua voz saiu rouca, exigindo uma resposta. – Proíbo você de se arriscar. Delia ficaria arrasada se alguma coisa acontecesse a você. Não vou esperar, Lily. Vou prendê-la em minha casa e cuidar de você dia e noite.

— Como saber exatamente em quem confiar? Eu estava com medo de conversar sobre isso com o senhor, porque não respondeu aos telefonemas e mensagens de meu pai.

— Não recebi nada de seu pai, Lily. Você acredita em mim, não é? Não acredito que ele morreu.

Ela percebeu o pesar na voz dele, e o percebeu em sua mente. Ele não seria capaz de mentir tamanha tristeza.

— Eles o jogaram dentro do mar. Eu soube quando ele morreu.

O general Ranier a abraçou. Ela conseguiu sentir sua dor profunda, a raiva nele começando a ferver. O ódio por talvez conhecer os homens responsáveis.

— Sinto muito, Lily, ele era um ótimo homem e meu amigo.

— Não se preocupe comigo, general. Arly cuida de minha segurança. Ninguém vai me perturbar em minha casa — Lily garantiu-lhe. — Estamos juntos há muito tempo. Eles terão medo do que possam dizer um ao outro. O senhor terá de agir de modo natural diante deles até encontrarmos provas.

— Não nós, Lily, mas eu. E estou falando sério, considere isto uma ordem. Você fica fora disso. E se souber alguma coisa sobre esses homens e o desaparecimento deles, é melhor me dizer agora.

Lily manteve-se calada.

— Receio que a pobre Delia terá uma dor de cabeça horrível depois dessas danças — o general Ranier suspirou. — Fale comigo todos os dias, Lily. Telefone para a Delia e mostre que você está bem.

— Pode deixar, general. — Ela deu um beijo no rosto dele. — Obrigada por ser quem é. O senhor não tem ideia de como estou aliviada.

Lily o observou atravessar a multidão e se virou para analisar as pessoas que dançavam. Lily começou a caminhar pela pista de dança. Um circuito lento e distraído. A excitação crescia. Esperança. Medo. Tantas emoções intensas e difíceis de controlar. Sua pulsação aumentou, o coração acelerou.

Venha para mim, Lily. Era a voz de Ryland, tão sedutora. Ela percebeu o desejo dele. Ali, em meio ao perigo e à intriga, ela soube o que ele estava pensando e não tinha nada a ver com generais, coronéis e conspirações.

Ele estava ali, no mesmo salão que ela. Ryland Miller. Em algum lugar das sombras, uma parte da música. Uma parte dela. Lily caminhou entre as pessoas, com o corpo vivo. Carente. Sedutor. Seus seios doíam e a pele estava quente. O sangue foi esquentando, fazendo a pulsação entrar no ritmo da música. Lily sabia que ele a observava, conseguia sentir o peso de seu olhar. Toda a feminilidade nela surgiu para responder ao chamado dele.

Lily se moveu como uma amante faz, o corpo dizendo sem palavra o que o coração não conseguia. Homens a interrompiam brevemente, sussurrando convites. Ela mal os notava, balançava a cabeça, sabendo que ele estava vendo o efeito que ela tinha sobre os outros homens enquanto passava totalmente confiante em meio aos presentes. Sabia que Ryland a observava com olhos desejosos, famintos. Para Lily, havia apenas o seu amante fantasma, corajoso o suficiente, arrogante o suficiente, e maluco o suficiente para ousar segui-la sendo que ele corria muito mais riscos do que ela.

Lily sabia que deveria partir, não ceder à tentação. Ryland corria perigo só de estar perto dela. Mas o risco de serem descobertos apenas aumentava a sensação, os sentidos. Seu corpo ganhou vida. Ela sentiu o coração acelerado e sorriu. Requebrou os quadris, um convite sutil ao passar pelas pessoas em direção à beirada da pista de dança.

Sentiu-se bem por ter se vestido com tanto capricho, a peça sobre a pele perfumada, fingindo que era para ele. Ryland. Fingindo que o encontraria na pista de dança.

Claro que ele já havia lido a fantasia na mente dela enquanto estava na frente do espelho lhe mostrando o vestido que acariciava seus seios e marcava a curva dos quadris. Ela quisera que ele a desejasse enquanto ela estivesse fora, pensando nas costas dela ousadamente nuas até as nádegas. Lily não olhou para ver onde estavam os inimigos. Confiava que Ryland sabia. Confiava que os homens dele o protegeriam, que ficariam de olho no coronel. Lily continuou seu caminhar lento pelo salão, esperando. Com a ansiedade crescendo. O calor tomou conta dela, um convite úmido e forte, seu corpo chamava o seu amante.

Ela sentiu a respiração dele, na nuca. O calor de seu corpo perto do dela. A mão dele escorregou, os dedos brincaram ao redor de sua cintura, íntima e possessivamente, passaram por baixo dos seios para que ela desejasse ainda mais seu toque. Ele se movia com ela, uma união perfeita ao levá-la à pista de dança, girando-a entre os casais.

Lily olhou para Ryland quando os corpos se uniram, quando se tocaram brevemente e se separaram. Ela olhou para cima, e ele tirou seu fôlego. Os cabelos pretos estavam soltos ao redor do rosto, em cachos sedosos. Os olhos brilhavam. O corpo dele se aproximou do dela, quase sem tocá-la, pele contra pele, sua mão guiando os passos com total maestria. Passos complexos, os corpos se tocando. Era excitante, erótico pensar em fazer amor na pista de dança, como ela sabia que fariam.

Os olhos de Ryland se fixaram nos dela. Ela não conseguiu desviar o olhar. Não queria desviar o olhar. Queria se perder ali para sempre, no calor de seu desejo. A música passava por eles, cercava-os com fogo e paixão. Quando seus corpos se aproximaram, ele a segurou por diversos segundos, e levou a mão carinhosamente até seus seios, encontrando a pele macia perto do tecido de seu vestido.

Ela sentiu o calor aumentar, com as chamas que tomaram sua pele como línguas incandescentes. Seus mamilos estavam tão sensíveis que sempre que ela se mexia, o vestido provocava a fricção. Ele a puxou para perto de novo, para dentro de seus braços, com os corpos dançando em perfeita sincronia com a música.

Lily gostou da luz pulsante que ajudava a esconder os casais na grande pista de dança. Seu corpo se moldava ao de Ryland, e o tempo todo eles se esfregavam um no outro, os seios dela contra os músculos densos de seu peito, e as mãos dele passavam pela curva de seus quadris, acariciando suas nádegas. Ela sentia a ereção dele pressionada contra seu corpo a cada passo. Um calor forte que tomava conta dos dois.

Ela virou a cabeça para olhar para o coronel, com medo de que estivessem na pista há tempo demais e fossem pegos, mesmo com a luz fraca.

Não pense em outro homem, pense apenas em mim. As palavras passaram por sua mente. Ele acariciou os mamilos dela, e, com a boca, tocou seu pescoço. Eles se separaram, e ele manteve a mão sobre as coxas de Lily, passando por seu sexo. O corpo todo dela ficou tenso, com o sangue mais quente.

Ela ficou sem fôlego. Todos os pensamentos racionais desapareceram, e todas as pessoas da pista também sumiram. Apenas Ryland permaneceu real com seu corpo rígido e seus olhos brilhantes. Ele a afastou dele de novo, trouxe-a de volta, presa entre as pernas, as coxas dele a prenderam, sua ereção forte tocando seus quadris por um momento de ansiedade, de total consciência.

Ele a manteve ali enquanto seu corpo se mexia no ritmo da música, com os quadris se mexendo sugestivamente. Cada movimento lhe causava arrepios ao sentir o pênis dele em contato com seu corpo. A intensidade da música estava na mente e no corpo dele. Ryland queria que fosse diferente daquela vez, queria fazer todas as coisas que uma mulher precisava que um homem fizesse. A risada sussurrada. A conversa íntima. As coisas compartilhadas. Ele queria cortejá-la da maneira que ela merecia. Mas seu corpo pegava fogo quando encostava nela. Ele perdia o controle. Quente e perigoso. Ryland precisava vê-la sem fôlego, ver seus olhos desejosos. Ela era incrivelmente sensual, tão quente que ele perdia qualquer controle. Era perigoso para ela, e para quem tentasse interferir.

A música estava no fim, as últimas notas desapareciam. Ele pretendia soltá-la, vê-la caminhar pelo salão, sentir-se satisfeito com o breve contato, mas não conseguiu, pois sentia uma vontade tão pungente que sentiu medo de não conseguir andar e tirá-los com segurança da pista. A música seguinte era lenta e romântica, e as luzes se apagaram ainda mais. Com Lily em seus braços, Ryland guiou o caminho pelos corpos, para longe de quem os observava.

O capitão estava ocupado. A mulher de vestido vermelho no bar havia aceitado a sugestão de Ryland rapidamente. Ele sabia que seus homens estavam nas sombras, esperando por ele. Esperando que ele colocasse Lily em segurança, dentro da casa, pois tinham garantido a segurança e permitido mais uma dança. Ryland viu que olhos não mais testemunhavam seu progresso enquanto ela se enfiava mais nas sombras, onde ele a desejava. Onde precisava tê-la.

DEZESSEIS

||||||||||||||||||||||||||||||||||||||||||||||||

A escada em caracol era uma estrutura enorme. Ao analisar o hotel, Nicolas havia descoberto cantos escondidos na escada. Construída nos anos 1930, a estrutura havia sido reformada, e, dentro do armário trancado, havia uma porta pequena e estreita, coberta por papel, que levava a um pequeno quarto, provavelmente usado para coisas ilegais. Nicolas havia mostrado a Ryland o esconderijo, para o caso de uma emergência.

Ryland estava convencido de que aquilo era uma emergência.

Ele a levou para debaixo da escada, entrou em um canto e desceu alguns degraus até a porta do armário. Não houve problemas para abrir a pesada fechadura e colocar Lily dentro da sala pequena e estreita, onde tantas outras pessoas tinham se escondido ao longo dos anos. Ele riu baixinho e disse-lhe:

— No passado, havia furos aqui. Ainda dá para ver as aberturas.

Ela não respondeu. Não conseguia. Não sabia se devia dar um tapa em seu rosto por ser totalmente arrogante e autoconfiante ou se devia entregar-se a ele e beijá-lo sem parar. Eles se entreolharam, o calor crescia entre os dois. Ryland tomou a decisão por ela. Seu corpo encobriu o de Lily na sombra de escada, seus braços a envolveram de modo possessivo.

— Beije-me, Lily. Preciso sentir seus lábios.

Ela não conseguiu resistir ao desejo na voz dele, à atração do proibido. Lily jogou a cabeça para trás, surpresa quando os lábios se uniram. Quentes. Famintos. Tinha gosto de paixão. Tinha gosto de desejo. A língua dele agia sem parar, fogo sobre fogo. Aquele homem era dela. Ele pertencia a ela. Ele a desejava. Ela não conseguia resistir à urgência dele. Ele a estava devorando, bem ali, nas sombras, apertando suas nádegas para alinhar o corpo dela com o dele. A poucos metros dali, era possível escutar o som de vozes, risos e o tilintar de taças. A música entrava pelas frestas nas finas paredes, tão alta que quase balançava o chão ao preencher o pequeno espaço. Ryland ergueu a cabeça, os olhos intensos, enquanto analisava os olhos azuis de Lily. Estava tão ereto que doía, e ela olhava para ele, encantada.

Ele conseguia ver o contorno de seus mamilos, escuros, raspando no tecido de seu vestido. Aquela imagem o atraía, aumentava seu desejo. Ele escorregou a mão pela lateral do vestido, afastando o tecido de suas costelas, revelando completamente um seio.

O ar frio na pele quente apenas aumentava a forte sensibilidade. Lily o queria ali, queria que ele colocasse as mãos nela, queria o corpo dele dentro do dela. Ele era um vício além de qualquer coisa que ela já tinha visto ou que imaginava ser possível. Queria arrancar a camiseta dele e comê-lo com os olhos, passar as mãos sobre seus músculos, sentir a ereção dele crescendo em sua mão, contra o seu corpo. Lily moveu-se, erguendo as mãos, passando as pontas dos dedos pelas curvas, criando um caminho pela barriga dele, deliciando-se com a maneira com que seu olhar seguia seus movimentos.

O corpo de Ryland ficou ainda mais rígido. Ela estava sensual, pressionada contra a parede, os lábios inchados pelos beijos que ele lhe dera. Ele a desejava, o vestido dela brilhava, seus seios provocavam seus sentidos. Os dedos dele seguiram o caminho que os dela tinham feito sobre os seios, e Ryland acariciou a carne macia, demoradamente, massageando-a. Ele sentiu o corpo de Lily tremer em resposta. Então, soprou o ar quente sobre seus mamilos enrijecidos, lentamente abaixando a cabeça até a tentação.

Ela gemeu quando os lábios quentes e úmidos de Ryland tocaram seu seio. A língua dançava com a música, fazendo carícias. Ele sugou com força, desejando devorá-la. Naquele momento, mais do que qualquer coisa, ele precisava enfiar os dedos dentro dela. Precisava sentir sua reação molhada.

Ryland pressionou-se contra ela, mantendo o corpo dela ali, no escuro, procurando a barra de seu vestido, circulando o tornozelo dela com os dedos. Ele passou a mão em seu tornozelo, demorando-se por um momento ao acariciar as cicatrizes. Sua mão acariciou o joelho dela, subiu até a coxa nua.

Lily segurou a cabeça dele, afundando-se na sensação. Aquilo era pura loucura. Escutou o gemido abafado quando ele encontrou o calor de seus pelos úmidos.

– Ryland – ela sussurrou –, estou pegando fogo.

– Quero que pegue fogo, Lily. Pegue fogo por mim. – Os dedos dele encontraram a pequena peça íntima. Ele mordiscou seu seio. – Pensei que não estivesse usando calcinha. Estou desapontado.

A minúscula peça não impediu que ele enfiasse um dedo nela, testando a sua reação. Vê-la gostar daquilo o excitou ainda mais. Ela contraiu os músculos, macios, tão tentadores que o corpo dele estremeceu com a necessidade de penetrá-la. Ela era tão linda para ele. Tão necessária para ele. Lily não tinha ideia do que significava para Ryland.

Ele fechou os olhos e simplesmente entregou-se ao momento, perdendo-se na tentação do corpo dela. Pressionou o dedo em sua vagina, os lábios ardentes e insistentes em seu seio. Ela apertou os cabelos dele, segurando-a contra seu corpo. A música tocava, eles ouviam os sons de pés nas escadas, as vozes e os risos.

Ele parou de beijar os seios dela e subiu pelo pescoço até o queixo.

– Abra o meu zíper, Lily – ele suspirou. Sussurrou. Um pedido cheio de pecado.

– Ryland... – Foi um protesto suave, sem fôlego, quando as mãos dela encontraram a parte da frente da calça dele, e seus dedos lhe causaram excitação. – Isto é loucura. Deveríamos ir para casa... – Lily parou de falar. Precisava de ar. Ela o desejava muito, bem ali, daquela maneira, selvagem e sem controle, e tão excitado que não pudesse esperar.

Ryland estava excitado, com o pênis ereto e pulsante de desejo. Ele segurou a perna dela, envolvendo sua cintura e forçando as costas dela contra a parede.

– Você está louca por mim, linda – suspirou ele –, não negue. Eles não vão nos encontrar aqui. – Ele ergueu o vestido, enrolando-o na cintura dela. – Não me deixe deste jeito. Nunca quis alguém como quero você.

Sem querer correr o risco de Lily poder negá-lo, Ryland aproximou o corpo do calor úmido dela. Suas mãos encontraram a fita fina de renda e a rasgaram, deixando-a totalmente exposta. – Deseje-me, Lily. Deseje-me assim. Talvez não seja o local e a hora certa, mas deseje-me mesmo assim.

Lily fechou os olhos enquanto o sentia, duro e denso, latejando contra sua vagina. Ele era grande, seu corpo era rígido. Parecia uma impossibilidade ali, na sala pequena, com tantas frestas e histórias. E era perigoso...

Ryland ficou parado, esperando. Torcendo. Ela agarrou os cabelos dele.

– Quero você mais do que qualquer coisa – ela admitiu, esfregando-se contra ele.

Molhada de suor, ela o aceitou, centímetro por centímetro. Ele a preencheu até deixá-la ofegante, a respiração em pequenos espasmos de prazer. Ela precisava dele também. Precisava dele enterrado dentro dela, parte dela, dividindo o mesmo corpo.

Ryland começou a fazer um movimento, encontrando um ritmo intenso que combinasse com a música que tocava do lado de fora. Rápido e devagar, profundo e rígido, ele não queria que terminasse.

Ela era muito apertada, seu corpo era feito para ele. Os pequenos sons que saíam de sua garganta o deixavam maluco. Ela fincou as unhas nas costas dele, respirou ofegante, inebriada.

Ele a ergueu, forçando-a a envolver o corpo dele com as pernas e a abrir-se para recebê-lo melhor. Ele penetrou mais fundo, segurando-a pela cintura.

– Cavalgue, linda, venha, me tome por completo – ele sussurrou, observando o rosto dela, a cor, o prazer que lhe estava dando.

Ela se moveu, com os músculos tensos, apertando, subindo e descendo em cima dele, seguindo o ritmo da música, como ele havia feito. Lily esqueceu-se de onde estava. De quem era. Havia apenas prazer em seu corpo, o fogo tomando conta dela quando ela jogou a cabeça para trás e se entregou.

Luzes estouraram em seus olhos e ela os fechou, movendo-se no ritmo, cavalgando o corpo dele, todos os músculos sensíveis e vivos. Ela conseguiu sentir o corpo se apertando, tenso. Desejando Ryland. Faminta por ele. Exigindo senti-lo.

Ryland murmurou algo que ela não entendeu, apertando as mãos ao redor de seu corpo, indo cada vez mais fundo. Lily jogou a cabeça para trás, estremecendo de prazer, quando seu corpo saiu de seu controle. Ondas e mais ondas de prazer. Seus cabelos estavam soltos ao redor do rosto, sobre os seios. Sentiu que gritaria de prazer e rapidamente enterrou o rosto no ombro dele. Os músculos dele abafaram o gemido quando ela permitiu voltar uma das pernas ao chão para manter-se em pé.

O corpo dela era uma perdição, macio como veludo, apertando-o. O atrito era quase insuportável, tanto prazer que beirava a dor. Ele a penetrou com força mais uma vez quando a música chegou ao ápice e seu corpo também alcançou o ápice, um vulcão que quase tirou seu controle. As pernas dele ficaram moles, seu corpo se entregou como se ela tivesse lhe arrancado a força. Ele recostou as costas dela na parede, com a testa pressionada contra a dela, tentando retomar a capacidade de respirar.

Eles ficaram daquela maneira, entrelaçados, recostados na parede, a única maneira de se manterem em pé. Lily tentou voltar a respirar, escutando a canção seguinte, uma mais lenta e alegre. Uma perna ainda envolvia o corpo dele, e seus corpos estavam unidos. Ela tinha consciência de todos os movimentos dele, da sua respiração, da mão dele em sua panturrilha.

Lily ficou surpresa por não ter caído sobre Ryland quando ele finalmente conseguiu se mexer, beijando seu pescoço e endireitando-a lentamente. Ela conseguiu descer a outra perna, soltando-a do corpo de Ryland. Ele entregou-lhe o pedaço de pano que antes tinha sido sua calcinha.

Lily olhou para a peça de renda em choque e então olhou para Ryland. Ele sorriu lentamente. Satisfeito. Macho. Ela não conseguiu controlar o sorriso.

Ryland olhou para ela. Lily parecia totalmente bem amada. Ela ainda estava recostada na parede, com o vestido enrolado na cintura, os seios virados para ele. Seus lábios estavam inchados por causa dos beijos, e ele viu seu sêmen escorrer pela coxa dela.

— Sem dúvida, você é a mulher mais linda que eu já vi.

Levemente chocada por não se sentir envergonhada, Lily usou a calcinha vermelha para limpar a perna. Ryland segurou sua mão, pegou a peça de volta e lentamente realizou a tarefa. Seus dedos pareciam demorar-se e acariciar a pele sensível. Pequenos choques começaram a se espalhar.

— Você não pode fazer isso — Lily sussurrou. O simples toque dele produzia uma dor que nunca seria satisfeita.

— Você não acreditaria no que posso fazer — ele disse com total confiança, os dedos dançando dentro dela, provocando, pedindo ao corpo dela que se movesse contra seu polegar em movimento.

Ela excitou-se de novo com tanta intensidade, que o orgasmo a pegou de surpresa. Ela segurou-se nos ombros dele, com o corpo tremendo e ardendo.

— Você precisa parar ou eu vou gritar, e as pessoas nos encontrarão.

— Quero passar horas fazendo amor com você, Lily — ele a beijou muitas vezes mais, desejando ter mais tempo para ficar ali.

– Não acredito que estamos neste quartinho. O pior é que não acredito que quero ficar aqui com você. – Ela olhou ao redor no pequeno quarto.

– Amo você, Lily Whitney. Amo de verdade. – Ryland se aproximou mais, beijou-a de novo. Ele envolveu a nuca dela com a mão, passando o polegar por seu queixo de modo que ela tivesse de olhar para ele.

– Sei que você ama o meu corpo.

– Caramba, será que é tão difícil dizer? Eu sinto sempre que você me toca. Quando me beija. Pare de ser tão teimosa. Preciso de ajuda aqui.

– Caramba e meio – Lily disse. Ela envolveu o pescoço dele com as duas mãos, recostando os seios fartos em seu peito. Ela mordiscou seu pescoço, sua mandíbula. – Acho que vou ter que pensar melhor, se você for tão insistente assim.

– Serei insistente, Lily. – Ele percebeu o tom de provocação e ficou mais relaxado. – Estava pensando que podíamos ir para casa e continuar essa conversa em nossa cama.

– Você é muito confiante, não é? – Ela passou a língua pela orelha dele, pelo canto de seus lábios.

– Lily, você está brincando com fogo. – Ryland se afastou dela. – Estou prestes a fazer sexo com você de novo, e podemos ser flagrados. – Um deles tinha de ser forte. Ele ajeitou os seios dela dentro do vestido, arrumando o fecho do pescoço.

Ela não o ajudou, mas ficou em pé olhando para ele com seus olhos enormes. Praticamente o desafiando. Ryland puxou o vestido dela para baixo, com relutância, até ela ficar vestida. Lily passou a mão no vestido de modo sugestivo, acariciou-se, chamou a atenção dele para si antes de ajeitar a roupa dele.

O corpo dele contraiu-se, estremeceu, ardeu ao sentir os dedos dela. Lily podia não ter experiência, mas tinha confiança e sabia que ele a desejava.

– Não vou sobreviver a isso, Lily – ele estava pedindo misericórdia.

Ela sentiu pena dele. O papel de sedutora era um que Lily descobriu adorar, mas a vida real estava ali, e ela viu a tensão de Ryland aumentar.

— Ainda não disse que você fica lindo de terno. Onde conseguiu um em tão pouco tempo? E os outros homens? Eles também devem estar usando terno.

— Arly. Ele é um homem muito solícito.

— Ele não é maravilhoso? — Lily sorriu.

— Não sei se diria isso, querida. Quando vai me apresentar a Rosa? Estou cansado de me enfiar embaixo de sua cama e de me esconder no armário nas manhãs em que ela decide levar o seu café da manhã. Apesar de aquele armário ser maior do que o trailer no qual fui criado. — Ryland olhou para ela, afastou seus cabelos dos ombros. — Depois de sairmos daqui, você precisa me contar as novidades do capitão e do general. Você correu um grande risco falando com ele. Foram necessários os esforços combinados de todos nós para manter Higgens e os outros longe de vocês dois.

— Acho que o capitão deve um agradecimento a você. Aquela mulher o levará para casa, e eles vão se divertir.

— Já era plano dela encontrar um homem bonito do exército — disse Ryland. — Ela estava vestida para seduzir, e ele também estava determinado a isso.

— Não olhe para mim — Lily disse, rindo. — Eu não queria nada com aquele homem.

— Ele a estava tocando como se você fosse dele. — Ryland passou o dedo pela espinha dela, até a curva de suas nádegas.

— Como se quisesse que eu fosse dele. — Lily segurou a mão dele. — Ele se importava com o dinheiro. Por isso me queria, mas não queria a *mim*. E foi apenas uma ideia rápida. Deram ordens para que ele grudasse em mim e aposto que amanhã de manhã ele terá que explicar muita coisa.

— Ele não vai se importar — disse Ryland com confiança. — Ele vai achar que a mulher compensou o deslize.

— Como vamos tirar você daqui? — Lily tentou não se sentir ansiosa. Ryland passava muita confiança. — Os outros homens se foram? Tem alguém cuidando de Higgens?

— Eles voltarão a seus postos, não se preocupe com eles — Ryland puxou-a, levando-a pelo pequeno cômodo em direção ao armário. — Você vem comigo, Lily. Não vou embora sem você. Os homens esperam que saia comigo. Você arriscou a sua vida por nós, para conseguir informação e nos ajudar, não vamos deixar você aqui desprotegida. Todos sabem que eu não a deixaria aqui, sozinha. Não discutiremos isso, se é que está pensando em discutir comigo.

Lily passou o queixo no ombro dele.

— Estou cansada e minha perna vai decidir parar de funcionar depois de tanto dançar. Tenho muito o que dizer a você. — Ela não queria que ele pensasse que era ideia dele ela partir. É claro que ela ia embora imediatamente. Seus hematomas eram a desculpa perfeita. Mais tarde, diria a Phillip Thornton que estava com dor de cabeça e que tinha ido para casa descansar.

Não posso conté-los mais. Higgens está mandando homens em todas as direções à procura de Lily. Leve-a daí pela escada dos fundos e cobrirei vocês. O alerta de Nicolas foi tão forte que até Lily percebeu a urgência em sua voz.

Ryland reagiu instantaneamente, segurando a mão de Lily, lançando-se na direção da porta. Ele passou primeiro, levando-a escada acima. Viraram em um canto e ficaram contra a parede sob a escada em caracol. As pessoas estavam perto, separando-se em pequenos grupos à procura de privacidade para falar de negócios enquanto observavam os dançarinos. Ryland contou com seus instintos e passou pelas pessoas, usando a multidão como meio de se esconder. Ele usava um terno escuro e conseguia esconder-se nas sombras, mas Lily vestia uma peça vermelha e sensual, e seus cabelos negros estavam soltos, por isso ela chamava atenção. Se ele tirasse o terno, sua camisa branca chamaria muita atenção.

Lily percebeu que estava colocando Ryland em perigo.

– Vá sem mim. Eu alcanço você depois. John está esperando com a limusine. – Ela tentou soltar a mão dele, mas ele a puxou para seu lado.

Ryland a envolveu pela cintura. Ele era forte, ela conheceu o outro lado do amante apaixonado que conseguia ser tão doce e suave. – Faça o que estou dizendo e fique quieta. Não vamos nos separar, Lily, por isso não perca tempo discutindo.

Ela olhou para a frente e viu a concentração em seu rosto. Os olhos brilhantes se moviam sem parar, em alerta, analisando os grupos de pessoas para encontrar os homens que passavam pelas paredes e pelos cantos escuros.

Ryland sabia que os soldados estavam procurando por Lily em seu vestido vermelho sensual. Ele a teria encontrado imediatamente. Apressaram-se pelo longo corredor, mantendo-se perto da parede. Ele protegia o corpo dela com o seu, para diminuir o risco de serem vistos. Estavam procurando por uma mulher, não por Ryland Miller. A chapelaria ficava ao lado do elevador. Ryland pegou o número de Lily e caminhou até a atendente, apresentando o cartão. A capa de Lily, de veludo preto, ia até o chão e tinha capuz. Ele a envolveu na capa.

À sua direita. Estou atrapalhando a sua imagem um pouco.

Ryland abraçou Lily, pressionando as costas dela nos diversos vasos, um amante ardente, suas costas viradas para eles à direita, seu corpo todo protegendo-a de olhos curiosos. Ele murmurou suavemente, divertindo-se, como se eles estivessem dividindo um segredo, uma piada. Enquanto isso, ela sentia o fluxo de energia crescendo ao redor deles, até estar quase estalando no ar. Juntos, os dois homens fizeram o soldado que usava um terno preto olhar para o outro lado, para ver um vestido vermelho e correr atrás de uma mulher, quando esta virou a esquina.

Ryland imediatamente levou Lily escada abaixo, um homem com tanta vontade de ficar sozinho com sua amante a ponto de sentir-se impaciente para tirá-la dali. Houve um breve momento em que não tiveram escolha a não ser caminhar no corredor iluminado. Ele esperava que a capa fosse comprida o suficiente para cobrir a barra vermelha do vestido, enquanto Lily caminhava depressa.

– Tire os seus sapatos – ele mandou, quando chegaram a um ponto relativamente seguro da escada. – Não quero que seus saltos nos atrapalhem se tivermos de correr.

– Eu gosto desses sapatos, não quero perdê-los. – Lily segurou o braço dele com uma das mãos e desafivelou os sapatos com a outra.

– Bem coisa de mulher, preocupando-se com os sapatos em um momento como este. – Ryland rolou os olhos ao apertar a mão dela. – Eles vão ficar esperando por nós em um dos andares abaixo, Lily. Não deveriam estar atrapalhando como estão.

Desceram correndo os dois lances de escada.

– Por que estariam à nossa procura se não sabem que você está aqui? Será que viram você ou um dos homens ali dentro, antes?

– Duvido.

Desceram mais dois lances. Lily estava mancando agora. Tentou largar a mão dele, sabendo que o estava atrasando. Ela sabia, por experiência, que seus músculos começariam a ter espasmos e logo ela começaria a puxar a perna.

– É você quem está em perigo, Ryland, não eu. O que farão comigo aqui, diante de todas essas pessoas? Vou voltar ao salão e me unir a um grupo. Peça a Arly que mande John me buscar.

– Continue andando, Lily – Ryland mandou, com a expressão séria. – Não é uma democracia. – Ele segurou o punho dela, puxando-a para descer mais um lance de escada.

– Minha perna, Ryland.

Ryland tapou-lhe a boca com a mão. Lily sentiu a tensão repentina. Ele a abraçava, segurando-a, movendo-a de costas pelo terceiro andar, perto da escada. Ele olhou para baixo, com os lábios pressionados contra o ouvido dela.

– A luz da escada acima de nós se apagou. Tem alguém ali, esperando. Consigo sentir.

Ela não conseguia sentir nada além de dor, pois os músculos de sua panturrilha e seus pulmões ardiam por ter de descer correndo diversos lances de escada. Seu coração estava começando a ficar acelerado. O que poderia ter chamado a atenção do coronel Higgens para a presença de Ryland no prédio? Ou será que ele estava procurando por ela porque ela havia passado tempo demais com o general Ranier? Talvez o general, muito irritado, acidentalmente tivesse contado a verdade a Higgens. Aquela ideia deixou Lily assustada. Ranier estaria em perigo, talvez até mesmo Delia, sua esposa. se Higgens e Thornton já tivessem arriscado cometer homicídios quatro vezes, não parariam apenas porque a próxima vítima seria um general.

Ryland moveu os lábios, com a voz tão baixa que ela mal entendeu as palavras.

– É o Cowlings. Sua habilidade telepática é quase nula, mas ele sente as ondas de energia. Vamos descer a escada. Fique perto da parede e mantenha o manto cobrindo seu corpo.

Ela assentiu, indicando que havia compreendido. Os braços de Ryland se afastaram dela, levando grande parte do calor que os unia. Lily se encolheu contra o corrimão quando começaram a descer para a parte escura mais abaixo. Ryland não fez nenhum som ao descer as escadas, era um predador. Lily tocou as costas dele para se acalmar.

Ela conseguiu sentir o movimento de seus músculos ao descer as escadas e tentou imitar o silêncio dele, pisando com cuidado e fazendo o melhor que conseguia para controlar a respiração. Mas, ainda assim, dava para ouvi-la.

Uma porta se abriu acima deles, e escutou-se uma risada alta. O cheiro de fumaça de cigarro surgiu. Ryland ficou parado, imóvel, e ergueu a mão para indicar que ela deveria fazer o mesmo. Ficaram sem se mexer até a porta se fechar, trazendo de volta o silêncio. A mão dele tocou a dela. Os dedos se entrelaçaram, e ele tentou lhe passar segurança. Lily tentou prender a respiração ao descer para o segundo piso. Quanto mais se aproximavam do segundo piso, mais forte seu coração batia, até ela sentir medo de que ele saísse de seu peito. A onda de adrenalina fez seu corpo tremer violentamente.

Ryland estava firme como uma pedra. Ela não conseguiu perceber aumento na frequência cardíaca dele e seu polegar estava sobre a veia dele no pulso. Lily hesitou. Ryland afastou o braço.

De repente, ele sumiu, e ela ficou sozinha, encostada na parede no quarto degrau, tremendo, sozinha no escuro. Não havia nenhum som. Lily procurou dentro de si um momento de calma, forçando o ar pelos pulmões até acalmar o coração e retomar o ritmo da respiração. Ela esperou, não se entregando ao impulso de buscar Ryland telepaticamente. Se Cowlings estivesse por perto, ele sentiria a onda repentina de energia.

O desejo de se mexer foi repentino e imediato. Um sussurro soou em sua mente, mas ela não conseguiu entender muito bem as palavras. Lily ficou parada, abraçando a parede, sem confiar na ligação que não era forte e íntima o suficiente como aquela que sempre mantivera com Ryland.

Nicolas era extremamente forte e ela o conhecia. Sentia que ele teria conseguido lhe enviar uma mensagem clara. Lily esperou, envolvida no manto de veludo. Tensa. Com medo. Tentando manter-se calma.

Pareceu uma hora. O tempo ficou devagar. Quase parou. Lily detestava o silêncio, que costumava ser seu refúgio. Percebeu um movimento, mais sentido do que escutado. Roupas esfregando a parede muito perto dela. Lily tentou ficar menor, prender a respiração, esperou. Olhou diretamente na direção do som. Pouco a pouco, ela começou a ver a sombra aumentando, perseguindo-a ali, no escuro.

Tudo dentro dela pedia que saísse correndo e gritasse, mas forçou-se a ficar parada, confiando nele. Confiando em Ryland. Conseguia senti-lo perto de si. Respirando com ela. Para ela. Dando-lhe a força para esperar que a ameaça a alcançasse.

Algo pesado caiu de cima, pousou nas costas do perseguidor, segurando o pescoço, puxando-o com força. Os dois corpos caíram na escada. Ela sentiu o baque do soco.

Vá agora! A voz foi forte e clara na mente de Lily. Nicolas, não Ryland.

Ela hesitou por um segundo e então obedeceu, passando pelos dois que lutavam. Começou a descer o lance de escadas e olhou para trás. Os dois homens estavam em pé agora. Uma sombra saiu correndo atrás dela, saltando, voando, determinado a pegá-la.

Lily tentou correr, puxando a perna ruim. Seus músculos falharam. A perna cedeu, e ela caiu no meio da escada. Foi a única coisa que a salvou. O homem a teria acertado nas costas se não tivesse caído. Ele chutou o ombro dela quando atacou. Lily quase rolou da escada com a força do impacto. Ele pousou diversos degraus abaixo dela, virou-se e tentou pegá-la. Ela conseguiu ver os olhos dele, o brilho de triunfo. Ele esticou as mãos, segurou seu tornozelo e puxou.

Lily escorregou pela escada quando Ryland se aproximou, uma ameaça firme. Ele acertou um chute bem na cabeça de Cowlings. O homem caiu para trás, longe de Lily.

Ryland segurou-a e puxou-a para perto de si, passando as mãos por seu corpo para ver se estava ferida.

— Está ferida? Ele a feriu?

— Ryland? – A mão dela deslizou pelo peito dele, e ficou úmida.

— Não foi nada, Lily. Ele estava segurando uma faca. Foi um corte, mais nada. Você consegue andar?

— Não sei. É assim mesmo, às vezes fico bem e, de repente, a perna não funciona quando os músculos estão tensos demais.

Ela queria levantar a camisa dele para ver seu peito, mas ele a estava levando para cima, envolvendo-a pela cintura, levando-a para o último lance de escada até a entrada do primeiro andar.

Ryland abriu a porta, olhou ao redor e a levou em direção à porta lateral. *Atrás de você.* O aviso foi dado quando Cowlings descia a escada. Ryland se enfiou em uma abertura, empurrando Lily para longe dele enquanto se virava para encarar o inimigo. Os dois homens ficaram cara a cara.

– Vou matar você, Ryland – Cowlings disse, secando o sangue que escorria de seu nariz. Seu rosto estava muito ferido. Até seus olhos estavam inchados.

– Pode tentar – Ryland respondeu.

Lily concentrou-se no quadro na parede à direita de Ryland, e ele começou a tremer sem parar. De repente, este se soltou e foi na direção de Russell Cowlings. O objeto girou, caiu um pouco, ganhou velocidade e subiu de repente. Cowlings atirou-se no chão, desesperado, tentando evitar o ataque.

Ryland partiu para cima dele, fingindo atacá-lo, distraindo-o. Cowlings deu um passo para trás, voltando a atenção para seu oponente humano. O quadro caiu com força em cima da cabeça dele, e a lona, o vidro e a estrutura se quebraram, fazendo que a obra descesse e parasse no pescoço dele. Cowlings parecia mais assustado do que ferido.

– Vá, Lily – Ryland não tinha escolha. Se deixasse o inimigo vivo, Lily estaria em perigo, assim como todos os seus homens. Ele não podia permitir que ela fosse testemunha daquilo.

Ela obedeceu, mancando muito no caminho. Sua perna latejava tanto que a enjoava. Quase sem conseguir fazer nada, ela se arrastou em direção à saída. A cortina pesada que fechava a alcova, de repente, ganhou vida e caiu em cima dela, envolvendo-a em seu tecido. A cortina era tão pesada que ameaçava lhe deixar sem ar. Lily não conseguia ver nada. Seus braços estavam presos ao lado do corpo.

Sua perna cedeu e ela caiu, presa no tecido que ficava cada vez mais justo, repentinamente causando perigo de sufocamento. *Ryland!* Tomada pelo pânico, ela chamou o nome dele em sua mente.

Ela sabia que ele estava lutando pela própria vida. Pela vida de todos. Até sentiu vergonha por pedir ajuda, correndo o risco de distraí-lo, mas não conseguiu se conter. Lily nunca havia sentido tanto pânico em toda a sua vida.

Fique calma. Era Nicolas. Era incrível que pudesse escutá-lo gritando tão alto em sua mente. Sua respiração estava rasa. Ela fechou os olhos e começou a usar o cérebro. Tinha enorme poder, enorme controle. Anos de prática tinham fortalecido suas habilidades. Russell Cowlings estava preocupado com a luta, e não era tão forte quanto ela. Lily começou a manter o controle da pesada cortina. A luta não durou muito. Cowlings não tinha força para uma luta mental prolongada e também não tinha as habilidades necessárias para dividir sua atenção.

Ryland atacou, era preciso uma finalização rápida. Nicolas estava próximo, mas ele estava controlando as câmeras de segurança e afastando visitantes indesejados que iam para perto da alcova. Cowlings era um lutador forte e rápido. Ele sempre tinha sido um dos melhores no combate homem a homem e era esperto o suficiente para ficar longe do alcance de seu oponente, aplicando uma série de chutes para forçar Ryland a se manter longe dele.

Ryland controlou a vontade de mover-se depressa, esperando, bloqueando os chutes e aproximando-se aos poucos. Ele era mais forte fisicamente e, quando colocasse as mãos em Cowlings, tudo estaria terminado. Ryland viu o cinzeiro de meio metro dentro da alcova. Um cilindro redondo de metal. Enquanto ele continuava lentamente perseguindo Cowlings, concentrou-se no cilindro, forçando o objeto a inclinar-se lentamente, flutuando até o carpete grosso, para não fazer barulho.

Bloqueando diversos chutes, Ryland rolou o cilindro entre as pernas de Cowlings, fazendo-o cair para trás. No mesmo instante, Ryland entrou em ação, levando a mão à garganta de Cowlings, tirando tudo o que pudesse atrapalhar seu ataque. Foi nojento ver o homem caído. Vê-lo lutando para respirar, uma tarefa impossível. Ryland tentou não sentir nada. Tentou morrer por dentro.

Ele virou-se para ver os olhos enormes e horrorizados de Lily virados para ele. Ela se livrara da pesada cortina e tentava arrastar-se até Cowlings com a intenção de ajudá-lo!

Saiam! Saiam! Há muitas pessoas descendo e não consigo controlar todas elas.

Ryland segurou Lily pela cintura, ergueu-a em seus braços e saiu correndo em direção à porta. Viu a noite e correu para o canto, onde sabia que Arly os esperava, no carro.

— Preciso ir com o John. Se a limusine ficar estacionada e esperando por mim, Higgens vai saber, imediatamente, que não fui embora – protestou Lily.

Ryland não diminuiu o ritmo, não olhou para Nicolas quando este surgiu de outra porta e caminhou ao lado dele. Eles se separaram no carro, entrando de um lado para o banco de trás. Ryland colocou Lily no chão.

— Vá, Arly, vá agora – a voz de Ryland estava grave. E, dirigindo-se a Lily: – Ligue para o celular de John e diga-lhe para sair daqui.

Lily olhou para o rosto sério de Ryland e obedeceu. John protestou, queria saber o que estava acontecendo, mas a urgência na voz dela o convenceu, finalmente. Ele prometeu que iria para casa imediatamente.

— Obrigado por nos cobrir – Ryland disse.

Nicolas deu de ombros.

— Kaden levou os meninos para casa. Eles ficaram felizes por brincar um pouco. Eu queria mais animação, por isso fiquei. – Nicolas se inclinou para a frente, para analisar o rosto de Lily. – Você está bem? Está ferida?

— Ryland está. Cowlings estava com uma faca – disse ela.

— Que diabos aconteceu? – Arly virou a cabeça para olhar.

— Apenas dirija – Ryland disse. – Foi só um arranhão, nada de mais. – Ele protestou quando Lily ficou de joelhos, e Nicolas ergueu sua camiseta para olhar.

— Você teve muita sorte, capitão – disse Nicolas. – Deveria ter quebrado o pescoço dele quando teve a primeira chance. Você sabia que ele tinha de ser derrubado. Você deu uma chance a ele porque quis.

Ryland não respondeu, ficou olhando pela janela, o olhar fixo e turbulento.

— Ela poderia ter sido morta, Rye. Ele ia atrás dela para abalar você.

— Caramba, Nico, sei disso. Você acha que não sei?

Ryland virou a cabeça a fim de olhar para Nicolas.

Nicolas deu de ombros com casualidade.

— Você deveria ter matado o Cowlings na primeira vez em que colocou as mãos nele, durante a fuga.

Ryland recostou a cabeça no assento e fechou os olhos, nervoso. Ele se controlou, os dedos entrelaçando as mechas de cabelo de Lily. Os punhos cerrados. Ele a manteve daquela maneira. Apenas precisava da presença dela.

DEZESSETE

IIIIIIIIIIIIIIIIIIIIIIIIIIIIIIIIIIIIIIIIIIIIIIII

— Caramba, Lily, acabei de matar um homem. Eu gostava dele. Já fui à casa dos pais dele. O que, diabos, você queria que eu fizesse? — Ryland andava de um lado para o outro, com a emoção acumulada fervendo, tornando sua voz rouca. — Ele era um bom soldado. Uma boa pessoa. Não sei o que aconteceu. — As lembranças que ele tinha de Russell Cowlings doíam.

Ryland não conseguia olhar para ela, não conseguiria ver o horror em seus olhos de novo. Manteve-se de costas enquanto caminhava de um lado para o outro no quarto. Lily ainda preparava o seu banho. A capa de veludo estava jogada de qualquer jeito sobre o encosto da poltrona; seu vestido vermelho, no chão. Ele o pegou e amassou o tecido nas mãos.

— Você podia ter morrido, Lily. Ele poderia tê-la matado. Permiti que escapasse da primeira vez porque fiquei preocupado com o que você podia pensar. Inferno. — Ele desabafou. — Sou bom no que faço. Você não pode simplesmente olhar para mim me acusando e me abalar a ponto de fazer com que eu não cumpra o meu dever. Você tem ideia do que teria acontecido se ele tivesse fugido? Coloquei todos os homens em perigo para evitar matá-lo diante de você. — Ele queria que aquilo fosse verdade. Se não fosse, significava que havia hesitado porque Cowlings era seu amigo. E isso era algo ruim. De qualquer maneira, ele mereceu a repreensão na voz de Nicolas.

Lily prendeu o cabelo no topo da cabeça e entrou na banheira de água quente, torcendo para que a água relaxasse os músculos tensos de sua perna. Ela sentia latejar a parte de seu ombro em que Cowlings havia tocado quando saltara da escada. Sabia que tinha um hematoma ali. Não quis olhar. Lágrimas escorriam de seu rosto, e ela não queria olhar-se no espelho. Sentia pena de Ryland. Sentia a dor dele. Percebeu que ele estava muito magoado e bravo consigo mesmo. Estava gritando com ela, mas ela sabia que aquela raiva era direcionada a ele mesmo.

O vapor envolveu Lily quando ela forçou o corpo dentro da água quente. Não podia confortá-lo. Não conseguia pensar em nenhuma maneira de afastar a sua dor. Ele a havia ajudado quando seu pai morrera. Estivera perto quando ela descobriu ter sido um experimento. Mas ela só conseguia entrar em uma enorme banheira de mármore cheia de água quente, chorando e tentando entender por que alguém tão inteligente como ela não sabia o que fazer.

– Lily? – Ryland encostou o quadril no batente da porta do banheiro, com o vestido dela nas mãos. Ela não olhara para ele desde que haviam saído do hotel. Nenhuma vez, como se ela não conseguisse suportar vê-lo. Ela não o teria ferido mais se tivesse enfiado uma faca em seu coração. – Você precisa entender uma coisa aqui. É o que eu faço, o que fui treinado para fazer, caramba! – Ela não olhou para ele, manteve-se olhando para a frente. Ryland aproximou-se, precisava de uma reação dela. Ele conseguia ver o hematoma se formando na parte de cima de seu ombro. – Você está me ouvindo? – Ele já não estava tão irado. – Não vou perder você porque me viu fazendo algo que tinha de ser feito. Você precisa saber que não farei isso. É um motivo idiota para você desistir de nós. – Ele levou o tecido vermelho ao rosto, esfregando-o. Ele não ia perdê-la.

Ryland não tinha ideia de como aquilo havia acontecido nem quando havia acontecido, mas ela estava tão dentro do coração dele, de sua alma, que ele não conseguia respirar sem ela. Lily não respondeu, apenas ficou sentada com o vapor ao redor dos cabelos e lágrimas caindo na água, ele suspirou, com a raiva saindo de seu corpo.

– Não chore, querida, sinto muito por ter tido de matá-lo. – Sua voz estava baixa e controlada. – Por favor, pare de chorar. Você está acabando comigo.

– Preste atenção! Não estou chorando porque você o matou, Ryland. Sinto muito por ele estar morto, mas ele estava tentando matar nós dois. Estou chorando por você. Não faço ideia de como ajudá-lo. – Envergonhada, Lily jogou água no rosto para esconder as lágrimas.

– Tudo isso é por minha causa? Está chorando por minha causa? – Ele ficou em silêncio, observando o rosto dela. Era isso o que ela fazia: mudava tudo com algumas frases. O que faria com ela? – Lily, não faça isso. Você não precisa chorar por mim. – Ele estava angustiado antes, mas agora se sentia mais leve. Era como se ela tivesse lhe dado um presente de Natal. Há muito tempo ninguém chorava por ele.

Lily escutou o tom da voz dele. Felicidade. Ela sentiu a felicidade, apesar da culpa que ele sentia. Aquele pequeno tom permitiu que ela respirasse de novo. Ela virou a cabeça a fim de olhar para Ryland. Seus longos cílios estavam molhados. Gotas escorriam por sua pele macia, até as pontas dos seios. Apesar dos hematomas, ela estava atraente ali. Seus cabelos se enrolavam com o vapor. A água cobria seu corpo. Ela tirava o fôlego dele. Roubara seu coração. Lily chorava por ele.

– Não consigo pensar vendo você assim, Lily. Como consegue ser tão linda? – Ele não estava falando da beleza física, mas não conseguia separar uma coisa da outra. Sentia-se mal com o que fizera, não achava que conseguiria esquecer o que fizera com um amigo, mas as lágrimas dela o ajudaram. Ryland olhou para ela, no meio do que parecia um palácio de cristal, uma princesa que ele não merecia, mas que não perderia.

– Queria ser linda, Ryland. São seus olhos. – Seus olhos azuis analisaram o rosto dele. – Como poderia pensar que eu o culparia por salvar as nossas vidas? Eu sei o que custou a você. Senti quando você o matou.

– Vi seu rosto. Você quis salvá-lo. – Ele piscou para afastar as lágrimas que se acumulavam em seus olhos. Sua garganta doía.

– Eu vi o seu. Eu quis salvá-lo para você. – Ela esticou o braço para ele. Esperou até ele segurar seus dedos e se ajeitar na borda da banheira. – Estamos ligados, de alguma forma. E você tem razão. Não importa se meu pai encontrou uma maneira de manipular a atração entre nós. Fico feliz por você estar em minha vida.

Ryland levou a mão dela até seus lábios, brincou com seus dedos, resistindo ao desejo de se aproximar. Ela o brindou com sua generosidade.

– Os seus ombros estão doloridos? – ele disse, inclinando-se para a frente a fim de beijar o hematoma.

– Estou bem, Ryland. E suas costelas? Arly disse que limpou o ferimento, mas você sabe que ferimentos à faca costumam infeccionar. – Ela parecia ansiosa, não soava como a Lily calma de sempre.

Ele ajoelhou-se ao lado da banheira e procurou pelo tornozelo dela dentro da água cheia de espuma. Começou a fazer uma massagem profunda e lenta, massageando os músculos tensos com muita delicadeza.

– Não se preocupe, Arly limpou com um produto de cheiro forte que ele chama de líquido secreto. Arde muito. Nada fica vivo, nem mesmo um germe.

– Quando eu era criança ele já usava isso. Acho que ele o produz no laboratório, como um cientista maluco. Sempre que eu caía, ele passava isso no meu joelho e deixava a minha pele com uma cor esquisita, meio roxa.

– Isso mesmo – Ryland riu. Ele sentiu quando ela se retraiu sob seus dedos e tornou o toque mais delicado ainda. – Conte-me sobre Ranier. O que você acha?

– Ele estava me dizendo a verdade – disse Lily. – Fiquei muito aliviada. Eu o conheço há muito tempo e não tenho certeza de que conseguiria aceitar se estivesse envolvido em uma conspiração contra meu pai. Aparentemente, ele não recebeu nenhuma das mensagens que meu pai enviou a ele. Nem cartas, e-mails, nem os telefonemas. Mas o interessante é que o assistente do general é irmão de Hilton, o homem que o coronel Higgens enviou para ficar de olho em mim. – Ela enfiou a mão na água e segurou o braço dele. – O general Ranier ficou muito preocupado, como se estivesse ligando os pontos. Acho que houve um erro na segurança, e ele agora está entendendo tudo.

— Talvez. Se tivesse havido erro, eles não divulgariam. A investigação seria interna. Ninguém suspeitaria do coronel Higgens. Seu histórico é impecável. Eu, certamente, preferi, no começo, acreditar que era o seu pai quem estava traindo todos nós. E o general McEntire... ainda é difícil acreditar que ele estaria envolvido em uma traição a seu país. É um pesadelo, Lily. Isso tudo tem sido um pesadelo.

— Você acha que Cowlings foi um laranja, alguém que o coronel Higgens colocou no programa? Eu me lembro quando li sua ficha, ele tinha poucos pontos, na maioria dos critérios acerca de habilidade psíquica. Acreditei que tinha sido aceito porque meu pai queria ver se a melhoria funcionaria em alguém com pouco ou nenhum talento natural. E funcionou.

Ela havia voltado a adotar o tom profissional, totalmente interessado. Ryland logo soube que a discussão tinha deixado de ser pessoal e havia se tornado técnica. Em vez de ficar irritado, ele sentiu vontade de sorrir.

— Pode ser que ele não fosse telepático, mas certamente era capaz de comandar um objeto inanimado. Isso era ótimo.

— Lily, você destruiu as anotações originais de seu pai a respeito do experimento, não foi? Ele não desejaria que tudo se repetisse.

As câimbras de sua perna estavam lentamente começando a melhorar com a massagem e a água quente. Lily respirou aliviada e se enfiou ainda mais na água.

— Papai achou que o experimento tinha falhado – disse ela.

— Apenas no começo – Ryland disse, com calma. – Ele suspeitava de sabotagem, tanto que pediu para você sumir com o trabalho dele. Você precisa respeitar isso, Lily. Pode manter as fitas dos exercícios para o caso de precisar delas para as outras mulheres, quando as encontrar, mas o restante deve ser destruído para nunca mais ser repetido.

— Foi brilhante, Ryland – ela endireitou-se, com os olhos azuis brilhando de interesse. – O que ele fez foi totalmente brilhante de um ponto de vista estritamente científico.

— Eu me ofereci como voluntário, Lily, os homens e eu, mas você e as outras meninas não tiveram escolha. O que Peter Whitney fez a vocês foi totalmente errado do ponto de vista humanitário. — Ryland envolveu o tornozelo dela com os dedos, e sacudiu levemente. — Pense em como se sentiu, Lily, vendo aquelas menininhas. Vendo a si mesma. Pense em como aquelas mulheres se sentem agora e pelo que devem ter passado todos esses anos. E meus homens, como eles terão de cuidar de si mesmos pelo resto da vida para não serem internados em um manicômio. Sim, pelo ponto de vista de uma operação militar, com a ajuda que você está nos dando agora, o experimento pode ter sido um sucesso. Foi muito bom poder dividir minha energia e combater Russell Cowlings apesar de estar trabalhando com o outro lado de meu cérebro. Mas o ponto é que temos de atuar como um grupo. Aqueles que não têm uma âncora para afastar o excesso de energia sempre terão problemas para viver uma vida normal.

— Eu sei, eu sei... mas Ryland...

— Sem mas, Lily. — Ele a apertou mais. — Esses homens e mulheres mereciam uma vida normal. Eles querem famílias. Têm de dar apoio a essas famílias. Eles não têm o seu dinheiro, nem esta casa linda como um santuário, no qual possam viver. Não acredito que você está pensando em continuar.

— Não estou, Ryland — Lily suspirou fundo. — Não estou, mesmo. Mas não consigo deixar de achar interessante e brilhante. — Ela abaixou a cabeça. — Mal posso pensar em abrir mão de qualquer coisa que tenha sido de meu pai. Especialmente as que ele escreveu. Elas me fazem sentir que ele continua comigo.

— Sinto muito, Lily. Sei que machuca perder um pai. Você não teve mãe e eu não tive pai. Seremos pais bacanas quando tivermos filhos. — A mão dele brincava nos cabelos dela.

— Eu não sei nada sobre filhos — ela riu, afastando as sombras de seus olhos.

— Tudo bem, querida, você pode ler os livros na internet. — Ryland se inclinou na beira da banheira para beijar a cabeça dela.

Lily olhou para ele fixamente.

– Muito engraçado. Esses livros são muito informativos.

– Não estou reclamando. – Ele parou de sorrir. – Sinto muito por Russell Cowlings, Lily. Nicolas tinha razão, sabe? Eu podia tê-lo matado imediatamente, assim que o peguei. Mas deixei passar. Fiquei pensando nos pais dele, no treinamento dele. E fiquei pensando que você não me perdoaria por matá-lo. Eu não queria que as coisas terminassem daquela forma. Mas acabei colocando você em perigo. – Ele acariciou o ombro ferido dela. – Ele não a teria ferido assim se eu tivesse cumprido o meu papel.

– Fico feliz por isso incomodar você, Ryland. Se tivesse sido fácil para você, eu teria me preocupado. – Lily bocejou e tentou cobrir a boca com a mão.

– Venha, querida – ele reagiu imediatamente. – Vamos para a cama. Conversaremos de manhã. Sua perna está melhor?

– Muito melhor, obrigada – Lily assentiu e fechou as torneiras da banheira, saindo e sentando-se no banco de azulejos para se secar com a toalha.

Ryland pegou a toalha de suas mãos e realizou a tarefa com toques longos, tirando as gotas de água, e disse:

– Gostaria de poder dar provas ao general Ranier, mas não tenho nada além de conjecturas agora. Isso não vai me afastar de um julgamento.

Lily ficou parada, com os olhos arregalados.

– Talvez tenhamos provas, Ryland. Aquele disco. Ainda está no bolso do meu avental no laboratório. Pendurei o avental atrás da porta dentro do escritório quando voltei da clínica. Eu não tomei nenhum remédio antes de chegar em casa, porque não confiei em ninguém. Estava com muita dor quando cheguei. Que pena que não me lembrei na hora. Como eu posso ter me esquecido de algo tão importante?

– Talvez porque alguém bateu em sua cabeça e a derrubou? – perguntou ele.

Lily passou mancando por ele ao voltar para o quarto, e abriu as portas do armário. Ryland franziu o cenho enquanto ela separava as camisas nos cabides.

— Há algum tempo quero falar com você sobre este armário. Dá para uma família viver aqui dentro. — Ele pegou a camisa que ela estava tentando tirar. — O que está fazendo?

— Vou à Donovan pegar aquele disco. — Ela puxou a camisa de volta para si.

— Lily, são quatro horas da manhã. O que está pensando?

— Estou pensando que o coronel Higgens é um idiota e, quando descobrir o corpo de Russell Cowlings naquela alcova, depois de obviamente tê-lo mandado me vigiar, vai armar um pequeno acidente, ou sequestro, ou simplesmente um assassinato em meu escritório. Se eu for agora, tenho uma chance de pegar aquele disco e me livrar. Ele não espera que eu vá lá. Vai estar à procura de uma maneira de burlar a segurança de minha casa ou de usar alguém que amo, como John, Arly ou Rosa, para me pegar. — Ela vestiu a camisa, passando-a pelos seios generosos. — Esta é minha única chance de pegar o disco. Ele não sabe disso.

— São quatro da manhã! Você não acha que isso pode chamar a atenção dos guardas?

— Duvido — ela disse, dando de ombros e vestindo uma calça. — Eu entro ali a qualquer horário. Todos acham que sou meio louca. — Ela inclinou-se e beijou-o nos lábios. — Não fique tão preocupado. Sei que é um risco calculado, mas vale a pena. Higgens não sabe sobre o disco. Eles acham que o gravador com o disco que têm é o único que existe. Eu também não sei se há alguma coisa ali. Pode estar vazio, mas, se não estiver, pode ser a prova de que precisamos contra Higgens. Limparia a sua barra e a dos outros, e o general Ranier teria de dar atenção.

— Não gosto disso, Lily.

— Você gostaria menos amanhã, de dia, quando Higgens e Thornton já tiverem tido a chance de se reunir e planejar. Conheço Thornton. Ele está bêbado e dormindo a essa hora. Não está nem perto

318   O Jogo das Sombras

da Donovan. Estou dizendo, Ryland, se quisermos aquele disco, esta é a nossa única chance de pegá-lo. Agora.

— Lily, você mal está conseguindo andar.

— Pare de colocar empecilhos quando sabe que estou certa. Não vou entrar naquele lugar só daqui a algumas horas. É agora ou nunca. — Ela ergueu o queixo. Era preciso muita coragem para decidir, e ela não queria ter de discutir. Tinha medo de voltar atrás, mesmo sendo algo tão importante. Ela percebeu que Ryland estava confuso. Ele teria ido junto, mas Lily corria risco, não ele. Lily tocou seu braço. — Você e alguns dos outros podem ficar por perto se eu precisar de ajuda. Cowlings era o único que, até onde sabemos, conseguia detectar comunicação telepática. E ele está morto. Se for preciso, podemos usar isso e também direcionar os guardas para o outro lado para eu poder sair. Precisamos agir depressa, agora mesmo.

Ryland disse um palavrão, mas concordou, ela tinha razão. O disco era importante demais para não ser recuperado. Se tivesse informações, até mesmo as suspeitas de Peter Whitney, valia a pena o risco. Eles teriam de arriscar fugir dos guardas que, sob o comando de Higgens, estavam posicionados ao redor da propriedade. O dia já estava amanhecendo. Com o dia claro também poderiam realizar a operação, mas seria mais difícil. Nem mesmo Lily tinha acesso irrestrito. Os guardas contariam a Higgens imediatamente.

— Vou dizer a Arly que precisamos usar os veículos que ele tem fora da propriedade — Ryland voltou à realidade. — E vou chamar meus homens.

— Vou entrar correndo e voltar. Você e os outros podem ficar aqui, e se precisar de ajuda, avisarei. Ela pôs a mão no relógio. — Arly colocou um minicomunicador no meu relógio. Ele também pode me monitorar.

Ryland ligou para Arly, a fim de alertá-lo, enquanto Lily procurava um casaco.

— Não vamos esperar aqui, querida, precisamos ficar perto de você se quisermos ajudar. — Ele falou ao telefone, desligou e se virou para ela. — Não discuta comigo ou não irá a lugar algum.

Ela rolou os olhos.

– Adoro quando você dá uma de macho comigo. Não precisa se preocupar, Ryland. Tenho medo. Não quero que você se machuque, mas gosto de saber que está por perto. Não vou correr riscos.

Eles correram antes do nascer do sol, passando pelos túneis e, mais uma vez, usando a força combinada para direcionar a atenção dos guardas para o outro lado. Foi mais simples, pois os guardas estavam sonolentos. Nicolas e Kaden correram até a garagem atrás da cabine do vigia para tirar os dois carros. Arly levou Lily até a Donovan com o segundo carro. Pararam a alguns quarteirões do alambrado que cercava a propriedade.

Arly parou no portão, fez cara de enfadado quando um guarda iluminou o carro com a lanterna e cuidadosamente analisou a identificação de Lily.

– Novo motorista, dra. Whitney? – perguntou ele.

Ela deu de ombros.

– Meu segurança. Thornton e o coronel Higgens estão preocupados com a minha segurança. – Ela se mostrou entediada e um pouco irritada. – Achei que não haveria problemas em aceitá-lo.

O guarda assentiu e se afastou do carro. Arly entrou com o Porsche no estacionamento e seguiu as orientações dela para chegar ao prédio onde se localizava o escritório.

– Eu devia ter imaginado que a troca de motorista poderia levantar suspeitas nos guardas por conta de tudo o que está acontecendo aqui. Sempre é John quem dirige a limusine ou eu dirijo o Jaguar sozinha – ela suspirou. – Se eu pedir a você para sair daqui, Arly, não discuta, simplesmente saia. Se me pegaram, não quero que peguem você.

– Pode deixar. Mas não se preocupe comigo. Entre e saia depressa. – Arly olhou para ela com ansiedade. – Estou falando sério, Lily, direto para o escritório e de volta para cá.

– Eu prometo – ela assentiu.

Lily estava com o coração na boca. Definitivamente, não sabia fazer o papel de heroína: ao primeiro sinal de perigo, planejava fugir como um rato. Lily olhou para a perna. Ainda estava mancando, e ela reagia mal. Era sua culpa, tinha dançado muito, sem descansar entre uma música e outra. Feito amor loucamente. Descido a escada correndo. Ela havia se esquecido de fazer tudo o que era preciso para evitar que a perna causasse problema. Agora, estava pagando o preço.

Ela acenou para os guardas e passou com facilidade pelos seguranças. Lily geralmente preferia trabalhar à noite para evitar os sons de pessoas e a energia emocional que sempre as cercavam. Agora, escutando os próprios passos ecoando no corredor vazio, concentrou-se nas diversas câmeras que acompanhavam seus avanços.

Sentiu frio na barriga. Medo. Sentiu o estômago embrulhar e o coração acelerar. Até mesmo sua boca ficou seca quando entrou no elevador vazio e desceu para os andares inferiores, onde ficava seu escritório.

Apenas as luzes fracas iluminavam o interior. Sombras assustadoras que ela nunca tinha percebido estavam por todos os lados, movendo-se conforme ela se movimentava, como se a seguissem. Estava assustadoramente quieto. Lily sentiu vontade de pedir a si mesma que tivesse coragem.

Destrancou a porta de seu escritório e entrou, fechando-a atrás de si. Tinha certeza de que havia uma câmera ali, por isso tentou ser casual: pegou o avental branco, como sempre fazia, e foi direto para a mesa, como se tivesse se esquecido de algo importante.

Lily começou a procurar nas gavetas. Destrancou as de baixo, deixando a chave dentro do bolso do avental, aproveitando para tocar o pequeno disco ao fazer isso. Era muito pequeno. Colocou as mãos na cintura como se demonstrasse frustração, e enfiou o disco no bolso da calça. Fingindo irritação, Lily fechou todas as gavetas, olhou sobre a mesa, colocou a chave na bolsa e pendurou o avental. Por mais que vissem a gravação, ela tinha certeza de que nunca veriam o disco ou perceberiam que ele existia.

Suspirando aliviada, ela abriu a porta de seu escritório. Mãos pesadas a acertaram bem no peito, derrubando-a para trás, e ela parou no chão, surpresa e assustada. Um homem atarracado, muito parecido com o capitão Ken Hilton, do evento de arrecadação de fundos, atravessou o escritório enquanto o coronel Higgens fechava a porta discretamente. Ela sabia que estava diante do assistente do general Ranier.

Higgens olhou para ela com frieza.

— Bem, bem, você com certeza é muito mais corajosa do que imaginei. — Ele caminhou pela sala, mais ameaçador por estar calmo. — Lily olhou para ele, sem tentar se levantar, ainda lutando para respirar. Ela passou a mão sobre o rosto, e então uniu os dedos no colo, pressionando o pequeno comunicador no relógio para Arly saber que estava com problemas. Ela torceu para ele ir embora. — Você saiu cedo do evento de arrecadação de fundos.

Lily deu de ombros.

— Acho que o fato de ter saído mais cedo não dá ao seu amigo o direito de me derrubar no chão.

— Você sabia que um homem foi morto no primeiro andar do hotel esta noite? — Higgens caminhou ao redor dela, com os sapatos pisando sobre a barra da calça dela.

— Não, coronel, não fazia ideia. Espero que exista um motivo pelo qual esteja tentando me intimidar, porque estou prestes a chamar os seguranças aqui. — O capitão Hilton deu um tapa na nuca de Lily. Ela olhou para os sapatos dele. Já os tinha visto antes. Lembrou-se do arranhão de três centímetros de comprimento zigueagueando do lado de dentro da barra. Olhou para Higgens. — Pelo visto, você está me ameaçando.

— Não se faça de tola comigo, você não é burra. Você tem os registros de seu pai, todos eles, não é? — Higgens continuou a caminhar ao seu redor.

— Se eu tivesse os registros os teria entregado a Phillip, coronel. — Lily esfregou a perna dolorida, sem olhar para ele. — O código que meu pai usava no computador aqui e em casa, em seu escritório, não significava absolutamente nada. Tudo o que li nos relatórios, o senhor consegue acessar. As coisas que imagino, que conjecturo, passei para o general McEntire. Também digitei tudo e enviei para o senhor e para Phillip. Além disso, não sei como meu pai fazia para aumentar a habilidade física nos homens.

— Não acredito em você, dra. Whitney. Acredito que saiba bem como ele fazia. E você vai descrever tudo para mim. O processo todo.

— Você acha que seu amigo aqui vai bater na minha cabeça e arrancar tudo de dentro dela? — Lily olhou para ele com os olhos arregalados e acusadores. — Se acreditasse que conheço o processo, não tocaria em mim. Não poderia arcar com as consequências.

O coronel Higgens abaixou-se, segurou-a pelo cabelo e a colocou em pé. Lily esforçou-se para apoiar-se na perna dolorida. Seus olhos ficaram marejados, mas ela se recusou a chorar. Continuou olhando para os sapatos. Para o vergão. Higgens a jogou para longe dele, e ela se recostou na mesa.

Lily segurou-se, buscando ficar firme. Não conseguiria correr nem se eles a deixassem livre por um momento. Sua perna estava fraca demais. Recostou-se na mesa para tirar o peso da perna.

— Vai vender a informação a quem pagar mais, coronel? É o que pretende fazer? Trair seu país?

Hilton esticou o braço casualmente e deu-lhe um tapa. Lily soltou um palavrão e foi direto em seu pescoço, atacando-o com a mão. Foi tão inesperado, que ele não teve tempo de bloqueá-la e caiu para trás, engasgado. Lily continuou e chutou-o bem no meio das pernas, derrubando-o no chão, e chutou a cabeça dele com ainda mais força, usando a parte externa de sua perna forte.

De repente, sua perna dolorida não aguentou, e ela caiu de costas, ao lado do homem atingido. Lily rolou e desferiu um soco em seu tórax, tirando-lhe o fôlego. Ela recolheu a mão, irritada o suficiente para partir para o pescoço dele outra vez, mas o coronel Higgens pegou-a pelo braço e afastou-a do homem caído.

— Levante-se, Hilton — disse ele, com raiva. — Levante-se do chão antes que eu mesmo o esbofeteie. Ela tem uma perna ruim e ainda assim bateu em você.

Hilton rolou e conseguiu ficar de joelhos, gemendo.

Lily não lutou, permitindo que Higgens a ajudasse a se sentar. Sua perna latejava, já com câimbras, mas ela olhava para os dois homens sem expressão.

Hilton virou a cabeça, ainda de joelhos, para olhar para Lily.

– Vou matá-la com as minhas próprias mãos.

Ela olhou para as mãos dele, levada por uma força muito maior do que sua vontade, e reconheceu seu pulso. Seu relógio. Foram breves momentos, mas ela havia visto o que seu pai vira. Mãos arrastando-o pelo cais de um navio. Um sapato com um corte ou risco.

Uma forte energia tomou conta da sala. Ondas tão fortes que as luzes piscaram. A lâmpada sobre a mesa dela explodiu, espalhando cacos de vidro. Livros voaram das estantes. Volumes pesados voando pelo ar como mísseis, acertaram Hilton. Canetas e lápis, o abridor de cartas, todos os objetos pontiagudos da sala, de repente, tinham apenas um alvo. Cobrindo a distância com velocidade, acertaram o corpo de Hilton

Ele caiu gritando. O coronel Higgens pegou uma arma e atirou na mesa, a poucos centímetros de Lily. Chocada, ela olhou para ele e os objetos da sala caíram no chão. Lily e Higgens olharam um para o outro. Ele estava apontando a arma para a cabeça dela.

– Então, dra. Whitney, parece que seu pai trabalhou aumentando também as suas habilidades.

– Ele se interessava por avanços paranormais e o que eles podiam fazer, porque eu tinha habilidade natural. – As sobrancelhas de Lily se arquearam. – Ele viu o que eu conseguia fazer e quis ver se podia ser desenvolvido mais do que nos outros.

Hilton ficou em pé, estremecendo ao tentar tirar os diversos objetos que estavam sobre seu corpo. Por sorte, estava usando um casaco que ajudou a manter superficiais os ferimentos de lápis e canetas.

Lily prosseguiu:

— Se quer saber onde os dois grampos de cabelo que estavam sobre a mesa estão agora, vai encontrá-los em sua corrente sanguínea, a caminho de seu coração.

— Vou cortar você em pedacinhos e alimentar os tubarões — disse ele, revoltado; uma mistura de susto e ira.

— É mesmo? É melhor você segurar bem a faca enquanto faz isso, caso contrário é você quem vai ser cortado em pedacinhos e virar comida de tubarão. — Enquanto falava, Lily mantinha a atenção voltada para a arma na mão do coronel Higgens.

A mão começou a tremer, a arma balançou, tentou apontar na direção de Hilton. Ela viu quando os olhos de Hilton se arregalaram.

— Pare com isso, dra. Whitney — Higgens pediu. — Preciso de seu cérebro, mas não do resto. Se não quer que eu atire na sua perna, deve se comportar.

— Eu estava me comportando, coronel — Lily desviou o olhar da arma. — Quero que ele morra. Eu deveria ter enfiado cacos de vidro na cabeça dele. — Ela sorriu para ele. — Não se preocupe, estou cansada. Infelizmente, o lado ruim de se ter um talento natural é que ele não dura tanto tempo. Por isso meu pai queria aprimorá-lo, torná-lo mais forte e mais resistente.

— Então você conversou sobre isso com ele.

— Claro que sim, discutimos isso por anos — Lily inclinou a cabeça. — Foi você ou foi Ryland Miller quem matou meu pai?

— Porque eu o mataria? — Higgens perguntou. — Eu precisava do processo. Ele estava sendo teimoso.

— Você não ofereceu a ele as coisas certas. Onde está Miller? — a voz dela estava fria como gelo, os olhos azuis diretos.

Tome cuidado, querida. Não vá longe demais. Ele é inteligente. A voz de Ryland reverberou nas paredes de sua mente, mas ele parecia distante.

Lily jogou os cabelos pretos sobre os ombros. *Não muito esperto. Ele matou o meu pai e está usando o mesmo idiota para me pegar.*

Caramba, Lily, não exagere, é perigoso. Ryland estava falando sério.

— Você quer Miller? — Higgens perguntou.

Hilton, finalmente, conseguiu ficar em pé. Jogou a última caneta no chão e deu um passo em direção a Lily. Quando Higgens ergueu a mão em uma ordem silenciosa, ele parou, mas não desviou o olhar de vingança do rosto dela.

Lily o ignorou.

— Se Miller matou meu pai, então, sim, eu quero ele. Pode encontrá-lo e matá-lo. Mostre-me o corpo dele e darei o processo a você. Caso contrário, pode me matar e nunca vai descobrir sozinho.

Fez-se um breve silêncio enquanto o coronel pensava.

— Você é uma mulher com sede de vingança, não é? Eu não imaginava. Sempre foi fria como gelo.

— Ele matou o meu pai — disse ela. — Sabe onde Miller está?

— Ainda não, mas ele não pode simplesmente desaparecer. Tenho homens procurando por ele. Vamos encontrá-lo. O que Ranier disse?

— O general Ranier? O que ele tem a ver com isso?

— Você passou muito tempo com ele — disse o coronel Higgens, com os olhos estreitos.

Lily sentiu um arrepio na espinha na mesma hora. Conseguia sentir as ondas de malícia que vinham de Higgens. A intenção da violência. Ela forçou um levantar de ombros, sabendo que tinha a vida do general nas mãos.

— Ele estava preocupado comigo. Delia queria que eu fosse ficar com eles depois do desaparecimento do meu pai. Ela não anda bem e o general queria que eu aceitasse o convite para o bem dela e também para o meu.

— Ele falou sobre Miller?

— Eu falei — Lily se arriscou. — Esperava que Miller tivesse entrado em contato com ele, mas o general não sabia nada de útil. Deixei a conversa porque não queria que ele suspeitasse. Conversamos sobre Delia depois disso.

— Acho que, para sua segurança, dra. Whitney, vamos colocá-la sob custódia. Acho que Miller é uma grande ameaça a você.

— Minha casa é segura.

– Ninguém está a salvo de Miller. Ele é um fantasma maldito. Um camaleão. Poderia estar na mesma sala conosco sem que soubéssemos. É para isso que ele foi treinado. Não, você está muito mais segura conosco. O coronel assentiu para Hilton. Hilton segurou as mãos de Lily e as puxou, prendendo algemas em seus punhos. Com o pretexto de ver se elas estavam firmes, ele chacoalhou as mãos dela para a frente e para trás maliciosamente.

– Já chega, Hilton. Vamos sair daqui.

Lily saiu da mesa, testando a perna dolorida. Podia mancar, arrastar a perna, mas não aguentaria correr. Com um suspiro de resignação, colocou-se atrás de Hilton.

Em algum ponto lá fora, os Ghostwalkers estavam esperando. Ela esperava que eles fossem tudo o que o coronel havia dito. Camaleões. À espreita para pegar seus sequestradores.

DEZOITO

||||||||||||||||||||||||||||||||||||||||||||||||

Lily não ficou nem um pouco surpresa com a falta de segurança. Phillip Thornton tinha de estar envolvido no que o coronel Higgens estava armando, e ele devia ter insistido para que Higgens cooperasse. Os guardas tinham sido levados para outra parte dos laboratórios. Mantendo a cabeça baixa, ela se concentrou nos mecanismos de trava das algemas. Ela nunca tinha sido muito boa com cadeados. Mesmo depois de analisar como eles funcionavam, raramente conseguia abri-los. Era preciso concentrar-se muito, energia com precisão e habilidade. Lily estava irritada consigo mesma por não ter se dedicado mais a adquirir esta habilidade.

Estamos a postos, Lily. Use a sua perna. Faça com que demorem. Não queremos que o coronel ache que você consegue correr. Ryland parecia muito confiante.

Lily franziu o cenho. *Não consigo correr. E não seja pego. Posso sair disso. Você mente muito mal. Precisa de mim para salvá-la.*

O tom de diversão na voz dele a deixou mais alegre. Só então ela percebeu que estava com medo. Lily jogou os cabelos e rolou os olhos para o caso de, por algum milagre, Ryland conseguir vê-la, mas andou mais devagar, arrastando a perna dolorida um pouco mais.

— Vou pedir a Hilton que traga o carro para que você não tenha que andar muito — disse o coronel Higgens, com uma das mãos em seu ombro.

Agora, acreditando que ela suspeitava de que foi Miller quem matou seu pai, conseguia ser civilizado.

— Ele parece o capitão com quem dancei no evento — Lily disse, para mantê-lo distraído.

– Eles são irmãos. Nenhum dos dois é muito esperto, mas são úteis. – O coronel colocou a mão na arma quando entraram no elevador. Ele tinha pouco controle dos guardas na área do solo e qualquer um deles podia ver as algemas. – Vou atirar em quem tentar nos impedir – avisou ele. – Pense nisso como uma missão de segurança nacional. Você tem uma chance de salvar vidas, dra. Whitney. A escolha é sua. – Higgens parou para pegar dois aventais de uma pequena sala perto dos elevadores. Jogou um deles para Hilton. – Você está meio mal. Vista isso e cubra o sangue. – O outro avental, ele colocou sobre os pulsos de Lily para esconder as algemas. – Vamos sair todos juntos, muito próximo uns dos outros. Hilton, vá buscar o carro e o traga para nós.

Ele está mandando seu servidor para pegar o carro. Esse homem matou o meu pai.

O calor que a envolveu, de repente, era forte. Imediatamente, ela percebeu que os outros homens estavam presos na onda telepática de energia, escutando, esperando e prontos para atacar por ela. Isso fez com que ela se sentisse parte de alguma coisa. Desde quando ela havia deixado de ser sozinha e triste?

Alguém usa a palavra "servidor"?, Ryland perguntou.

Houve um murmúrio coletivo de negativas, alguns risos e piadinhas.

Sinto muito, querida. O veredito é que ninguém usa essa palavra antiquada.

Antiquada? Ela quase parou de respirar quando viu dois guardas indo na direção deles perto da ponta do longo corredor. *Eu deveria ter usado "vilão"? Teria sido mais moderno?* A sobrecarga de adrenalina a estava fazendo tremer, quase perder o controle, mas pelo menos diminuía a dor na perna, permitindo que pensasse claramente.

Mais alguns minutos, Lily, Ryland a incentivou. *Seu coração está batendo depressa demais. Acalme-se.*

Mais uma voz surgiu. *É a ansiedade para nos ver de novo. Ela gostou de mim.* Gator disse, com seu sotaque característico. Lily precisou controlar o riso apesar da situação perigosa. Não ousou olhar para

Higgens, com medo de que sua expressão a entregasse. Os homens eram ousados em seus esforços para deixá-la tranquila.

Gostei, Gator. Achei você bonitinho quando o vi pela primeira vez.

Os guardas cumprimentaram Higgens enquanto eles passavam correndo.

Estava na hora da mudança de turno. Todos estavam cansados. Higgens não era tão idiota, afinal. Os guardas não queriam ver nada de incomum; só queriam ir para casa, ver a família, e descansar.

Você não precisa mais olhar para Gator, Ryland disse. *Isso se não mais o considerar bonitinho. O que, diabos, é bonitinho?*

O que você não é, disse Gator.

Apesar das brincadeiras, Lily sentiu que a tensão aumentava na voz deles. As portas duplas que levavam para o complexo estavam mais próximas. Ela manteve a cabeça abaixada e caminhou lentamente, arrastando a perna.

Hilton abriu as portas e acenou. Lily não olhou para ele. Ele estava morto. Apenas não sabia ainda. Ela continuou caminhando até Higgens puxar seu braço, fazendo-a parar de repente. Hilton passou.

— Foi inteligente manter-se calada diante dos guardas. Você não ia querer que eles morressem — Higgens disse.

— Não permita que o fato de eu ser mulher o engane, coronel — Lily disse, erguendo a cabeça para olhar diretamente nos olhos dele. — Não me importo em ser violenta nas circunstâncias certas. Alguém é responsável por matar o meu pai e vou descobrir quem.

Ele sorriu para ela. Os olhos estavam sérios.

— Espero que sim, dra. Whitney.

O carro parou ao lado deles. Higgens esticou o braço a fim de abrir a porta para ela. Lily virou-se para sentar-se no banco do passageiro, mas deu um chute frontal, colocando o peso todo. O chute pegou Higgens exatamente no tórax, tirando o ar de seus pulmões. Ele caiu feito um balão vazio. Nesse momento, Kaden aproximou-

-se por trás, terminando o que ela havia começado com um golpe no pescoço do coronel.

Higgens caiu no asfalto feito uma pedra.

Kaden não hesitou, enfiou Lily no carro e entrou logo depois dela.

– Vamos, vamos. *Fase um completa. Estamos com ela. Repetindo, estamos com ela.*

– Eles nos pararão no portão – Lily disse. – Kaden, tire as minhas algemas, não suporto ficar com elas. – Ela era a fase um. O objeto recuperado. A ideia a irritava, mas não tanto quanto as algemas em seus punhos.

– Temos o portão neste momento, Lily – ele respondeu gentilmente. – Só mais alguns minutos. Assim que eu souber que estamos livres.

– Arly saiu? – Ela estava olhando para o motorista em um esforço para identificá-lo. Ele usava o avental branco que Hilton estava usando.

– Arly está esperando do lado de fora dos portões com o Porsche. Que lindo, aquele carro. – Jonas olhou para ela pelo espelho e piscou. – Quero dirigi-lo um dia desses. – Ele parecia muito esperançoso. Parou o carro no portão. O homem uniformizado simplesmente abriu a porta e foi para o outro lado de Lily, de modo que ela ficou cercada.

Ryland segurou o rosto dela e a beijou com intensidade.

– Caramba, Lily, vou encontrar um quarto com colchões na parede e vou colocá-la ali dentro até ter certeza de que você está segura – ele disse, e então se virou para observar o caminho. Lily viu a arma em sua mão.

Atrás deles, os laboratórios explodiam diversas vezes.

Ela se virou para olhar pela janela de trás. A fumaça subia ao céu.

– Quem fez isso?

– Kyle, é claro. Ele gosta de estourar as coisas.

– Há muitas pessoas inocentes trabalhando aqui – ela disse.

Jonas parou o carro ao lado do Porsche. Arly estava fora do carro e caminhava de um lado para o outro. Eles estavam a quatro quarteirões dos laboratórios e conseguiam escutar as sirenes. Ryland arrastou Lily para fora e a colocou dentro do Porsche, pegando as chaves de Arly antes que este protestasse.

— O que vamos fazer? — Lily perguntou.

— Sair deste lugar o mais rápido possível — Ryland respondeu.

— Nem consegui abraçar Arly — ela disse. — Ele devia estar muito preocupado.

— Ele, preocupado? — Ryland trocou a marcha com certa violência. — Você me fez envelhecer dez anos. Vai ter de abraçar Arly depois. No momento, quero afastá-la da Donovan o máximo que conseguir. Até onde sei, o local pode ser destruído pelo fogo. — Um músculo saltou em seu rosto. — Eles podiam tê-la matado, Lily.

— Eu sei. Senti muito medo. Mas peguei o disco e Higgens nem imagina. — Ela recostou a cabeça no banco enquanto ele passava pelos semáforos e fechou os olhos. — Hilton foi o homem que jogou meu pai na água.

— Eu sei, querida. — Ryland olhou para ela, preocupado. — Sinto muito. Você está machucada? Eles machucaram você? — Ele queria parar o carro e examinar todo o corpo dela.

— Não. — Lily balançou a cabeça sem abrir os olhos. — Mas eu tive muito, muito medo. Ele ia me matar depois que eu contasse sobre o processo.

— Você não sabe o processo, sabe? — Ryland franziu o cenho.

— Não exatamente. Sei o caminho pelo qual meu pai estava indo e não seria muito difícil deduzir o processo conhecendo-o tão bem quanto eu o conhecia. E já entendi a maior parte. Está tudo no laptop dele do laboratório de casa. Está tudo aqui. Eu teria inventado algo a Higgens. — Ela estava exausta, queria desesperadamente ir para a sua cama. Ela mostrou os braços presos. — Consegue tirar isto de mim?

Ela parecia tão triste, que Ryland ficou sensibilizado.

— Assim que chegarmos à garagem na mata, querida. Aguente mais um pouco.

— Li sobre esse tipo de coisa naqueles livros, sabe. — Lily olhou para as próprias mãos. — Na vida real, não é, nem de perto, tão excitante quanto no texto.

Ryland colocou a mão sobre a dela, com o polegar fazendo pequenas carícias em seu punho. As algemas eram apertadas demais, marcavam a sua pele.

— Eu faria muita coisa em uma cena de servidão — ele disse, criando um mistério, esperando fazê-la rir. Se ela chorasse, ele ficaria arrasado. — Acho que gravatas de seda seriam melhores do que algemas de metal. — Ele passou o polegar em cima dos círculos azulados que se formavam. — Isso nunca aconteceria comigo. Você precisa ser mais cuidadosa, Lily, quando for usar esse tipo de coisa. — Ele mexeu as sobrancelhas. — Eu seria um ótimo mestre.

— Mestre? — ela quase engasgou. — Entendi. Eu seria a sua escrava.

— É uma boa ideia — ele sorriu para ela com malícia. — Mas amarrar você à cama e explorar seu corpo me parece bom. Não me importaria em reservar algumas horas para lhe dar prazer.

Eles se entreolharam. O corpo todo dela reagiu àquela ideia.

— Obrigada por me fazer esquecer as algemas, porque elas causam dor. E elas fazem eu me sentir presa. Parece que não posso respirar com elas.

— Estamos quase lá, querida, só mais alguns minutos — ele prometeu, ao entrar com o Porsche na garagem e fechar o portão, deixando-os na escuridão. Ryland segurou as mãos dela. — Estou sem meu kit de ferramentas, por isso preciso me concentrar. Pode ser que demore um pouco.

— Não me importo, apenas tire isso de mim. — Lily não ia chorar agora que estava segura e quase em casa.

Foram precisos alguns minutos, com Ryland trabalhando habilmente, até ela sentir as algemas ficarem mais largas e caírem. Ele entregou as peças a ela.

— Vou levar você para casa, querida.

— Sou pesada demais. — Estava feliz por estar sem as algemas.

Ryland emitiu um grunhido e a tirou do carro pequeno.

— Não precisamos esperar pelos outros para que coloquem os guardas do outro lado da casa? — Ela estava cansada. Queria dormir para sempre.

— Podemos fazer isso. Um por vez. Aviso quando tivermos de combinar nossa energia. — Ryland a pegou e a levou da construção para dentro da mata.

O sol da manhã filtrava os raios de luz por meio da vasta abóboda acima deles. Galhos e folhas balançavam e dançavam ao vento. Lily olhou ao redor, surpresa. Ela se esquecera de que coisas bonitas podiam existir. As aves chamavam umas às outras, apesar do canto e da repreensão dos esquilos.

Lily recostou a cabeça no ombro de Ryland, envolvendo seu pescoço com os braços.

— Gosto dessa parte das amarras. Parece que você é meu escravo, e não o contrário. — Ele abaixou a cabeça e passou os dentes de um lado a outro em seu pescoço, com a língua em seguida, para aliviar. Lily riu baixinho. — Acho que é verdade que os homens pensam em sexo a cada três segundos. Você está pensando em sexo e não nos guardas, certo?

— Você diz isso como se fosse ruim. Claro que estou. Toda essa conversa está mexendo comigo. Como você consegue ter esse cheiro tão bom o tempo todo?

Lily sentiu a mudança nele, a troca da brincadeira pela seriedade.

Ele não ficou tenso, mas havia força passando por seu corpo, crua e mortal. Ele fez um meneio de cabeça para a esquerda. Lily sentiu a interrupção no fluxo da natureza ao redor deles. Havia uma presença estranha na floresta.

Ela fechou os olhos, entregou-se ao caminho, tocando a onda, alimentando-a, permitindo que Ryland assumisse o comando. Ele fez o direcionamento, sugerindo um passeio na outra direção. O fluxo sutil de força persistiu até o guarda desviar o olhar, dando a eles passagem livre à entrada do túnel.

Ali dentro, Ryland moveu-se depressa, conhecia o caminho, e a levou diretamente para o labirinto de passagens até o corredor mais próximo do seu quarto. A luz do sol estava entrando pelas janelas. Ele fechou as cortinas antes mesmo de colocá-la na cama.

– Não tenho energia para encontrar um gravador. – Lily olhou para Ryland. Pegou o pequeno disco do bolso de sua calça e o entregou a ele. – Arly deve ter um em algum lugar. Só quero ficar deitada aqui olhando para você.

Ele colocou o precioso disco em cima do criado-mudo e se ajoelhou ao lado da cama para tirar os sapatos dela.

– Quero ver a sua perna. Está doendo?

– Estou muito cansada, Ryland – ela admitiu. – Não consigo pensar nisso.

Ryland jogou os sapatos dela de lado e tirou sua calça, deixando-a de lado.

– Esqueci que você não estava usando roupa íntima. Pelo amor de Deus, Lily, não é à toa que penso em sexo o tempo todo. Você me seduz sem parar.

Ela esboçou um sorriso, relutante.

– Como posso estar seduzindo você? Só estou deitada. – A ideia teria sido interessante se ela não estivesse completamente exausta.

Algo na maneira com que ele olhava para ela sempre fazia seu sangue ferver.

Ryland analisou a panturrilha dela com cuidado, massageando os músculos tensos. Ela ficou deitada em silêncio, com os olhos fechados, apenas de camisa. O tecido estava levantado, mostrando seu umbigo e a parte debaixo de um de seus seios. Ryland escorregou a mão de modo possessivo sobre sua coxa.

Lily entreabriu os olhos.

– Não sei o que você acha que vai fazer, mas quero dormir por um mês.

– Estou analisando os danos – disse ele. E estava, mesmo. Havia ali o início de um hematoma, em sua coxa.

– Nas minhas costas e no meu peito – ela murmurou sonolenta. – Estou com o corpo todo dolorido, Ryland. Obrigada por tirar as algemas, sei que não foi fácil.

Cuidadosamente, ele segurou as mãos delas, virando-as de um lado para o outro, franzindo o cenho ao ver as marcas das algemas.

– Como você machucou a perna? – Ele sentiu a raiva ferver em seu estômago, mas lutou para mantê-la sob controle, lutou para manter a voz gentil.

– Não sei. Entrei em uma briga. Hilton me deu um tapa, e eu perdi a cabeça por um momento. – Ela se virou de lado, ajeitando-se com o travesseiro. – Revidei.

– Ele deu um tapa em você? O que mais ele fez? – Ryland ergueu sua blusa nas costas. Suas nádegas tinham dois hematomas azulados. Ele estava começando a desejar poder matar o mesmo homem duas vezes.

– Não se preocupe. Eu devolvi – ela respondeu. Havia satisfação em sua voz. – Eu teria acabado com ele se Higgens não tivesse interferido. Provavelmente, o hematoma em minha coxa foi de quando ele atirou na mesa. Pedaços de madeira voaram para todos os lados. Fiquei tão irritada que nem senti dor.

– Ele deu um tiro na mesa bem do lado de sua perna? – Ryland esfregou a mão no rosto. – Inferno, Lily.

– Você diz isso demais. – Ela não abriu os olhos, mas sorriu.

– Não fique tão contente. Estou ficando de cabelos brancos. Você brigou com aquele homem? Pensei que a filha de um bilionário fosse mais sofisticada do que isso.

– Sou moderna demais para permitir que um homem das cavernas me agrida – ela se defendeu.

Os dedos dele massagearam a cabeça dela, procurando por ferimentos.

– E ele bateu em seu peito? Deixe-me ver.

– Não vou deixar você ver meu peito. – Ela abafou o riso. – Vá embora e deixe-me dormir. Que desculpa mais esfarrapada para ver meus seios.

– Não preciso de uma desculpa esfarrapada para ver seus seios – ele disse. – Quero ver se há ferimento. – Ele simplesmente segurou a barra da camisa e a puxou até Lily concordar e levantar o corpo o suficiente para permitir que ele a tirasse.

– Estou muito cansada, mesmo, Ryland. Leve o disco a Arly e veja se valeu o esforço. Preciso de uma hora para dormir e depois podemos ir ao general Ranier e ver se ele vai nos ajudar. – Sua voz estava ficando cada vez mais baixa, e Ryland tinha certeza de que ela cairia no sono.

Ele jogou o lençol em cima dela e deitou-se ao seu lado, até ter certeza de que ela dormia. Ryland ergueu a mão de Lily e examinou seu punho marcado à luz do sol da manhã.

– Droga – ele disse baixinho e se inclinou para beijar os hematomas, muito concentrado nela a ponto de não escutar nem sentir nenhuma perturbação.

Não houve barulho, mas algo fez com que ele olhasse para a frente. Ele viu uma senhora. Ela estava parada na entrada do quarto, uma mistura de choque e medo em seu rosto. Lenta e delicadamente, Ryland pousou as mãos de Lily no lençol e se ajeitou.

– A senhora deve ser Rosa – ele disse da maneira mais charmosa que conseguiu. – Sou Ryland Miller. Lily e eu somos... – Ele procurou uma palavra. Qualquer uma. Não queria dizer "namorados", mas "amigos" também não se encaixava, afinal, ele estava na cama de Lily, e ela estava nua sob o lençol. A mulher o estava fazendo sentir-se como um adolescente que havia entrado sorrateiramente no quarto da namorada. Não tinha a menor ideia do que faria se ela saísse gritando pela casa.

– Sim, sou Rosa. – Ela olhou fixamente para ele. – Por que Arly não me disse sobre você? Ele deve saber que você está aqui. Ninguém pode entrar aqui sem que ele saiba.

– Bem, senhora – Ryland, que não tinha medo de nada, intimidou-se diante da mulher que olhava fixo para ele. – É complicado.

– Não me parece muito complicado – Rosa disse, entrando no quarto e balançando a cabeça em desaprovação ao se aproximar da cama.

Ela viu os hematomas nos braços de Lily e gritou, chocada, levando as mãos ao peito.

Ryland ficou surpreso e calado. A mulher tomava o quarto todo com sua presença, intimidando-o como ninguém nunca havia feito. Ele não sabia se ela desmaiaria, gritaria ou se pegaria algo para acertar a sua cabeça.

— O que aconteceu com o meu bebê? — Rosa viu as algemas descartadas e arregalou os olhos em choque. Fez-se um silêncio repentinamente.

Ryland sentiu-se corar. Sua camisa, de repente, ficou apertada demais e gotas de suor começaram a se formar sobre sua pele.

Rosa parou e pegou as algemas. Começou a falar em espanhol sem parar e ficou sem fôlego. Foi a única coisa que salvou Ryland. Ele teve a impressão de que ela havia usado todos os palavrões que conhecia e mais alguns, inventados.

— Senhora, não pense errado — ele disse. — Não fui eu quem colocou essas algemas nela. Foi outra pessoa.

— Há outro homem aqui? — Rosa precisou se amparar no armário, abrindo a porta. — Este é um daqueles romances a três? É isso o que você ensina à minha menininha? — Ela analisou todos os cantos do armário. — Peça a ele para sair e me encarar!

— Senhora... — Ryland estava dividido entre a vontade de rir do que ela estava pensando e o desespero por pensar que ela pudesse tentar jogá-lo para fora. — Rosa, não é isso, de jeito nenhum. Lily foi atacada por um inimigo. Tentaram sequestrá-la.

Rosa se assustou e deu um grito tão estridente que chacoalhou o vidro da janela. Ela chegou a jogar as algemas, e ele foi forçado a se abaixar. Ryland saiu da cama e tentou impedi-la. — Não, pelo amor de Deus, mulher, você vai acordar os mortos. Pare, sim?

Na cama, Lily se remexeu, ergueu a cabeça levemente e se virou a fim de olhar para Rosa com os olhos sonolentos.

— Ryland assustou você?

— Eu? — Ryland passou o dedo na gola de sua camisa. — Como pode dizer isso? Ela acha que estou prendendo você à cama.

— Bem, mas você queria fazer isso, não é? — Lily piscou. Parecia estar se divertindo.

– Lily, eu estava fazendo você rir, alegrando você. – Ele estava começando a suar sob o olhar de desaprovação de Rosa.

Alguém riu ironicamente. Ryland se virou e viu Kaden e Nicolas em pé, na porta. Arly estava logo atrás deles. Diversos outros homens estavam atrás dele, tentando ver o que estava acontecendo depois dos gritos de Rosa. Com a porta aberta, o sistema à prova de som não ajudava em nada. Ryland jogou as mãos para o alto e sentou-se mais uma vez na beirada da cama de Lily. – Lily, acorde. Esta é a sua casa, e você pode lidar com ela.

– Parece que o meu cavaleiro não é tão destemido assim. Rosa é inofensiva, um amor, apenas seja gentil. – Lily sorriu e se virou. O lençol escorregou perigosamente, expondo sua pele clara.

Rosa se assustou. Ryland pegou o lençol e o puxou até o queixo de Lily.

– Não se mexa. Os vizinhos chegaram.

Lily abriu os olhos e viu a multidão que se reunia em seu quarto.

– Santo Deus! O que aconteceu com a privacidade? Tenho certeza de que tenho direito a ela.

– Não se você estiver gritando – disse Kaden.

– Eu não estava gritando – ela negou totalmente, segurando o lençol. – Foi Rosa! Todos vocês devem ir embora. Quero dormir.

– Não acho que você estivesse pensando em dormir – disse Kaden. – Escutei muito bem você dizendo que Ryland tem interesse em usar amarras. Está pensando em fazer isso? Quero ficar para ver.

– Você andou assistindo a meus filmes! – Arly acusou.

– Que filmes? – perguntou Gator. – Está escondendo da gente? Você tem filmes de gente amarrada e não quer mostrar?

– Vocês estão todos obcecados com isso – Lily disse.

– Lily! – a voz de Rosa silenciou o quarto instantaneamente. – Quem são essas pessoas e o que está acontecendo na minha casa? Exijo uma resposta imediatamente.

Lily olhou ao redor à procura de um roupão. Ryland encontrou um para ela e, usando o lençol como tela, ajudou-a a vesti-lo para se sentar.

— Sinto muito, Rosa. Eu deveria ter dito a você. Meu pai estava envolvido em algo na Donovan. Em um experimento para aumentar talentos paranormais. — Ela olhou para Rosa, pedindo-lhe que não perdesse o controle.

Rosa ficou pálida e procurou uma cadeira. Arly a ajudou a se sentar. Rosa ficou olhando para o rosto de Lily.

— Ele fez essa coisa má depois de tudo pelo que passamos?

Lily assentiu.

— As coisas começaram a dar errado. Alguém queria as anotações dele. Eles queriam o processo para poderem vendê-lo no mercado para governos estrangeiros e organizações terroristas. Mesmo no setor privado, os avanços paranormais podem ser usados e gerar lucros. Para isso, eles tinham de convencer o papai de que o experimento era um fracasso. Fizeram isso matando alguns homens e fazendo parecer resultados de efeitos colaterais.

— Isso não está certo, senhorita Lily. — Rosa se benzeu, beijando o polegar.

— Eu sei, Rosa — Lily disse suavemente, desejando confortá-la. — O papai ficou desconfiado de que as mortes se deviam à sabotagem, não aos efeitos colaterais, e me pediu para analisar as coisas. Ele não me disse nada, obviamente esperando que eu visse as coisas de forma imparcial. Infelizmente, quando entrei no projeto, eles acharam que eu poderia lhes passar o processo. Então, eles mataram o meu pai e jogaram o corpo no mar.

— *Madre mia!* — Rosa abafou um grito de susto e esticou o braço para tocar a mão de Arly, segurando-a com força. — Tem certeza, Lily? Eles mataram seu pai?

— Sinto muito, Rosa, sim, ele morreu. Eu soube quando ele desapareceu. Essas mesmas pessoas tentaram usar o seu medo para entrar nessa casa e procurar pelo trabalho de meu pai. Não conseguiram, graças ao Arly, mas continuaram tentando.

Rosa se balançou de um lado a outro.

— Isto é errado, Lily. Muito errado. Ele prometeu que nunca faria algo assim de novo. Agora, está morto. Por que faria isso?

– Esses são homens com quem ele trabalhou. Eu os ajudei a escapar da Donovan e os trouxe para cá. Um dos homens está se recuperando de uma lesão cerebral. – Rosa balançava a cabeça furiosamente. – Estou ensinando-lhes os exercícios que funcionaram comigo e me ajudaram a agir no mundo externo. Eles não têm mais para onde ir, Rosa. São homens procurados, caçados, e se os abandonarmos, eles serão mortos. – Rosa continuava sem acreditar no que ouvia e sem olhar para Lily. – Eles são como eu, Rosa. Como eu. Para onde mais podem ir? Eles precisam de uma casa. Você, John, Arly e eu, somos tudo o que eles têm. Você quer mesmo que eu os mande embora para que sejam mortos?

Rosa soluçou. Arly se abaixou ao lado dela e a abraçou pelos ombros, sussurrando algo gentil em ser ouvido. Ela recostou a cabeça no ombro dele, balançando-a sem parar. Lily continuou:

– Rosa, estou apaixonada por Ryland – Lily admitiu em um tom baixo, mas muito claro no silêncio da sala. Foi impossível não ouvir. Rosa olhou para a frente, atenta. Lily entrelaçou os dedos nos de Ryland. – Eu o amo e quero passar o resto da minha vida com ele. Esta é a sua casa. Sempre será a sua casa. Você é minha mãe, e nenhuma filha poderia amar você mais do que eu amo. Se você não quer Ryland e estes homens aqui, todos sairemos. Todos nós. Eu irei com eles.

– Lily. – Os olhos de Rosa estavam marejados. – Não fale de ir embora. Esta é a sua casa.

– É sua também. E quero que seja a casa deles enquanto precisarem. Posso ajudá-los. Sei que posso. Temos um disco, algo que meu pai gravou e escondeu. Espero que exista evidência incriminatória. Nesse caso, vou fazer cópias e dar ao general Ranier uma delas. Se preciso for, posso falar com ele. Se isso limpar o nome deles, ótimo; se não limpar, vou continuar trabalhando para encontrar evidências.

– Eles vão vir atrás de você agora, Lily. O coronel Higgens sabe que se sujou. Se não conseguir pegar você, vai tentar matá-la – disse Ryland, com seriedade.

– Sei disso. Ele vai encontrar uma maneira de vasculhar a casa. Não vai ser fácil, e ele nunca vai encontrar os túneis nem seus homens. – Ela olhou para Kaden e para Nicolas. – Vocês precisam cuidar bem de Jeff. Ele não vai conseguir se mover depressa. Quem está com ele agora?

– Ian e Tucker. Eles não permitirão que ninguém atrapalhe Jeff – Kaden assegurou, com total confiança.

– Ótimo. Minha fuga vai deixar o coronel Higgens ainda mais bravo. Ele com certeza virá aqui com algum tipo de mandado. Ele não gosta que ninguém atrapalhe seus planos. – Lily se inclinou para Ryland. – Você tinha razão sobre ele.

– Quero escutar o conteúdo do disco – Arly disse.

– Você tem algum equipamento que toque esse disco? – Ryland jogou o pequeno disco para ele.

– Com certeza. – Arly pegou o disco e endireitou-se, procurando nos bolsos até encontrar um minigravador ativado por voz. – Eu o trouxe comigo, acreditando que poderia ser útil se fôssemos detidos. – Ele colocou o disco no gravador depois de retirar o disco que estava nele.

Fez-se um breve silêncio quando a voz começou a ser ouvida e chamou a atenção de todos.

– Leve-o à clínica. Encha-o com aquela porcaria. Toque o cérebro dele algumas vezes com eletricidade e vai parecer que teve um derrame. Quero que ele morra até amanhã. – O som da voz do coronel Higgens era duro. – E quando Miller tomar sua pílula de dormir, leve-o à clínica e frite seus miolos. Já cansei da insubordinação desse homem. Faça o serviço dessa vez, Winston. Quero Hollister morto e Miller, um vegetal. Se isso não convencer Whitney de que seu experimento foi um fracasso, mate o filho da puta. Diga a Ken que eu quero que ele se livre de Miller esta noite.

– Miller não dorme muito. Não poderemos chegar perto dele se estiver acordado.

– Ken não pode aceitar as ordens de Whitney para sempre. – Higgens disse um palavrão. – Mais cedo ou mais tarde, Whitney vai chegar a Ranier. Posso conseguir algo para Ranier, talvez um incêndio. Precisa parecer acidental. Não se pode simplesmente matar um general e sua esposa e não realizar uma investigação. Fios ruins fariam o trabalho. Primeiro, as prioridades. Consiga que Hollister tenha um ataque, para podermos causar um pouco de dano cerebral e nos livrarmos daquele maldito Miller.

Fez-se silêncio total na sala. Ryland soltou a respiração lentamente e olhou para Lily.

— Acho que isso bastaria para convencer Ranier. Arly, pode fazer cópias para nós?

— Sem problemas. Posso fazer várias e vamos manter as originais no cofre de Lily. — Arly piscou para ela.

Lily pegou o telefone e ligou para a casa do general.

Depois de uma breve conversa, ela olhou para os outros, frustrada.

— A empregada disse que eles não estão e só voltam amanhã cedo. Não disse aonde foram. Pelo menos, ele está tomando precauções.

— Por que vocês não descansam um pouco? Ficaram acordados a noite toda e já é quase meio-dia. Se não conseguimos falar com Ranier, podemos, então, fazer um intervalo. — Ryland queria que Lily dormisse. Os hematomas em seu corpo estavam se tornando cada vez mais aparentes.

— Posso preparar uma refeição a todos — Rosa ofereceu suporte da maneira que soube. — E sou enfermeira. Deixem-me ver esse homem que está doente.

— Rosa — Lily aconchegou-se ainda mais debaixo dos lençóis –, faça-os fazer os exercícios. Estou cansada demais para supervisioná-los.

— Pensei que teríamos o dia de folga — Gator protestou –, relaxando, vendo os filmes com as amarras.

— Não se deve tirar folga dos exercícios — Rosa o repreendeu. – É importante fazê-los todos os dias. — Ela começou a tirar os homens do quarto de Lily, mas, de repente, virou-se e caminhou decidida até a cama. Olhando com seriedade para Ryland, Rosa pegou as algemas e as levou com ela.

Arly, acompanhando-a, inclinou-se e sussurrou algo em seu ouvido. Ganhou um tapa no braço, mas Rosa saiu rindo do quarto.

— Você viu isso? — perguntou Ryland. — Ela levou as algemas.

Lily tirou o roupão e o deixou cair no chão.

— Para você não pensar em usá-las em mim.

— Não estava pensando em usá-las. — Ryland passou a mão pelos cabelos pretos, bagunçando os cachos ainda mais. — Por que todo mundo pensa que eu usaria algemas de metal? Eu usaria lenços de seda. — Ele se inclinou para Lily e beijou seus seios. — Eu adoraria testar com você, mas seria com seda.

— Pobrezinho, ninguém acredita em você. — A risada dela foi abafada pelo travesseiro. — Rosa acha que você é um pervertido.

— Bem, eu sou — ele admitiu. — Mas só com você. E ela levou as algemas e saiu rindo do quarto com aquele maluco por amarras, o Arly. Isso, sim, assusta.

Lily reuniu força para bater nele com o travesseiro.

— Que nojento. Não pense que os dois farão alguma coisa juntos. Rosa é como se fosse a minha mãe e Arly... bem, é o Arly. — Ela olhou para Ryland, balançando a cabeça. — De jeito nenhum. Não é possível. Eles nunca... — Ela parou de falar de novo e estremeceu.

— Sim, eles poderiam — Ryland riu dela. — Ele olha para ela de um jeito diferente. Os homens sabem dessas coisas. — Ryland jogou as roupas no chão e entrou embaixo do lençol, aproximando seu corpo do dela de modo protetor.

— Não quero saber, por isso não me conte se descobrir que Arly e Rosa estão saindo. Você acha que o general Ranier e Delia estão mesmo bem?

— Acho que Ranier é um cara forte, e Higgens pegou o caminho errado. Ele foi para algum lugar proteger a esposa. É o que eu faria. E voltará preparado para a luta. Só vai parar se morrer ou vencer. — Ele envolveu o corpo dela em um abraço, segurando seus seios. — Não gostei muito de ver todos aqueles homens aqui sabendo que você estava nua. Vamos conversar seriamente sobre roupa íntima.

Lily riu e se virou para olhar para ele, com carinho.

– Você é o homem mais lindo que já vi. Quando você está por perto, não vejo mais ninguém. – Ela passou os dedos pelo rosto dele. Passou em cima das rugas, das pequenas cicatrizes, da mandíbula forte. Enquanto isso, olhava para ele com amor.

– Então, sempre terei de estar por perto, certo? – perguntou ele.

– Acho uma ótima ideia – Lily concordou.

DEZENOVE

||||||||||||||||||||||||||||||||||||||||||

Ryland acordou assim que anoiteceu, mas continuou deitado, escutando a respiração suave de Lily. Ela estava deitada perto dele, com o corpo firmemente encaixado no seu, como uma luva. Quando se ajeitou, a pele dela, macia como uma flor, roçou em sua pele grossa, fazendo-o lembrar-se da beleza de uma mulher.

Ele havia visto seus homens diversas vezes ao longo do dia. A maioria deles estava dormindo, mas Nicolas, sempre acordado, sempre alerta. Simplesmente sorria, cumprimentava ou assentia, mas raramente falava. Ryland espreguiçou-se lentamente, confiando nos alarmes de Arly, mas não se sentia tão tranquilo com a facilidade que as pessoas tinham para entrar no quarto de Lily. Ele saiu da cama e trancou a porta, garantindo privacidade total. Nu, caminhou até a janela e lentamente escorregou a cortina pesada para um lado, de modo que a luz da lua iluminasse a cama e a pele de Lily.

Ryland achava incrível que ela não reconhecesse a própria beleza. Lily o deixava sem fôlego deitada ali, com seus cabelos escuros espalhados como seda nos travesseiros. Era excitante ficar à sombra, vendo-a dormir. Tirar o lençol de seu corpo e simplesmente aproveitar a imagem. Devorá-la com olhos famintos. O ar frio banhava o corpo de Lily quando ela se mexia, esparramando-se na cama, uma das mãos esticada sobre o travesseiro, como se tentasse pegá-lo. Ele sentiu o corpo tenso. Todas as suas células precisavam dela. Seu coração ficou acelerado ao olhar para ela. Lily. De onde ela havia vindo? Como havia conseguido encontrá-la? A indescritível Lily. Às vezes, ele achava que ela era como a água que se segurava na palma da mão: seduzia um homem sedento, mas desapareceria quando este tentasse bebê-la.

Ele a desejava. Toda, não apenas seu corpo, mas seu coração, sua alma, sua mente brilhante. Ryland ficou tenso. Ele deixava de ver poucas coisas enquanto caçava. Lily era importante demais para ele permitir que ela desaparecesse.

Lily virou a cabeça na direção dele, como se sentisse o perigo na escuridão.

— Ryland? Está tudo bem?

— Tudo perfeito, Lily — ele respondeu.

— O que está fazendo?

— Olhando para o que é meu — ele disse e, um segundo depois, complementou: — pensando em todas as maneiras como quero fazer amor com você.

— Bem... — ela sorriu divertida, um convite discreto. — Ficar pensando tanto vai nos levar a algum lugar?

— Acho que sim — ele tocou em si mesmo, escorregou a mão até o pênis rígido, mostrando sua reação.

— Venha aqui, onde eu possa ver. — Lily riu baixinho, feliz pelo convite. — Sempre pensei que me entregar às suas fantasias seria divertido. O que você quer neste minuto?

Ryland pensou na pergunta.

— Mais do que qualquer outra coisa, quero tirar todos os hematomas de seu corpo. Quero fazer parar de doer todas as partes e substituir a dor por boas sensações. Quero que você se esqueça de pesadelos e tristeza e pense apenas em mim, mesmo que seja apenas por alguns minutos. Quero vê-la feliz e quero ser o homem a fazê-la feliz.

Lily sentiu algo muito bom dentro de si. A emoção tomou conta dela. Não era o que Lily pensou que ele diria. Ryland era um homem selvagem no que dizia respeito a sexo, e estava perto dela com um olhar de predador. Havia fome em seus olhos. Seu corpo estava quente e rígido, exigindo alívio urgente. Como era possível resistir a ele dizendo algo tão sensível e sincero?

— Então, venha aqui, Ryland — ela o chamou, delicadamente.

Ele caminhou até a lateral da cama, observou quando ela se virou de lado, tentando alcançar seu corpo com carícias. Fez carinho em suas coxas, e ele permitiu, desejando fazê-la feliz, sabendo, instintivamente, que ela queria explorar seu corpo da mesma maneira como ele precisava explorar o dela. A palma de sua mão estava quente, as unhas arranhavam a pele devagar. Então, ela segurou seus testículos, apertou levemente e o provocou. Ele gemeu de prazer, movendo-se para mais perto.

– Lily – Ryland protestou, mas era um pedido de misericórdia.

– Não, deixe-me fazer isso. Quero memorizar o seu corpo. A sua forma. Adoro as sensações que causo em você.

A luz da lua iluminava o corpo dele. Ela gostou de ver os próprios dedos sobre ele, moldando-o, dançando sobre ele, provocando-o e tirando seu fôlego. Ele conseguia fazer com que ela perdesse a cabeça com facilidade. Com as mãos. Com a boca. Com o corpo. Ela queria confirmar que conseguia fazer a mesma coisa. Queria saber se os dois tinham a mesma força.

Ryland percebeu que isso importava para ela. Seu corpo estava duro como pedra, e os carinhos dela poderiam matá-lo, mas ele sabia que morreria feliz.

– Um dia, quando os outros não estiverem por perto, dividirei isso com você, a maneira como faz com que eu me sinta. Você também vai sentir – disse ele. As palavras saíram em um sussurro.

Ele estava observando o rosto dela surgir das sombras, lentamente em sua direção. Ela era linda, com traços clássicos, um nariz pequeno, lábios cheios e generosos. Longos cílios e lindos olhos. Ela olhou para ele, e Ryland teve a sensação de estar entrando naqueles olhos.

Sua boca era quente, generosa e úmida; e escorregava por ele, mexendo a língua e causando loucuras. Ryland levou as mãos aos cabelos de Lily, acariciando as mechas sedosas. Ele jogou a cabeça para trás e fechou os olhos, entregando-se completamente a ela, ao prazer que Lily lhe proporcionava.

As mãos dela estavam por toda a parte, segurando suas nádegas, explorando seus quadris, deslizando por suas coxas. Ela passou as mãos sobre suas costelas, sua barriga lisa, pedindo-lhe que mexesse os quadris em um ritmo lento, enquanto as chamas da sensualidade tomavam conta de seu corpo.

Ao perceber que perderia o controle, ele se afastou dela delicada e relutantemente. Foi uma luta voltar a respirar de maneira normal, encontrar uma maneira de fazer suas pernas se mexerem. Ryland caminhou até a ponta da cama e se ajoelhou ali, olhando para ela.

– Lily, quero que esta noite seja sua. Quero que sinta quanto te amo. Quando toco e beijo você, quando faço amor com você, quero que sempre saiba que não é apenas sexo. Existe muito mais entre nós dois. Não tenho belas palavras para dizer. Só posso mostrar.

– Belas palavras, Ryland – Lily protestou. Os dedos dele estavam massageando os músculos de sua panturrilha, tirando seu fôlego, deixando-a sem palavras.

Era sempre assim que Ryland a tocava. E estava certo. Ela conseguia sentir seu amor, que fluía pela ponta de seus dedos ao acariciar as cicatrizes e cada músculo dolorido. Estava em seus lábios tocando cada hematoma. Em sua língua, enquanto ela dançava sobre cada marca descolorida fazendo uma curva suave. A maneira como a amava era emocionante.

Ryland subiu pelas pernas dela, encontrou sua vagina e demorou-se ali. Lily quase caiu da cama. Ele simplesmente segurou seus quadris e a trouxe para mais perto, sentindo seu gosto. Queria que ela soubesse que não havia mais ninguém no mundo para ela. Ou para ele.

Lily gritou quando as ondas de êxtase a tomaram. As mãos de Ryland seguraram seus quadris, deixando-a aberta e vulnerável para ele. Ryland demorou, adorando o corpo dela, levando-a ao ápice do prazer de todas as maneiras que conhecia. E conhecia muitas. Ela pediu clemência, implorou que ele a tomasse, implorou que a possuísse. Enquanto isso, o corpo dela reagia a seus toques.

Ele não teve pressa na exploração. Procurou cada sombra, cada vale, guardando na lembrança as reações. Encontrou os hematomas e as partes sensíveis. Encontrou cada ponto. Ela estava ansiosa, tentando puxá-lo para si, sussurrando para ele no escuro da noite.

Ryland colocou o corpo dele sobre o dela. Sentiu sua maciez, sua pele quase derretendo sob a dele. Os quadris dela receberam os dele amorosamente. Seu sexo estava quente e úmido. Ele a penetrou, apenas a cabeça, de modo que ela o encheu de prazer.

— Diga, Lily, preciso que diga em voz alta.

— Dizer o quê? — Ela olhou para ele. — Acho que você já está me ouvindo. Quero você dentro de mim.

— Nós nos encaixamos. Somos feitos um para o outro. — Ele a penetrou mais, forçando sua abertura apertada, resistente. A sensação era incrível. — Sente isso, Lily? Você acha que já sentiu isso antes com alguém? Acha que poderia sentir? — Ryland a penetrou ainda mais. Ficou sem fôlego. Ele segurou os quadris dela de modo possessivo e segurou-o enquanto a penetrava lentamente. À sua maneira. Totalmente.

— Amo você, Ryland, não estou procurando outro homem. Diga. O que está procurando em mim?

Os olhos dela eram muito azuis. Viam demais. Ryland conseguia ver a inteligência ali. Ela era tudo o que ele não era. Exuberante. Esperta. Sofisticada. Tinha mais educação do que ele poderia sonhar ter. Ele a segurou com mais força e a penetrou mais fundo. Penetrações longas que enlouqueciam os dois, que os tiravam da realidade do mundo e os levavam para o calor e a paixão, aonde nada mais importava e aonde ela era totalmente dele.

Ali, na cama, à luz da lua, ele era parte dela. Sempre seria parte dela. Ele chegou ao limite de seu controle, penetrando-a profundamente, e foi recompensado por gemidos, com apertos, com um corpo se entregando, combinando com o ritmo que ele estabelecia, sem hesitação. Ela seguia os movimentos com muito desejo, sem inibição, entregando-se totalmente a ele.

Lily escutou os próprios gritos, escutou um som vindo dele, de prazer, enquanto o mundo explodia ao redor deles, deixando cores e luzes. E muito prazer. Ela só conseguia buscar ar e olhar para o rosto de Ryland. Seu rosto lindo. Ela adorava cada traço, cada cicatriz, o ar de seriedade do qual ele não se livrava. Ela sentiu todas as ondas de prazer, uma explosão de choques, deixando-a presa nele, satisfeita, feliz. Ali era o seu lugar.

Abraçou-o com força, como se pudesse mantê-lo ali, na mesma pele, no mesmo corpo, enquanto seus corações batiam forte e cada movimento criava uma onda de choque para os dois. Ryland apoiou-se nos cotovelos para tirar um pouco do peso de cima dela, mas recusou-se a sair dali. Beijou seu rosto, demorando-se em seus lábios.

— Amo tudo em você.

— Percebi — os dedos dela enrolaram o cabelo dele. Cachos. Ryland era todo forte, mas tinha cachos nos cabelos. E ela os adorava.

— Quero estabelecer certas coisas, Lily.

Ela arregalou os olhos. E esboçou um sorriso.

— Isto parece um daqueles momentos "precisamos conversar" dos filmes.

— Precisamos, e é sério.

— Não consigo nem pensar, muito menos falar! — ela protestou. — Não sei mais em que pensar. Você acabou com meu cérebro.

— Lily, você ainda não se comprometeu comigo. Quero que se case comigo. Quero que tenha filhos comigo. Você se sente da mesma maneira?

Fez-se um momento de silêncio enquanto ela olhava para ele. Ryland sentiu a reação em seu corpo, o breve movimento para tentar se livrar.

— Isso não é justo, claro que quero essas coisas com você, só não sei se é possível. Preciso descobrir o que há dentro daquele quarto, Ryland. Ainda há muito que não sei. Preciso encontrar aquelas mulheres. Fiz uma promessa a meu pai e pretendo cumpri-la.

Ryland apertou seus ombros e a chacoalhou levemente.

— Preciso saber que isso não é tão importante pra você, Lily. Diga que não é importante. Podemos conservar aquela maldita sala e ler todos os arquivos, ver todos os vídeos, encontrar aquelas mulheres juntos e ter certeza de que estão vivendo bem. Diga que nada do que descubramos irá nos separar. — Ele segurou o rosto de Lily, o corpo sobre o dela. — Se puder dizer isso para mim, de verdade, então posso dizer para manter o quarto. Pode ser que precisemos dessas informações. Talvez nossos filhos sejam como nós. Mas, se não puder, Lily, se não puder olhar nos meus olhos e ser sincera, juro que destruirei tudo sozinho.

Lily olhou para ele, analisando a intensidade de sua expressão, a firmeza em seus olhos brihantes. Ela esboçou um sorriso e se inclinou para ele. Beijou seu nariz, sua boca, seus olhos.

— Percebe como essa ameaça é tola? Se eu quisesse manter aquela sala intacta, simplesmente mentiria para você.

— Mentir não faz parte de você — ele balançou a cabeça. — Ou você me quer para sempre e isso importa a você como importa para mim, ou não quer. Eu quero esse compromisso de sua parte. Tudo, Lily. O que existe naquela sala não vai importar se você me amar da mesma maneira que eu a amo. Não quero menos. Não me importo em assinar um acordo pré-nupcial lidando com seu maldito dinheiro e não me importo de não entender o que você faz na maior parte do tempo. Mas quero saber que você me ama. Saber, não adivinhar. E que me quer da mesma maneira que eu a quero.

— Está falando em me deixar? É o que está dizendo, não é? — Ela ficou tensa, com o coração aos pulos.

— Lily, estou dizendo que estou disposto a assumir com você as promessas que você fez ao seu pai. Estou disposto a viver aqui com você se é disso de que precisa para ser feliz. Estou disposto a tornar Arly, Rosa e John a minha família. Só estou pedindo em troca que você faça a mesma coisa. Que me aceite. A mim e à minha família. Aqueles homens não podem ir a lugar algum sem ajuda. Preciso que sinta em relação a eles a mesma coisa que eu sinto. Lily, comprometa-se. É tão difícil?

Ele viu a resposta nos olhos dela primeiro. No fundo, onde realmente importava. Seu coração quase saiu do peito. Ele a beijou e não permitiu que ela falasse. Engoliu as palavras para que elas fossem a sua alma. Lily. Sua Lily para sempre. Ela riu e retribuiu o beijo, travou as pernas ao redor de sua cintura para mantê-lo dentro dela.

Ryland ergueu a cabeça em alerta. Disse um palavrão.

– Temos companhia. – Ele saiu de cima dela rapidamente.

– Como assim? – Lily levou o lençol até o queixo.

– Estou dizendo que as crianças não estão dormindo em suas camas. – A porta se abriu e diversos homens entraram.

– O que, diabos, está havendo? Vocês não têm mais nada a fazer além de me incomodar em meu quarto? Estão interrompendo um pedido de casamento. – Lily tentou se revoltar, esperando que entendessem.

Kaden deu de ombros, sem se importar.

– Todo mundo sabe que você vai se casar com ele. Ele sempre foi meio lento para fazer as coisas.

– Já pedi uma dezena de vezes – protestou Ryland. – Quem hesitou foi ela.

– Por que não trancou a porta? – Lily olhou para Ryland.

– Eu tranquei – ele disse. – Mas isso não os impede de nada. Nossos meninos são mestres em invadir.

– Ótimo. E será que ninguém ensinou a eles a arte de bater?

Ela olhou para os homens e para Arly, esperando repreendê-los.

Muitos ergueram as mãos em um ato de proteção, sorrindo como macacos.

– Ian está com uma sensação ruim – Kaden disse quando pararam de rir. – Ele acha que está acontecendo alguma coisa com o general Ranier neste momento.

Ryland ficou sério e entregou o telefone a Lily.

– Telefone para ele. Veja. Vamos para lá agora. Podemos ver se houve alguma coisa.

– Ninguém atende, Ryland – Lily disse com um pequeno franzir de testa. – Sempre tem alguém na casa. Dia ou noite. Isso não é normal e me deixa preocupada.

– Estou com uma sensação muito ruim – Ian concordou. – Pode ser que seja tarde demais se esperarmos.

– Tudo bem por mim, Ian – Ryland disse ao vestir sua roupa sem qualquer vergonha. – Vamos, Lily, não vou deixar você aqui. Não confio em Higgens. Arly consegue manter Rosa e John seguros, mas não vai conseguir impedir que o coronel pegue você.

— Ele só está dizendo isso para dar uma de macho na frente de vocês — Lily rolou os olhos. — Ele sabia que eu iria, quer ele aceitasse, quer não, por isso deu a ordem. E, sr. Mandão, estou pronta. E um pouco de privacidade ajudaria. — Ele segurou o lençol, enrolou-se nele e partiu em direção ao armário.

— Roupa de noite, Lily, ou seja, roupa preta. — Ryland entregou-lhe um macacão preto. — Isto vai resolver. Encontrei naquela casa que você chama de armário. E calce um tênis... você tem um par, não é?

— Pelo menos dez, engraçadinho. Não sei se meu corpo cabe aqui dentro — ela disse, mas correu para o banheiro para se limpar e vestir o macacão. — Vou ficar parecendo uma salsicha.

— Posso ajudar — Gator disse.

— Agradeço pela oferta — Lily disse — e aceito.

— Mato você antes disso — Ryland disse a Gator.

— Ele é tão sensível, Lily — Gator disse.

— Ele é um bebezão, isso, sim. — Lily fez uma careta para Ryland. Ela caminhava ao lado dele, enquanto iam em direção ao túnel. Ela se aproximou dele. — Não tem como usar roupa íntima com esta roupa.

Ele cobriu a boca de Lily com a mão e olhou para seus homens com seriedade. Nenhum deles ousou fazer um comentário, mas todos riram.

Ian rolou sob o arbusto e aproximou-se de Ryland.

— Não gosto nem um pouco deste lugar, capitão. Tem alguém aqui, e, se for o general, não está sozinho.

Conto quatro guardas na casa e dois do lado norte. Era Nicolas.

Vejo dois guardas na casa e um na varanda do lado leste. Era Kaden.

Atirador no telhado. Um no telhado do outro lado da rua, Jonas disse.

São dois atiradores, dois prédios separados.

Ryland avaliou a situação. *Precisamos entrar na casa. Alguma evidência de que o general está do lado de dentro?*

Homem caído na cozinha, perto da mesa. Não consigo vê-lo bem o suficiente para saber se é um funcionário ou um assistente. Acredito que o general está na casa e tem visitas indesejáveis, Kaden disse.

Então não temos opção, Nico, vá para os telhados. Kaden, Kyle e Jonas, peguem os guardas. Se não souberem de que lado estão, procurem ir devagar. Caso contrário, derrubem-nos. Sem armas. Total silêncio. Façam um sinal quando o caminho estiver livre e iremos.

Lily agachou-se no canto do carro, encolhendo-se o máximo que conseguia. Estava a um quarteirão da movimentação. Sabia que Ryland havia deixado um dos homens por perto. Suspeitou que fosse Tucker. Ele sabia como fazer qualquer pessoa se sentir totalmente segura. Ela não conseguiu vê-lo, mas ele estava ali tornando a noite segura de novo. Arly sentou-se no banco da frente, demonstrando a própria ansiedade ao batucar com as mãos no volante.

— Você não deveria estar aqui, Arly — Lily disse, nervosa. — Não acredito que veio conosco. John e Rosa...

— Estão seguros. Rosa acabaria comigo se alguma coisa acontecesse a você. Ela me disse para cuidar para que você retornasse em segurança. Bem, você e seu moço.

— Alguém colocou guardas ao redor da casa do general. Os homens de Ryland os estão tirando agora — Lily disse. Ela se inclinou em seu assento. — Arly, desde quando você e Rosa estão juntos? — Ela tentou parecer casual.

— Desde quando você sabe? — ele olhou para ela, surpreso.

— Você queria manter em segredo?

— Não queria manter em segredo. Eu a pedi em casamento mil vezes. Ela não aceita. Sempre porque não podia ter filhos.

— Rosa está velha demais para ter filhos, Arly, por que isso importaria?

– Foi o que eu disse a ela ontem. Não que eu me importe em esconder as coisas... torna tudo mais apimentado. Mas estou velho demais para pular janelas e andar sorrateiro por aí.

– Ela aceitou?

– Eu disse que, com as coisas que fizemos juntos, ela queimaria no inferno se não se casasse comigo. Então, ela disse "sim".

– Que pedido de casamento interessante. – Lily inclinou-se no banco para beijá-lo. – Fico feliz. Você precisa de alguém para mantê-lo nos trilhos. – Ela respirou profundamente. – Estou com muito medo desta vez. Por Ryland. Pelo general. Por todos eles. E por nós.

Arly apertou a mão dela.

– Eu também. Mas já vi alguns homens durões lidarem com situações de risco e sei que Ryland e os homens podem fazer isso.

Tudo limpo, Kaden avisou.

Tudo limpo, Jonas repetiu.

Tudo limpo, Kyle disse.

Ryland parou de esperar. Se fosse possível limpar os telhados, Nicolas o faria. Ian estava demonstrando sinais de extremo desconforto. Era um mau sinal. Ian era muito sensível à intenção violenta, às ondas de energia de malícia ao redor, quase chegando a separar-se dos outros. Ryland viu que ele suava.

Vamos. Os telhados estão limpos, Nicolas disse no mesmo tom tranquilo que sempre usava, sem revelar seus sentimentos. *Um suave, o outro mais forte.*

Ryland suspirou. Daquela maneira, ficava muito mais difícil escolher. Higgens havia levado soldados consigo, homens que simplesmente obedeciam a ordens. Apenas um ou dois estavam em seus planos. Havia um risco maior de entrar em uma situação sabendo que alguns dos homens eram inocentes. Ele tomou uma decisão.

Temos quatro na frente da casa. Se o general estiver em casa, deve estar lá. Separem-se em quatro grupos e façam uma varredura. Eliminem qualquer obstáculo que os separe do general. É provavel que haja funcionários, mas tratem-nos da mesma maneira. Neutralizem-nos e continuem. Ryland já estava passando pelo gramado, deitado de barriga no chão, mantendo-se abaixado ao passar pela área aberta.

Lily se retraiu quando escutou a ordem. Não queria distraí-los enquanto entravam na casa, mas queria entender algumas coisas. Ela perguntou a Arly, tentando pensar em tudo.

— Não faz sentido que Higgens tivesse tantos homens dispostos a trair seu país por um único projeto. Ele deve ter um longo histórico de traições para conseguir recrutar e confiar em tantos homens.

— Ele está nisso há muito tempo, Lily. — Arly deu de ombros. — É um oficial, uma pessoa de poder que consegue ler com facilidade a fraqueza nos outros.

— Mas Phillip Thornton e a Donovan... — ela disse, com a mente acelerada. — Temos muitos contratos ali que lidam com questões de segurança, mas... Oh, não. Podemos estar em apuros, Arly. A Donovan tem o contrato de defesa com a inteligência por satélite. Se Higgens tiver acesso àqueles dados de qualquer modo, ele seria capaz de vender as localidades dos satélites norte-americanos. — Ela segurou o braço de Arly. — Ele teria a informação a respeito de nossos sistemas de alerta ou nossa capacidade de retaliar um ataque de grande escala. Até mesmo as informações de comunicações ficariam disponíveis a ele. Thornton não tem esse tipo de acesso. Apenas poucas pessoas da empresa têm.

— O coronel Higgens faz parte dessas pessoas?

— Até onde sei, não. — Ela deu um tapinha na ponta do assento.

— Isso pode ser bem ruim, Arly. Com certeza, Thornton não é tão tolo para vender segredos nacionais. — Lily queria passar a informação a Ryland, mas estava com medo de distraí-lo. Os homens estavam entrando na casa, saindo de todos os cantos.

Ryland escorregou pelo ferro da varanda, abaixou-se silenciosamente e rolou para longe da beirada, dando a Ian espaço para fazer a mesma coisa. Sombras se reuniram ao redor da casa, movendo-se em todas as direções, silenciosos como fantasmas, como diziam ser. Era só piscar, e eles sumiam.

Ian se colocou na porta, abrindo a fechadura com facilidade, sem atrasá-los. Ryland e Ian entraram quase simultaneamente, um para a esquerda, outro para a direita, no andar térreo, colocando-se em posição, com as armas prontas. A entrada estava livre. A casa estava escura, sem luzes.

Em algum lugar do lado de fora, um cão latiu. Ryland sentiu a onda de energia, e o animal se entregou. Ele conseguiu ouvir o murmúrio de vozes vindo da sala aberta à sua direita. Ele fez um sinal para Ian e se posicionaram para cobrir a sala toda.

Eles estão apontando uma arma para a cabeça de Ranier. Tenho permissão? Preciso de permissão agora. Como sempre, não havia tensão na voz de Nicolas.

Você tem espaço livre para atirar?, Ryland perguntou.

Está na mira, Nicolas respondeu.

Você tem permissão. Ryland sentiu a energia que já entrava na sala, usando o poder de sua mente para virar a arma apontada para o general Ranier para longe dele. Quando Nico atirasse, em silêncio, um tiro bem no meio dos olhos do homem que segurava Ranier, não haveria chance de a arma falhar e matar o general.

Higgens viu o furo surgir no meio da testa de seu homem. Viu o homem cair como uma pedra bem na frente do general. Ele se virou, com a arma em punho, procurando um alvo. A única segurança que tinha era o general. Ele apontou a arma para ele. Outros dois soldados da sala se surpreenderam e buscaram proteção.

— Sei que acredita no que o coronel Higgens disse a vocês — Ryland disse aos dois soldados. — Ele está aqui para matar o general Ranier e os está fazendo de cúmplices. Abaixem as armas e afastem-se. Vocês estão em uma posição indefensável.

Sua voz chegou com a onda de energia, parecia vir de todas as direções. Seus homens estavam alimentando os dois soldados com o fluxo ininterrupto de energia, sugestionando-os a obedecer.

Os dois se entreolharam e colocaram os rifles no chão, dando um passo para trás, com as mãos para cima. Imediatamente, o fluxo de telepatia coletiva influenciou o coronel Higgens. Ele estava esperando por isso e foi resistente, procurando controlar suas ações.

— Vou matá-lo. Levante-se, general, vamos sair daqui – disse Higgens. Ele estava nervoso e ficou olhando ao redor, mas não viu os homens.

— Vou avisar uma última vez, coronel. Nico está de olho. Ele nunca erra. O senhor conhece seu histórico de mortes. Não há como o senhor atirar no general, e ele não vai acompanhar o senhor. Abaixe a arma.

— Que droga, Miller. Eu deveria tê-lo matado quando tive a chance. – Higgens demonstrou raiva, virou e saiu correndo.

Cerquem-no. Ryland correu até o general, enquanto Ian procurava pelos dois soldados. Eles estavam confusos e cooperavam. Estavam sentados no chão, de costas para a parede, com os dedos entrelaçados atrás da cabeça.

Ryland ajudou o general a ficar em pé.

— Sinto muito por estarmos atrasados, senhor. Não recebemos o sinal imediatamente.

O general Ranier foi até uma cadeira, com a ajuda de Ryland. Levou a mão à cabeça. Ela ficou coberta de sangue.

— Aquele traidor me acertou — ele disse, recostando-se na cadeira, com a cabeça baixa.

Ryland viu que ele parecia velho e cansado, com o rosto quase acinzentado. *Chamem os paramédicos. Cuidem da casa e traga Lily para cá.*

Nicolas, com seriedade, colocou o coronel Higgens dentro da sala, jogando-o sobre uma cadeira.

— A casa está protegida, capitão. Temos três civis precisando de médico. O homem da cozinha está morto. Ele é do exército.

— Ele era meu guarda-costas — disse Ranier. — Um bom homem. Levei Delia e a deixei em um local seguro. Voltei para cá para que viessem atrás de mim. Tive a sensação de que tentariam me pegar, de que ela estaria em perigo. — Ele olhou para o coronel Higgens. — Vocês mataram um homem bom hoje.

Higgens não disse nada, mas não desviou os olhos frios do rosto de Ryland.

— Senhor, já chamamos os médicos, logo estarão aqui. Meus homens estão cuidando de seu grupo. Sou o capitão Ryland Miller — ele cumprimentou rapidamente o general.

— Então você é o homem que causou toda essa confusão. Peter costumava falar comigo a respeito de um experimento para aumentar habilidades paranormais, e eu finalmente concordei com essa coisa maluca. Nunca pensei que funcionaria, de fato. — Ele se recostou na cadeira, descansando a cabeça no couro. — Se eu tivesse acreditado nele, teria prestado mais atenção ao que estava acontecendo.

Ryland entregou a ele uma toalha limpa para pressionar o ferimento em sua cabeça a fim de estancar o fluxo de sangue iminente.

— Meus homens e eu nos ausentamos sem permissão, somos considerados fugitivos, senhor. Gostaríamos de nos entregar sob sua custódia.

— Bem, capitão, acredito que o senhor recebeu uma ordem de fazer o que fosse necessário para proteger seus homens e os segredos de seu país quando recebeu essa missão. Até onde sabe, foi isso o que fez.

— Sim, senhor, exatamente.

— Então, não vejo a necessidade de alguém achar que estavam fugindo; você recebeu ordens. E, até onde sei, sua missão foi um sucesso.

— Obrigado, senhor. Tenho um homem ferido. — Ryland olhou para Higgens. — Você pode unir tentativa de assassinato com todas as outras acusações contra ele.

Lily entrou na sala e se aproximou do general Ranier.

— Olhe só isso! Alguém já chamou uma ambulância? Ryland, ele deveria estar deitado.

— Estou bem, Lily, não se preocupe — o general a abraçou. — Ele só me assustou um pouco. Estou tentando unir as peças desde que conversamos.

— Tem de ser o contrato de defesa. Higgens deve estar vendendo segredos há algum tempo — Lily disse, abaixando o tom de voz. —

360   O Jogo das Sombras

Esse experimento foi apenas um bônus para ele. Ele estava disposto a vender a informação toda, mas não pode ter colocado tantos homens no lugar tão rapidamente, a menos que esteja se preparando há algum tempo. Anos, creio eu.

— Ele não podia estar sozinho. Nunca se envolveu naquele programa de defesa por satélite, Lily. Suspeitávamos de que as informações estivessem vazando, mas nunca suspeitamos do coronel Higgens. O registro dele é impecável.

— Tenho um disco que meu pai gravou. Ele deve ter deixado o gravador ativado por voz ligado em algum lugar em que o coronel falasse abertamente. Meu pai suspeitou do coronel. No disco, dá para escutar claramente o coronel planejando a sua morte e a de Delia. Seria um incêndio em sua casa, um "acidente". Arly fez cópias e temos a original a fim de ser usada para comparação de voz.

O general Ranier olhou para o outro lado da sala, para o coronel Higgens.

— Há quanto tempo isso está acontecendo?

— Nego tudo. Eles então inventando a história toda em uma tentativa de cobrir a covardia e a culpa – o coronel respondeu. – Eu me recuso a abordar essa bobagem sem o meu advogado presente.

— Acredito que o general McEntire também esteja envolvido, senhor – disse Lily, com pesar, sabendo que estava pressionando Ranier. – Sinto muito, sei que ele é seu amigo, mas acho que é o líder e Higgens apenas trabalha para ele. Acho que Hilton foi plantado em seu escritório para ficar de olho em você e também plantar documentos incriminatórios, se necessário, ou para impedir que qualquer coisa suspeita chegasse até o senhor, assim como as diversas mensagens de meu pai. – Ela olhou para Higgens. – McEntire não teve nada a ver com o experimento. Ele não sabia disso, a princípio. Você não achava que daria certo. E então você os viu em ação e percebeu que ninguém mais tinha o potencial. Havia real valor e, pela primeira vez, você estava na base. A princípio, você não envolveu seu chefe McEntire, não é? – Higgens olhou para ela, com malevolência. – Foi você quem decidiu sabotar o experimento de modo que meu pai pensasse que se tratava de um fracasso. Assim, o projeto seria fechado. Mas ele era bem mais esperto do que você pensava e desconfiou dos sangramentos cerebrais. Eles não falavam coisa com coisa quando não estavam usando pulsos elétricos. Ele havia alertado Thornton sobre o perigo, não havia? Então você usou isso para matar os homens.

— Estou perdido, Lily — o general Ranier admitiu.

— Vou cuidar que você entenda completamente quantos homens ele assassinou por dinheiro — disse Lily. — Você vai passar o resto da vida na prisão, coronel, com seu amigo McEntire. O dinheiro que ganharam traindo o seu país e matando inocentes não vai lhes fazer bem nenhum, por isso espero que tenha aproveitado todos os centavos que teve a chance de gastar.

— General McEntire? — perguntou Ranier. — Ele começou na Força Aérea. Era jovem. Foi direcionado ao National Reconnaissance Office. Depois passou a trabalhar em satélites espiões de construção e operação. Ele foi importante para a Donovan conseguir o contrato de defesa.

— Ele é amigo de Thornton — Lily disse.

— Estudaram juntos — o general Ranier disse com tristeza. — Todos nós.

— Sinto muito, general — Lily disse e o abraçou.

VINTE

||||||||||||||||||||||||||||||||||||||||||||||||||

— A história apareceu hoje de manhã nos jornais, na internet e no rádio – anunciou Arly. Ele se inclinou e beijou Rosa nos lábios, sorrindo sem qualquer pudor, mas ela bateu nele com um caderno de jornal enrolado. – McEntire, Higgens, Phillip Thornton e diversos outros foram acusados de assassinato, espionagem e diversos outros crimes.

— Eu passei tempo suficiente com eles para completar a investigação – reclamou Jeff. Ele se apoiou em sua bengala. – Pensei que ia morrer velho antes de tudo terminar. Por que demorou tanto?

— O general McEntire e o coronel Higgens eram homens respeitados, com registros impecáveis – disse Kaden. – O problema começou anos atrás, na escola, quando decidiram que eram mais espertos que o resto do mundo e pensaram que seria uma boa brincadeira se fossem espiões. Os dois gostaram da excitação dessa aventura e acharam que ser mais espertos do que todos ao redor deles já era metade da recompensa.

Ryland assentiu.

— Thornton falava tanto que não sabiam como calá-lo. Ele queria um tipo de acordo. Ele estava ali pelo dinheiro. Concordou em ajudar Higgens a sabotar o experimento de paranormalidade porque detestava Peter Whitney. Whitney era mais inteligente e tinha mais dinheiro e poder do que Thornton. Eles discordaram algumas vezes, e Thornton sempre terminava com cara de bobo. Sua imagem era tudo para ele. Quando começou a prever problemas, quis logo livrar-se de Whitney. Gabava-se de ter ajudado Higgens a atraí-lo para o mar, onde podiam matá-lo. Ele disse ter importantes informações para dar a respeito de Higgens e Peter concordou em ir sozinho.

— Lily não estava presente para escutar isso, estava? — Arly se retraiu.

— Não — Ryland negou —, ela tem se ocupado em tentar manter a Donovan em pé, salvando empregos e o nome da empresa. Não tem tempo para mais nada.

— Ah, sim. Tem tido, sim — Jeff disse, levando um punhado de batata frita à boca. — Desde que o general Ranier a colocou no comando de nossa operação, ela tem passado a maior parte do tempo criando exercícios masoquistas para fortalecer nossos cérebros. Quando não está fazendo isso, está fazendo exercícios físicos. E depois tem terapia. A mulher não para.

— Você está irritado porque ela convidou a sua família para vir ver você e sua mãe com ela no tratamento — disse Ryland. — É melhor que ela não pegue você comendo essas batatas. Você não está seguindo um programa nutricional?

Rosa assustou-se e tirou as batatas da mão de Jeff com um tapa.

— O que você acha que está fazendo? Vá comer uma maçã.

Tucker piscou para Jeff e jogou um saco de salgadinhos do balcão diretamente na direção de onde ele estava. Rosa fingiu não perceber, consolando a si mesma com o fato de "os meninos", como ela os chamava, estarem se tornando mais fortes e praticando os exercícios que Lily dizia ser importantes.

— Onde está Lily? — perguntou Arly. — Não a vi hoje. Ela não foi aos laboratórios hoje, foi?

— No dia do casamento? — Rosa estava horrorizada. — É melhor que não tenha ido.

Ryland ficou, por um momento, sob a luz da cozinha, absorvendo o riso e a amizade que Lily havia, de alguma forma, oferecido a todos eles. Generosamente, ela havia dividido a própria casa com seus homens. Havia dedicado seu tempo e conhecimento a eles. As coisas que ela havia feito os deixara mais fortes. E ela havia lhes oferecido um lar. Até mesmo Jeff vinha progredindo bem.

A equipe toda de Ryland estava bem com seu comandante, e a unidade estava obtendo sucesso em missões práticas. O general Ranier estava participando ativamente das atividades diárias. As coisas não podiam estar melhores... para eles.

Lily estava aguentando o tranco. Corrigindo os erros do pai. Tentando de todas as formas salvar empregos e vidas. Trabalhando secreta e silenciosamente para encontrar as jovens de quem, tão cedo, tiraram a vida. Sua Lily. Sabia aonde ela iria no dia de seu casamento. Ele sorriu para Nicolas e caminhou para fora. Foi ao escritório do pai dela, feliz por ter pedido a Arly que incluísse as suas impressões digitais no código de segurança para abrir a pesada porta.

A sala estava vazia, mas ele sabia que ela estava no subterrâneo. Ele a sentia, era atraído por ela. Sempre seria. Fechou a porta, sempre atento à segurança, assim como Lily. A sala representava a infância dela. Também guardava segredos desconhecidos de pesquisas de paranormalidade. Lily costumava acordar no meio da noite e descer para ler mais alguns arquivos. Uma vida toda de sucessos e fracassos, que seu pai tinha registrado cuidadosamente.

Apesar do horror que ela sentia pelo que ele tinha feito, Lily, assim como Ryland, tinha fascínio por tudo aquilo. Agora que a sua unidade estava funcionando de modo bem-sucedido, sem ameaças de morte, ele queria saber como ficar mais forte. Queria saber o que era capaz de fazer de fato, o que seus homens eram capazes de fazer. O laboratório escondido era um armazém de conhecimento. Ele não julgava Lily por querer ficar ali.

Ryland desceu as escadas estreitas. A cada passo se aproximava mais e mais dela. Ele a sentia facilmente agora, uma tristeza profunda que sempre parecia ser parte dela. Sua Lily, disposta a assumir os pecados do pai e consertar o mundo de novo.

Lily estava olhando para a imagem congelada de uma menina na tela. Quando se aproximou, viu marcas de lágrimas em seu rosto. Seus cílios longos estavam umedecidos, e ele sentia a dor só de olhar para ela.

Lily sorriu para ele.

– Sabia que você viria. Eu estava sentada aqui pensando se meu pai foi um monstro. E sabia que você viria.

Ryland segurou a mão dela, apertou.

– Ele foi um homem com uma vida triste até você chegar, Lily. Lembre-se do pai que você conheceu, não do homem que ele foi um dia. Você o mudou, mudou a sua vida. Você o transformou em alguém especial, e ele fez o melhor que pôde pela humanidade depois disso. – Ryland sentou-se ao lado dela, com sua coxa ao lado da dela, o corpo perto, protetor.

– Eu o amei muito, Ryland. Eu o admirava, admirava sua inteligência. Tentei muito fazer com que se orgulhasse de mim.

Ele levou a mão dela aos lábios, passou a ponta dos dedos de um lado a outro.

– Sei que fez isso, Lily, e ele tinha muito orgulho de você. Não há nada de errado em uma filha amar o pai. Ele merecia isso.

– Eu estava tentando pensar como eu me sentiria se fosse uma das outras. Se tivesse sido abandonada por não ser boa o suficiente. Consegue imaginar, Ryland? Tenho medo de entrar em contato com elas, apesar de saber que posso ajudá-las, se precisarem. – Ela tocou o rosto na tela. – Veja os olhos dela. Ela parece muito assustada. – Havia um toque de compaixão em sua voz.

– Temos de fazer uma coisa por vez – disse ele, com cuidado. – A investigação terminou, a história está no jornal de hoje. McEntire e Higgens têm vendido segredos há anos para governos estrangeiros. Todos querem saber o estrago que foi feito. Meus homens e eu estamos completamente limpos e não há nada em nossos registros que possa manchar nossas carreiras. Na verdade, estamos felizes por salvar o general Ranier e revelar tudo isso. Meus homens são capazes de ficar em campo por períodos mais longos e, melhor ainda, podem ficar sem suas âncoras por muito tempo. Jeff está melhorando a cada dia. Você lhes deu esperança, além de um lar e um local seguro. Você mudou a vida de todos eles, Lily.

Ela repousou a cabeça no ombro dele.

— Não fui só eu, Ryland. As coisas simplesmente se encaixaram. — Ela olhou para a imagem da menininha. — Eu olho para ela e me pergunto onde ela está, como foi sua infância. Se ela vai me detestar quando me vir. — Ela olhou para ele. — Preciso encontrá-las. De alguma forma, um dia, preciso encontrá-las. — Ela estava implorando por compreensão.

Ryland segurou o rosto de Lily no mesmo instante.

— É claro que sim, Lily. O investigador está trabalhando nisso. Temos muitos arquivos, e seu pai deixou indicado os locais onde começar a busca. Vamos encontrar todas elas. Juntos.

— Eu sabia que você diria isso também. — Ela se inclinou para ele e o beijou. Tomou seus lábios como um mestre. — Você sempre sabe o que dizer, não é? — Ela murmurou as palavras no pescoço dele, traçando desenhos em sua pele enquanto os dedos começaram um bater em sua calça jeans, na parte que se destacou com sua ereção.

— O que você fazendo? Lily! Isso está me deixando maluco. Onde aprendeu a fazer isso? — Como ela podia causar um efeito tão rápido nele? Ela o deixava excitado apenas com um simples movimento.

Ela riu para ele.

— O livro, claro. É a noite de nosso casamento. Pensei que deveria aprender uns truques.

— Preciso ler esse livro.

Os dedos dela continuaram as carícias até ele ter a sensação de que perderia o controle. E durante todo o tempo, a língua mantinha o mesmo ritmo.

— Não posso ficar em pé diante das pessoas com uma ereção, Lily — Ryland disse, com firmeza.

— Por que não? Todo mundo entra em meu quarto quando estou nua sob os lençóis — Lily disse, pegando o controle remoto e desligando o vídeo. Ryland já estava fazendo a sua mágica, afastando a tristeza e deixando tudo bem de novo. — Você sempre me faz sentir que somos parceiros.

Ele segurou o queixo dela.

— E somos. Parceiros de vida. Ghostwalkers. Não existem muitos de nós no mundo, e temos de nos unir.

— Acho que tem razão.

— Então você está bem de novo? Ainda vai se casar comigo hoje?

— Claro que sim – Lily riu. – Tenho um QI alto. Não vou deixar você escapar.

— Então, faça de novo.

— O quê?

— Aquilo com a língua e os dedos. Faça de novo.

— Não posso. É a noite de nosso casamento. Já disse, quero surpreendê-lo com meu truque especial.

— Bem, você me deixou excitado, agora teremos de fazer algo a respeito.